中国艺术研究院
基本科研业务费项目

中国艺术研究院学术文库
主　编　王文章　周庆富

学的时代印痕
□现代文学论集

李松睿　著

北京时代华文书局

图书在版编目（CIP）数据

文学的时代印痕：中国现代文学论集 / 李松睿著 . -- 北京：北京时代华文书局，2025.6
（中国艺术研究院学术文库 / 王文章，周庆富主编）
ISBN 978-7-5699-5205-6

Ⅰ.①文… Ⅱ.①李… Ⅲ.①中国文学—现代文学—文学研究—文集 Ⅳ.① I206.6-53

中国国家版本馆 CIP 数据核字 (2024) 第 063570 号

WENXUE DE SHIDAI YINHEN：ZHONGGUO XIANDAI WENXUE LUNJI

出版人：陈　涛
责任编辑：徐敏峰
装帧设计：周伟伟
责任印制：刘　银　訾　敬

出版发行：北京时代华文书局 http://www.bjsdsj.com.cn
　　　　　北京市东城区安定门外大街 138 号皇城国际大厦 A 座 8 层
　　　　　邮编：100011　电话：010-64263661　64261528

印　　刷：三河市嘉科万达彩色印刷有限公司
开　　本：710 mm×1000 mm　1/16　　　成品尺寸：170 mm×240 mm
印　　张：23.125　　　　　　　　　　　字　　数：340 千字
版　　次：2025 年 6 月第 1 版　　　　　印　　次：2025 年 6 月第 1 次印刷
定　　价：98.00 元

版权所有，侵权必究
本书如有印刷、装订等质量问题，本社负责调换，电话：010-64267955。

"中国艺术研究院学术文库"
编辑委员会

主　编　王文章　　周庆富

副主编　喻　静　　李树峰　　王能宪

委　员　王　馗　　牛克成　　田　林　　孙伟科
　　　　李宏锋　　李修建　　吴文科　　邱春林
　　　　宋宝珍　　陈　曦　　杭春晓　　罗　微
　　　　赵卫防　　卿　青　　鲁太光
　　　　（按姓氏笔画排序）

编辑部

主　任　陈　曦

副主任　戴　健　　曹贞华

成　员　马　岩　　刘兆霏　　汪　骁　　张毛毛
　　　　胡芮宁　　（按姓氏笔画排序）

"中国艺术研究院学术文库"再版序

周庆富

由中国艺术研究院策划、北京时代华文书局出版的大型系列丛书"中国艺术研究院学术文库",历经十余载,陆续出版近150种,逾5000万字,自面世以来取得了很好的社会反响。这套丛书以全景集成之姿,系统呈现了中国艺术研究院新一代学者在文化强国征程中,承继前海学术传统,赓续前辈学术遗产的共同追求,也展现了学者们鲜明的研究个性和独特的学术风格,勾勒出我国当代文化艺术从理论研究到实践探索的发展脉络,对推进中国艺术学学科体系、学术体系、话语体系建设具有重要的史料价值和学术价值。

北京时代华文书局意将整套丛书再版,并对装帧、版式等进行重新设计,让这一系列规模庞大、内容广博的研究成果持续发挥它应有的作用,这无疑是一件好事!衷心祝愿"中国艺术研究院学术文库"再版成功!中国艺术研究院的学者们也将继续以饱满的学术热情,将个人专长与国家需要紧密结合,不断为新时代文化艺术繁荣发展,为文化强国建设贡献智慧和力量。

2024年12月20日

总　序

王文章

以宏阔的视野和多元的思考方式，通过学术探求，超越当代社会功利，承续传统人文精神，努力寻求新时代的文化价值和精神理想，是文化学者义不容辞的责任。多年以来，中国艺术研究院的学者们，正是以"推陈出新"学术使命的担当为己任，关注文化艺术发展实践，求真求实，尽可能地从揭示不同艺术门类的本体规律出发做深入的研究。正因此，中国艺术研究院学者们的学术成果，才具有了独特的价值。

中国艺术研究院在曲折的发展历程中，经历聚散沉浮，但秉持学术自省、求真求实和理论创新的纯粹学术精神，是其一以贯之的主体性追求。一代又一代的学者扎根中国艺术研究院这片学术沃土，以学术为立身之本，奉献出了《中国戏曲通史》《中国戏曲通论》《中国古代音乐史稿》《中国美术史》《中国舞蹈发展史》《中国话剧通史》《中国电影发展史》《中国建筑艺术史》《美学概论》等新中国奠基性的艺术史论著作。及至近年来的《中国民间美术全集》《中国当代电影发展史》《中国近代戏曲史》《中国少数民族戏曲剧种发展史》《中国音乐文物大系》《中华艺术通史》《中国先进文化论》《非物质文化遗产概论》《西部人文资源研究丛书》等一大批学术专著，都在学界产生了重要影响。近十多年来，中国艺术研究院的学者出版学术专著在千种以上，并发表了大量的学术论文。处于大变革时代的中国艺术研究院的学者们以自己的创造智慧，在时代的发展中，为我国当代的文化建设和学术发展做出了当之无愧的贡献。

为检阅、展示中国艺术研究院学者们研究成果的概貌，我院特编选出版"中国艺术研究院学术文库"丛书。入选作者均为我院在职的副研究员、研究员。虽然他们只是我院包括离退休学者和青年学者在内众多的研究人员中的一部分，也只是每人一本专著或自选集入编，但从整体上看，丛书基本可以从学术精神上体现中国艺术研究院作为一个学术群体的自觉人文追求和学术探索的锐气，也体现了不同学者的独立研究个性和理论品格。他们的研究内容包括戏曲、音乐、美术、舞蹈、话剧、影视、摄影、建筑艺术、红学、艺术设计、非物质文化遗产和文学等，几乎涵盖了文化艺术的所有门类，学者们或以新的观念与方法，对各门类艺术史论做了新的揭示与概括，或着眼现实，从不同的角度表达了对当前文化艺术发展趋向的敏锐观察与深刻洞见。丛书通过对我院近年来学术成果的检阅性、集中性展示，可以强烈感受到我院新时期以来的学术创新和学术探索，并看到我国艺术学理论前沿的许多重要成果，同时也可以代表性地勾勒出新世纪以来我国文化艺术发展及其理论研究的时代轨迹。

中国艺术研究院作为我国唯一的一所集艺术研究、艺术创作、艺术教育为一体的国家级综合性艺术学术机构，始终以学术精进为己任，以推动我国文化艺术和学术繁荣为职责。进入新世纪以来，中国艺术研究院改变了单一的艺术研究体制，逐步形成了艺术研究、艺术创作、艺术教育三足鼎立的发展格局，全院同志共同努力，力求把中国艺术研究院办成国内一流、世界知名的艺术研究中心、艺术教育中心和国际艺术交流中心。在这样的发展格局中，我院的学术研究始终保持着生机勃勃的活力，基础性的艺术史论研究和对策性、实用性研究并行不悖。我们看到，在一大批个人的优秀研究成果不断涌现的同时，我院正陆续出版的"中国艺术学大系""中国艺术学博导文库·中国艺术研究院卷"，正在编撰中的"中华文化观念通诠""昆曲艺术大典""中国京剧大典"等一系列集体研究成果，不仅展现出我院作为国家级艺术研究机构的学术自觉，也充分体现出我院领军国内艺术学地位的应有学术贡献。这套"中国艺术研究院学术文库"和拟编选的本套文库离退休著名学者著述部分，正是我院多年艺术学科建设和学术积累的一个集中性展示。

多年来，中国艺术研究院的几代学者积淀起一种自身的学术传统，那就是勇于理论创新，秉持学术自省和理论联系实际的一以贯之的纯粹学术精神。对此，我们既可以从我院老一辈著名学者如张庚、王朝闻、郭汉城、杨荫浏、冯其庸等先生的学术生涯中深切感受，也可以从我院更多的中青年学者中看到这一点。令人十分欣喜的一个现象是我院的学者们从不故步自封，不断着眼于当代文化艺术发展的新问题，不断及时把握相关艺术领域发现的新史料、新文献，不断吸收借鉴学术演进的新观念、新方法，从而不断推出既带有学术群体共性，又体现学者在不同学术领域和不同研究方向上深度理论开掘的独特性。

在构建艺术研究、艺术创作和艺术教育三足鼎立的发展格局基础上，中国艺术研究院的艺术家们，在中国画、油画、书法、篆刻、雕塑、陶艺、版画及当代艺术的创作和文学创作各个方面，都以体现深厚传统和时代特征的创造性，在广阔的题材领域取得了丰硕的成果，这些成果在反映社会生活的深度和广度及艺术探索的独创性等方面，都站在时代前沿的位置而起到对当代文学艺术创作的引领作用。无疑，我院在文学艺术创作领域的活跃，以及近十多年来在非物质文化遗产保护实践方面的开创性，都为我院的学术研究提供了更鲜活的对象和更开阔的视域。而在我院的艺术教育方面，作为被国务院学位委员会批准的全国首家艺术学一级学科单位，十多年来艺术教育长足发展，各专业在校学生已达近千人。教学不仅注重传授知识，注重培养学生认识问题和解决问题的能力，同时更注重治学境界的养成及人文和思想道德的涵养。研究生院教学相长的良好气氛，也进一步促进了我院学术研究思想的活跃。艺术创作、艺术教育与学术研究并行，三者在交融中互为促进，不断向新的高度登攀。

在新的发展时期，中国艺术研究院将不断完善发展的思路和目标，继续培养和汇聚中国一流的学者、艺术家队伍，不断深化改革，实施无漏洞管理和效益管理，努力做到全面协调可持续发展，坚持以人为本，坚持知识创新、学术创新和理论创新，尊重学者、艺术家的学术创新、艺术创新精神，充分调动、发挥他们的聪明才智，在艺术研究领域拿出更多科学的、具有独创性的、充满鲜活生命力和深刻概括力的研究成果；在艺术创作领域推出更多具有思想震撼力和艺术感染力、具有时代标志性和代表性的精品力作；同时，培养更多德才兼备的优秀青年人才，真正把中国艺术研究院办成全国一流、世界知名的艺术研究中心、艺术教育中心和国际艺术交流中心，为中华民族伟大复兴的中国梦的实现和促进我国艺术与学术的发展做出新的贡献。

2014年8月26日

目 录

序：形式研究的独异风景 / 1

另一种进化论
　　——威尔斯《星际战争》的晚清译本 / 1

做现实主义者，为不可能之事
　　——1925年的鲁迅 / 14

二十世纪三十年代初的左翼批评话语及早期革命文学 / 32

"是聪明，聪明，第三个聪明的"
　　——论鲁迅的翻译语言 / 83

误认、都市与现代性体验
　　——读《上海的狐步舞》/ 101

渡船与商船
　　——论《边城》牧歌形象的裂隙 / 119

论老舍二十世纪四十年代的小说创作 / 136

地方性与解放区文学
　　——以赵树理为中心 / 165

政治意识与小说形式
　　——论卞之琳的《山山水水》/ 229

论沈从文二十世纪四十年代的文学思想 / 249

附　录

政治文化与文学研究空间的开拓
　　——读《政治文化与中国二十世纪三十年代文学》 / 303

"现代性"视野的拓展
　　——评《革命与形式——茅盾早期小说的现代性展开（1927—1930）》 / 310

重构我们的文学想象
　　——评《革命/叙述：中国社会主义文学——文化想象（1949—1966）》 / 317

参考文献 / 327

后记 / 344

序：形式研究的独异风景

本书是李松睿君在北京大学中文系求学时期以及工作以来写作的关于中国现代文学的研究论文的结集。作者为这部现代文学论集起名为"文学的时代印痕"，在某种意义上可以说凸显的是这本著作的核心问题意识。在我看来，收在这本论集中的文章大都体现了松睿的优长，对文学形式有着细致而精到的分析，思考的是时代、社会对现代中国作家的影响和压力如何刻印在作品的形式上，这就是所谓"文学的时代印痕"所试图传达的自觉意识吧。

松睿在北大读硕士和博士期间，曾经对新历史主义的理论有过兴趣，一度激赏新历史主义对文本的历史性的注重。这种"文本的历史性"不仅仅意味着一切的文学文本都生成于特定的历史语境之中，还意味着把更为微观化的文化历史语境和社会物质层面的因素引入到对文本的具体观察和透视之中，由此，文本世界便不再是一个封闭自足的存在，而与外部历史和社会现实之间建立了互为生发的阐释空间，从而也意味着文本世界始终处于诸种合力编织而成的紧张关系之中。正如新历史主义代表人物之一葛林伯雷在《通向一种文化诗学》中所说：

> 避开稳定的艺术摹仿论，试图重建一种能够更好地说明物质与话语间不稳定的阐释范式，而这种交流，正是现代审美实践的中心。

这也意味着，文本中的话语空间不再具有稳定性，它需要在复杂的历史与文化语境中寻求一种动态的解释。而文学形式也由此同样成为需要与其生成语境进行互动阐释的历史性的范畴。

收入本书的文章总体上体现的正是文本形式研究的历史性视野，试图在物质与话语之间构建一种具有内在具体关联性的阐释图景。松睿对叙事模式的执着，对文本形式的着迷，其实是建立在对"形式"意涵进行多元化以及复杂化理解的基础之上的，同时他所力图探究的文本中的"时代印痕"也具体化为物质力量和文化心理因素在作品的形式特征上的积聚和沉淀。所谓的"文学的时代印痕"，恰恰是文本形式所积淀和凝聚的"意味"，而在我看来，形式所积聚的"意味"往往更加内在，形式中所隐含的内容往往更加深刻，形式最终暴露的东西往往也更加彻底，形式更根本地反映了一个作家的思维形态和他认识世界、书写世界的方式。

而松睿或许更擅长捕捉"形式最终暴露的东西"。松睿的文本分析常常在作品的看似不经意的细节和叙事的隐秘关节处发挥作为研究者的洞察力，往往直击文学形式所潜藏着的关键的缝隙，并一击中的，由此真正揭示出文本的深层秘密。如《渡船与商船——论〈边城〉牧歌形象的裂隙》对沈从文的小说《边城》所提供的新的阐释视野，正是通过对文本中两个他人或许不会特别留意的意象——"渡船"与"商船"——的分析，把"渡船"与"商船"描述为《边城》中多重意义的交汇点，既是湘西社会不可或缺的交通工具，是小说主人公翠翠、天保与傩送的欲望对象的替代物，也是这些主人公各自所处社会地位的象征物，由此，两个意象构成了小说文本内部的结构性因素，是连通小说内部幻景与小说外部社会现实之间的一条隐秘通道，最终直抵《边城》中"牧歌形象"所内含的裂隙。

《误认、都市与现代性体验——读〈上海的狐步舞〉》则从穆时英的名篇《上海的狐步舞》中捕捉到小说叙事的"错格"修辞以及"误认"的情节模式，借此把"错格"与"误认"作为叙事裂隙的显影，最终力图揭开笼罩在穆时英的小说深层内景上面的面纱，也正是借助于微观诗学的分析模式洞察到同样内含在文本中的裂隙。我尤其欣赏松睿把穆时英的"误认"模式与卡夫卡的作品所作的精彩比较：

> 仔细考察卡夫卡的作品序列我们会发现，他最有名的作品，如《饥饿艺术家》、《在流放地》以及《中国长城修建时》等，都可以说是关于误认的故事。如果误认真像齐泽克所言是真实境遇显现的时刻，那么卡夫卡正是通过对误认的书写，暴露了现代人在现代社会所经历的悖论、痛苦以及无奈等境遇。这也让卡夫卡最终成为现代主义大师。而误认或许就是卡夫卡小说艺术的秘密之所在。而由此来反观穆时英，……他似乎没有勇气直面那充满了悖论、尴尬以及难堪的现代体验本身。就像其笔下的"我"一样，他总是在现代体验面前蒙上双眼，逃之夭夭。

据此，松睿指出，虽然"穆时英是中国现代文学史上条件最好、天分最高的作家之一"，但"穆时英有成为卡夫卡的机遇和天分，但却最终只成了穆时英而已"。这种借助于叙事模式所进行的比较研究使松睿的判断超越了对文本的细枝末节的条分缕析，最终提升为对现代作家人生困境和历史局限的考察，寻找到的是把文本形式和现代性体验融为一体的视野和方法。

这也是令我格外倾心的研究视野和方法，背后有我所看重的作为一个文学研究者的职业伦理。相信松睿会认同罗兰·巴尔特在《写作的零度》中的一句话："写作在本质上是形式的道德。"而一个文学研究者对形式的执着也许同样是职业伦理的表达形式。

研究界多年来对于文学形式理论的关注，从20世纪纯文学思潮兴起的80年代所欣赏的克莱夫·贝尔的"有意味的形式"，到新历史主义把文学形式视为外部社会历史因素的投影，再到伊格尔顿的审美意识形态视野以及詹明信的"形式的意识形态"理论，文学研究者对"形式"的理解渐趋多元和复杂。而新批评意义上的纯粹的形式理念被一种历史与形式共生共存的理解范式所替代。一些在形式研究方面倾注了热情的研究者也越来越关注于文本形式与文学作品中内在化的思想和结构之间的紧张关系，在这个意义上，"形式"日渐转化为内化了社会历史内容的"有意味的形式"。而透过形式的中介使文本中的思想和历史内容的研究趋于复杂化，也成为研究界越来越具有普泛性的共识。正像詹明信（詹姆逊 Fredric R. Jameson）在《晚期资本主义的文化逻辑》一书中评价卢卡奇时所说：

> 卢卡奇教给了我们很多东西，其中最有价值的观念之一就是艺术作品（包括大众文化产品）的形式本身是我们观察和思考社会条件和社会形势的一个场合。有时在这个场合人们能比在日常生活和历史的偶发事件中更贴切地考察具体的社会语境。……卢卡奇对我来说意味着从形式入手探讨内容，这是一个理想的途径。

作为西方马克思主义理论家的詹明信最终关注的是政治、经济、文化、意识形态诸种领域，但是他的方法论中最重要的特征之一是从不放逐形式与审美问题："我历来主张从政治社会、历史的角度阅读艺术作品，但我决不认为这是着手点。相反，人们应从审美开始，关注纯粹美学的、形式的问题，然后在这些分析的终点与政治相遇。"也正是在这个意义上，詹明信格外重视布莱希特：

> 人们说在布莱希特的作品里，无论何处，要是你一开始碰到的是政治，那么在结尾你所面对的一定是审美；而如果你一开始看到的是审美，那么你后面遇到的一定是政治。……而我却更愿意穿越种种形式的、美学的问题而最后达致某种政治的判断。

尽管如此，形式的和美学的问题在詹明信那里仍还有手段的迹象，而我认为形式本身正是文学研究者的本体和目的。也正是在这个意义上，松睿的中国现代文学研究也汇入了当代学者对形式问题予以关切的研究视野中,并呈现了属于松睿自己的堪称独异的形式研究的风景。

吴晓东

2016年6月11日于京北上地以东

另一种进化论
——威尔斯《星际战争》的晚清译本

从1898年翻译文学勃兴开始,一直到民国初年,翻译文学始终在中国文坛占据着至为重要的地位。仅以小说这一文体为例,根据晚清时期收录小说最多的《涵芬楼新书分类目录》记载,当时出版的翻译小说达400种,而同一时期出版的原创小说则只有120部,翻译作品要比原创作品多出三倍有余。而按照钱杏邨的估计,翻译小说的实际数字则大概是原创小说的两倍。1908年,东海觉我(徐念慈)发表在《小说林》第七期上的《丁未年(1907)小说界发行书目调查表》,列出该年出版的小说共计120种,其中翻译小说达到80种,依然占据了大半江山。以至于有些研究者甚至称:"晚清小说刊行的在一千五百种以上,而翻译小说又占全数的三分之二。"①

翻译文学在晚清文坛占有如此重要的地位,使得研究者在研究这一时期的文学时必须处理有关翻译文学的问题。不过令人遗憾的是,目前研究者在处理晚清翻译文学时通常只在两个问题上做文章:要么探讨晚清翻译文学是否忠实于原著;要么讨论晚清翻译文学如何影响了清末新小说以及后来的"五四"新文学。第一种研究思路把翻译简单地视为在两种语言之间寻找对应的语汇,而翻译的最高境界就是完美无缺地将原文的意思引入到译文之

---

① 唐弢主编:《中国现代文学史》第1卷,人民文学出版社1984年版,第4页。

中。这种研究思路把西方语言及其背后所负载的涵义视为"普遍真理",翻译成功与否需要用这一"普遍真理"来衡量,翻译越接近这一"真理",就越是"好"的翻译。在这种思路下,晚清翻译文学中的错译、误译、曲译,以及有意删改等情况,就是翻译者本身的翻译水平不够或者翻译态度不端正使然。例如,《中国现代翻译文学史》一书就认为,晚清翻译文学"译介择取的良莠混杂、参差不齐,翻译方式上的意译风尚,表明当时的文学翻译的译者缺乏对外国文学的尊重,而其深层原因就是缺乏明确的文学意识。"①

而第二种研究思路则更看重翻译文学的中介性,在晚清翻译文学促进了中国文学现代化进程的意义上,肯定晚清翻译文学的价值。以陈平原的《中国小说叙事模式的转变》一书为例,该书通过抽取从晚清到"五四"时期的三百余篇著、译小说为样本展开论证,充分肯定了晚清翻译文学对中国小说叙事模式转变的推动意义。这位研究者认为,晚清翻译文学中存在很多误译、曲译,以及有意删改等现象,或是由于翻译者有意迁就读者的审美趣味,或是因为翻译者深陷古文传统之中无法自拔,抑或是因为翻译者自身无法理解西方小说中的第一人称视角、限制叙事等现代叙事形式。在这样的研究思路下,翻译文学中的种种"错误",就是中国文学从古代走向现代的进程中必然要走过的"弯路"。

不难看出,上述两种研究思路内部有其相通之处,即进化论思维模式。第一种研究思路把翻译文学的最高标准视为与原文相同,因晚清翻译文学与原文之间的差异而视前者为不好的、不成熟的或不那么"现代"的翻译。第二种研究思路则把与西方现代小说的形式要素作为衡量小说是否现代化的标准,因晚清翻译文学不符合西方小说的标准,也就相应的不够现代,只能在从古代到现代的"过渡"意义上找到自己的位置。而由此引发的问题是,在这种以进化论模式为基础的从传统到现代的理论框架之外,研究者有没有可

---

① 谢天振、查明建主编:《中国现代翻译文学史》,上海外语教育出版社2004年版,第17页。

能找到一种替代性的途径，不再将晚清翻译文学，抑或晚清文学视为从古代文学走向现代文学的过渡阶段呢？

美国学者刘禾在《跨语际实践》一书的导论中提到，当代南亚的历史学家已经发展出了一套新的理论模式。这一理论模式避开所谓"过渡"的思想，无论是"从东方过渡到西方，从传统过渡到现代，还是从封建主义过渡到资本主义"①，转而关注"对抗"的观念。在笔者看来，以"对抗"的观念代替"过渡"的观念来看待晚清文学，主要有两个好处：首先，"对抗"不像"过渡"那样预设了固定的衍变轨迹，即所谓从东方到西方、从传统到现代，以及从封建主义到资本主义等，而是将晚清时期重新历史化，把中西方遭遇的时代看成各种力量相互角逐的场域；其次，"对抗"不像"过渡"那样把"东方"、"传统"或者"封建主义"等看作被动的因素，而是充分考虑到它们在遭遇"西方"、"现代"，以及"资本主义"时的主动性。如果我们不再将晚清翻译文学视为传统与现代之间的"过渡"，而是将其看作东方与西方遭遇之际的一次"对抗"，那么晚清翻译文学的面貌将大大改变。从这个角度关照晚清的翻译文学，那些所谓的错译、误译、曲译，以及有意删改等情况，就不是翻译者的翻译水平、翻译态度问题，也不是某种过渡时代的"遗迹"；这些"错误"恰恰就是东方与西方遭遇时发生对抗的场所，晚清一代中国人或许就是通过这些抵抗，展开他们对现代中国、现代世界的想象。在本文中，笔者将以英国作家赫伯特·乔治·威尔斯 (H. G. Wells, 1866–1946) 的科幻小说 *The War of the Worlds* (今译《星际战争》) 与由晚清翻译家心一根据这部小说翻译的《火星与地球之战争》为例，通过分析主方语言与客方语言在叙事、修辞等方面的差异，展现晚清翻译家在翻译——这一东西方对抗的场域——中如何想象中国与世界。

---

① [美] 刘禾：《跨语际实践》，生活·读书·新知三联书店2002年版，第43页。

一　欧洲中心主义的显影

　　威尔斯的科幻小说《星际战争》发表于1898年，正值意大利天文学家斯基亚帕瑞利（Schiaparelli）发现火星上的"运河"，欧洲人由此对火星兴趣高涨之时。威尔斯在小说中叙述了一场火星人对地球的侵略战争，即因环境变化而面临灭绝的火星人入侵地球，他们凭借先进的武器轻而易举地击败了英国军队。然而正当火星人准备向全世界展开攻击时，地球上的病菌却轻易地攻破了火星人的免疫系统，使他们全部染病身亡。由于威尔斯在《星际战争》中使用限制型第一人称视角进行写作，为小说营造了极为强烈的真实感。根据这部小说改编的广播剧1938年10月30日在美国东部播出时，甚至造成上百万听众弃家逃亡。而心一根据《星际战争》翻译的小说《火星与地球之战争》则最早连载于1907年7月3日到9月8日的《神州日报》上，后于1915年出版单行本。

　　在这一部分中，笔者将根据原文和译文开头一段的差异，展开下面的讨论。下面两段引文分别是威尔斯的《星际战争》中的第一段以及心一的译文：

>　　No one would have believed in the last years of the nineteenth century that this world was being watched keenly and closely by intelligences greater than man's and yet as mortal as his own; that as men busied themselves about their various concerns they were scrutinized and studied, perhaps almost as narrowly as a man with a microscope might, scrutinise the transient creatures that swarm and multiply in a drop of water. With infinite complacency men went to and fro over this globe about their little affairs, serene in their assurance of their empire over matter. It is possible that the infusoria under the microscope do the same. No one gave a thought to the older worlds of space as sources of human danger, or thought of them only to dismiss the idea of life upon them as impossible or improbable. It is curious to recall some of the mental habits of those departed

days. At most, terrestrial men fancied there might he other men upon Mars, perhaps inferior to themselves and ready to welcome a missionary enterprise. Yet across the gulf of space, minds that are to our minds as ours are to those of beasts that perish, intellects vast and cool and unsympathetic, regarded this earth with envious eyes, and slowly and surely drew their plans against us. And early in the twentieth century came the great disillusionment.① （译文参考采用李家真先生的翻译：在十九世纪最后那些年里，没有人会相信我们的世界正被其他智慧生命密切地监视着，这些生命比人类更高明，却又与人类一样不能免于一死。也没有人会相信，为自身各种得失奔忙着的人类正处在他人的审视和研究之下，其仔细程度与人用显微镜观察在水滴中拥挤孳生的那些短命生物时几无二致。无限自满的人们为着诸般琐事在地球上熙来攘往，自以为一切尽在掌握——显微镜下的纤毛虫恐怕也有同样的感觉。没有人会去想，宇宙中那些更为古老的星球会成为人类祸患的来源。就算有人想到，也只会断言那些星球上根本不可能存在生命。往昔人们的一些思维习惯，在今天看来真是难以理解。那时的地球人最多只会设想火星上也可能存在别的人类：他们也许比地球人低级，正等着地球人去传播福音。然而，浩瀚的太空之外还有其他的智慧生命，我们的智慧无法与之相较，正如那些已然绝灭的野兽无法与我们相较一样。这些智力惊人、冷酷无情的生物用嫉妒的眼光注视着地球，缓慢而坚定地制订着对付我们的计划。就这样，在二十世纪初，一场令一切幻象破灭的大灾难降临了。②）

余尝闻人有自谥之语曰："万物人为最灵。"又尝闻吾白种以天之骄子

---

① H.G.Wells, *The War of the Worlds*, New American Library, 1986, p. 1.
② ［英］威尔斯：《星际战争》，李家真译，人民文学出版社2005年版，第1页。

自称，自谓最灵。遂谓世间万物，莫非为人而设。自称骄子，遂谓杂色人种，但足以供驱策，必消灭之而后已。噫！其亦知地球之外，火星之上，有更灵于吾之人类乎？其人灵于吾，必等吾于猕猴，而必不同类视吾。然则吾将为其犬马乎？纵或不然，亦决不同种视吾。然则将以吾所施于黑奴者施于吾乎？噫！孰知其犹有甚于是者！其人视吾，直等于蝼蚁而已。余幸未死，请为读我书者叙火星与地球之战争。①

威尔斯在《星际战争》中以限制性第一人称的方式来书写"我"在火星人侵略地球期间的遭遇、见闻。因此，小说的叙述者"我"实际上是以今日之我对过去之我进行书写。具体到小说中，就是经历了火星人入侵地球这场浩劫的"我"对火星人入侵地球这一事件的回忆和描写。这就使得小说中"我"的叙述带有一种劫后余生的沉重与感伤。在小说的第一段，"我"作为幸存者，对火星人入侵地球之前"人类"（man）的懵懵懂懂深表不满。同时，叙述者"我"由于已经见识了火星人科技的发达、力量的强大，极力感叹人类的渺小无知，并将其比作"infusoria"（纤毛虫）或"those of beasts that perish"（已经绝灭的野兽）这类孱弱微小的生物。值得读者注意的是，小说的叙述者"我"在第一段的八句话中，有四句使用了"No one"、"man"、"men"等可以指代全体人类的词汇（小说中提到No one相信某事的时候，也就是所有人不相信某事）作为句子的主语，另外四句中也有两句使用了"our"、"ours"，以及"us"这类复数代词和复数所有格来指代全人类。也就是说，小说的叙述者在《星际战争》的第一段中首先自觉地代表人类发了一通议论，然后才开始讲述自己遭遇火星人的经历。

在这里，笔者不想讨论《星际战争》的叙述者在使用"man"一词指称人类时如何想当然地将占人类总数一半的妇女排除在人类以外，而只想指出小

---

① 施蛰存主编：《中国近代文学大系·翻译文学集二》第27卷，上海书店1991年版，第149页。

说叙述者"我"心中的"man"仅仅包括欧洲人(或欧洲男人)。《星际战争》一书中确实提到了诸如"塔斯马尼亚人"①(the Tasmanians)等非欧洲族裔,然而在小说修辞上,这一族群是和"美洲野牛"②(bison)、"渡渡鸟"③(dodo)并置在一起的。这就意味着,小说叙述者提到塔斯马尼亚人并不是因为他们属于人类中的一员,而是因为这一族群和美洲野牛、渡渡鸟一样,是因为人类(欧洲人)屠杀而灭绝的物种之一,而塔斯马尼亚人本身并不是人类(欧洲人)的成员。同样的,当小说叙述者"我"发现伦敦在火星人的攻击下成了一座荒城时,他心中的疑问首先是柏林、巴黎是否也遭到了同样的攻击。欧洲之外的城市与文明,并没有进入到小说主人公的视野之中,更没有让他牵肠挂肚、念兹在兹。从上述例证可以看出,威尔斯的《星际战争》是一部典型的带有欧洲中心主义色彩的作品,这种欧洲中心主义是通过对欧洲以外的世界进行特殊的修辞处理或遮蔽呈现在读者面前的。

在汉语语境中,"人"或"人类"一词没有像英语语境中"man"一词那样带有强烈的男性中心主义色彩。然而在21世纪初由国内主流出版社(人民文学出版社)出版的译本(李家真译)中,欧洲中心主义则被毫无保留地带到汉语语境之中。上文中提到的几处欧洲中心主义式的修辞方式和遮蔽方式,也同样出现在李家真先生的译本里。不过有趣的是,心一先生在20世纪初却通过对《火星与地球之战争》的翻译,暴露并瓦解了威尔斯的欧洲中心主义。《火星与地球之战争》的第一句话——余尝闻人有自诩之语曰:"万物人为最灵。"——中的叙述者"余"和《星际战争》中的"我"一样,将自己看作全人类中的一

---

① 居住在澳大利亚东南部的塔斯马尼亚岛上。18世纪英国殖民者将此岛变为流放罪犯的地方,岛上的土著于1876年被屠杀殆尽。

② 由于人类的泛滥捕杀,美洲野牛一度于19世纪末20世纪初(即威尔斯写作《星际战争》时)被认为已经灭绝。

③ 生活在非洲毛里求斯的一种鸟,这种鸟身体肥胖,动作缓慢,不会飞行,味道鲜美,在17世纪遭到英国探险者的大肆捕杀,由此灭绝。

分子。但《火星与地球之战争》的第二句话——又尝闻吾白种以天之骄子自称，自谓最灵——就暴露并破坏了《星际战争》中隐藏着的"我"、人类，以及欧洲人之间的相等关系。在这里，心一直截了当地点明叙述者"吾"的白种人身份，并指出了白种人的傲慢与狂妄。在《星际战争》中，叙述者"我"作为一个居住在伦敦郊外小镇"Woking"的作家，其白种人的身份根本无需加以特别强调，因为欧洲以外的世界从来没有真正出现在小说里。而在《火星与地球之战争》中，人类中既然出现了"白种"，那么很自然在接下来的叙述中就出现了"杂色人种"一词。在这里，心一通过他的翻译向读者表明，人类是由"白种"和"杂色人种"构成的，而并非仅仅是威尔斯书中的欧洲人。由于"遂谓世间万物，莫非为人而设。自称骄子，遂谓杂色人种，但足以供驱策，必消灭之而后已"，所以由"白种"和"杂色人种"共同构成的人类的地位高于地球上的"世间万物"，而在人类当中，"白种"则凌驾于"杂色人种"之上。

以今天的翻译标准来看，心一的翻译显然以意译为主，其译本不够准确并且翻译态度不够严肃。在常见的研究思路中，这也就意味着心一的翻译是过渡时代的产物，必将被新的、更准确的翻译所取代。然而当我们用"对抗"的模式来看待心一的翻译时，恐怕结论就不会这么简单。在威尔斯写作《星际战争》的年代，欧洲文明正如日中天，欧洲列强的殖民地遍布整个地球，欧洲社会正以前所未有的速度飞速发展，欧洲文明内部的矛盾与问题尚未暴露，大部分欧洲人都相信自己将在科学、理性的带领下走向幸福、美好的明天。那个时代的欧洲人相信，只有欧洲人才配得上人的称号，而欧洲之外的人都是土著，等待着欧洲人为他们送去福音。所以威尔斯才会在《星际战争》的第一段写到人类（即欧洲人）会认为外星人要比自己更为低等。这是欧洲人用处理与土著关系的方式来看待与外星人的关系。可以说，威尔斯在《星际战争》的第一段为读者提供了一个欧洲人在19世纪末20世纪初对于世界的想象图景。在这个想象中，只有欧洲才有人类生存，在欧洲以外的广袤土地上，则只生活着无数土著，等待着欧洲人传播福音。显然，这一欧洲人的想象无法被欧洲之外的人所分享，而翻译则为心一提供了对抗这一想象的处所。心一通过自己的翻译，戳穿了欧洲中心主义的谎言，否认欧洲人可以盗用"人类"（man）的名义来指代自己，将欧洲人重新还原为"白种"。

二 世界秩序的想象性颠覆

如果说心一这段译文的前四句挑战了欧洲中心主义的人类观，否认欧洲人可以"冒领"人类的头衔，并指出国际政治中"白种"凌驾于"杂色人种"之上的事实；那么这段译文的后五句则再次将已经清晰的指代关系搞混。当小说的叙述人在这段译文的第五句和第六句中将地球人和火星人作对比时，其使用的人称代词"吾"改为指代全体人类。然而第七句中的"吾"则又很明确地指代白种人。到了第八句，读者已经无法分辨出"吾"到底指代的是什么。而在最后一句，人称代词则换成了"余"，用以指代小说的叙述人——一位白种英籍作家。

在笔者看来，心一在这五句话的翻译中出现的指代混乱，并不是因为他翻译水平不够或是翻译态度不严肃，而是他通过翻译来对抗欧洲中心主义时遇到了极大的困难。毕竟，《星际战争》是一部以限制性第一人称视角写成的小说，其叙述者又是一位白种英籍作家，这就使得这位自觉警惕欧洲中心主义的翻译家在小说的大部分篇幅中不得不以白种人的身份来讲述故事。对于现代翻译家来说，暂时以白种人的身份叙述故事是司空见惯的事，但对心一来说，他似乎因这种身份感到极大的焦虑。而且这种焦虑是如此的强烈，以至于他不得不跳出威尔斯的原文，增加了一段自己的议论：

> 吾方日筹对付杂色人种之政策，其人已踵于吾后，谛察吾举动，时机一至，战事将启。而吾犹日思噬人，效螳螂之捕蝉，岂不大可哀耶！①

---

① 施蛰存主编：《中国近代文学大系·翻译文学集二》第27卷，第149页。

在这段引文中，心一伪装成小说的叙述者，展开对宇宙秩序的狂想。在引文的第一句中，白种人（即文中的"吾"）整天想的就是如何对付"杂色人种"。然而正当白种人大肆攫取各种政治经济利益，剥削压榨"杂色人种"时，火星人则在白种人后面伺机而动，准备开战。也就是说，当威尔斯在小说中描写火星人与地球人开战的时候，心一则将这场战争表述为火星人与白种人之间的战争。当然，从某种角度来看，心一的表述其实更为准确直接，因为威尔斯小说中的人类，本来指的就是欧洲人。而在引文的第二句话，叙述者"吾"作为遭遇浩劫的幸存者，哀叹白种人在整天对付杂色人种的时候，不曾想到"螳螂捕蝉，黄雀在后"的道理。在这里，心一为读者展开了一幅新的世界图景：白种人凭借先进的科技凌驾于杂色人种之上，但白种人并不能因此而感到骄傲，因为在他们身后，科技更加先进的火星人正在相机而动。在威尔斯的《星际战争》中，社会达尔文主义式的思维模式支配着全书。为了解释火星人的科技何以高于地球人，威尔斯提供的理由是火星与太阳之间的距离比地球与太阳之间的距离远，所以火星的形成时间早于地球。由于火星人的历史比地球人长，也就进化得更充分，科技也就更发达。在威尔斯的逻辑中，进化上的先后直接反应在科技实力的强弱上，从而决定了谁可以支配、统治谁。然而在汉译本《火星与地球之战争》中，心一将威尔斯的社会达尔文主义式的逻辑，以及从火星人高于"白种"、"白种"高于"杂色人种"这一进化图景，直接嫁接到《庄子》中"螳螂捕蝉、黄雀在后"的典故上，并由此将社会达尔文主义式的思维逻辑戏剧性地反转过来。在心一那里，杂色人种、白种以及火星人之间并不是逐渐递进的权力位阶关系，而是一种相对的位置关系。心一承认"白种"确实在科技实力上优于"杂色人种"，并实际统治着"杂色人种"，但他试图强调的是，"白种"并不能因为比"杂色人种"地位优越而沾沾自喜，"白种"背后其实还有火星人比他们更加强大。也就是在这个意义上，"白种"和"杂色人种"的地位其实是相同的。如果白种人不能认识到这种位置上的相对关系，那么这种无知只能用"可哀"来形容。

在这里，我们看到心一凭借着对火星人降临地球的狂想，似乎已经实现了杂色人种世界地位的想象性提升，将杂色人种和白种人放在平起平坐的位置上。这样的想象自然让第三世界的中国读者倍感兴奋，但心一自己并没有走得那么远。清末民初那一代中国人纵能一时展开想象的翅膀，却最终仍落入现实的窠臼。如果继续读下去，我们会看到：

然彼为蝉者，螳螂亦不知御，其梦梦实什百于吾矣。①

心一在这里终于清醒地承认，火星人的降临虽然想象性地将杂色人种和白种人放在了平等的地位上。然而这样的平等并不能改变杂色人种受到白种人欺凌的事实。杂色人种不能抵御白种人的欺凌其实是比白种人不能抵御火星人入侵更为羞耻的事。

三 两种不同的回应方式

1898年，当欧洲人正因意大利天文学家斯基亚帕瑞利的发现而为火星兴奋不已之际，中国的思想界、学术界则因为一本翻译著作的出版感到震惊。这部著作就是严复的《天演论》。严复在该书中肯定了赫胥黎在原作《进化论与伦理学》中痛加批驳的社会达尔文主义，阐发了"物竞天择，适者生存"、"优胜劣汰"的思想，震动了当时中国的思想界、学术界。"物各竞存"、"优胜劣汰"、"自强"等词成为风靡一时的词汇，进化论则成为思想界议论的中心话题。康有为曾称道严复"译《天演论》，为中国西学第一者也"。胡汉民则在《述侯官严氏最近政见书》一文中指出："自严氏之书出，而物竞天择之

---

① 施蛰存主编：《中国近代文学大系·翻译文学集二》第27卷，第149页。

理，厘然当于人心，而中国民气为之一变。"由此，进化论及其社会学翻版正式进入中国的知识语境，并重新改写了中国人看待中国与世界关系的方式。在传统观念中，中国是想当然的世界中心，而外国则是有待王化的"四裔"。而在进化论的思维模式下，中国对于世界的想象由空间形态转化为时间形态。中国成了历史发展中的一环，且因为种种原因是较为落后的一环；而西方则是先进的一环，也是代表未来的一环。中国人需要做的就是用西方模式改造中国，使中国现代化，或西方化。

  从中国对世界的想象的角度来看，心一翻译的《火星与地球之战争》恰恰与严复翻译的《天演论》形成了对话关系。在严复那里，中国因远远落后于西方列强，在弱肉强食的世界中面临着亡国灭种的危机。中国要想生存，必须进行西方式的改革，这样才能强国保种。然而心一则凭借着庄子的想象，把进化论推衍至浩瀚的太空，在那里，白种（即西方）不是进化的顶点，而是和中国一样，是进化中较为落后的一环。西方人如果因为比中国先进而凌驾在中国之上，那么他们不过是五十步笑百步的无知之徒。

  在笔者看来，不管是严复通过赫胥黎抒发亡国灭种的焦虑，还是心一借着威尔斯展开对宇宙秩序的狂想，都是通过不同途径对中国风雨飘摇的现实做出的回应。严复承认中国落后于西方，认为传统中国必须通过西方式的改革"过渡"到现代中国，以达到救亡图存的目的。似乎中国人一旦意识到自己的落后，就能通过努力复兴国家。然而严复没有意识到，若中国以西方的方式追赶西方，在西方已经出发在先的情况下，中国其实不可能追上西方，更不可能超越西方。由是观之，传统中国向现代中国的"过渡"注定无法完成，因为进化论的逻辑已经事先将中国钉在进化的落后一环上。而心一则借着对火星人降临地球的狂想，执意与进化论逻辑相"抗衡"，拒绝承认白种人凌驾在中国人之上。然而螳螂之所以显得愚笨，是因为它背后有黄雀存在。不过，火星人是否存在我们尚无从得知，那么火星人降临地球则更是缥缈的想象。可以说严复和心一分别为我们以想象的方式"复兴"了中国，只不过前者把中国人永远定义为疲惫的西方追赶者，而后者则让我们永远等待着火星人降临地球这一"弥赛亚"式的救赎。可以说,严复的想象直到今天都始终在中国占据主流话语。我们始终有着现代化的冲动,以摆脱传统的束缚,拥抱现代的中国。不过,心一式的想象并没有像他的翻译那样被人忘记,而是成为一股历史的潜流,不时浮出地表。今天我们听到的诸如"中国可以说不"、"三十年河东,三十年河西"或"二十一世纪是中国人的世纪"(另一个版本是二十一世纪是亚洲人的世纪)之类的说法,都是心一式想象的翻版。似乎到了新世纪,人们夸大了心一的想象,却忘记了那位晚清翻译家在狂想之后的清醒。

做现实主义者，为不可能之事

—— 1925 年的鲁迅

一 思想变化的节点

1925年对于鲁迅来说是极不平静的一年。正像他自己所说，这一年既是其生活开始"六面碰壁"①，卷入一连串的事件（如北京女师事件、"三一八"事件等），充满着紧张、动荡气氛的时期；也是他创作热情高涨、著述极为丰富的阶段，不仅"这一年所写的'杂感'"，就"比收在《热风》里的整四年中所写的还要多"②，而且他还在同时完成了《野草》中的大部分散文诗③，以及大量书简。种种迹象都表明，1925年是鲁迅生命历程和创作生涯中一段极为重要的时期。

或许正是因为1925年在鲁迅生命中的重要地位，很多研究者都把这一年作为划分鲁迅思想演变的转捩点。早在1933年，瞿秋白就在《〈鲁迅杂感选集〉序言》中指出，鲁迅在1925年对陈西滢、章士钊等人的攻击，"就已经准备着"他在"一九二七年下半年"开始完成的"从进化论最终的走到了阶级

---

① 鲁迅：《野草·死后》，《鲁迅全集》第2卷，人民文学出版社2005年版，第216页。
② 鲁迅：《华盖集·题记》，《鲁迅全集》第3卷，第3页。
③ 在《野草》总共24篇散文诗中，共有6篇完成于1924年，2篇完成于1926年，1篇完成于1927年，而1925年则创作了15篇。

论,从进取的争求解放的个性主义进到了战斗的改造世界的集体主义"的转变①。而李泽厚也做出了与瞿秋白相似的判断:

> 正如早年可以1906年春弃医弄文为界标分为两小段一样,鲁迅前期也可以1925年春参与女师大事件为界标分为两小段……后一小段……标志鲁迅所进行的战斗进入了一个与反动统治阶级直接肉搏的新阶段……对鲁迅日后成为马克思主义者,对鲁迅日益与也曾进行过"文明批评""社会批评"的"五·四"同辈和青年根本区别开来,是起了不可低估的关键作用的。②

不过这里需要特别说明的是,上述研究虽然准确地指出了鲁迅在1925年开始的变化,但从"进入了与反动统治阶级直接肉搏的新阶段"这样表述来看,研究者更多是在题材的意义上来理解这种变化。也就是说,上述研究的潜在逻辑是:鲁迅的杂文开始涉及到此前未曾处理过的一系列与现实政治紧密关联的议题,表明鲁迅的思想在1925年发生了某种变化。题材的改变及其进步性使得这些研究者认为鲁迅的思想在此时出现了变化。然而由此引发的问题是,如果说鲁迅的思想真的在1925年开始改变,那么这种变化究竟是在什么样的逻辑上发生的?鲁迅杂文的意义是否仅仅建立在题材的进步性上?鲁迅杂文是否在文学本体的意义上也具有自足的地位?这一系列问题显然是上述研究没能有效回答的。

正是基于这一问题意识,笔者试图用"以鲁解鲁"的方式,为1925年的鲁迅勾勒出一个较为完整的形象。首先,本文将对《野草》中的部分篇章进

---

① 参见何凝(瞿秋白):《〈鲁迅杂感选集〉序言》,《红色光环下的鲁迅》,河北教育出版社2002年版,第15—18页。

② 李泽厚:《略论鲁迅思想的发展》,《中国近代思想史论》,人民出版社1979年版,第454—455页。

行解读，分析鲁迅从某种类似于"纯文学"式的写作状态中，逐渐过渡到杂文写作的内在线索。其次，本文将具体分析《华盖集》以及部分相关文本，探讨鲁迅这一时期杂文的形式特征及其内在意蕴。最后，笔者将通过对《两地书》中的部分段落的分析，探讨鲁迅在1925年蕴涵的精神特质，并由此思考鲁迅杂文的当代意义。

二 通往现实的隐秘通道

鲁迅的《野草》通常被研究者当作某种"思想性著作"和"完整的人生哲学体系"[①]来理解。虽然这一判断本身有可以商榷的地方，但它暗示着我们，如果要解读鲁迅的思想内涵，《野草》往往是我们不得不面对的文本。而鉴于《野草》中的大部分诗篇都写于1925年，因此我们显然需要将这部散文诗集作为本文讨论的切入点。

《野草》的读者大概都会注意到这一现象：这部散文诗集中的文字往往会表现出一种在二元对立结构中游移、彷徨的姿态。试看下面几段引文：

> 我不过一个影，要别你而沉没在黑暗里了。然而黑暗又会吞并我，然而光明又会使我消失。
>
> 然而我不愿彷徨于明暗之间，我不如在黑暗里沉没。[②]

我只得由我来肉薄这空虚中的暗夜了，纵使寻不到身外的青春，也总得自己来一掷我身中的迟暮。但暗夜又在那里呢？现在没有星，没有月光以至笑的渺茫和爱的翔舞，青年们很平安，而我的面前又竟至于并且

[①] 汪晖：《反抗绝望——鲁迅及其文学世界》，河北教育出版社2000年版，第257页。
[②] 鲁迅：《野草·影的告别》，《鲁迅全集》第2卷，第169页。

没有真的暗夜。①

全然忘却，毫无怨恨，又有什么宽恕之可言呢？无怨的恕，说谎罢了。我还能希求什么呢？我的心只得沉重着。②

类似的例子在《野草》中还有很多，这类文字往往在黑暗与光明、青春与迟暮、怨恨与宽恕、真相与谎言，以及忘却与记忆等一系列二元关系中展开叙述，而作为叙述者的"我"则在这些二元关系面前表现出某种游移、难以抉择的情绪。正像《影的告别》中的"影"所说的，"有我所不乐意的在天堂里，我不愿去；有我所不乐意的在地狱里，我不愿去；有我所不乐意的在你们将来的黄金世界里，我不愿去"。在"天堂"与"地狱"这两极之间，"影"拒绝做出选择，似乎二者都难以让它感到满意，因而喊出"我独自远行……那世界全属于我自己"③。也正是在这一刻，"影"决绝地与世界切断一切联系，固执地沉浸在自我之中，为读者塑造出一个绝望、孤傲、彷徨、不安、无助的，类似于存在主义者的形象。而这一形象在某种程度上也往往被人们用来理解鲁迅，有研究者正是据此指出"《野草》诞生了一种类似于'被抛入世界'（海德格尔）、被投入毫无意义或荒诞的存在之中的感觉（基尔凯廓尔、卡夫卡、萨特、加缪）的东西"④。

然而这样的鲁迅形象却难免让人生疑，因为存在主义毕竟是一种强调自我与世界、现实生活相互疏离的哲学思想，当我们用这样的哲学思想来理解鲁迅时，这位作家给我们的印象似乎是一个与世界、现实相疏离的孤独者。而由此产生的问题就是：当鲁迅通过他的杂文写作对现实生活迅速做出反

---

① 鲁迅：《野草·希望》，《鲁迅全集》第2卷，第182页。
② 鲁迅：《野草·风筝》，《鲁迅全集》第2卷，第189页。
③ 鲁迅：《影的告别》，《鲁迅全集》第2卷，第169—170页。
④ 汪晖：《反抗绝望——鲁迅及其文学世界》，第259页。

应,与那些"正人君子"、"大学教授"们进行"堑壕战"时,他的《野草》为何在同一时期表现出与世界、现实的决裂和疏远呢?在笔者看来,虽然《野草》中的诗篇多依照二元对立模式展开,但其中却存在着两种截然不同的二元对立模式。因此,虽然《影的告别》等篇章表现出与鲁迅杂文截然相反的旨趣,但在《野草》的另一些诗篇中则潜藏着一条隐秘的通道,它勾连着《野草》与鲁迅的杂文,并使鲁迅发生在1925年的思想变化可以为我们理解。而这条通道就"潜伏"在下面两段引文之中:

> 现在我所见的故事清楚起来了,美丽,幽雅,有趣,而且分明。青天上面,有无数美的人和美的事,我一一看见,一一知道。
> 我就要凝视他们……。
> 我正要凝视他们时,骤然一惊,睁开眼,云锦也已皱蹙,凌乱,仿佛有谁掷一块大石下河水中,水波陡然起立,将整篇影子撕成片片了。我无意识地赶忙捏住几乎坠地的《初学记》,眼前还剩着几点虹霓色的碎影。
> 我真爱这一篇好的故事,趁碎影还在,我要追回他,完成他,留下他。我抛了书,欠身伸手去取笔,——何尝有一丝碎影,只见昏暗的灯光,我不在小船里了。①

> 漂渺的名园中,奇花盛开着,红颜的静女正在超然无事地逍遥,鹤唳一声,白云郁然而起……。这自然使人神往,然而我总记得我活在人间。
> 我忽然记起一件事:两年前,我在北京大学的教员预备室里……②

这两段文字分别来自《好的故事》和《一觉》。与《影的告别》、《墓碣

---

① 鲁迅:《好的故事》,《鲁迅全集》第2卷,第191页。
② 鲁迅:《一觉》,《鲁迅全集》第2卷,第228—229页。

文》，以及《过客》等篇章相比，这两篇作品并没有被研究者予以足够的重视。不过在笔者看来，这些文字虽然在表面上仍按照《影的告别》中的二元对立模式展开叙述，但却与之存在着极大的不同。在《影的告别》等篇章中，作品往往给读者一种梦幻般的感觉，因此，二元对立模式中的两极都被裹挟在梦境里。似乎叙述者"我"所说的全是梦境中的呓语，那个梦中的"影"在"光明"与"黑暗"这两极之间"彷徨于无地"。然而在上述两段引文中，文本的展开线索却是梦幻与现实之间的对立。在《好的故事》里，叙述者"我"起初沉浸在对梦中"美丽，幽雅，有趣"的故事的迷恋之中，但故事发展到这里却发生了断裂。"一块大石"突然击碎了"我"的美梦，于是所有梦中的好景都被"撕成片片"，无法捕捉。而"我"则回归现实，发现梦中的好景不过是一场幻梦，最终只能看到现实中"昏暗的灯光"，留下无尽的怅惘。而在《一觉》中，文本的展开线索依然是梦幻与现实的对立。叙述者"我"首先向读者描述了自己所"神往"的美景，然而"我"又马上宣称"我总记得我活在人间"，因而拒绝继续叙述梦境，用"我忽然记起一件事"这样突兀的表述，将笔触强行扭转到对现实生活的描写之中。

笔者之所以认为《好的故事》和《一觉》中的两段文字是连接《野草》与鲁迅杂文的隐秘通道，就在于鲁迅往往在杂文、书信中也采用与之极为相似的行文结构。因此，从某种意义上可以说，在梦想与现实的二元对立之间，坚决地选择后者，也是鲁迅进行杂文创作时的思维方式。试看下面两段文字：

……我已经管不得许多，只好从退让到无可退避之地，进而和他们冲突，蔑视他们，并且蔑视他们的蔑视了。

我的信要就此收场。海上的月色是这样皎洁；波面映出一大片银鳞，闪烁摇动；此外是碧玉一般的海水，看上去仿佛很温柔。我不信这样的东西是会淹死人的。但是，请你放心，这是笑话，不要疑心我要跳海了,我还毫没有跳海的意思。①

　　夜九时后,一切星散,一所很大的洋楼里,除我以外,没有别人。我沉静下去了。寂静浓到如酒,令人微醺。望后窗外骨立的乱山中许多白点,是丛冢;一粒深黄色火,是南普陀寺的玻璃灯。前面则海天微茫,黑絮一般的夜色简直似乎要扑到心坎里。我靠了石栏远眺,听得自己的心音,四远还仿佛有无量悲哀,苦恼,零落,死灭,都杂入这寂静中,使它变成药酒,加色,加味,加香。这时,我曾经想要写,但是不能写,无从写。这也就是我所谓"当我沉默着的时候,我觉得充实,我将开口,同时感到空虚"。

　　莫非这就是一点"世界苦恼"么?我有时想。然而大约又不是,这不过是淡淡的哀愁,中间还带些愉快。我想接近它,但我愈想,它却愈渺茫了,几乎就要发见只我独自倚着石栏,此外一无所有。必须待到我忘了努力,才又感到淡淡的哀愁。

　　那结果却大抵不很高明。腿上钢针似的一刺,我便不假思索地用手掌向痛处直拍下去,同时只知道蚊子在咬我。什么哀愁,什么夜色,都飞到九霄云外去了,连靠过的石栏也不再放在心里。②

　　在这里以较长的篇幅引述这两段文字对本文的讨论来说极为必要。因为这两段文字在结构上与《好的故事》、《一觉》中的两段引文非常相似,同时集中体现了鲁迅在进行杂文写作时的思维方式。在第一段引文中,有关"现实"的论述包裹着一段极为宁静、美丽的景色描写。这段描写与前面那段表示要与"正人君子"进行冲突的激烈文字形成鲜明的对照。给人一种忽然从

---

① 鲁迅:《海上通信》,《鲁迅全集》第3卷,第420页。
② 鲁迅:《怎么写——夜记之一》,《鲁迅全集》第4卷,第18—19页。

现实斗争中超脱出去，进入到梦幻般的，没有"冲突"、没有"蔑视"，安静祥和的境界之中的感觉。然而行文至此忽然一转，鲁迅用开玩笑的口吻把前面关于海面风景的描述解构掉，使论述重新拉回到"现实"中来。显然，在梦幻般的好景与残酷的现实之间，鲁迅再次坚定地选择了后者。

与此极为相似的是第二段引文。这段文字以鲁迅表示自己"沉静下去"后，超离了与现实世界的一切关联，进入到"没有别人"的境界开始。这种梦幻般的境界对作家本人来说显然极富吸引力，它让鲁迅感到"淡淡的哀愁，中间还带些愉快"。在那一刻，鲁迅沉醉在这种遗世独立的境界中，甚至感到有些"微醺"。不过正当这一梦幻般的境界向读者展开时，鲁迅的笔锋再次一转，努力从那种使人沉醉的描绘中抽离出去。蚊子"钢针似的一刺"，使那些"哀愁"、"夜色"都"飞到九霄云外"去了。熟悉《华盖集》和《两地书》的读者都知道，这段文字中的"蚊子"既可以理解为鲁迅向许广平抱怨过的厦门的蚊子，也可以理解为陈西滢、章士钊之流对鲁迅的攻击。显然，即使沉浸在使人陶醉的"寂静"之中，鲁迅仍不能忘怀现实生活中的种种纠葛。因此，这段文字实际上再次把梦幻般的美景与现实的斗争并置在一起，而鲁迅则"不假思索"地选择了后者。

薛毅先生曾在《反抗者的文学——论鲁迅的杂文写作》中对《怎么写》中的这段文字做过非常精彩的分析。他认为鲁迅在前半段对"没有别人"的境界的描绘是一种类似于"纯文学"式的书写，而后半段对蚊子咬人的描述则"对'纯文学'的沉思默想形成一种反讽"[①]。薛毅先生的解读无疑准确抓住了鲁迅这段文字的特色。然而如果把这段文字与《好的故事》、《一觉》，以及《海上通信》中的段落放在一起进行阅读的话，我们会发现这几段文字存在着一种结构上的相似性，它们都在梦幻与现实的二元对立模式中展开叙

[①] 薛毅：《反抗者的文学——论鲁迅的杂文写作》，《视界》第4辑，河北教育出版社2001年版，第15页。

述,而最终梦幻都被宣判为虚无缥缈的存在,从文本中被驱逐出去,只留下对现实的表现和描绘。因此,这几段文字在结构上的相似性使我们不能仅仅把它们的意义理解为是对"纯文学"的讽刺和否定,它同时还向我们揭示出某种属于鲁迅的思维方式和情感结构。正是因为这种思维方式和情感结构的存在,使得鲁迅在《影的告别》、《墓碣文》等篇章中书写某种梦幻般的情境时,可以毫无阻碍地表现出对世界、现实的某种疏离感,为读者塑造出一个孤傲、绝望、无助的存在主义者式的形象。然而一旦鲁迅将梦幻与现实并置在一起时,他虽然承认前者"使人神往",但还是"不假思索"地选择后者,并把对后者的书写当作自己后半生最主要的工作。或许正是在这个意义上,我们可以称鲁迅为一个"现实主义者",他始终执着于现实生活的斗争,执拗地拒绝任何"漂渺"的幻想。而鲁迅之所以在1925年开始卷入现实纠葛之中,在这个角度上也就可以为我们所理解。

三 对现实的执着

正如上文所分析的,鲁迅那种在梦幻与现实的二元对立结构中选择后者的思维方式,是联结《野草》与鲁迅杂文的隐秘通道。正是因为这条通道的存在,使得鲁迅可以顺畅地从某种"纯文学"式的写作,如《呐喊》、《彷徨》,以及《野草》等,转入到杂文写作之中。而通过对鲁迅杂文的分析会发现,鲁迅对自己杂文的定位,依然围绕着梦幻与现实之间的对立展开。这一点,充分体现在鲁迅在1925年最后一天所写下的文字中:

> 我知道伟大的人物能洞见三世,观照一切,历大苦恼,尝大欢喜,发大慈悲。但我又知道这必须深入山林,坐古树下,静观默想,得天眼通,离人间愈远遥,而知人间也愈深,愈广;于是凡有言说,也愈高,愈大;于是而为天人师。我幼时虽曾梦想飞空,但至今还在地上,救小创伤尚且来不及,那有余暇使心开意豁,立论都公允妥洽,平正通达,

像"正人君子"一般;正如沾水小蜂,只在泥土上爬来爬去,万不敢比附洋楼中的通人,但也自有悲苦愤激,决非洋楼中的通人所能领会。①

《华盖集·题记》中的这段话既可以理解为鲁迅为自己在1925年所做工作的总结,也可以理解为他对自己的身份定位。这段文字再次将对超离现实之境界的描绘与"沾水小蜂"式的执着于现实的形象进行对比。鲁迅虽然表示自己当年曾经"梦想飞空",对那些"伟大的人物"的境界描述得也极为高妙,但他对自己的身份定位却是"如沾水小蜂,只在泥土上爬来爬去",并在表面上采取一种谦卑的姿态,称自己难以与"洋楼中的通人"相比。不过他的笔锋至此忽然一转,认为自己所做的工作虽然卑微,但仍有那些"通人"无法领会的地方。显然,鲁迅再一次抛弃了对高妙、超然境界的向往,选择了对现实生活的固守与执着。

事实上,鲁迅的这种人生选择也是他对自己杂文的一种定位。正如《华盖集·题记》中的另一段文字所描绘的:

> 现在是一年的尽头的深夜,深得这夜将尽了,我的生命,至少是一部分的生命,已经耗费在写这些无聊的东西中,而我所获得的,乃是我自己的灵魂的荒凉和粗糙。但是我并不惧惮这些,也不想遮盖这些,而且实在有些爱他们了,因为这是我辗转而生活于风沙中的瘢痕。凡有自己也觉得在风沙中辗转而生活着的,会知道这意思。②

鲁迅十分清楚自己收在《华盖集》中的那些论战文字只是一些"无聊的

---

① 鲁迅:《华盖集·题记》,《鲁迅全集》第3卷,第3页。
② 同上,第4—5页。

东西",难以"送进什么'艺术之宫'"①。因此,他并不把自己的杂文当作可以"藏之深山,传诸后人"的不朽之作,这些"耗费"他"一部分的生命"的杂文只是与现实扭打、纠缠在一起的文字"而已"。并且,这种在现实生活中的扭打、抗争只能让他的灵魂变得"荒凉和粗糙",并不能从中获得丝毫的愉悦和欢欣。然而鲁迅却毫不掩饰自己对这些"无聊"文字的喜爱,并宣称只有那些真正与他生活在同一境地中的人们才可以理解这一选择。在这里,鲁迅向我们透露了一个非常重要的信息,那就是鲁迅的杂文创作绝不是一种个人性的表达,或是追求永恒不朽的文字。它是一种代表所有被剥削、被压迫的人们的愤怒的呼喊。正如那段著名的告白所说的:

> 我自己也知道,在中国,我的笔要算较为尖刻的,说话有时也不留情面。但我又知道人们怎样地用了公理正义的美名,正人君子的徽号,温良敦厚的假脸,流言公论的武器,吞吐曲折的文字,行私利己,使无刀无笔的弱者不得喘息。倘使我没有这笔,也就是被欺侮到赴诉无门的一个;我觉悟了,所以要常用,尤其是用于使麒麟皮下露出马脚。②

因此,鲁迅在1925年所写下的那些看上去纠缠于个人恩怨的论战文字,实际上是一种集体性的对社会的控诉。鲁迅自觉地站在那些社会中的弱者、边缘人以及无力"发声"者的一边,与种种表面上号称"公理正义",背地里"行私利己"的"正人君子"之徒进行坚决的斗争。从这个角度来看,鲁迅的杂文虽然丧失了进入"艺术之宫"的资格,但却获得了其在现实生活中的意义和价值。

由此我们似乎可以引申出这样的结论,鲁迅的杂文始终伴随着它的对立

---

① 鲁迅:《并非闲话(三)》,《鲁迅全集》第3卷,第158页。
② 鲁迅:《我还不能"带住"》,《鲁迅全集》第3卷,第260页。

面而存在，它必须通过与现实生活中的黑暗面扭打、纠缠在一起才能获得自身存在的意义。这或许就是鲁迅希望自己的杂文应该与他身处的时代共同毁灭的原因所在。因此，鲁迅杂文的一个最基本的构成方式，就是在《野草》中几乎处处可见的二元对立模式。而与《野草》不同的是，杂文中的二元对立模式既不表现为梦幻中的两极张力，也不呈现为梦幻与现实的差异，而是集中在名、实之间的对立上。这一点，突出表现在下面几段引文：

> 不料有许多人，却自囚在什么室什么官里，岂不可惜。只要掷去这尊号，摇身一变，化为泼皮，相骂相打（舆论是以为学者只应该拱手讲讲义的），则世风就会日上，而月刊也办成了。①

> 丑态，我说，倒还没有什么丢人，丑态而蒙着公正的皮，这才催人呕吐。但终于使我觉得有趣的是蒙着公正的皮的丑态，有自己开出帐来发表了。②

> 前人之勤，后人之乐，要做事的时候可以援引孔丘墨翟，不做事的时候另外有老聃，要被杀的时候我是关龙逄，要杀人的时候他是少正卯，有些力气的时候看看达尔文赫胥黎的书，要人帮忙的时候就有克鲁巴金的《互助论》，勃朗宁夫妇岂不是讲恋爱的模范么，叔本华尔和尼采又是咒诅女人的名人，……③

> 中国的青年不要高帽皮袍，装腔作势的导师；要并无伪饰，——倘

---

① 鲁迅：《通讯》，《鲁迅全集》第3卷，第26—27页。
② 鲁迅：《答KS君》，《鲁迅全集》第3卷，第119页。
③ 鲁迅：《有趣的消息》，《鲁迅全集》第3卷，第212页。

没有,也得少有伪饰的导师。倘有带着假面,以导师自居的,就得叫他除下来,否则,便将它撕下来,互相撕下来。撕得鲜血淋漓,臭架子打得粉碎,然后可以谈后话。这时候,即使只值半文钱,却是真价值;即使丑得要使人"恶心",却是真面目。略一揭开,便又赶忙装进缎子盒里去,虽然可以使人疑是钻石,也可以猜作粪土,纵使外面贴满着好招牌,法兰斯呀,萧伯讷呀,……毫不中用!①

在这里花费较大的篇幅进行征引对于行文来说显得有些笨拙,而且有些引文并非来自1925年的《华盖集》,而是引自《华盖集续编》中一些写于1926年的杂文。不过把这些段落并置在一起却可以让我们清楚地看到鲁迅在与陈西滢、章士钊等"正人君子们"战斗时的基本思路:即通过揭露这些"大学教授""言行不符,名实不副,前后矛盾,撒谎造谣,蝇营狗苟"②的种种行径,撕掉那些"尊号"、"招牌",来企望一个更为真实的世界。

或许正是因为这一基本思路的存在,在鲁迅这一时期杂文中我们会不断看到两套完全相反的语汇,它们通过在修辞层面上的相互碰撞和冲击,形成一个极富张力的二元对立结构,从而构成了鲁迅这一时期杂文的基本特色。第一套语汇是"尊号"、"招牌"、"皮"、"假面"、"公允的笑脸"③、"体面名称"④、"对镜装成的姿势"⑤、"伪饰"、"徽号",以及"假面目"⑥等代表假象的词语;第二套语汇则是"真面目"⑦、"本相"⑧、"真价值",以及"赤条

---

① 鲁迅:《我还不能"带住"》,《鲁迅全集》第3卷,第259页。
② 鲁迅:《十四年的"读经"》,《鲁迅全集》第3卷,第139页。
③ 鲁迅:《并非闲话》,《鲁迅全集》第3卷,第83页。
④ 鲁迅:《"碰壁"之余》,《鲁迅全集》第3卷,第126页。
⑤ 鲁迅:《不是信》,《鲁迅全集》第3卷,第249页。
⑥ 鲁迅:《我还不能"带住"》,《鲁迅全集》第3卷,第260页。
⑦ 鲁迅:《不是信》,《鲁迅全集》第3卷,第239页。
⑧ 同上,第246页。

条"①等指代真相的词语。我们可以把这两套语汇的对立理解为鲁迅对言行不一、名实不副的批判。这也可以说是鲁迅这一时期杂文所着力攻击的目标。而由此引发的问题是，鲁迅为什么要以那种极端的方式攻击"正人君子们"言行不一的丑态？难道仅仅是因为那些"大学教授""招惹"了鲁迅，所以他就奋力反击吗？

在笔者看来，对于这一问题的解答来说，下面两段话值得我们特别关注：

> 我看一切理想家，不是怀念"过去"，就是希望"将来"，而对于"现在"这一题目，都缴了白卷，因为谁也开不出药方。②

> 使我较为感到有趣的倒是几个向来称为学者或教授的人们，居然也渐次吞吞吐吐地来说微温话了，什么"政潮"咧，"党"咧，仿佛他们都是上帝一样，超然象外，十分公平似的。③

这两段文字从表面上看并没有什么关联。《两地书》中的那段文字所讽刺的是那些"理想家"没有能力搞清"现在"中国的问题究竟是什么，而是不断地用"过去"或"将来"敷衍塞责，不能真正地回应"现在"的实际问题。而第二段引文则延续了《华盖集》的一贯主题，对那些挂着"学者或教授""招牌"的"正人君子们"进行辛辣的讽刺。然而从"上帝一样，超然象外"这样的表述来看，鲁迅所讽刺的"向来称为学者或教授的人们"与"一切理想家"之间其实隐藏着一种同构关系。也就是说，"正人君子们"与"理想家"在鲁迅的笔下实际上并没有什么太大区别，他们都以上帝自居，脱离

---

① 鲁迅：《我还不能"带住"》，《鲁迅全集》第3卷，第260页。
② 鲁迅：《两地书·四》，《鲁迅全集》第11卷，第20页。
③ 鲁迅：《答KS君》，《鲁迅全集》第3卷，第119页。

中国社会真正的现实生活，因而其所有的言论虽然享有"公理正义"的美名，但却与"现在"毫无关系，并不能真正解决中国人面临的实际问题，甚至有成为恶势力的"帮闲"的可能。

因此，鲁迅对陈西滢、章士钊等人的攻击既不能简单地看作是私人恩怨，也不能单纯地理解为替弱者代言，这其中还蕴含了鲁迅对中国社会问题的严肃思考。他注意到那些掌握了话语权的正人君子，以貌似公正的言谈，大肆贩卖来自世界各地的"公理正义"，然而这些东西往往不过是让他们超脱于中国社会现实的工具，并不能真正解决中国的现实问题。而且由于这些人往往秉持了"公理正义"的美名，具有极强的迷惑性，反而会成为中国社会进步的最大障碍。正是基于这一考虑，鲁迅才会不顾一切地揭开各种假面，把火力集中到那些"大学教授"身上，指出"所谓学界，是一种发生较新的阶级，本该可以有将旧魂灵略加涮洗之望了，但……似乎还走着旧道路"①的事实。因此，鲁迅在1925年所写下的杂文虽然围绕着言与行、名与实、假象与真实等一系列二元关系展开，但其真正瞩目的问题却是如何改变中国的"现实"！正是基于这一问题意识，鲁迅才会在杂文中发出这样的诅咒："仰慕往古的，回到往古去罢！想出世的，快出世罢！想上天的，快上天罢！灵魂要离开肉体的，赶快离开罢！现在的地上，应该是执着现在，执着地上的人们居住的。"②在这个意义上可以说，鲁迅在1925年所写下的杂文实际上展现了一个现实主义者所应该具备的素质，他始终以现实生活中所面临的实际问题为思考的归宿，拒绝一切貌似"公理正义"但却与现实无涉的种种学说，严肃地思考、观察他所身处的时代。正是这里，鲁迅既深刻与他的时代联系在一起，又饱受攻击，为他的时代所不解。

---

① 鲁迅：《学界的三魂》，《鲁迅全集》第3卷，第222页。
② 鲁迅：《杂感》，《鲁迅全集》第3卷，第52页。

四 现实主义者的形象

一提起现实主义者,人们往往会有这样的印象:现实主义的信奉者是一些不可救药的反映论者,他们拒不思考历史与未来,把目光集中到现实之上,用尖刻的笔来书写现实的黑暗,绝不给读者留下一丝光明。当笔者把1925年的鲁迅定位为一个现实主义者的时候,或许也就把那些关于现实主义者的定型化想象安置在了鲁迅身上。因此,我们有必要在这里做进一步的说明。而一个关键性的问题是,当鲁迅执拗地与现实中的黑暗"捣乱"[①]时,他究竟有没有对未来的期许和向往?

在笔者看来,虽然人们不断引用《影的告别》中那句著名的"有我所不乐意的在你们将来的黄金世界里,我不愿去",来证明鲁迅是一个对未来不抱希望的怀疑论者,一个丧失了理想主义激情的存在主义者。然而鲁迅的杂文却处处向我们表明,在他那现实主义者的外表下,潜藏着一颗理想主义者的心!这一点充分体现在鲁迅杂文中这段关于"将来"的论述中:

> 至于将来,自有后起的人们,决不是现在人即将来所谓古人的世界,如果还是现在的世界,中国就会完![②]

在这段引文中,鲁迅显然没有否认"将来"的存在,而且以一种决绝的口吻断定"将来"的世界是一种对"现在"的超越。不过这段文字真正的症候点或许并不是鲁迅对"将来"的信心,而是鲁迅对"将来"的另一种可能性的描绘,即"将来"也有可能和"现在"一样,而如果这种可能成为现

[①] 鲁迅:《两地书·二四》,《鲁迅全集》第11卷,第81页。
[②] 鲁迅:《有趣的消息》,《鲁迅全集》第3卷,第215页。

实的话,"中国就会完"!因此,鲁迅虽然在这段话中体现出对于"将来"的信心,但这绝不是一种进化论式的乐观。从进化论的角度看,随着时间的流逝,所谓"现在"自然会逐渐进化成"将来"。然而鲁迅却清醒地指出,"将来"实际上也有可能和"现在"一样。而且这两种可能性都直接关系着中国的前途和命运。在笔者看来,鲁迅正是在这里开始超越了进化论所固有的宿命式的乐观,意识到对于"将来"的种种期待,必须建立在"后起的人们"不断对"现实"的改造与超越之上,只有那些"后起的人们"不断努力,才有超越"现实"的可能性。不过这里仍有一个难题需要鲁迅去面对,那就是"后起的人们"总是在"现实"的环境中生长起来的,那么,这些在"现实"中成长的人们又如何完成对"现实"的超越呢?也就是说,鲁迅应该如何去面对超越"现实"的渴望与"现实"超越的不可能性这二者之间的矛盾呢?

事实上,鲁迅在1925年一方面要面对陈西滢、章士钊的恶毒攻击,另一方面就要面对这一难题的困惑。鲁迅在当时并没有把这一困惑公开发表,因而只有在写给许广平的信中才能有所吐露:

> 我明知道几个人做事,真出于"为天下"是很少的。但人于现状,总该有点不平,反抗,改良的意思。只这一点共同目的,便可以合作。即使含些"利用"的私心也不妨,利用别人,又给别人做点事,说得好看一点,就是"互助"。但是,我总是"罪孽深重,祸延"自己,每每终于发见纯粹的利用,连"互"字也安不上,被用之后,只剩下耗了气力的自己一个。有时候,他还要反而骂你;不骂你,还要谢他的洪恩。我的时常无聊,就是为此,但我还能将一切忘却,休息一时之后,从新再来,即使明知道后来的运命未必会胜于过去。①

---

① 鲁迅:《两地书·二九》,《鲁迅全集》第11卷,第92页。

显然，这段引文可以说是上文论述的难题的具体表征。鲁迅在这里向许广平抱怨那些"后起的人们"虽然表面上以"为天下"为己任，但实际上却不过和那些正人君子一样"行私利己"，毫无"互助"之心。因此，鲁迅每每生出被人利用的感觉，感到"无聊"，觉得"后来的运命未必会胜于过去"。然而鲁迅的特殊之处在于，他虽然明知道那些"后起的人们"身上有着种种缺点，未必能够完成超越"现实"的重任，但他仍然表示自己要"能将一切忘却，休息一时之后，从新再来"。也就是说，纵使感觉到"现实"是不可超越的，鲁迅仍然把这种超越作为不可能完成的任务扛在自己的肩上，利用一切微末的希望，如那些并不完美的"后起的人们"，去实现对"现实"的超越。这或许就可以解释鲁迅为何在他的后半生中不断表现出对于青年的失望和对"奴隶总管"们的愤怒，但却坚决地支持青年和中国共产党的革命运动。因为他知道，对"现实"的超越只有依靠那些"现实"所孕育的并不完美的"后起的人们"。他们既是鲁迅可以依靠的唯一力量，也是超越"现实"的可能性之所在。

从这个意义上可以说，鲁迅在1925年给我们展现的形象，既是一个坚定的现实主义者，也是一个执着于不可能完成的任务的理想主义者。他固执地把这两种形象扭合在一起。而这样一个"做现实主义者，为不可能之事"的形象，则是鲁迅留给我们的最大遗产。面对今天中国社会的种种问题，我们既不能像"正人君子们"那样以种种舶来的高妙理论硬套在中国的"现实"之上，也不能把种种苦难都推诿给无言的历史，翘首期盼一切从头来过。我们只能像鲁迅那样，通过对"现实"的把握，充分利用那些并不完美的、沾染了历史污垢的，但却蕴涵着超越"现实"可能性的种种因素。以一个现实主义者的态度，固执地去承担那些不可能完成的工作，而"现实"则可能在这样的努力中发生改变。这或许就是历史的辩证法，而鲁迅的当代意义也正在其中闪现。

二十世纪三十年代初的
左翼批评话语及早期革命文学

中国现代文学自诞生之日起,就与现实主义文学理论建立了千丝万缕的联系。早在1917年,陈独秀就曾号召人们"建设新鲜的、立诚的写实文学"①。虽然在20世纪20年代初,创造社作家曾以"为艺术而艺术"的旗帜反对文学的功利性,但很快他们就改旗易帜,放弃早先坚持的浪漫主义式的文学主张,转而鼓吹文学要做革命的"留声机"、要求文学紧密反映"时代精神"和社会现实。在此之后,现实主义逐渐成为中国现代文学的主要创作倾向,其影响一直延续到今天。然而正像研究者所说的,"现实主义在新文学中的主流位置,根本上是由时代决定的,或者可以说,主要是'非文学因素',如政治因素和社会心理因素等,成为现实主义发展的契机"②。也就是说,现实主义在很大程度上是因为与革命政党的意识形态诉求结合在一起,才在中国现代文学史上占据主导地位的。由于现实主义与意识形态的结合,使得它不仅仅是一种文学创作方法,而且也成为判断文学价值的标准。一旦某部作品的风格倾向溢出现实主义的规定,敏感而警惕的左翼批评家就会质疑其文学价值,进而指责作家的阶级立场。在这个意义上,左翼批评家正是要借助

---

① 陈独秀:《文学革命论》,《新青年》第2卷第6号,1917年2月1日。
② 温儒敏:《新文学现实主义的流变》,北京大学出版社2007年版,第212页。

现实主义理论话语来完成对作家、作品的意识形态规训。而由此引发的问题是，为什么左翼批评家要在层出不穷的文学批评术语中选择现实主义来表达其意识形态诉求？为什么现实主义理论能够与意识形态话语相结合，共同支配左翼批评家的话语实践？这一系列问题构成了本文研究的出发点。

本文选择1928到1930年间出现的早期革命文学以及20世纪30年代初的左翼批评话语为研究对象。在笔者看来，20世纪30年代初左翼批评家对早期革命文学的批判，是中国现代文学史上现实主义理论与意识形态话语的第一次密切结合。在此之前，现实主义主要是作为一种崇尚写实的创作方法被引入中国，用以克服中国旧小说"向壁虚造"、脱离现实的弊病的。而左翼批评家对早期革命文学的清算，虽然表面上使用现实主义理论批判早期革命文学总是沉溺在想象的世界中①，要求作家"观察现实，描写现实"②，但其最终目的却在于清算革命文学作家的"非无产阶级乃至反无产阶级的意识"③。显然，现实主义文学理论在此已经发生了重大改变，它不再仅仅要求文学作品能够与现实生活建立起直接的对应关系，而是强调作家的思想倾向要与革命政党的意识形态诉求保持一致。在很大程度上，这一转变使得现实主义在意识形态的推动下决定性地影响了中国现代小说及批评的基本面貌。因此，20世纪30年代初左翼批评家对早期革命文学的批判给我们提供了一个很好的个案，对这一文学史现象的考察可以帮助我们更好理解为何左翼批评家需要借助现实主义理论来对革命文学及作家进行意识形态规训。

以往学术界考察左翼批评家对早期革命文学的批判，大多抛开具体的作品，仅从摆脱浪漫主义影响的角度论证左翼批评家通过对"革命的浪漫谛克"倾向的清算，逐步加深了对现实主义问题的理解。本文则尝试从具体的

---

① 参见华汉（阳翰笙）：《〈地泉〉重版自序》以及茅盾：《关于"创作"》等文章。
② 林伯修（杜国庠）：《一九二九年急待解决的几个关于文艺的问题》，《中国新文学大系1927～1937·文学理论集一》，上海文艺出版社1987年版，第364页。
③ 华汉（阳翰笙）：《〈地泉〉重版自序》，《地泉》，湖风书局1932年版。

作品分析出发，考察早期革命文学究竟包含哪些具体的意识形态因素，使得左翼批评家必须将这些小说所显露出的"非无产阶级乃至反无产阶级"的意识形态命名为"想象的"以消除其合法性。在此基础上，本文还试图梳理左翼批评家如何构想所谓"现实"地书写革命的方式。通过上述考察，我们或许可以触及到现实主义理论和意识形态话语得以在左翼批评中实现耦合的历史动因。

一 左翼批评中两种理论话语的耦合

1928到1930年出现的早期革命文学通常被文艺理论家称为"革命的浪漫谛克"。由于在人物描写、情节模式等方面存在着"脸谱化"、"公式化"以及"标语口号化"等弊病，瞿秋白在20世纪30年代初认为早期革命文学在艺术层面上"连庸俗的现实主义都没有能够做到"，在政治层面上"不但不能帮助'改变这个世界'的事业，甚至于也不能够'解释这个世界'"[①]。瞿秋白从文学标准和政治标准两方面对早期革命文学提出的质疑，使得这一时期的革命文学被指认为"'不应当这样写'的标本"[②]，历来受到人们的轻视。

早期革命文学的"革命的浪漫谛克"倾向在20世纪30年代初被左翼批评家概括为"把残酷的现实神秘化、理想化、高尚化，乃至浪漫谛克化"[③]。由此我们可以看出，对早期革命文学最大的诟病在于其歪曲现实。"左联"在这一时期清算"革命的浪漫谛克"时，郑伯奇就认为早期革命文学"有两个倾向：一个是革命逸事的平面描写，一个是革命理论的拟人描写。前一种倾向以太阳社为代表，后一种倾向在创造社特别的浓厚"。这些作品"题材多少是有事实根据的，人物多少是有模特儿存在着，然而题材的剪取，人物的活

---

① 易嘉（瞿秋白）：《革命的浪漫谛克——〈地泉〉序》，见华汉：《地泉》，湖风书局1932年版。
② 同上。
③ 华汉（阳翰笙）：《〈地泉〉重版自序》。

动,完全是概念——这绝对不是观念——在支配着"①。茅盾则进一步发挥了这一看法,他觉得创造社"最大的病根则在那些题材的来源多半非由亲身体验而由想象";而太阳社虽然包括"一部分有'革命生活实感'的青年",但"我们看了蒋光慈的作品,总觉得其来源不是'革命生活实感',而是想象"②。与此类似,蓬子在评价丁玲的革命小说时也认为其创作"多少带着想象的成分"③。

显然,在20世纪30年代初的左翼批评话语中,"想象"一词既是对早期革命文学特点的概括,同时也是对其价值的否定。因为在左翼批评家看来,革命文学对于革命的描绘应该"绝对排斥作品中包含着浪漫的,如某杂志所登载的几篇空想的虚构的作品的表现"④。而且"有价值的作品一定不能从'想象'中产生,必得是产自生活本身"⑤。

与清算"革命的浪漫谛克"同步进行的,是对革命文学未来走向的探讨。在影响甚大的《一九二九年急待解决的几个关于文艺的问题》一文中,林伯修认为普罗文学"应该离去一切主观的构成",普罗文学作家应该"于现实的全体性及其发展中来观察现实,描写现实。换句话说,就是把现实作为现实来观察和描写"⑥。瞿秋白也同意这一观点,他认为普罗文学"不需要虚的,不需要任何的理想化,不需要任何的一同欺人的幻想",也"不需要矫揉做作的麻醉的浪漫谛克"。由于"'现实'用历史的必然性替无产阶级开辟最后胜利的道路",因此无产阶级所需要的文艺必须能够帮助无产阶级"切

---

① 郑伯奇:《〈地泉〉序》,见华汉:《地泉》,湖风书局1932年版。
② 茅盾:《关于"创作"》,《茅盾全集》第19卷,人民文学出版社1991年版,第277—278页。
③ 蓬子:《我们的朋友丁玲》(《丁玲选集》序),《丁玲选集》,天马书店1933年版,序言第41页。
④ 干釜:《关于普罗文学之形式的话》,《白露月刊》第1卷第5期,1929年5月。
⑤ 茅盾:《关于"创作"》,《茅盾全集》第19卷,第279页。
⑥ 林伯修(杜国庠):《一九二九年急待解决的几个关于文艺的问题》,《中国新文学大系1927～1937·文学理论集一》,上海文艺出版社1987年版,第364页。

实的了解现实"①。从这些讨论我们可以看出，在这一时期的左翼批评话语中，"现实"是与"想象"相互对立的概念，它规约着革命文学所应描写的题材，所应使用的创作方法以及作品中内在的政治倾向性。

当左翼批评家在20世纪30年代初期回顾革命文学的历史时，他们一方面承认早期革命文学"确立了中国普洛文学运动的基础"②，但另一方面则认为早期革命文学中的"革命的浪漫谛克"倾向是"新兴文学的障碍，必须肃清这种障碍，然后新兴文学才能够走上正确的路线"③。华汉还进一步提出这样的疑问："为什么我们那时几乎无例外的大都去走浪漫谛克的路线……我们究竟要怎么样才能走到……现实主义的路线上去。"④从华汉提出的两个问题可以看出，虽然左翼批评家对于革命文学应如何书写"现实"尚没有明确具体的方案，但他们无疑都开始反思早期革命文学中的"革命的浪漫谛克"倾向，并把"现实"作为革命文学发展的方向和目标。冯雪峰更是直接把革命文学的发展方向命名为"从浪漫谛克到现实主义"⑤。因此我们可以认为，"想象"与"现实"这两个批评概念被左翼批评家用来指认早期革命文学的错误以及革命文学未来发展的目标，而从"想象"到"现实"则是左翼批评家在20世纪30年代初期所构想的革命文学发展的历史流程及未来走向。

单从字面内容来看，从"想象"到"现实"可以理解为在创作方法上由"向壁虚造"向"实地观察""如实描写"的转变。以往的文学史家也正是在这个意义上将左翼批评家对"革命的浪漫谛克"的清算理解为摆脱浪漫主义的影响，恢复现实主义精神或深化了对现实主义的理解。然而问题并不如此

---

① 史铁儿（瞿秋白）：《普洛大众文艺的现实问题》，《文学》第1卷第1期，1932年4月25日。
② 钱杏邨：《〈地泉〉序》，华汉：《地泉》，湖风书局1932年版。
③ 易嘉（瞿秋白）：《革命的浪漫谛克——〈地泉〉序》。
④ 华汉（阳翰笙）：《〈地泉〉重版自序》。
⑤ 冯雪峰：《关于新的小说的诞生——评丁玲的〈水〉》，《冯雪峰论文集》上册，人民文学出版社1981年版，第73页。

简单。革命文学中最主要的文体形式——小说——在其本质上就是想象的[①]，并不存在所谓"现实"的小说。虽然司汤达在《红与黑》中将小说理解为"途中的镜子"，即小说可以像镜子那样不加选择地呈现世间的一切，但有论者已经指出，镜子所能反映的其实并不是真正的现实世界，而只是现实世界的片断，镜中的景象会随着观察者的视野而不断改变[②]。由此可以看出，试图用语言在文学作品中完全摹仿现实世界的努力注定是徒劳的。如果说所有文学作品都只是想象而非现实的话，那么以什么标准判定一部文学作品是现实的还是想象的就成了值得讨论的问题。

当左翼批评家用从"想象"到"现实"来描述革命文学的发展轨迹时，与其说是表明革命文学逐渐成熟并获得了某种与现实世界的对应关系，不如说是显影了左翼批评家用以评价文学作品的标准发生了改变。以蒋光慈的小说《短裤党》为例，这部以纪实手法表现上海第二、第三次工人武装起义的小说在1928年被钱杏邨称为一部"真实反映时代的创作"[③]。然而这位批评家在1932年为《地泉》作序时则认为蒋光慈"把《短裤党》里的英雄，写成一个'鞠躬尽瘁，死而后已'的今代的诸葛孔明"[④]，并据此断定《短裤党》是"革命的浪漫谛克"倾向的典型。两相对照之下，何为"想象"、何为"现实"的标准无疑在清算"革命的浪漫谛克"前后发生了巨大的变化。

由此可以看出，从"想象"到"现实"包含了比所谓"深化了对现实主义的理解"更为丰富的历史内涵。"革命的浪漫谛克"倾向在20世纪20年代末的流行，其实意味着以"浪漫谛克"的方式对"革命"所进行的理解和表达

[①] 虽然左翼批评家也在积极提倡报告文学以及工农通信等更为纪实的文学样式，但类似的倡导至少在1931年"九一八事变"前并没有在创作领域得到积极的响应。

[②] 参见［美］莫里斯·迪克斯坦：《途中的镜子——文学与现实世界》，刘玉宇译，上海三联书店2008年版。

[③] 钱杏邨：《蒋光慈与革命文学》，《阿英全集》第2卷，安徽教育出版社2003年版，第89页。

[④] 钱杏邨：《〈地泉〉序》。

在当时的特定历史语境中被普遍接受。事实上,那些被指为"想象的"作品并不缺乏所谓"革命生活实感"。以《短裤党》为例,作者蒋光慈本人曾亲身经历了上海工人武装起义的全过程,其写作也力求以纪实的方式表现他的所闻所见。而洪灵菲的《流亡》三部曲更是在很大程度上与作家的亲身经历难以区分。因此,"革命的浪漫谛克"被指认为"想象",并不在于其"向壁虚造",也不在于写作技术的粗糙[①]。相反,更为重要的原因是以"浪漫谛克"的方式对"革命"进行理解和表达在新的历史语境下失去了合法性。

推动左翼批评家清算"革命的浪漫谛克"的直接原因是"新写实主义"的传入以及"唯物辩证法创作方法"的提倡。所谓的"唯物辩证法创作方法"指的是"作家必须从无产阶级的观点,从无产阶级的世界观,来观察,来描写。作家必须成为一个唯物的辩证法论者。……要和到现在为止的那些观念论,机械论,主观浪漫主义,粉饰主义,假的客观主义,标语口号主义的方法以及文学批评作斗争(特别要和观念论及浪漫主义斗争)"[②]。显然,"唯物辩证法创作方法"并不关心文学如何摹仿现实等现实主义理论问题,它所强调的是作家的世界观和阶级立场。因此,当左翼批评家们清算"革命的浪漫谛克"时,作家的阶级立场是他们最为关心的话题。阳翰笙就认为"'革命的浪漫谛克'的路线的阶级基础,很显然的是革命的小资产阶级,正因为我们的作家的生活观点和立场都是小资产阶级的,所以,他才把残酷的现实斗争神秘化,理想化,高尚化,乃至浪漫谛克化"[③]。钱杏邨更是直截了当地指

---

① 早期革命文学的作者中有不少是"五四"时期就已经成名的作家。这些作家,如郭沫若等,有着丰富的创作经验。对此,鲁迅曾在《"硬译"与文学的阶级性》中挖苦说"莫非克服了自己的小资产阶级意识之后,就连先前的文学本领也随着消失么"?其实鲁迅的挖苦正是从反面说明那粗糙的、浪漫的对"革命"的表达方式正是早期革命文学的写作者所刻意追求的,而非技术欠缺所致。

② 冯雪峰:《中国无产阶级革命文学的新任务———一九三一年十一月中国左翼作家联盟执行委员会的决议》,《文学导报》第1卷第8期,1931年11月。

③ 华汉(阳翰笙):《〈地泉〉重版自序》。

出:"初期中国普洛文学,实际上,都是些小资产阶级的文学。"① 在这一历史语境下,早期革命文学中那些为人诟病的特质不再被理解为一种"Simple and Strong"②的写作风格,而是被描述为"革命的浪漫谛克"倾向,并被指认为是小资产阶级对"革命"的错误理解与表达。

可见,当左翼批评家用从"想象"到"现实"来命名革命文学从幼稚走向成熟的过程时,其背后隐藏着的是对"革命"的理解与表达方式的规训,即将小资产阶级对"革命"的理解与表达命名为"想象的",使其失去在文学创作中的合法地位。也就是说,当左翼批评家对革命文学的历史现状以及发展方向进行表述的时候,其话语背后实际上交织着两套不同的理论话语。一套是使用诸如"想象"、"现实"这类术语的现实主义理论话语,另一套则是使用"无产阶级"、"小资产阶级"这类术语的意识形态理论话语。两套理论体系杂糅在一起共同支撑了左翼批评家对早期革命文学的表述。或许,我们可以将它们杂糅在一起的方式称为"耦合"(articulation)。"耦合"是英国伯明翰学派所使用的一个特定概念,用来描述话语中不同元素的结合状态。伯明翰学派认为,一个论述的"统一体"实际上是由不同的、相异的元素"耦合"而成的。这种"耦合"来源于某些特定情况下和特殊时期众多分离话语的逐渐聚合。在斯图亚特·霍尔看来,"'耦合'乃是能够在一定条件下将两个不同的元素组成一个'统一体'的连接形式。这种连接形式并非永远都是必然的、被决定的、绝对的以及本质的"③。也就是说,话语中的两种不同元素并非先在地、自然地结合在一起的,而是在某些特定原因的作用下才连接为一个"统一体"。使用"耦合"的概念来描述话语中不同元素之间的结合方式,就是充分强调这种连接的历史性。

---

① 钱杏邨:《〈地泉〉序》。
② 同人:《前言》,《流沙》创刊号,1928年3月15日。
③ Morley, D and Kuan-Hsing Chen (eds), *Stuart Hall: Critical Dialogues in Cultural Studies*, London: New York, Routledge, 1996, pp.141-142.

笔者在这里使用"耦合"概念，主要强调现实主义理论话语与意识形态理论话语之间的连接并不是决定论式地、天然地出现在左翼批评中的。事实上，左翼批评家在对早期革命文学进行意识形态评判时，不一定非要借助"想象"、"现实"之类的现实主义术语进行表达，他们完全可以借助其他术语来完成对早期革命文学的批判。因此，现实主义理论与意识形态理论体系在左翼批评话语中的"耦合"，只是在某种复杂的历史背景下才出现的。正是因为这一"耦合"，使得左翼批评家得以借用现实主义术语把"政治"的问题转化为"文学"的问题，把描绘和表述"革命"的方式问题转化为现实主义的文学价值问题。对文学史研究来说，或许问题的关键可能并不在于对这一"转化"过程的识别，更值得关注的问题是使得这一"转化"得以成功运作的历史动力，即为什么左翼批评家一定要使用现实主义理论来完成他们对早期革命文学的批判。在接下来的部分里，笔者将尝试探讨左翼批评家的批评话语中现实主义话语与意识形态话语的结合方式：左翼批评家如何将早期革命文学指认为"想象的"，这些作品包含了哪些特质使其被认为是一种不成熟的"革命"表现方式？左翼批评家又是如何构想对"革命"的"现实的"描绘？现实主义理论与意识形态话语在左翼批评中"耦合"的历史动因是什么？

二 作为"想象"的革命

（一）"革命的浪漫谛克"倾向的三种形态

左翼批评家在20世纪30年代初对早期革命文学中的"革命的浪漫谛克"倾向进行清算时，对这一文学样态的特质存在着几种不尽相同的理解。在瞿秋白看来，"革命的浪漫谛克"倾向意味着在创作中表现出"感情主义"、"个人主义"、"团圆主义"，以及"脸谱主义"等四种倾向，并认为这四大"主义"是"骗人和骗自己的浪漫谛克"①。也就是说，瞿秋白是从脱离现实的

---

① 史铁儿（瞿秋白）：《普洛大众文艺的现实问题》。

意义上来理解"革命的浪漫谛克"的。而茅盾则将"革命的浪漫谛克"解释为"英雄主义的色彩"、"'身边琐事'的残痕",以及"'灵感主义'的尚未汰尽"①。从"残痕"、"尚未汰尽"这样的措辞看来,茅盾更倾向于在没有完全超越"五四"新文学的意义上来理解"革命的浪漫谛克"。而在钱杏邨看来,"革命的浪漫谛克"指的是"个人主义的英雄主义的倾向"、"浪漫主义的倾向"、"才子佳人英雄儿女的倾向",以及"幻灭动摇的倾向"②。大致说来,所谓"个人主义的英雄主义的倾向"也就是"个人英雄决定一切"的情节模式;"浪漫主义的倾向"指的是"没有失败,只有胜利"的情节模式;"才子佳人英雄儿女的倾向"是指"恋爱加上点革命"的题材;"幻灭动摇的倾向"则指的是作品中大部分篇幅写到幻灭与动摇,却"照例的"在结尾处写出"并不同意动摇幻灭"的情节模式。也就是说,钱杏邨更多的是从情节和题材的角度对"革命的浪漫谛克"倾向进行划分。虽然左翼批评家对早期革命文学缺陷的描述各不相同,但如果我们去除掉上述划分中的人事纠葛因素③,仍能发现他们对"革命的浪漫谛克"的看法并无本质上的不同。可以说,"个人主义的英雄主义的倾向"、"浪漫主义的倾向",以及"才子佳人英雄儿女的倾向"是早期革命文学被左翼批评家看作源自"想象"而非"现实"的根源。

左翼批评家对早期革命文学三种倾向的判断并不是一种单纯的文学表达,其中带有强烈的意识形态批判色彩。所谓"个人主义的英雄主义的倾

---

① 茅盾:《关于"创作"》,《茅盾全集》第19卷,第277页。
② 钱杏邨:《〈地泉〉序》。
③ 在清算"革命的浪漫谛克"的经典文献《地泉》五人序中,引人注目的是华汉(阳翰笙)对茅盾的反批评。华汉认为茅盾对"革命的浪漫蒂克"的批判仅抓住了技术上的缺陷而没有充分注意内容上的"非无产阶级"和"反无产阶级"的成分。这一思路基本和当年革命文学倡导者"围攻"《从牯岭到东京》的思路相同。考虑到这一背景,钱杏邨提出的"幻灭动摇的倾向"显然别有所指。虽然钱杏邨仅举了《哭诉》、《丽莎的哀怨》等作品作为这一倾向的代表,并特别强调"其他的作品曾否走过这一条路,是一时想不起了"。然而他的矛头所指,显然是茅盾的《蚀》三部曲。

向"被认为与"无产阶级的集体主义"相违背，没有"显露无产阶级政党的集体的领导作用"①；"浪漫主义的倾向"被看作是对所谓"真正的生活"②的回避；而"才子佳人英雄儿女的倾向"则被视为"简单的公式主义"，是"骗人和骗自己的浪漫谛克"③。然而如果暂时抛开左翼批评家对上述三种倾向的意识形态判断，我们会发现他们对早期革命文学的情节模式的体认是相当准确的。早期革命文学大都可以归结到上述三种情节模式之中。所谓"个人主义的英雄主义"的情节模式，即是将革命表现为个人的斗争与反抗。这一模式的代表作品有蒋光慈的《最后的微笑》（1928）、华汉的《女囚》（1928）、李守章的《寒霄》（1929）、冯宪章的《游移》（1929）以及陈极的《意识的进化》（1928）等。而所谓"浪漫主义"的情节模式，即将革命"传奇化"，有意回避革命过程中的苦难与残酷，把革命表现为"没有失败，只有胜利；没有错误，只有正确"④的传奇。这一模式的代表作品有赵伯颜的《慧珍》（1928）、华汉的《马林英》（1928）、戴平万的《陆阿六》（1930），以及叶灵凤的《神迹》（1930）等。所谓"才子佳人英雄儿女"的情节模式，也就是"革命加恋爱"小说。笼统来看，这类小说或是将革命表现为与恋爱相冲突，即"革命就不能恋爱，恋爱就不能革命"；或是将革命表现为与恋爱"相因相成"⑤，即"革命不忘恋爱，恋爱不忘革命"⑥。这类小说的代表作品有蒋光慈的《野祭》（1927）、《菊芬》（1928）；洪灵菲的《流亡》三部曲（1928）；丁玲的《韦护》（1930）、《一九三〇年春上海（一）》（1930），以及

---

① 史铁儿（瞿秋白）：《普洛大众文艺的现实问题》。
② 同上。
③ 同上。
④ 同上。
⑤ 茅盾：《"革命"与"恋爱"的公式》，《茅盾全集》第20卷，人民文学出版社1990年版，第337—338页。
⑥ 冯雪峰：《从〈梦珂〉到〈夜〉——〈丁玲文集〉后记》，《冯雪峰论文集》中册，人民文学出版社1981年版，第155页。

《一九三〇年春上海（二）》(1930)等。

大体说来，1928到1930年间出现的革命文学作品虽然数量众多，但基本的叙事方式不超出上述三种情节模式。正因为这一原因，无论是当时的评论家还是日后的文学史家都认为这一时期的革命文学存在着"公式化"的弊病，即早期革命文学按照上面提到的三种模式进行大量复制再生产，缺乏对于"革命"的更具原创性的表达。在语丝派与太阳社、后期创造社论战时，革命文学"公式化"的弊病曾被语丝派尖刻地加以讽刺。当文学史研究者回顾这场论争时，通常会更接受语丝派的文学主张，而太阳社、后期创造社的创作则被认为是机械的理解现实主义，忽视了所谓"文学的本质"。然而问题未必如此简单，沈从文曾这样评价早期革命文学和语丝派之间的区别：

> （革命小说——引按）诚实的制作自己所要制作的故事，清明的睥睨一切，坦白的申述一切，为人生所烦恼，便使这烦恼诉之于读者，南方创造派所形成的风气实较北方语丝为优。浮浅幼稚，尚可望因时代而前进，使之消灭。世故聪明，却使每个作者在写作之余，有泰然自得的样子，文学的健康性因此而毁了。①

这位对作家的创作态度甚为苛严的批评家显然在革命文学的"浮浅幼稚"中看到了写作者的真挚感情。因此，革命文学虽然存在着"公式化"的弊病，但却未必是人云亦云、粗制滥造的产物。大量作家采用相同的方式对革命进行书写，恰恰说明这些作家分享着对革命的共同理解。与简单地指认这些作品"公式化"相比，更有意义的研究可能在于探讨这样一种对革命的理解得以生成的原因，即作家依靠何种资源来想象与表述革命。只有弄清楚

---

① 沈从文：《论中国创作小说》，《沈从文文集》第11卷，花城出版社、香港三联书店1984年版，第185页。

这样的问题,我们才能理解为什么作家会以所谓"浪漫谛克"的方式来表现革命;为什么这种对于革命的真挚描绘会在不同的历史语境下被指认为"想象的"并最终被扬弃。

(二)"个人主义的英雄主义"的革命

所谓"个人主义的英雄主义"的情节模式,在瞿秋白看来就是"个人主义,英雄主义的个人忽然象'飞将军从天而下',落到苦恼的人间,于是乎演说,于是乎开会,于是乎革命,于是乎成功,——这种个人主义,'个人的英雄决定一切'的公式,根本就是诸葛亮式的革命。这样,甚至于党都可以变做诸葛亮,剑仙,青天大老爷!"[①]钱杏邨在《〈地泉〉序》中曾原封不动地摘抄了上面这段引文以说明早期革命文学的"个人主义的英雄主义的倾向"。显然,左翼批评家对"个人主义的英雄主义"情节模式的批判,着眼于文学对"革命"的表现方式,即作家是否能以一种正确的方式来表现革命。因此,这类小说究竟如何表现革命以及它为何被指认为错误地描绘革命的方式就成了一个值得分析的问题。

在众多"个人主义的英雄主义"的革命小说中,最为常见的结构方式是现实与梦境的双层结构,即这些小说往往会同时描写主人公的现实生活和梦中世界。在小说的"现实"层面中,主人公的革命行动往往遭遇挫折,甚至生命亦受到严重威胁。然而在小说的"梦境"层面中,主人公则一变而为革命英雄,并最终取得革命的胜利。阳翰笙的短篇小说《女囚》就是这类使用现实与梦境双层结构的典型作品。在这部小说中,主人公赵琴绮是一位坚定的女性革命者。大革命失败后,她的男友锦成生死不明,自己也身陷囹圄,在狱中饱受摧残,最后竟被国民党军官带到家中灌以迷药强奸。半夜醒来发现躺在身边的敌人后,愤怒的赵琴绮开始在屋子里寻找武器,试图杀死熟睡中的军官。然而她搜遍整个房间也没有找到任何武器,最终昏了过去。虽然

[①] 史铁儿(瞿秋白):《普洛大众文艺的现实问题》。

主人公在现实生活中陷入了绝境，但小说却在梦境中为她提供了摆脱困境的方法。赵琴绮回到牢房后，梦见一位"腰间挂着手枪"①的英雄"从天而下"，交给自己一支手枪。在手枪的帮助下，她冲出牢房并把其他在押的革命者（包括她的男友锦成）放了出来。于是，这批革命者拿着"明晃晃的，黑亮亮的"②武器进行战斗并最终取得了胜利。显然，在这篇小说的"现实"层面中，无论是革命还是主人公都遭遇严重的挫折。而在"梦境"的层面中，依靠那支"从天而下"的手枪，革命在经历一段曲折后最终取得了胜利。梦境中的革命满足了主人公在现实生活中无法实现的欲望。

在蒋光慈的小说《夜话》中，这种以梦境来满足欲望的现象更为突出。工人王阿贵在被工头张金魁开除后变得穷困潦倒，一直想要伺机报复。然而他觉得自己瘦弱无力，肯定不可能打败身材魁梧的张金魁。在这篇小说中，王阿贵在现实生活中无法得到满足的愿望，最终也在梦境里得到了满足。小说的叙述者安排王阿贵被偶然遇到的革命领袖张应生收留在家中过夜，并发现了后者藏在枕下的手枪。在强烈的复仇欲望的驱使下，王阿贵梦见自己偷出了那支手枪，并在梦中手刃仇敌，实现复仇。从革命领袖那里偷枪的行为可能会给革命带来不利影响，王阿贵满足个人欲望的冲动在这时似乎已经超过了对革命的忠诚。

"个人主义的英雄主义"的小说在结构上平行描绘现实生活与梦中世界，在现实的惨淡与梦境的辉煌的两相对照下，革命似乎在某种程度上构成了对现实亏欠的补偿。也就是说，梦境实现了革命者在现实生活中无法得到满足的欲望。这类小说中现实与梦境的双层结构可以被看作是革命文学自身命运的投影。鲁迅在题为《文艺与政治的歧途》的演讲中认为"做文学的人

---

① 华汉（阳翰笙）：《女囚》，《创造月刊》第1卷第12期，1928年7月10日。
② 同上。

总得闲定一点，正在革命中，那有功夫做文学"①。鲁迅所言虽出于对革命文学倡导者的讥刺，但却道出了一个事实，即革命文学的兴盛实际上是革命事业处于低谷的表征。从事革命文学创作的作家大都亲身参与了北伐战争，国共分裂使他们失去了继续从事实际革命工作的可能，于是转而以文学创作的方式继续推动革命发展。在某种程度上，革命文学本身就是这些作家在无法参与现实革命时以文学的方式进行的革命畅想。

与小说结构相比，更值得关注的是革命文学家如何畅想革命，即革命文学对革命的呈现方式。在这类"个人主义的英雄主义"的作品中，"手枪"意象的大量出现是一个值得深入研究的现象。在某些情况下，"手枪"是作品结构剧情的核心道具，如《夜话》(蒋光慈)、《意识的进化》(陈极)等；有些时候，"手枪"则是刻画人物形象的必要修辞，似乎身上没有一支手枪就很难称得上革命者，如《火种》(泣零)、《活力》(华汉)等；而在更多的情况下，"手枪"则是人物发泄自己内心愤恨的工具，如《法律与面包》(潘汉年)、《寒霄》(李守章)以及《游移》(冯宪章)等。可以说，身藏手枪在密室中制造革命宣传品的革命工作者几乎成了这一时期革命小说中经典的革命标准像。有趣的是，这些作品中大量出现的"手枪"在小说的"现实"层面往往并不具备实体，而是只出现在"梦境"中。正如我们在《夜话》中看到的，主人公王阿贵在现实生活中无法找到置敌人于死地的武器。但在梦境中，他却轻而易举地得到了一支手枪。

这里需要追问的是，既然在梦境中作家可以给主人公配备任何武器而不必考虑其现实依据，那么为什么革命文学家纷纷选择手枪而不是其他更有威力的武器呢？与大刀、长矛相比，手枪不够血腥、刺激；而与机关枪、手榴弹相比，手枪又显得杀伤力有限。那么是什么让革命文学家对手枪情有独

---

① 鲁迅：《集外集·文艺与政治的歧途》，《鲁迅全集》第7卷，人民文学出版社2005年版，第119页。

钟、念兹在兹呢？龚冰庐谈到他的小说《一九二五年的血》时承认，"萨甫里娜的短篇小说……所遗留下来的残余印象……形成了我这篇小东西"①。龚冰庐的话无疑透露给我们一个信息，即在革命者梦境中出现的手枪并非真的凭空从天而降，它们可能源自以俄国早期革命者为题材的小说。那些俄国革命党人有着高贵的血统，穿着华美的服装，使用精致的手枪，以过人的胆识刺杀压迫人民的暴君。这一形象无疑是众多中国的革命文学家所憧憬的。正如陈极在《意识的进化》中以热情的笔调歌颂福禄将军的女儿用"一杆""精致"的"小手枪"②将自己的丈夫警备司令周福海杀死时，他笔下的革命者无疑与俄国早期革命者开始合而为一。拥有一支"精致"的"小手枪"是多么浪漫的一件事，也就难怪革命文学家对手枪如此情有独钟。

或许正是早期革命文学在作品的梦境层面对手枪的描写，构成了这些作品的内在症候点。也就是说，虽然革命文学试图去描写一场由共产党领导的、工人阶级为主体的革命，但其想象革命的方式却带有浓厚的无政府主义气质。如果我们把这些"个人主义的英雄主义"的革命文学与同一时期出现的长篇小说《灭亡》(巴金)作对比，这一症候就更为明显。由于巴金明确声明自己"是一个无政府主义者，一个巴枯宁主义者，一个克鲁泡特金主义者。不但过去如此，现在如此，将来也永远如此"③，因此小说《灭亡》一向不被当作革命文学来看待。然而，如果我们暂时抛开政治理念的差异，仅从它们想象革命的方式来看，那么《灭亡》与革命文学中的某些作品几乎一模一样。《灭亡》的主人公杜大心也是一位拥有一支手枪在密室中制造革命宣传品的革命家。小说也曾多次详细描写杜大心的梦境。在杜大心的最后一场梦中，他梦见自己在与敌人搏斗时英勇牺牲。杜大心从梦中惊醒后，觉得自己"应

---

① 龚冰庐：《一九二五年的血·后记》，《流沙》第4期，1928年5月1日。
② 陈极：《意识的进化》，《创造月刊》第二卷第三期，1928年10月10日。
③ 巴金：《答诬我者书》，《巴金全集》第18卷，人民文学出版社1993年版，第180页。

该用自己底生命来替'他'（杜大心的同志张为群——引按）复仇"①。于是，他佯装成记者混入上海戒严司令的宴会，用手枪向戒严司令连开四枪，并用最后一颗子弹开枪自杀。同样是充满了血腥的梦境，同样是以用手枪去刺杀仇人的方式进行革命，我们很难说革命文学家对革命的想象方式与巴金的有什么不同。

在这里阐述《灭亡》与革命文学中某些作品想象革命方式的相似性，并非为了坐实某些革命文学家认同无政府主义思想。事实上，前面提到的很多革命文学家都曾在作品中批判无政府主义。例如，龚冰庐就在小说《黎明之前》中批判所谓"无政府的混淆"②。问题在于俄国早期革命者的传记、《工人绥惠略夫》以及"萨甫里娜的短篇小说"等资源可能共同支配了一代革命文学家对于革命的想象方式。因此，革命文学家在描写革命时，使用的描写手法与表现无政府主义革命的方式并无实质性区别。正是因为这一点，当左翼批评家开始要求革命文学作家"从无产阶级观点去反映现实的人生，社会关系，社会斗争"③时，描写"个人主义的英雄主义"的作品就不再具有合法性。在谈到巴金的《灭亡》时，钱杏邨认为这部作品是"虚无主义的个人主义的创作"，主人公杜大心是"罗曼谛克的革命者"④。我们可以看出，钱杏邨用以批判无政府主义的批评术语与批判"革命的浪漫谛克"时使用的术语几乎没有区别。虽然这位批评家也承认杜大心这样的革命者并非没有现实依据，但他提出这样的疑问："依据这种事实而写成的创作，究竟具有什么意义呢？——这是不需要再解释的问题了。"⑤显然，在左翼批评家看来，即使个

---

① 巴金：《灭亡》，《巴金全集》第4卷，人民文学出版社1987年版，第142页。
② 龚冰庐：《黎明之前》，《创造月刊》第一卷第十一期，1928年5月1日。
③ 史铁儿（瞿秋白）：《普洛大众文艺的现实问题》。
④ 钱杏邨：《一九二九年中国文坛的回顾》，《阿英全集》第1卷，安徽教育出版社2003年版，第378页。
⑤ 同上，第378页。

人主义式的反抗的确在现实生活中发生过,它在一个强调"集体主义"的革命中也意义有限。事实上,那些"个人主义的英雄主义"的革命文学并非没有现实依据,仅仅是法、俄革命故事的中国改写版,恰恰相反,共产主义者用手枪与敌人进行战斗曾经真实地发生在上海。当年的"湖畔诗人"应修人就是被敌人围捕时用手枪抵抗并最终英勇牺牲的。问题是这样一种个人主义式的反抗显然与后来左翼批评家所设想的集体主义的革命景观有较大距离。左翼批评家在20世纪30年代初认为革命应该表现为"集体的行动的开展,它的人物不是孤立的,固定的,而是全体中相互影响的,发展的"①。在这一语境下,个人主义式的革命无论其"真实"与否,反映到创作中时都会被质疑是否有"意义"。因此,当左翼批评家开始批判"革命的浪漫谛克"的时候,这类创作也就不再被当作是"现实的",而被指认为"想象的"了。

(三)"浪漫主义倾向"的革命

"浪漫主义倾向"的革命文学,在钱杏邨看来存在着两种错误:"一是不老老实实的写现实,把现实神秘化了去写。二是没有失败,只有胜利,没有错误,只有正确,把现实虚伪化了去写。"②应该说,不管是"把现实神秘化了去写",还是"把现实虚伪化了去写",左翼批评家批判这一类型小说的着眼点都是其歪曲现实的弊病,即没有"从现实上剥去所有的假面的东西"③。为了说明这类小说的荒谬,钱杏邨这样概括阳翰笙的小说《转换》:

> 《转换》里的一个女英雄,她被捕了,马上实现了转换的那位英雄就前来搭救,如《火烧红莲寺》;同时,革命的父亲被枪毙的时候,那射击手竟是他的儿子;于是"刀下留人",于是宣传,于是四个人大联合,

---

① 冯雪峰:《关于新的小说的诞生——评丁玲的〈水〉》,《冯雪峰论文集》上册,人民文学出版社1981年版,第69—70页。

② 钱杏邨:《〈地泉〉序》,《地泉》。

③ 同上。

于是第二天早上革命成功万岁。①

通过如此荒诞可笑的概括，钱杏邨意在说明这类"浪漫主义倾向"的小说有意回避革命历程中真实的苦难，以传奇的方式解决革命者遇到的各种困难，把革命写成了与《火烧红莲寺》类似的传奇故事。由此可以看出，左翼批评家在批判"浪漫主义倾向"的作品时，仍将革命是否得到正确地表现作为核心的评价标准。因此，这类小说对革命的表现方式是本文下面要关注的话题。

从钱杏邨对小说《转换》的情节概括可以看出，左翼批评家之所以把所谓"浪漫主义倾向"的小说称作《火烧红莲寺》似的传奇故事主要有两个原因：一是这类小说往往依靠非凡的英雄来解决革命过程中遇到的困难，即所谓"马上实现了转换的那位英雄就前来搭救"；二是这类小说在情节中设置了过多的巧合，即所谓"革命的父亲被枪毙的时候，那射击手竟是他的儿子"。应该说钱杏邨对这类"浪漫主义倾向"小说的体认相当准确，上面总结的这两点的确是这类小说在"想象"革命时的主要构成方式。

一个最为常见的情节模式，是小说的主人公会遭遇突如其来的苦难或遇到难以克服的困难。这时候，总会非常凑巧地出现一位"从天而下"②的英雄，救主人公脱离苦海。以赵伯颜的小说《慧珍》为例，这篇小说写前清官员曾复生拒绝将女儿慧珍许配给当地恶霸杨明初的儿子。于是，杨明初怀恨在心，勾结当地军阀以私通土匪的罪名将曾复生囚禁。然而故事发展到这里，小说情节陡然一转，曾复生竟真的与土匪有了瓜葛。原来他当年做官时曾将一个属下抓到的侠客释放。巧的是，这位侠客就在曾复生家附近的山上当土匪，听到恩人被关押的消息后，立刻带兵全歼驻扎在当地的军阀部队，

---

① 钱杏邨：《〈地泉〉序》，《地泉》。
② 史铁儿（瞿秋白）：《普洛大众文艺的现实问题》。

将曾复生从狱中解救。如果说《慧珍》中的侠客只是在隐喻的层面上"从天而下"的话,那么叶灵凤的小说《神迹》中的英雄则真的飞到了天上。当革命团体周密计划的宣传活动因全城戒严难以实施时,主人公宁娜由于常常被人"瞧不起办事能力"①,便主动请缨独自一人分发上万份宣传品。第二天全城戒严,革命者在街上寸步难行。巧的是当天被指派到天上执行巡逻任务的飞行员就是宁娜的表兄。于是,宁娜坐上了在空中侦察的飞机,从天上把几万份宣传品分发出去。显然,在"浪漫主义倾向"小说中,革命成功的希望完全寄托在英雄人物的身上,革命在某种程度上成了英雄人物一展身手的好地方。这类小说还存在着一种变体,即英雄人物并不"从天而下",而是懦弱颓废的主人公在瞬间自己转变为英雄。在阳翰笙的小说《趸船上的一夜》中,主人公本夫在大革命失败后不得不在各地漂泊,过着居无定所的生活。在"饥饿、疲乏、颓废、枯败"中,本夫逐渐对革命丧失了信心。然而当他在趸船上遇到一个革命者后,曾经折磨他的各种苦难立刻"消逝了它们的魔力,他这时仿佛浑身含蓄得有千钧的力量把他平日的英勇复活转来了"。于是本夫重新鼓起革命的勇气,觉得自己"变成一万磅重的一枚炸弹",要把敌人"爆炸成粉碎"②。

从上述小说的情节模式来看,英雄人物的出现无疑是小说结构中的转捩点。在英雄"从天而下"之前,小说主人公或革命都遭遇了严重的挫折,而且根本看不到解决问题的希望。而英雄出场之后,一切困难都在转眼间得到完满的解决。在这个意义上,英雄人物无疑是这些小说的核心,因此,我们有必要对其呈现方式加以关注。瞿秋白批判"浪漫主义倾向"作品时指出,它们对英雄人物的描写是"莫名其妙的",因而"不能够深刻的写到这些人物的真正的转换过程,不能够揭穿这些人物的'假面具'——他们自己意识上

---

① 叶灵凤:《神迹》,《现代小说》第3卷第1期,1929年10月。
② 华汉(阳翰笙):《趸船上的一夜》,《创造月刊》第2卷第4期,1928年11月10日。

的浪漫谛克的意味：'自欺欺人的高尚的理想'"①。瞿秋白说这些小说中的人物"莫名其妙"，指的是小说中英雄人物的行动不能在人物自身的经历中找到线索或依据。事实上，英雄人物的呈现方式是解读这类小说的症候点，这些英雄往往是以"从天而下"的方式出现在故事里，小说文本无法为这些人物的出现提供合理解释。的确，"浪漫主义倾向"小说中的英雄人物往往有一个幻影般的过去，让读者琢磨不透。以《慧珍》中的侠客为例，这位英雄在小说中没有历史，我们只知道他曾经与曾复生有过一面之缘，至于他如何成为山上的土匪？他如何得知曾复生被关入牢中？他怎么会有能力消灭军阀部队？这些问题作者都没有给我们做出回答。似乎作者只是因为主人公身陷囹圄，需要某位英雄将其解救才临时找个侠客出来。小说《神迹》的主人公宁娜也有着令人无法捉摸的过去。从小说的叙述来看，宁娜似乎是一位革命者的遗孤，由职业革命家萧先生抚养成人。然而家境贫寒的萧先生却让宁娜自幼过着富足的生活。而且坐飞机以前，宁娜虽然参与革命活动，但似乎并不怎么热心，以至让同志"瞧不起办事能力"。由这样的人物完成坐飞机宣传革命的壮举，难免让读者感到错愕。至于《趸船上的一夜》中的本夫，仅仅因为同样落难的革命者为他在水泥地上找了一块可以过夜的地方，就重新燃起革命的热情，确实如瞿秋白所说的"一点儿也没有'转换'的过程"②。

在钱杏邨看来，"浪漫主义倾向"的作品在表现英雄人物时完全没有描写"'转换'的过程"的做法，是"把现实神秘化了去写"，是一种必须被"克服的错误倾向"③。阳翰笙在1932年回忆自己的创作历程时说：

> 那时有好多人都在这一"复兴"时期中发了狂，说大话，放空炮，成

---

① 易嘉（瞿秋白）：《革命的浪漫谛克——〈地泉〉序》。
② 同上。
③ 钱杏邨：《〈地泉〉序》。

了这一时期的时髦流行病,我那时蹲在上海,大概也多少受了些传染,这在《复兴》中是深深的烙印得有不少的痕迹的。①

阳翰笙的回忆透露出这种必须被"克服的错误倾向"在1928到1930年间无疑为众多革命文学家所分享。对于文学史研究者来说,值得关注的问题恐怕不在于指出早期革命文学描写"突变"的英雄从而将"现实"简单化,而在于探究为何那么多作家会选择以这种方式来"想象"革命。从这类小说呈现英雄人物的方式来看,当主人公命运遭受挫折或是革命遇到困难,而这些困难又几乎没有办法正常解决的时候,英雄人物总是以突兀的方式出现,并轻而易举地解决所有问题。在革命的问题解决之后,这些英雄人物又悄然离去。因此,英雄人物在这些小说中并没有真正融入小说结构当中,小说文本自身无法提供英雄人物出现的理由。正像《慧珍》中的侠客总是让读者觉得神秘莫测,《神迹》中的宁娜则被革命同志"瞧不起办事能力",他们只能以突兀的方式出现在作品中。可以说,这些英雄人物不过是小说家为解决小说中的困境而硬插进来的一个符号。因此瞿秋白才会觉得这些英雄"象飞将军从天而下"②。钱杏邨才把这类"浪漫主义倾向"的作品视作《火烧红莲寺》那样的传奇故事。

如果说传奇故事与现实主义小说有什么区别的话,就在于"现实主义小说更多全神贯注于对一个熟知的世界的再现和解释,传奇则使那个世界中隐藏的梦幻得以显现"③。因此,当某些作品呈现出传奇性的时候,它们所传达的其实是作者隐藏在内心深处的梦想。从这个角度来看,"浪漫主义倾向"的革命文学中那些显得有些虚幻的英雄人物实际上是革命文学家内心隐秘的革

---

① 华汉(阳翰笙):《〈地泉〉重版自序》。
② 史铁儿(瞿秋白):《普洛大众文艺的现实问题》。
③ 吉利恩·比尔:《传奇》,肖遥、邹孜彦译,昆仑出版社1993年版,第19页。

命激情的外化。如果说传奇故事"在愿望的想象中重新塑造了世界"①，那么革命对于革命者来说也是重塑世界的方式。蒋光慈就认为："有理想，有热情，不满足现状而企图创造些更好的什么的，这种精神便是浪漫主义。具有这种精神的便是浪漫派。""凡是革命家也都是浪漫派，不浪漫谁个来革命呢？"②在"企图创造些更好的什么"的意义上，传奇与革命显然具有某种共通性。事实上，在20世纪的大部分时间里，革命对于中国人来说都是一个具有克力斯玛般魅力的语汇，给中国人以改变现状、创建更美好世界的承诺，让无数中国人为之疯狂。几乎从20世纪初年开始，关于革命的理论、宣传，特别是各国革命者的传记、故事在各类出版物上大量出现。像法国的C.科黛、俄国的妃格念尔、中国的秋瑾等革命者的事迹愈传愈广，并逐步演化为传奇。革命者人格魅力的感召、个人经历的离奇，使得革命在那个年代被染上了极为浓厚的传奇色彩。因此，传奇也就构成了中国人"想象"革命的一种方式。

不过在瞿秋白看来，革命文学家"轻率的态度"才是产生"浪漫主义倾向"的革命文学作品的根本原因。他认为早期革命文学家"所有的只是'天才'，只是'理论'……用不着去观察，用不着去体验！"③而茅盾也有类似的看法，他对"浪漫主义倾向"的革命文学作品的诊断是"'五四'期的天才主义灵感主义的'创作观'"的"残痕"④。也就是说，左翼批评家在20世纪30年代初是从"轻率"、不严肃的创作态度以及缺乏对现实的观察、体验的角度上否定这类作品的。然而正如我们在上文分析的，"浪漫主义倾向"的革命文学作品或许在形态上更近于传奇而不是现实主义小说，但它们并不是所谓"轻率的态度"的产物，恰恰相反，它们同样是革命者对于革命的真挚表

---

① 吉利恩·比尔：《传奇》，肖遥、邹孜彦译，昆仑出版社1993年版，第117页。
② 郭沫若：《创造十年续编》，《学生时代》，人民文学出版社1979年版，第243—244页。
③ 史铁儿（瞿秋白）：《普洛大众文艺的现实问题》。
④ 茅盾：《关于"创作"》，《茅盾全集》第19卷，第280页。

达。只不过在一个推崇"唯物辩证法创作方法"的年代里,"浪漫主义倾向"的革命传奇被等同于《火烧红莲寺》那样的通俗作品,并被打上"想象"的标签,排斥在"现实"之外。

(四)"才子佳人英雄儿女的倾向"的革命

所谓"才子佳人英雄儿女的倾向",也就是人们常说的以"革命加恋爱"为题材的革命文学。在钱杏邨看来,这类作品"照例的把四分之三的地位专写恋爱,最后的四分之一把革命硬插进去,和初期的前八本无声,后二本有声的'有声电影'一样的东西"①。从钱杏邨所使用的"硬插进去"这样的语汇来看,他所强调的是"革命加恋爱"小说没能正确地处理"恋爱"与"革命"的关系,只是把"恋爱"和"革命"生硬地拼凑在一起,既不能在政治上正确地表现革命,也不能在艺术上取得成功。可见,左翼批评家在批判"才子佳人英雄儿女的倾向"的作品时,其着眼点仍然是革命是否得到正确的表现。因此,这类小说对革命的"想象"方式依然是我们要关注的话题。

在茅盾看来,以"革命加恋爱"为题材的革命文学分为两种类型,一种可以归纳为"'革命'+(加)'恋爱'的公式",即所谓"革命与恋爱的冲突";另一种可以归纳为"'革命'×(乘)'恋爱'的公式",即所谓"革命与恋爱相成相因"。茅盾进而认为以"革命加恋爱"为题材的革命文学存在着"从'加'到'乘'的进化"②趋势。按照茅盾的说法,描写"恋爱与革命的冲突"的小说中,"恋爱"是真正的主体,而"革命"只是陪衬;而在描写"革命与恋爱相成相因"的小说中,"'革命'是主要题材,'恋爱'不过是穿插"③。因此,茅盾所说的"从'加'到'乘'的进化",指的就是"革命加恋爱"为题材的革命文学中"革命"的比重不断增加,"恋爱"的比重逐渐减少

---

① 钱杏邨:《〈地泉〉序》。
② 茅盾:《"革命"与"恋爱"的公式》,《茅盾全集》第20卷,第337—338页。
③ 同上,第338—339页。

的趋势。而这一结论又被引申为随着"革命"比重的增加,革命文学最终超越"'加'或'乘'的老公式",而写出真正"'把握现实'的作品"①。茅盾最终得出这样的结论:"我们的作家们在短短五六年中怎样努力摆脱了个人感情的狭小天地的束缚,而艰苦地在那里摄取广博的社会的现象作为他创作的营养。到了最近这两年,几乎没有人再用'革命与恋爱'的题材了。"②

  应该指出的是,茅盾对"革命加恋爱"小说的发展过程的描述,与其说是一种文学史概括,倒不如说是一种意识形态预设。他实际上是事先假定了"恋爱"转向"革命"的历史趋势,然后再以此讨论"革命加恋爱"题材小说的发展趋势。不过,真正的文学史事实并不像他概括得那么简单。按照茅盾的说法,所谓"'革命'+(加)'恋爱'的公式"的代表作品应为《韦护》、《一九三〇年春上海(一)》及《一九三〇年春上海(二)》等;而所谓"'革命'×(乘)'恋爱'的公式"的代表作品应为《野祭》、《菊芬》以及《爱的映照》等。然而"'革命'+(加)'恋爱'的公式"的代表作品有不少都是在1930年创作的作品,而"'革命'×(乘)'恋爱'的公式"的代表作品则有很多出现在1927到1928年间。因此,茅盾所说的"从'加'到'乘'的进化"恐怕并不成立。

  其实,由"恋爱"转向"革命"的发展趋势并非不存在,只是茅盾似乎过于匆忙地将这种历史趋势做进化论式的线性描述,这才造成其判断的失误。事实上,不管是表现"恋爱与革命的冲突"的小说,还是表现"革命与恋爱相成相因"的作品,潜在的革命者通过"恋爱"这个跳板转变为真正的"革命者"都是这些小说结构情节的主要模式。以蒋光慈的《野祭》为例,这篇小说以主人公陈季侠和章淑君、郑玉弦两位女士的情感纠葛为主要线索展开。章淑君是一个明事理、有思想的小学教师,她为陈季侠渊博的学识和

---

① 茅盾:《"革命"与"恋爱"的公式》,《茅盾全集》第20卷,第339页。
② 同上。

革命热情所打动,深深地爱上了陈季侠。可惜陈季侠觉得章淑君"粗而不秀",不为所动。相反,他爱上了表面上同情革命,但实际上对革命没有任何兴趣的郑玉弦。虽然章淑君在爱情上遭受了挫折,但她恰恰是在经历了这场爱情风波后投身革命,成了一个坚定的革命者。大革命失败后,章淑君为革命献出了生命。而郑玉弦则为了回避风险不再与陈季侠来往。此时的陈季侠才明白郑玉弦对自己并没有真挚的感情,章淑君才是最爱他的人。在这场三角恋爱中,只有章淑君经历了真正的爱情,虽然这份感情没能得到回应,但她却由此成为一位坚定的革命者。而陈季侠和郑玉弦没有经历含有真挚情感的恋爱,在小说中他们两个人也都没有实际参加革命行动并成为革命者。

在某些小说中,这一情节模式还有更为复杂的表现形态。以丁玲的《韦护》为例,主人公韦护出场时是一个身披蓝色工人制服的小资产阶级知识分子。他徒有革命的理论和工人阶级的外表,但内心深处却追求生活享受和小资产阶级的生活情调。只有在经历了一场刻骨铭心的恋爱之后,韦护才终于克服自己身上的小资产阶级劣根性,成为一位真正的无产阶级革命者。由此可以看出,在这些"革命加恋爱"小说中,"恋爱"是走向革命的必经之路,也是每个革命者必须要经受的考验:只有为"恋爱"付出真挚的感情,他们才能最终成为忠贞的革命者。因而"恋爱"往往成为小说情节结构的核心。难怪左翼批评家会觉得这些小说对"革命的描写,完全淹没在恋爱的大海里"[1]。

在上述情节模式之外,或许更值得我们关注的是"革命加恋爱"小说表现"恋爱"与"革命"的方式。在《野祭》中,不管是陈季侠还是郑玉弦都没有为爱情付出真正的感情。陈季侠只是爱上了郑玉弦表面上"天真的处女美",而后者则只是被前者作家的声誉所吸引。所以当反革命政变爆发的时候,郑玉弦立刻躲开了革命,而陈季侠则因为一直纠缠在虚假的恋爱中,没有参加实际的革命行动,因而也称不上一个真正的革命者。在革命文学家的

---

[1] 沈端先:《叶永榛的〈小小十年〉》,《拓荒者》第1卷第1期,1930年1月10日。

笔下，似乎只有那些全身心投入爱河的人才是坚定的革命者，而不能做一个合格的情人也就不能成为一个合格的革命者。从这个角度来看，革命文学家实际上是用写"恋爱"的方式来写"革命"，"恋爱"和"革命"其实是一回事。在茅盾的小说《幻灭》中，同时追求梅女士和慧女士的抱素显然不是一个感情真挚的追求者，因而他也就不是一个革命者。虽然在表面上，抱素同样高喊革命口号，也表示要追求革命，但小说最终表明他实际上是一个被军阀收买，破坏学生运动的特务。显然，那些不能真挚地"恋爱"的人，革命文学作家们也剥夺他们"革命"的可能。在某些情况下，那些"恋爱"中的失意者一旦接近"革命"，也就获得了享受"恋爱"的机会。在阳翰笙的《女囚》中，当锦成刚刚开始追求女主人公赵琴绮的时候，他在后者的眼中不过是一个"卑微和渺小"的普通人，根本不能让赵琴绮感兴趣。然而当锦成开始"多多的读些社会科学的书，多多的注重理论的研究"，并逐渐成为一个革命者后，赵琴绮忽然发现锦成"那高高的身材，全身各部发达得很匀称很调和的体态，和他那时炯炯摄人的目光，都是男性中不可多得的英伟的美"①，并最终爱上了他。

以描写"恋爱"的方式来表现"革命"，使得"革命加恋爱"小说没能够得到左翼批评家的认可。沈端先认为"革命加恋爱"小说对"革命的描写，完全淹没在恋爱的大海里"，因此担心读者阅读这类革命文学作品的初衷"只是对男女主人公恋爱的关心，而绝对不是主人公对于革命的关心"②。显然，左翼批评家对这类以"革命加恋爱"为题材的小说将"革命"与"恋爱"并列的结构方式心存疑虑，担心以这样的方式对革命进行表现非但不能正确地宣传革命，反而有可能让读者沉浸在"恋爱"故事中忘记了"革命"。与左翼批评家从艺术上和政治上对"革命加恋爱"小说进行简单的指责不同，文学

---

① 华汉（阳翰笙）：《女囚》。
② 沈端先：《叶永蓁的〈小小十年〉》。

史家更应该关注这样一种对"革命"的表达方式出现的历史动因。

关于这一点,冯雪峰在1948年对丁玲创作转型的阐释可以为我们提供一些线索。在谈到写作《莎菲女士的日记》时期的丁玲如何转而开始创作"革命加恋爱"小说时,冯雪峰认为"恋爱热情的追求是被'五四'所解放的青年们的时代要求,它本身就有革命的意义,而从这要求跨到革命上去是十分自然的,更十分正当的事"①。应该说,冯雪峰对丁玲创作转型的阐释很有说服力,我们也可以将其理解为"革命加恋爱"小说产生的历史内驱力。在"五四"时期,自由恋爱作为个性解放的象征显然具有"革命的意义"。这一时期的小说大多以自由恋爱作为题材,无疑表明"恋爱"是当时最具号召力的革命话语。很多年轻人是通过对"恋爱"的追求走出家庭,并进而走上革命道路的。在这个意义上,"革命加恋爱"小说把"恋爱"作为通向"革命"的跳板的情节模式,无疑是时代气氛的真实反映;而小说中"恋爱"与"革命"的同构关系,也显现出"恋爱"所具有的"革命的意义"与此后的政治革命之间的内在联系。然而在20世纪30年代初的历史语境中,"五四"以及"恋爱"题材的创作被左翼批评家理解为资产阶级的意识形态,其"革命的意义"并不被承认②。从左翼批评家将"革命加恋爱"小说指认为或"加"或"乘"的公式来看,他们显然将这一类型的小说视为大量复制再生产的艺术残品。即使这些小说确实有生活的原型③,但它们或是因为"内容空虚,技术粗糙,包含了很多不正确的倾向"④,或是因为对"那时候的社会情形没有

---

① 冯雪峰:《从〈梦珂〉到〈夜〉——〈丁玲文集〉后记》,《冯雪峰论文集》中册,第153页。
② 冯雪峰在1948年承认"五四"的"恋爱"具有"革命的意义",显然与毛泽东在《新民主主义论》中将"五四"视为无产阶级领导的新文化运动的开端有关。在20世纪30年代初,"五四"被理解为资产阶级的意识形态,"恋爱"虽然被有限度地承认在当时具有积极作用,但同时被认为已经在新的历史条件下失去了意义。因此,虽然冯雪峰认为由"革命的意义"跨到"革命"十分自然,但这条通道在20世纪30年代初显然是被切断的。
③ 如丁玲的《韦护》以瞿秋白、王剑虹为原型,洪灵菲的《流亡》主要依据个人经历写成等。
④ 钱杏邨:《〈地泉〉序》。

真切的描写"①，所以只能被打上"想象"的标签，排除出"现实"之外。

三 革命如何"现实"

（一）以"制限"的方式获取现实

当左翼批评家在20世纪30年代初将早期革命文学对革命的诸种表现方式指认为"想象"并加以排斥的时候，如何"现实"地表现革命就成了需要解决的问题。如果说在1928年人们对如何在作品中表现革命尚没有明确的认识，只是笼统地将"具有反抗一切旧势力的精神"②的作品视为革命文学的话，那么到了20世纪30年代初，左翼批评家对如何表现革命则有了更为苛刻的要求。北平左联负责人张秀中在1932年这样评价蒋光慈的创作：

> 文学是政治运动的一翼，为了执行它底历史任务，一定要进一步地表现这种形态，在过去文坛上，所谓蒋光慈的《少年漂泊者》、《鸭绿江上》、《短裤党》，表现了初期革命青年的二个阶段，在一般革命青年群众中，总算起了一些相当的作用，这是不能否认的事实；但是其意识的模糊，技术的幼稚，只是一种通俗小说，实在称不起像样的作物，因为历史飞速地进展，革命的深入，已成为历史上的陈迹，失掉其时代底意义了。③

由此我们可以看出，张秀中对蒋光慈小说的评价与1928年钱杏邨对《短裤党》等小说的高度赞扬④形成了鲜明的对比。在20世纪30年代初的历史语

---

① 茅盾：《女作家丁玲》，《茅盾全集》第19卷，第435页。
② 蒋光慈：《关于革命文学》，《太阳月刊》二月号，1928年2月1日。
③ 秀中（张秀中）：《读〈光明在我们的面前〉》，《新地月刊》第6期，1932年7月。
④ 参见钱杏邨：《蒋光慈与革命文学》。

境下，左翼批评家只是在有限的范围内承认早期革命文学曾经发挥了"一些相当的作用"。在更为苛刻的标准下，蒋光慈的小说在"意识"上不能令人满意，在"技术"上也显得幼稚可笑，因而被左翼批评家视为"一种通俗小说"，不再具有所谓"时代底意义了"。

张秀中把蒋光慈的小说视为"通俗小说"与钱杏邨将阳翰笙的《地泉》看作是《火烧红莲寺》一类的传奇故事一样，都意在强调其对革命的表现由于"意识的模糊，技术的幼稚"，只是一种歪曲的表现，没能正确地把握"现实"。然而需要注意的是，左翼批评家虽然强调革命文学对革命的表现应该是"现实"的，但他们对"现实"的强调却并不意味着要求革命文学应该严格摹仿现实生活，在文学作品中建立与现实生活之间的指涉关系。这一点在《〈地泉〉五人序》里阳翰笙对茅盾的反批评中表现得尤为突出。茅盾在《〈地泉〉读后感》中认为造成早期革命文学不能正确描绘"现实"的根源，一是"缺乏"对"社会现象全部的非片面的认识"；二是"缺乏感情地去影响读者的艺术手腕"①。而阳翰笙则对茅盾的这一观点表示质疑。他虽然勉强承认茅盾从上述两个方面批判"革命的浪漫谛克"倾向"总是对的"，但他同时强调如果仅从这两点来清算"革命的浪漫谛克"，则有离开"新兴文学运动正确的路线的危险"。在阳翰笙看来，茅盾对早期革命文学作品的两点批判只是从艺术或"形式"的角度抓住了弊病所在，但这些作品真正的问题其实并不是艺术上的拙劣，而是"内容上的非无产阶级乃至反无产阶级的意识的活跃"②。一年以后，阳翰笙还进一步阐述自己的观点，认为仅从艺术或形式的角度提高作品描写现实生活的能力，是在批判"革命的浪漫谛克"的"盾牌的掩护下"，"玩着旧现实主义的戏法"，只能把"普罗革命文学"引到"新

---

① 茅盾：《〈地泉〉读后感》。
② 华汉（阳翰笙）：《〈地泉〉重版自序》。

的泥坑里去"①。

可见，虽然左翼批评家使用"现实"、"想象"等现实主义理论术语进行表达，但他们的目的却并不是考察革命文学是否符合现实主义文学的标准，在文学作品中严格摹仿现实生活，而是这些作品中对革命的表现是否符合无产阶级意识形态的要求。阳翰笙在回顾自己的早期创作时认为，小说《深入》把"本来很落后的中国农民写得那样的神圣……忘记了暴露他们在斗争过程中必然要显露出来的落后意识"。而小说《转换》则把"两个小资产阶级"的"转换"写得"得心应手"，但小资产阶级这一转换过程"实际上"应该更为艰难，因为"哪怕就是一个很小的斗争，也绝不会是那样'万事如意'的"②。也就是说，《深入》和《转换》之所以被阳翰笙视为"革命的浪漫谛克"倾向的小说，是因为他认为"中国农民……必然要暴露出落后意识"，而小资产阶级的转换过程"绝不会是'万事如意'的"，但《深入》和《转换》没有把这两点表现出来。显然，阳翰笙的结论并不是通过对现实生活进行观察得出的，而只是从某种意识形态预设出发对"现实"做出的判断。由此可以看出，左翼批评家决定一部作品是否"现实"的关键性因素并不是它能否成功地摹仿现实生活，而是它对"现实"的描写是否符合从某一意识形态出发对"现实"做出的判断。这种对"现实"的理解在瞿秋白分析小说《深入》时表现得尤为清晰。瞿秋白认为《深入》中"顾主"帮助"顾工"赚钱的情节绝不是"现实的社会现象"。他甚至还进一步强调，即使出于某种"偶然的例外"，在现实生活中确实出现了"顾主"帮助"顾工"赚钱这样的现象，那么对这类社会现象的描写也仍然不是"现实"的，因为这"对于社会现象的解释"毫无用处，也不能"深刻的去理解社会现象之中的客观

---

① 华汉（阳翰笙）：《谈谈我的创作经验》，《阳翰笙选集》第4卷，四川人民出版社1989年版，第115页。

② 同上，第113—114页。

的辩证法"①。

因此，在左翼批评家的理论术语中，所谓"现实"地表现革命就是指对革命的描绘符合从无产阶级意识形态出发对"现实"做出的判断。而将某些对革命的表现方式指认为"想象"的、歪曲"现实"的，则意味着这些对革命的呈现是"非无产阶级乃至反无产阶级的"②。正是基于这一原因，左翼批评家清算"革命的浪漫谛克"倾向，要求作家用"现实"的而非"想象"的方式来表现革命时，对文学作品如何摹仿现实生活等现实主义理论问题并不重视，而是更关心作家的"意识"如何克服各种"非无产阶级乃至反无产阶级"倾向。事实上，左翼批评家早在1928年就把作品能否体现出正确的意识作为文学批评最重要的标准，如冯乃超当时就指出："怎样地认识今日的革命的进展及其方向，这是优秀的文学家必先要解决的问题。"③不过左翼批评家在1928年通常以是否具有正确的意识作为区分革命作家与非革命作家的标准，而在20世纪30年代初的历史语境下，这一标准则被用以衡量革命作家对革命的表现是否正确。

由此可以看出，左翼批评家对"革命"的界定是一个越来越苛严的过程。革命文学对革命的表现方式在1928年尚可以呈现出多种面貌，而在20世纪30年代初的历史语境下则只能被限制在某一种被认可的描写方式上。1930年3月，郑伯奇在《中国新兴文学的意义》一文中对这一过程做了准确的描述，他认为早期革命文学倡导者对革命文学的界定停留在所谓"含有革命性的文学"上。这种对革命文学的界定"内涵很广泛"，也很"含混"，对"究竟是怎样一种革命，又怎样才是革命文学，都没有具体的规定"④。因而在"革

---

① 易嘉（瞿秋白）：《革命的浪漫谛克——〈地泉〉序》。
② 华汉（阳翰笙）：《〈地泉〉重版自序》。
③ 冯乃超：《冷静的头脑——评驳梁实秋的〈文学与革命〉》，《创造月刊》第2卷第1期，1928年8月10日。
④ 何大白（郑伯奇）：《中国新兴文学的意义》，《大众文艺》第2卷第3期，1930年3月1日。

命文学"的名目下"容易发生许多不同的甚至完全相反的见解"①。面对人们对"革命文学"内涵理解含混的状况,这位文艺理论家提出"若果要用革命文学这个名字,我们应该加上一个制限的语句"②。郑伯奇在这篇文章中使用的"制限"一词无疑是我们理解左翼批评家清算"革命的浪漫谛克"倾向的关键。这里的"制限"一词含有严格审定、限制的意思。在很大程度上,对于如何"现实"地表现革命这一问题,左翼批评家正是通过不断地严格审定和限制作家对革命的表现方式来解决的。在下面的分析中我们会看到,左翼批评家用"制限"的方式来确立革命文学应该如何"现实"地表现革命,将深深地影响这一时期革命文学的创作风貌。

在1930年前后,左翼文学刊物上突然出现了一批以选择正确革命道路和方式为主题的革命文学作品,其中包括龚冰庐的《他们都迷失了路》(1930)、魏金枝的《焦大哥》(1930),以及胡也频的《到莫斯科去》(1929)和《光明在我们面前》(1930)等。虽然在人物塑造、情节结构等方面尚带有"革命的浪漫谛克"倾向的流风遗绪,但这些作品在主题上的相近性无疑显示了某种新的动向。以龚冰庐的《他们都迷失了路》为例,这篇作品最初刊登在1930年3月1日("左联"成立前一天)出版的《大众文艺》杂志上,与上文提到的何大白的文章《中国新兴文学的意义》刊发在同一期上。值得注意的是,这篇小说并不是

---

① 事实上,很多对革命文学持反对意见的人都在利用革命文学概念的含混性攻击革命文学。如若狂在《学我来吧》一文中用"这样的,这样的,那样的,那样的革命,革命,革命"(《语丝》周刊第4卷第36期)这样的表述来嘲讽革命文学的含混。鲁迅则以"我也分不清是'革命已经成功'的文学家呢,还是'革命尚未成功'的文学家"(《语丝》周刊第4卷第17期)之语嘲弄革命文学倡导者。高长虹则进一步将"革命"一词复杂化、含混化,认为"革命可以解作这一个时代对于那一个时代的革命,不止是政治的,而也是经济的,教育的,艺术的,两性的,而是全个生活的,……但艺术上自有他自己的独立的革命理论,不必受政治上的理论的支配"(《长虹周刊》第8期)。在很大程度上,左翼批评家对"革命"越来越苛刻的界定一方面是为了对革命作家表现革命的方式进行规范,另一方面也是对大量攻击革命文学含混性的意见的回应。

② 何大白(郑伯奇):《中国新兴文学的意义》。

一部完整的作品，而是由龚冰庐的两篇写于不同时间的速写拼合而成，在故事情节上并没有连续性。《他们都迷失了路》只是左翼批评家事后为这两篇速写添加的总标题。从内容上看，这两篇速写都以工人自述的口吻，说明工人阶级依靠个人力量进行毫无组织的革命活动只能换来悲惨的命运，只有在中国共产党的领导下走集体抗争的道路，工人阶级的斗争才有可能获得成功。左翼批评家将这两篇速写冠以《他们都迷失了路》这样带有强烈审视、批判意味的名字，发表在"左联"成立前夕，其试图规范革命道路与方式的意图十分明显。

仅从《他们都迷失了路》、《到莫斯科去》，以及《光明在我们面前》这样的标题来看，我们就可以明显感觉到其中选择道路、确立方向的意味。事实上，"方向"、"路"，以及"出路"等带有方向感、选择性的词汇一直受到左翼作家、批评家的青睐。早在1928年，芳孤就在论文中强调"今日的革命文学——无产阶级文学……要尽他本身的使命，扩大自己的战线，在作品里给人暗示一条出路！出路！出路！"[①]不过在1928年，左翼批评家笔下的"路"只是一条笼统的革命之路，革命文学似乎只要鼓动读者从事革命就已经完成了使命。而在20世纪30年代初的历史语境中，"路"的涵义已经发生了较大改变。上面提到的几部作品最大的特色不在于主人公从事革命活动，而是主人公要在很多不同的革命道路中选择一条正确的道路。与早期革命文学"革命的浪漫谛克"倾向相比，这些作品获得了更为复杂的文学表达方式。这种新的革命表现方式的出现，显然与左翼批评家以"制限"的方式确立如何"现实"地表现革命有关。由于左翼批评家一直没有正面表述如何才能"现实"的表现革命，"现实"的获得往往是通过排斥"想象"来达到的，而"想象"又意味着"非无产阶级乃至反无产阶级的意识的活跃"。因此，当左翼作家试图"现实"地表现革命时，这类在众多革命方向中选择一条正确道路的情节

---

① 芳孤：《革命文学与自然主义》，《泰东月刊》第1卷第10期，1928年6月1日。

模式开始悄然出现。

在这种情节模式中，主人公通常是一位坚定的男性革命者，他将在小说"旅行"中遭遇各种各样错误的、自发的，以及仅有"热情"而无方向的革命理想。而主人公则会对这些不同的革命理想进行分析，考察它们的社会背景、阶级成分。在小说的结尾处，那些倾向于革命但却选择了"非无产阶级乃至反无产阶级"革命方式的年轻人会在主人公的帮助下重新走上正确的道路。被作者自己称作"作品底转变的一个预兆"[①]的《到莫斯科去》，就采用了这样的情节模式。在这部长篇小说中，国民党官员的妻子素裳是一个锦衣玉食的贵妇人，但她对自己富足的生活并不满意，"觉得自己现在的生活是贵族的，而同时也就是一种毫无意义的，逍遥度日的生活……虽然有许多时候都在看书，而这样的看书，也不过是消极的抵抗，无聊的表现罢了。并且在无聊中看书只是个人主义的消遣，不能算是一种工作"[②]。而当素裳遇到"康敏尼斯特"（共产主义者）施洵白时，她被后者深刻的思想、坚强的意志所打动，不仅在情感上选择了施洵白，而且也选择了他所信奉的共产主义理想。她向施洵白表示："我只想从这生活中解放出来，至少我的思想要我走进唯物主义的路。"[③]显然在作者看来，贵族式的生活，只是"寂寞，闲暇，无聊"[④]，而单纯阅读革命书籍，并不能算作真实的反抗或工作，只有走"唯物主义的路"，才是正确的革命选择。

而在被左翼批评家称为"在中国文坛上是一部划分时代的作品"[⑤]的《光明在我们面前》中，这一选择道路的模式被表现得更为复杂。小说主人公刘希坚是一个共产主义者，在生活中他不断遭遇各种各样诸如安那其主义、国

---

① 胡也频：《〈到莫斯科去〉序》，《胡也频选集》下册，福建人民出版社1981年版，第1081页。
② 胡也频：《到莫斯科去》，《胡也频选集》下册，第726—727页。
③ 同上，第751页。
④ 同上，第727页。
⑤ 秀中（张秀中）：《读〈光明在我们面前〉》。

家主义等试图拯救中国的思潮、主义。然而他有着极为清醒的头脑，因此总是用"审查的眼光"①看待这些形形色色的思想，并时刻准备将这些思想扭转到正确的道路上。而小说中的被改造对象白华则是一个有革命理想的安那其主义者。与《到莫斯科去》不同的是，白华并没有因为与刘希坚的爱情而立刻放弃自己信奉的安那其主义思想，相反，她始终认为只有安那其主义才是拯救中国的正确道路。直到"五卅惨案"发生后，白华在实际的革命宣传活动中看到那些崇尚个人主义的安那其主义者们自私、苟且没有行动力的表现时，才最终放弃了安那其主义理想，转而选择了共产主义的革命道路。

从表面上看，《到莫斯科去》和《光明在我们面前》都可以归入所谓"才子佳人英雄儿女的倾向"的作品中，但与"革命加恋爱"小说不同的是，这两部作品既没有把"恋爱"当作通向"革命"的跳板，也没有把"革命"与"恋爱"进行同构化处理。在这两部小说中，男女主人公或是在第一次见面时就爱上了对方，或是本来就是一对恋人。如果说在"革命加恋爱"小说中，"恋爱"以及由此产生的种种纠葛是推动小说情节发展的动力的话；那么在胡也频的这两部作品里，"恋爱"并不推动小说情节的发展，而只是一个前提。在《到莫斯科去》中，素裳和施洵白在第一次见面时就爱上了对方，只是因为素裳的"贵族"身份和奢侈的生活方式，才使得施洵白迟迟不愿向素裳表白。而在《光明在我们面前》中，刘希坚和白华在故事开始处就已经是一对恋人了。只是因为信仰不同的政治理念，两个人才没有把恋情公之于众。事实上，真正推动这两部小说情节发展的并不是"恋爱"，而是不同的生活方式、革命道路之间的碰撞。

与上述选择正确革命道路的情节模式相比，或许更值得文学研究者关注的是小说家对各种革命道路的修辞方式。左翼批评家认为《光明在我们面前》的主题是表现随着"时代的进展，革命的深入，小布尔乔亚革命者认识

---

① 胡也频：《光明在我们面前》，《胡也频选集》下册，第824页。

了客观环境而执行历史的任务,走上了正确的革命道路"①。的确,胡也频的两部小说在"主题"层面上确实是描写革命青年放弃错误的革命理想,走上"正确的革命道路"。然而在作品的文本修辞层面,小说并没有把不同革命道路之间的区别表现为错误与正确之间的对立,而是呈现为"想象"与"现实"之间的差异。在胡也频的笔下,主人公素裳、白华,以及刘希坚走上"正确的革命道路"的经历被表述为从"未来"、"空想"、"想象"走到"现在"、"实际"、"现实"的过程。在《到莫斯科去》中,人们这样评论尚未登场的素裳——"她完全是一个未来新女性的典型"②。而素裳在转变之前也认为"人应该把未来主义当作父亲"③。而在《光明在我们面前》中,主人公刘希坚这样分析自己由无政府主义者转变为共产主义者的过程——"对于安那其主义,我才从热烈中得到失望,觉得那只是一些很好的理想,不是一条走得通的路"④。此外,小说叙述者在分析白华之所以选择无政府主义思想时认为,"她(白华——引按)不会为实际的社会运动而沉溺于乌托邦的迷梦。……只要她再进一步去观察现实的社会,或者只要她能冷静一点,那她一定会立刻把幻象丢弃了,会慢慢接近于实际"⑤。而当白华终于在实际的革命活动中选择了共产主义时,刘希坚则希望白华不要为过去选择安那其主义革命道路而悔恨,因为"过去的一段历史在我们整个的生存中并不能够占有怎样的地位。我们新的历史从现在展开,这就很够我们来努力的"⑥。由此我们可以看出,"未来"、"理想"、"乌托邦"等词语在小说中是一组具有同构关系的词,被胡也频赋予虚幻、不切实际等否定意味,用来指称那些"非无产阶级乃至

---

① 秀中(张秀中):《读〈光明在我们面前〉》。
② 胡也频:《到莫斯科去》,《胡也频选集》下册,第693页。
③ 同上。
④ 胡也频:《光明在我们面前》,《胡也频选集》下册,第774页。
⑤ 同上,第784页。
⑥ 同上,第885页

反无产阶级的"革命道路。而"现实"、"实际",以及"现在"等词语则是另一组具有同构关系的词,被胡也频赋予更为积极的涵义,用来修饰共产主义革命理想。

把革命道路正确与错误的问题置换成"想象"与"现实"问题,构成了胡也频的小说真正值得解读的地方。如果说在小说的情节层面上,小说人物都从"个人主义"或"安那其主义"的革命道路转到了共产主义的革命道路,那么在小说的修辞层面上,这一转向则被表现为对"未来"、"理想"、"乌托邦",以及"想象"的质疑并最终抛弃。作家表现革命的方式在某种程度上反映了作家对革命的理解,而胡也频在"想象"与"现实"的框架下思考与表现革命问题,显然将革命的历程理解为排斥"想象"、趋近"现实"的过程。应该说,胡也频对革命的理解方式并不独特,几乎所有左翼批评家都是通过排斥"想象"的方式来解决如何"现实"地表现革命的问题的。阳翰笙曾在《〈地泉〉重版自序》中批评瞿秋白虽然将"《地泉》的失败处""看得最明白,最透彻",但并"没有更深刻的告诉我们究竟要怎么样才能走到……现实主义的路线上去"[①]。事实上,不仅仅是瞿秋白没有对如何"现实"地表现革命做出正面的回答,其实几乎全部左翼批评家在清算"革命的浪漫谛克"倾向时也都没有正面回答对这一问题。左翼批评家一般是通过规范革命的表现方式——即将各种不符合意识形态要求的对革命的表现指认为"想象"——用排斥"想象"的方法来确立如何"现实"地表现革命的。茅盾曾用形象的语言来描述这一解决问题的思路,即"让我们一脚踢开了从前那些幼稚的,没有正确的普罗列塔里亚意识而只是小资产阶级浪漫的革命情绪的作品"[②]。也就是说,左翼批评家似乎认为早期革命文学对革命的表现方式既有正确的倾向也有错误的倾向,只要把那些错误的倾向"一脚踢开",就可以

[①] 华汉(阳翰笙):《〈地泉〉重版自序》。
[②] 茅盾:《中国苏维埃革命与普罗文学之建设》,《茅盾全集》第19卷,第308页。

自然而然地得到对革命的正确表现。正是在这一思路下,"想象"被"一脚踢开",排除在革命修辞之外。

(二)现实:难以达到的远景

如果说胡也频的小说在修辞层面上将革命道路的正确与错误表现为"想象"与"现实",其试图清理各种"非无产阶级乃至反无产阶级"意识的意图已经显露出来,那么左翼批评家对丁玲的小说《水》的评价则以更加直接的方式表达了这一意图。丁玲的小说《水》以1931年一场严重的水灾为题材,使用塑造群像的方式描写农民在遭遇水灾过程中的经历及抗争过程。这篇小说发表后受到左翼批评家的高度重视。几乎所有的左翼批评家都认为这篇作品的发表,标志着左翼作家在创作上完成了对"革命的浪漫谛克"倾向的最后清算。例如,茅盾高度赞扬小说《水》的意义,表示:"不论在丁玲个人,或文坛全体,这都表示了过去的'革命与恋爱'的公式已经被清算!"[①]而冯雪峰则认为"《水》是作者发展上的一个标志,同时也是我们新文艺发展上的一个小小的标志"[②]。《水》的发表标志着左翼文学开始"从观念论走到唯物辩证法,从阶级观点的朦胧走到阶级斗争的正确理解,特别是从蔑视大众的、个人的英雄的捏造走到大众的伟大的力量的把握,从浪漫谛克走到现实主义,从旧的写实主义走到新的写实主义"[③]。正是这个意义上,《水》被称作"新的小说",这似乎标志着这篇小说已经将"革命的浪漫谛克"倾向完全抛弃,也意味着革命文学对革命的表现终于从"想象"的转变为"现实"的。

既然将丁玲的小说《水》称作"新的小说",那么在左翼批评家眼中,这篇小说无疑显现了与早期革命文学不同的特质,至少它应该超越早期革命文学中的"革命的浪漫谛克"倾向。然而左翼批评家在对《水》的艺术性进

---

① 茅盾:《女作家丁玲》,《茅盾全集》第19卷,第436—437页。
② 冯雪峰:《从〈梦珂〉到〈夜〉——〈丁玲文集〉后记》,《冯雪峰论文集》中册,第157页。
③ 冯雪峰:《关于新的小说的诞生——评丁玲的〈水〉》,《冯雪峰论文集》上册,第73页。

行评论时却并不认同这一点。钱杏邨认为这篇小说的不足是"在革命的认识上,要有更深入的而不是止于概念的理解"①。而茅盾对丁玲小说的艺术性也表示不满,觉得《水》在表现形式上"多用了一些观念的描写"②。冯雪峰在谈到小说《水》时甚至认为:

> 以艺术对现实对象的深度和艺术的精湛而论,反而大不及以前的《莎菲女士的日记》……它的不满人意的地方……是在于以概念的向往代替了对人民大众的苦难与斗争生活的真实的肉搏及带血带肉的塑像……这作品是有些公式化的,同时也显见作者的生活和斗争经验都还远远地不深不广。③

由此我们可以看出,"观念化"、"概念化",以及"公式化"等用以批判"革命的浪漫谛克"倾向的批评术语仍然被左翼批评家用到对小说《水》的评论中。显然,这部作品在小说艺术层面上的特色并不足以支撑左翼批评家将这部小说指认为"新的小说"的判断。那么我们需要追问的是,究竟在什么意义上,左翼批评家将丁玲的小说《水》称作"新的小说"呢?

关于什么是"新的小说",冯雪峰的一段评论显得耐人寻味。他认为只有"新的小说家……所写的小说,才算是新的小说"④。也就是说,"新的小说"之所以被称作"新的",并不是因为在小说本体上表现出新的特质,所谓"观念化"、"概念化"和"公式化"仍然是"新的小说"的弊病。而"新的小说"的"新"特质主要是在创作主体那里。当作家成为"新的小说家"的时候,他所创作的小说也就自然成了"新的小说",其中对革命的表现也就是

---

① 钱杏邨:《丁玲论》,《阿英全集》第2卷,第689页。
② 茅盾:《女作家丁玲》,《茅盾全集》第19卷,第436页。
③ 冯雪峰:《从〈梦珂〉到〈夜〉——〈丁玲文集〉后记》,《冯雪峰论文集》中册,第156页。
④ 冯雪峰:《关于新的小说的诞生——评丁玲的〈水〉》,《冯雪峰论文集》上册,第70—71页。

"现实"的。因此,一部作品能否"现实"地表现革命,关键在于作家能否成为"新的小说家"。而所谓"新的小说家",在冯雪峰看来就是那些"能够正确地理解阶级斗争,站在工农大众的利益上,特别是看到工农劳苦大众的力量及其出路,具有唯物辩证法的方法的作家"①。由此可以看出,对作家思想状况的审查和检验,成了左翼批评家判断文学作品是否"现实"地表现了革命的最主要依据。而作品本身在艺术上是否达到现实主义的标准,在这一审查、检验过程中并不占有重要地位。因此,在评论小说《水》的众多文章中,左翼批评家几乎都把论述的重点放在丁玲的思想转变上,并对这一点进行了高度评价,而对这篇小说本身的艺术表现则多持否定意见。例如,茅盾就从丁玲小说的发展历程中,看出"作者努力想表现这时代以及前进的斗争者——这种企图,却更明显而且意识的"②。钱杏邨认为丁玲的创作历程表现出作者"因着社会的不断的变革,是不断的从个人主义的形态里,伤感主义的形态里,以至于无政府主义的形态里与极其平凡的生活里,逐渐的一一的转变过来,终于,把握得了生活的光明面"③。而冯雪峰则认为丁玲的小说《水》标志着作者"逐渐克服着自己"的"离社会的,绝望的,个人主义的无政府的倾向"④。冯雪峰还进一步说明所谓"新的作家"的来源就是"作家们对于自己的一切坏倾向坏习气的斗争,对于自己的脱胎换骨的努力"⑤。蓬子也有类似的说法,他觉得"《水》是她（丁玲——引按）脱胎换骨的自己改造的过程中的一个最大的收获"⑥。

值得注意的是,左翼批评家在描述丁玲的思想转变历程时,不约而同地

---

① 冯雪峰:《关于新的小说的诞生——评丁玲的〈水〉》,《冯雪峰论文集》上册,第70页。
② 茅盾:《女作家丁玲》,《茅盾全集》第19卷,第436页。
③ 钱杏邨:《丁玲论》,《阿英全集》第2卷,第682页。
④ 冯雪峰:《关于新的小说的诞生——评丁玲的〈水〉》,《冯雪峰论文集》上册,第71页。
⑤ 同上。
⑥ 蓬子:《编完之后》(《丁玲选集》后记),《丁玲选集》,天马书店1933年版。

使用了"脱胎换骨"这个词。单从字面意思来看,"脱胎换骨"指的是抛弃丑陋的外表(所谓"胎"),并将内质(所谓"骨")换成新的。左翼批评家使用这一形象的说法来形容作家对思想内部的"非无产阶级乃至反无产阶级的"因素进行清理和改造。或许左翼批评家对丁玲的小说《水》的批评,是最早将这一语汇用以描述思想改造过程的文本。在此后的几十年间,"脱胎换骨"成了描述思想改造过程时最为常见的语汇。不过有趣的是,在左翼批评家看来,那个需要"厉行自己清算"来"脱胎换骨"变成"新的作家"的人,并不是"旧的作家",而是"半新的作家"①。在左翼批评家的话语中,"旧的作家"与"半新的作家"有着完全不同的内涵。1928年,蒋光慈在《现代中国文学与社会生活》一文中认为:

> 旧的作家……所走的路极端地与革命的倾向相背驰,与时代的要求相冲突……有良心的旧的作家,虽然他们也想与革命接近,但是因为与革命的关系,无论形式上,或精神上,实在是太生疏了,所以一时改变不过来,因之,我们也就不能希望他们有什么伟大的振作。②

而"新的作家""虽然现在还未成名",还没有取得"很好的成绩",但他们才是真正"认识时代,了解现代的社会生活"的人③。也就是说,只有"新的作家"才能"现实"地表现革命,而"旧的作家"则被左翼批评家直接从革命阵营中排斥出去,不被赋予革命的权力。不过那些在1928年被蒋光慈寄予厚望的"新的作家",在20世纪30年代初则被冯雪峰命名为"半新的作家"。冯雪峰所说的"半新的作家"之所以不同于"旧的作家",是因为这些作家尚

---

① 冯雪峰:《关于新的小说的诞生——评丁玲的〈水〉》,《冯雪峰论文集》上册,第71页。
② 蒋光慈:《现代中国文学与社会生活》,《太阳月刊》创刊号,1928年1月1日。
③ 同上。

能够倾向革命。而这些作家之所以是"半新"的，就在于他们"都还是很不纯粹的"，"一切布尔乔亚的艺术的影响，一切同路人的，观望的……浪漫谛克的，机会主义的等等性质"①还残留在他们身上。可见，在20世纪30年代初更为苛刻的革命标准的照射下，蒋光慈笔下的"新的作家"身上逐渐暴露出不纯粹的性质，因而被指认为"半新的作家"，只有继续经过一番"脱胎换骨的努力"，他们才能重新成为"新的作家"。

  由此可以看出，左翼批评家眼中获得"现实"地表现革命的方式的过程，也就是作家由"半新的作家"剔除"不纯粹的性质"变成"新的作家"的过程，两者具有同构关系。"现实"地表现革命与文学文本如何摹仿现实生活等现实主义理论问题并没有太大关系。然而正像读者在上文看到的那样，何为"新的作家"，何为"半新的作家"的标准始终都在变化。蒋光慈所说的"新的作家"在冯雪峰眼中就只能是"半新的作家"，甚至蒋光慈本人也在冯雪峰的笔下成为"半新的作家"的代表人物。因此，革命如何才能被"现实"地加以表现，始终不是一个可以被正面言说的话题，相反，它只是一个要求左翼作家不断去趋近的目标。正像我们在左翼文学发展史上看到的，几乎所有的革命作家都在后起的更为苛刻的标准下显现出"不纯粹的性质"，从而由"新的作家"变成"半新的作家"，并被要求进行一番"脱胎换骨的努力"。而这些作家对革命的表现，也因为作家身上"不纯粹的性质"，不再被视为是对革命的"现实"的表现，成为被"清算"的对象。正像冯雪峰在评论丁玲的《水》时，虽然给予这篇作品很高评价，但仍然认为"《水》只能是新的小说的一点萌芽，而不能有更高的评价"②。因此，"现实"对于表现革命的方式来说，始终是一个可以被无限趋近，却又无法到达的远景。

---

① 冯雪峰：《关于新的小说的诞生——评丁玲的〈水〉》，《冯雪峰论文集》上册，第73页。
② 同上，第74页。

四 耦合发生的历史动因

（一）现实主义的排斥机制

从前面两个部分的分析可以看出，当左翼批评家在清算"革命的浪漫谛克"倾向和展望革命文学的发展方向时，其批评话语中始终存在着现实主义理论话语与意识形态理论话语"耦合"的现象。虽然在表面上，清算"革命的浪漫谛克"意味着革命文学对"革命"的表现由"从'想象'中产生"[①]转变为来源于"现实"，但在左翼批评家看来，与清算"革命的浪漫谛克"倾向之前的革命文学相比，清算之后的革命文学最主要的特点并不是这些作品在艺术上更好地摹仿了现实生活，而是"在现象的分析上，显示作者对于阶级斗争的正确的坚定的理解"。也就是冯雪峰所说的，"《水》的最高的价值，是在首先着眼到大众自己的力量，其次相信大众是会转变的"[②]。可见，左翼批评家实际上是在使用一套现实主义的理论语言来完成对革命文学及其作者的意识形态规训。而由此引发的问题是，既然现实主义文学理论与意识形态理论在左翼批评话语中的结合方式是"耦合"的，即左翼批评家并不是绝对地、自然地使用现实主义文学理论来完成对革命文学及其作者的意识形态规训。那么接下来要追问的就是，究竟是什么样的历史动因使这一"耦合"能够发生。对这一问题的解答，笔者认为要从两个方面来进行：一是现实主义文学理论究竟有何特质使其可以被左翼批评家来借用；二是左翼批评家借助现实主义文学理论如何更好地实现对表现"革命"的方式的意识形态规训。只有两个方面共同发生作用，才能够使现实主义理论话语和意识形态理论话语发生"耦合"，并帮助左翼批评家完成对革命文学及其作者的规训。

就现实主义文学理论本身而言，这显然不是一个在本文中可以讨论清楚

[①] 茅盾：《关于"创作"》，《茅盾全集》第19卷，第279页。
[②] 冯雪峰：《关于新的小说的诞生——评丁玲的〈水〉》，《冯雪峰论文集》上册，第70页。

的话题。事实上，现实主义这个概念已经成为文学理论中众说纷纭、最为复杂的批评术语。因此，本文并不想从本体论的意义上讨论现实主义文学理论可以被左翼批评家借用的特质。不过就我们具体面对的问题而言，即现实主义文学理论何以能够被左翼批评家借用，或许可以通过对现实主义文学的内在运作机制的考察来加以解答。现实主义文学就其最为宽泛的意义上，可以理解为作者试图以语言为媒介实现对现实生活的摹仿。德国美学家埃里希·奥尔巴赫 (Erich Auerbach) 也就是在这个意义上来阐释现实主义文学的。在《摹仿论——西方文学中所描绘的现实》一书中，他向读者展示了西方文学中的传统文体形式如何因为对现实生活的摹仿而逐渐演化为现实主义文学[①]。不过在当代文学批评完成语言学转型后，文学文本可以直接与现实生活建立指涉关系的看法受到普遍质疑。在很多时候，现实主义文学被理解为一种符号学建构，其想象的本质也因此被凸显出来。在这个意义上，现实主义文学的内在运作机制被赋予了比摹仿现实生活更为复杂的内涵。吉利恩·比尔在《传奇》一书中对《唐吉诃德》的分析，多少触及了这个问题。塞万提斯的《唐吉诃德》在文学史上被誉为第一部现实主义小说。不过吉利恩·比尔在考察这部小说时发现，单从小说形式的角度来看，它的叙述者讲故事式的叙述方式，故事中套故事的结构模式并不能将它区别于中世纪传奇。因此，这部小说之所以能够被称作现实主义小说，并不是因为其自身表现出新的特质，而是因为小说的叙述者不断地嘲弄中世纪传奇故事荒诞古怪，脱离"现实"。也就是说，《唐吉诃德》是通过对中世纪传奇"专注于想象的特征"的贬低、嘲弄，确立了自己在现实主义文学中的地位[②]。英国文艺理论家伊恩·瓦特 (Ian Watt) 在《小说的兴起》一书中，谈到现实主义小说的起源时也有类似

[①] 参见[德]埃里希·奥尔巴赫(Erich Auerbach)：《摹仿论——西方文学中所描绘的现实》，吴麟绶、周新建、高艳婷译，百花文艺出版社2002年版。

[②] 参见吉利恩·比尔：《传奇》。

的看法，他认为早期现实主义小说中存在着否认自身"想象"本质的普遍现象。伊恩·瓦特通过对英国早期现实主义小说的研究发现，早期现实主义小说或是把自己伪装成书信与日记，如《克拉丽莎》；或是谈话录，如《摩尔·福兰德斯》；抑或是记者的报道，如《奥努诺克》。在这些作品中，小说的作者总是以编辑者的身份出现，而隐藏起其作为虚构故事的创造者的本质①。上述研究无疑揭示了这样的事实：即使得现实主义文学能够以"现实"的面貌出现的，是其对自身"想象"本质的遮蔽。也就是说，现实主义文学实际上是通过排斥"想象"，来构筑"现实"的。

事实上，上述现实主义的运作机制也内化在中国的现实主义提倡者对现实主义文学理论的接受过程中。20世纪20年代初期的文学研究会可以被笼统地称为一个倡导现实主义的文学团体。可以说，文学研究会对现实主义文学理论的理解代表了当时中国的最高水平。在1924年5月文学研究会机关报《小说月报》上刊登的《卷头语》可以反映出当时中国人如何理解现实主义，试看下面这段引文：

> 文艺作品之所以能感动读者，完全在他的叙写的真实。但所谓"真实"，并非谓文艺如人间史迹的记述，所述的事迹必须是真实的，乃谓所叙写的事迹，不妨为想象的、幻想的、神奇的，而他的叙写却非真实的不可。如安徒生的童话，虽叙写小绿虫、蝴蝶，以及其他动物世界的事，而他的叙述却极为真实，能使读者能如身历其境，这就是所谓"叙写的真实"。至于那种写未读过书的农夫的说话，而却用典故与"雅词"，写中国的事，而使人觉得"非中国的"，则即使其所写的事迹完全是真实的，也非所谓文艺上的"真实"，决不能感动读者。②

---

① 参见［英］伊恩·瓦特：《小说的兴起》，高原、董红钧译，三联书店1992年版。
② 西谛（郑振铎）：《卷头语》，《小说月报》第15卷第5期，1924年5月。

显然，这段文字的作者郑振铎已经充分注意到现实主义文学的想象本质，所以他承认文学中的"所谓'真实'，并非谓文艺如人间史迹的记述"，因而"所叙写的事迹，不妨为想象的、幻想的、神奇的"。然而作者最后的落脚点却在于"叙写却非真实的不可"。也就是说，虽然现实主义文学在本质上是想象的，但它的想象本质却一定要隐藏在现实世界的表象下，以某种"现实"的面貌表现出来。

如果说现实主义文学在运作过程中需要通过强调其对立面是"想象"的，以此来确立自身为现实的话，那么意识形态也具有一个与之类似的运作过程。在《德意志意识形态》中，马克思、恩格斯认为意识形态是对意识和现实的根本颠倒，其目的在于掩盖现实中的冲突与矛盾，而其动力则来自于对统治阶级利益的维护。也就是说，意识形态实际上是出于某种目的而"空想"出来的。可见，马克思、恩格斯是通过将统治阶级的思想指认为意识形态，亦即虚假的意识，来否认其合法性。而在列宁那里，意识形态则被赋予了中性的涵义，不仅统治阶级具有意识形态，而且被统治阶级——无产阶级——也同样可以拥有意识形态。不过，列宁认为"任何思想体系（即意识形态——引者注）都是受历史条件制约的，可是，任何科学的思想体系（即无产阶级意识形态——引者注）和客观真理、绝对自然符合，则是无条件的"[①]。显然，列宁和马克思一样把统治阶级的意识形态贬斥为"空想"，但却把无产阶级的意识形态指认为真理。而在德国理论家卡尔·曼海姆（Karl Mannheim）的意识形态研究中，他发展了列宁的思想，把意识形态与阶级的存在状态联系起来，认为处在对立状态的两个阶级往往通过指认对立阶级的意识形态是虚假的，来确立

[①] 列宁：《唯物主义和经验批判主义（对一种反动哲学的批判）》，《列宁选集》第2卷，中共中央马恩列斯著作编译局译，人民出版社1972年版，第135页。

自身的合法性①。美国马克思主义理论家杰姆逊（Jameson）也同意这一看法，认为"相对抗的意识形态的功能就是——例如马克思主义自身，作为无产阶级的意识形态，而不是作为关于社会状态的'科学'——向占领导地位的意识形态提出挑战，揭穿、削弱这种意识形态，使人们不再相信它"②。可见，意识形态在运作过程中也是通过宣称其对立面为"虚假"的、"空想"的，来获得自身的合法性。

由此可以看出，现实主义和意识形态的运作机制中存在着类似的模式，即排斥机制。它们均通过排斥对立面，将其指认为"想象"或"空想"来构筑自身的合法性。在某种程度上，现实主义文学理论与意识形态理论之间的这种同构关系，为左翼批评家借用现实主义文学理论来进行意识形态表述提供了前提条件。

（二）现实主义的权威性

当现实主义文学在运作过程中通过排斥"想象"来构筑"现实"的时候，其逻辑中显然隐含着一种价值判断，即"现实"比"想象"具有更高的价值。这一价值评判标准在中国接受现实主义文学理论的过程中曾被有效利用。在茅盾的名文《自然主义与中国现代小说》中，作者将中国旧小说的弊病归结为"不知道客观的观察，只知主观的向壁虚造"③。显然，将中国旧小说称作"主观的向壁虚造"就意在强调其源于"想象"，而不是"现实"的特质。而茅盾认为自然主义之所以能够救治中国旧小说的弊病，主要有两方面原因：一是"自然主义者最大的目标是'真'"；二是因为"自然主义是经

---

① 参见 [德] 卡尔·曼海姆(Karl Mannheim)：《意识形态与乌托邦》，黎鸣、李书崇译，商务印书馆2000年版，第199—201页。
② [美] 杰姆逊 (Fredric Jameson)：《后现代主义与文化理论》，唐小兵译，北京大学出版社2005年版，第235—236页。
③ 茅盾：《自然主义与中国现代小说》，《茅盾全集》第18卷，第232页。

过近代科学的洗礼的"①，其"描写法，题材，以及思想都和近代科学有关系"。茅盾还特意强调"自然派作家大都研究过进化论和社会问题"②，并以霍普特曼为例说明他是先读了达尔文、马克思和圣西门的著作，然后转向自然主义风格的创作的。也就是说，茅盾是借助"真实"与"科学"这两大权威话语成功地构筑了自然主义的权威，并将中国旧小说的价值一笔抹杀。事实上，现实主义文学在运作过程中凸显现实的权威性是其得以区别于其他文学风格的关键。美国学者安敏成（Marston Anderson）甚至认为："所有的现实主义小说都是通过维护一种与现实的特权关系来获得其权威性的。"③

如果说现实主义文学理论通过维护与现实的特权关系确立自身价值的话，那么在意识形态理论中其实也隐含着相同的逻辑。在某种程度上，一套意识形态话语的合法性就是通过对"现实"的"正确认识"来确立的。在中国20世纪20年代末的历史语境中，意识形态之间的对抗恰恰是通过争夺对中国"现实"的解释权来进行的。这种争夺在社会科学界的表现是中国社会性质论战，而在文学界的表现则是太阳社、后期创造社与茅盾的论战。在这场论战中，双方论争的焦点就是什么才是对"现实"的正确认识。茅盾在《从牯岭到东京》一文中，以谦逊的姿态承认自己的《蚀》三部曲并非"革命小说"，而"只是能够如何忠实便如何忠实的时代描写"，对此茅盾甚至还表示"觉得很惭愧"④。不过考虑到茅盾后来表示自己对时代的描写"要比那些超过真实的空想的乐观描写，要深刻得多"⑤，显然，茅盾在这里所强调的是自己对时代的表现并非来源于"想象"，而是对"现实"的"忠实描写"。因此，在谦逊的姿态下，他其实是给了自己的作品以相当高的评价。

---

① 茅盾：《自然主义与中国现代小说》，《茅盾全集》第18卷，第235页。
② 同上，第238页。
③ ［美］安敏成：《现实主义的限制》，姜涛译，江苏人民出版社2001年版，第8页。
④ 茅盾：《从牯岭到东京》，《茅盾全集》第19卷，第181页。
⑤ 茅盾：《读〈倪焕之〉》，《茅盾全集》第19卷，第215页。

事实上，茅盾在《从牯岭到东京》中阐述自己对革命文艺的创作方法以及备受争议的革命文学的读者对象等问题的看法时，其立论的基点正是认为自己才是真正忠实地观察"现实"的。而太阳社和后期创造社对茅盾的反驳，也是围绕着怎样才是对"现实"的正确认识展开。克兴在《小资产阶级文艺理论之谬误——评茅盾君底〈从牯岭到东京〉》一文中，就一再强调革命文学并非如茅盾所言是"超过真实的空想的乐观描写"，而是"真真站在客观的具体的美学上"，"把客观的现实再现于作品"①。显然，左翼批评家只有首先论证自己才是正确把握住了"现实"，其意识形态论述才能获得合法性。钱杏邨在《中国新兴文学中的几个具体的问题》一文中，更是直接把对"现实"的认识问题转化为意识形态之间的对抗问题。钱杏邨在文中将"现实"区分为两种相互对立的"现实"。他承认"茅盾所表现的'现实'，确实也是一种'现实'"②，但却认为茅盾的"现实"实际上只是尽了"'描写'的能事"，是一种"静止的现实"③。与茅盾的"现实"相反，钱杏邨认为革命作家笔下的"现实"是一种经过了"扬弃"的，"动的、力学的、向前的'现实'"④。因此，茅盾的"现实"是一种小资产阶级的"幻灭下沉"的"现实"，是应该被"扬弃"的现实。而革命作家笔下的"现实"则是无产阶级的"生长着的""现实"，具有正面的积极的价值⑤。显然，在太阳社、创造社与茅盾的论争中，双方都在极力证明自己对"现实"的认识才是正确的认识，并由此构建意识形态的合法性。在这里，我们似乎已经找到了现实主义理论

---

① 克兴：《小资产阶级文艺理论之谬误——评茅盾君底〈从牯岭到东京〉》，《创造月刊》第2卷第5期，1928年12月10日。

② 钱杏邨：《中国新兴文学中的几个具体的问题》，《革命文学论争资料选编》下册，人民文学出版社1981年版，第931页。

③ 钱杏邨：《茅盾与现实》，《阿英全集》第2卷，第190页。

④ 钱杏邨：《中国新兴文学中的几个具体的问题》，《革命文学论争资料选编》下册，第931页。

⑤ 同上，第932—933页。

话语与意识形态理论话语能够实现"耦合"的地方,即现实主义文学获得自身权威性的方式(试图维护与现实生活的想象性对应关系),也为左翼批评家的意识形态话语提供了合法性论述。

综上所述,在进行意识形态表述的过程中,左翼批评家和现实主义文学一样,都需要借助与现实生活之间的对应关系来确立自身论述的权威性。可以说,正是这种同构性,使得现实主义文学理论和意识形态理论能够在左翼批评实践中实现"耦合"。一方面,是现实主义文学理论与意识形态理论共有的排斥模式,使得左翼批评家可以借用现实主义文学理论进行意识形态表述;而另一方面,则是现实主义文学与现实生活之间假想的对应关系,以及由此产生的"权威性",使得左翼批评家需要借用现实主义话语的"权威性"来论证其意识形态的合法性。正如我们在左翼批评话语中看到的,安那其主义、国家主义等"非无产阶级乃至反无产阶级"的革命道路总是被表述为"想象"的,"不切实际"的、而共产主义的革命道路则总是被表述为"现实"的。现实主义文学理论已经和意识形态表述深深地结合在一起,共同支配了左翼批评家的表达。

事实上,左翼批评家在20世纪30年代初期对早期革命文学的批判,就是借助现实主义文学理论来消除所谓"非无产阶级乃至反无产阶级的"意识形态的合法性,确立无产阶级意识形态的权威地位。在以后的左翼文学发展史上,我们会看到现实主义理论及其批评术语决定性地影响了20世纪中国大部分文学创作和批评,其影响直到今天仍未断绝。而这一现象恐怕与20世纪30年代初左翼批评话语中现实主义文学理论与意识形态理论的"耦合"不无联系。在很大程度上,研究者往往把现实主义理论和意识形态理论在左翼批评话语中的结合看成一个既定的事实,而本文则试图去探究这一事实得以发生的内在动因。

"是聪明,聪明,第三个聪明的"

—— 论鲁迅的翻译语言

在鲁迅的生命历程中,文学翻译无疑占据了极为重要的位置。从1903年发表的第一篇作品《斯巴达之魂》算起,到生命最后时刻仍在翻译的《死魂灵》,翻译活动可以说贯穿了鲁迅的整个文字生涯。而他留下的那三百余万字的翻译作品,更是在数量上超过了其原创著作,这就使得我们在任何意义上都不能低估翻译之于鲁迅的意义。有鉴于此,无论是鲁迅研究界还是翻译研究界,都高度重视其翻译活动的重要性,对鲁迅的翻译语言、鲁迅与外国作家之间的影响关系等问题进行了系统讨论,并产生了大量研究成果。

值得注意的是,鲁迅的《〈域外小说集〉序言》一文因提出直译的主张,被研究者称为"中国近代译论史上的珍贵文献"[1]。到了20世纪30年代,鲁迅更是坚持自己的一贯主张,与梁实秋、瞿秋白等人就翻译语言的"顺"与"不顺"、意译与直译等问题展开辩论,并反复强调自己"主张'宁信而不顺'"[2]。再加上鲁迅的翻译语言在直观上给人一种"不顺","往往给以不舒服,甚而至于使人气闷,憎恶,愤恨"[3]的感觉,这一切都使得研究者往往脱离了鲁迅的译本,先验地判定鲁迅的翻译是"信而不顺"的直译。于是,人

---

[1] 陈福康:《中国译学理论史稿》,上海外语教育出版社1992年版,第171页。
[2] 鲁迅:《关于翻译的通信》,《鲁迅全集》第4卷,人民文学出版社2005年版,第391页。
[3] 鲁迅:《"硬译"与"文学的阶级性"》,《鲁迅全集》第4卷,第202页。

们要么从译本的可读性出发,在鲁迅的翻译作品中摘录出诸如"要来讲辅助那识别在三次元底的空间的方向的视觉底要素的相互的空间底距离的"①这类难于索解的句子,指责鲁迅的翻译语言背离了中文的基本语法;要么站在鲁迅的立场上,从他的翻译力求保存"原作的丰姿"②,以及向汉语世界输入"新的表现法"③的角度,为鲁迅的翻译语言进行辩护。

然而,上述两类研究虽然将鲁迅的翻译语言塑造为"信而不顺"的典型,但却往往集中探讨鲁迅与梁实秋、瞿秋白等人的论争、鲁迅的翻译思想等,较少具体分析鲁迅的译文,因而无法回答鲁迅的翻译在遣词造句上的特点是什么、他的翻译语言受到哪些因素的影响,以及他的翻译语言与创作语言之间的关系是什么等问题。这多少限制了研究者对鲁迅翻译语言的理解,也无法呈现后者自身所具有的复杂面向。正是基于这一问题意识,本文将以《死魂灵》鲁迅译本为案例,尝试初步解答上述问题。之所以从鲁迅卷帙浩繁的翻译作品中选择这一译本,一方面是因为果戈理的《死魂灵》是鲁迅最后一部翻译作品,也是他耗费精力最多、篇幅最长的一部作品,该译本的语言风格可以看作是鲁迅翻译风格成熟后的代表。另一方面,鲁迅译《死魂灵》中经常会出现一些或古怪、或独特的译法和表达方式,将它们与原作④、当代翻译家们的其他译本进行比对,可以帮助我们触摸鲁迅翻译的特殊之

---

① [苏] 卢那卡尔斯基:《艺术论》,鲁迅译,《鲁迅译文全集》第4卷,福建教育出版社2008年版,第219页。
② 鲁迅:《"题未定"草(二)》,《鲁迅全集》第6卷,第364—365页。
③ 鲁迅:《关于翻译的通信》,《鲁迅全集》第4卷,第391页。
④ 鲁迅翻译果戈理的《死魂灵》时,以"德人Otto Buek译编的全部"为底本,并参考了远藤丰马、上田进的两种日译本。孟十还亦据俄文与鲁迅就某些译法进行讨论。正是由于翻译底本的复杂状况,使得我们在具体讨论鲁迅译《死魂灵》的某些语言时,很难确定在翻译过程中真正对应的原文是什么。不过考虑到本文主要讨论鲁迅翻译语言的特点,并不涉及鲁迅翻译是否准确的问题。因此为了论述的便利,笔者在将鲁迅译本与满涛、许庆道以及田大畏等译自俄文的译本进行比对时,只参考果戈理的俄文原文。

处。在这个意义上,《死魂灵》的鲁迅译本无疑可以充当某种化学实验中的指示剂,通过它可以清晰地显影鲁迅翻译语言的一些特点。

一 鲁迅翻译语言的复杂面貌

的确,鲁迅本人在书信或译序中曾不断阐述自己推崇直译的翻译思想,并感慨译事之艰辛。在《〈出了象牙之塔〉后记》中,他直截了当地表示自己的译文"文句仍然是直译,和我历来所取的方法一样;也竭力想保存原书的口吻,大抵连语句的前后次序也不甚颠倒"[1]。因此,直译乃至于不改变原文语句顺序的字字对译,是鲁迅一贯倡导的翻译方法,这也是其译本大多晦涩难懂,在今天已经很少有文学爱好者阅读的原因所在。而鲁迅的翻译态度也是出了名的严谨、认真。他的健康状况之所以在1936年急转直下,就与他在这一时期花费大量的时间和精力翻译果戈理的《死魂灵》直接相关。在《"题未定"草(一)》中,他坦言自己在翻译《死魂灵》时"字典不离手,冷汗不离身"[2],吃尽了各种苦头。在某种意义上,正是因为鲁迅反复从直译、严谨的角度谈论自己的翻译,才使得今天的研究者无论是否认同鲁迅的翻译方法,但基本上都将其译作看作是直译的代表,并高度赞扬他在翻译过程中表现出的严肃、认真的态度。

而由此产生的问题是,鲁迅是否真的像他所说的那样,采用直译,甚至字字对译的方式进行翻译?如果脱离了对译文的考察,过于匆忙地对这一问题进行判断,那无疑是主观而武断的。翻开鲁迅晚年耗费了无数心血翻译的《死魂灵》,我们会看到这样的译文:

---

[1] 鲁迅:《〈出了象牙之塔〉后记》,《鲁迅全集》第10卷,第271页。
[2] 鲁迅:《"题未定"草(一)》,《鲁迅全集》第6卷,第363页。

然而什么性格都不畏惮，倒放出考察的眼光，来把握他那最内部的欲望的弹簧的人，是聪明，聪明，第三个聪明的；①

这段话出现《死魂灵》第一部的结尾。叙述者在这里突然从小说叙述中"显身"，向读者解释为何要讲述主人公乞乞科夫的故事。他认为乞乞科夫这样的无赖出现在叙事作品中会被读者唾弃，但却并不妨碍作家对其性格展开分析，而那些愿意去仔细刻画无赖性格的小说家其实是非常聪明的。显然，这段话不过是果戈理借叙述者之口，以调侃的语调为自己的创作进行辩护，它本身并没有太多值得分析的地方。然而鲁迅在译文中采用"是聪明，聪明，第三个聪明的"这样的译法却让人忍不住心生疑惑，这一表达方式究竟是属于原作者果戈理还是译者鲁迅呢？试比较这段话的原文以及目前通行的两种中文译本：

Но мудр тот, кто не гнушается никаким взгляд, изведывает его до первоначальных причин.②

然而，聪明人见了任何性格都不会嫌弃，相反地，却会投去探索的目光，对它进行揣摩研究，直到弄清它的原始的成因为止。（满涛、许庆道译）③

不嫌弃任何性格，而是加以执著的审视，探求其原始的成因，这样的

---

① [俄]果戈理：《死魂灵》，鲁迅译，《鲁迅译文全集》第7卷，229页。
② Гоголь Н. В. Собрание сочинений: Мертвые души: Поэма/ М.: Мир книги, Литература, 2007. 234 с.
③ [俄]果戈理：《死魂灵》，满涛、许庆道译，人民文学出版社1983年版，第258页。

人才谓英明。（田大畏译）①

在这里，俄文"мудр"直接对应的中文意思应该是"有智慧的"，满涛、许庆道，以及田大畏将其翻译为"聪明"或"英明"显然可以视为直译。而鲁迅对该词的翻译——"是聪明，聪明，第三个聪明的"，则选择了一种非常古怪的表达方式，该句式无论是在俄文中，还是在汉语里都极为少见。而由此产生的问题是，鲁迅为什么要以这样的句式来翻译"мудр"一词呢？

事实上，鲁迅在翻译《死魂灵》时采用的特殊句式"是聪明，聪明，第三个聪明的"，既不是为了保存"原作的丰姿"，也不属于汉语的惯常表达方式。它直接生发于评论家对鲁迅自己的创作与生活方式的评价。早在1925年，张定璜就曾在《鲁迅先生》一文中初步总结了鲁迅小说的创作特色。正是在这篇文章中，张定璜认为鲁迅小说的创作特色是：

第一个，冷静，第二个，还是冷静，第三个，还是冷静。②

考虑到张定璜与周氏兄弟有着颇多交往，并曾与鲁迅合编过《国民新报》副刊，而且刊载《鲁迅先生》一文的《现代评论》杂志是鲁迅每期必读的刊物，因此，鲁迅肯定读过张定璜的这篇评论文章，并对"第一个，冷静，第二个，还是冷静，第三个，还是冷静"这个句式留下较为深刻的印象。

不过真正让鲁迅对这个句式"刻骨铭心"的，恐怕还并非张定璜的《鲁迅先生》一文，而是左翼批评家成仿吾发表于1927年的文章《完成我们的文学革命》。在那篇言辞激烈的评论中，成仿吾全盘否定当时的"五四"新文学

---

① ［俄］果戈理：《死魂灵》，田大畏译，安徽文艺出版社1999年版，第309页。
② 张定璜：《鲁迅先生》，《现代评论》第1卷第7、8期，1925年1月。

创作，认为它们不过是一些"以趣味为中心的文艺"，并具体分析了形成这一文艺风格的原因：

> 我们由现在那些以趣味为中心的文艺，可以知道这后面必有一种以趣味为中心的生活基调，换句话，就是必有一种有特别嗜好的作者，有同类嗜好的刊行者与读者，他们的同类的特别嗜好成为了一种共同的生活基调，才有了这样以趣味为中心的文艺。而这种以趣味为中心的生活基调，它所暗示着的是一种在小天地中自己骗自己的自足，它所矜持着的是闲暇，闲暇，第三个闲暇。①

为了进一步论证自己的观点，成仿吾甚至还把鲁迅和他的"死敌"陈西滢放置在一起，作为"以趣味为中心的文艺"的代表予以批判。这一切，显然是这位"新锐"批评家的有意为之，他正是要通过这种极具挑衅意味的论述方式与"五四"新文学彻底决裂。而"闲暇，闲暇，第三个闲暇"这个颇为古怪的句式，则可以看作是成仿吾为"五四"新文学撰写的"悼词"。

在今天看来，成仿吾的这类言论无疑是过于偏激了。他将历史唯物主义的基本原理生搬硬套到中国语境中来，既没有正确判断中国革命的形势，也没能理解鲁迅作品的深刻意义，反而过早地"宣判"了"五四"新文学的"死刑"。成仿吾毫无道理的尖锐批评，显然让鲁迅颇为恼火。尽管伴随着"左联"的成立，以成仿吾为代表的左翼批评家们早已停止了对鲁迅的攻击，但"闲暇，闲暇，第三个闲暇"却深深地刻印在了后者的脑海中，久久挥之不去。在此后的一系列文章中，鲁迅不断地对成仿吾进行或明或暗的嘲讽。

例如，当鲁迅在国民党书刊审查制度的压迫下，不得不于1931年11月自费出版《毁灭》、《铁流》等苏联文学作品时，就将出版机构命名为"三闲书

---

① 成仿吾：《完成我们的文学革命》，《洪水》第3卷第25期，1927年1月。

屋"。他甚至还在《铁流》一书的版权页上以幽默的口吻写道:"本书屋以一千现洋,三个有闲,虚心介绍诚实译作,重金礼聘校对老手,宁可折本关门,绝不偷工减料,所以对于读者,虽无什么奖金,但也绝不欺骗的。"①其中的"三个有闲",显然在暗中嘲讽成仿吾几年前对自己的批判。而到了1932年4月24日,鲁迅更是在《三闲集·序言》中明确使用"三闲"来表达对成仿吾的不满:

> 我将编《中国小说史略》时所集的材料,印为《小说旧闻钞》,以省青年的检查之力,而成仿吾以无产阶级之名,指为"有闲",而且"有闲"还至于有三个,却是至今还不能完全忘却的。我以为无产阶级是不会有这样锻炼周纳法的,他们没有学过"刀笔"。编成而名之曰《三闲集》,尚以射仿吾也。②

由此可以看出,成仿吾当年对鲁迅毫无道理的猛烈批判,让后者久久无法忘怀。虽然两人在政治上身处同一阵营之中,鲁迅在1933年还曾冒生命危险帮助成仿吾与中共地下党接头。但只要一有机会,鲁迅就会重提旧事,对成仿吾当年的文章冷嘲热讽。特别是那句"闲暇,闲暇,第三个闲暇",更是给鲁迅留下了极为深刻的印象。以至于每当提起成仿吾,那三个"闲暇"就会出现在鲁迅的脑海中并转化为讽刺性的文字。甚至到了晚年,鲁迅还在《故事新编·序言》中不忘"旧恨",对成仿吾予以尖刻的讽刺:"这时我们的批评家成仿吾先生正在创造社门口的'灵魂的冒险'的旗子底下抡板斧。他以'庸俗'的罪名,几斧砍杀了《呐喊》,只推《不周山》为佳作,——自然也仍有不好的地方。坦白的说吧,这就是使我不但不能心服,而且还轻视了

---

① 鲁迅:《三闲书屋校对书籍》,《鲁迅全集》第8卷,第503页。
② 鲁迅:《三闲集·序言》,《鲁迅全集》第4卷,第6页。

这位勇士的原因。"①

考虑到《故事新编·序言》写于1935年12月26日，恰好与鲁迅翻译《死魂灵》处于大致相同的时段里，因此，对成仿吾及其批评的厌恶与反感，显然到此时仍郁结在鲁迅的心中。在这种情况下，我们有理由相信《死魂灵》译本中那个异常古怪的句式——"是聪明，聪明，第三个聪明的"，既不是来源于果戈理的写作，也不是因为译者采用了所谓"硬译"的翻译方法，而是鲁迅在翻译过程中戏仿成仿吾的"闲暇，闲暇，第三个闲暇"这个句式。

需要特别指出的是，笔者在这里花费较大篇幅讨论鲁迅译《死魂灵》中这个奇怪的翻译案例，并不是要指责鲁迅在翻译过程中过于随意地遣词造句，使得译本与原文存在较大出入。而是希望以一个较为极端的例证向研究者说明：鲁迅的翻译并不能仅仅局限在顺与不顺、意译或直译的范畴里进行理解。只有跳出研究界处理鲁迅翻译时的惯性思维方式，我们才有可能真正触及鲁迅翻译方法的独特之处，并还原出鲁迅翻译语言的复杂面貌。

二 动态关系中的鲁迅翻译语言与创作语言

在笔者看来，正是由于"是聪明，聪明，第三个聪明的"这样的翻译语言存在于鲁迅的译本之中，使得我们根本不能在单纯的直译或字字对译的意义上理解鲁迅的翻译，而只能将他的翻译语言置于一种更加动态的关系中加以考察。也就是说，虽然鲁迅的翻译语言佶屈聱牙、"往往给以不舒服，甚而至于使人气闷，憎恶，愤恨"的感觉，而其原创作品的语言则简劲、流畅，富有汉语特有的美感，但这两种截然不同的语言风格并非泾渭分明、不可沟通。在某些特定情况下，鲁迅的翻译语言和创作语言会出现相互渗透的现象。

上文重点分析的鲁迅译《死魂灵》中的那句"是聪明，聪明，第三个聪

---

① 鲁迅：《故事新编·序言》，《鲁迅全集》第2卷，第353—354页。

明的"，就是鲁迅的杂文语言影响其翻译语言的典型案例。当果戈理在《死魂灵》第一部结尾处以叙述者的口吻分析小说家的创作方法时，他其实是以调侃、自嘲的方式说明作家在创作中不应该回避对乞乞科夫这类无赖的描绘。如果按照目前的通行译法，将"мудр"直接翻译为"聪明"，那么原文所带有的调侃、自嘲的意味就会在翻译过程中消失。这无疑会影响果戈理小说艺术效果的传达。而鲁迅在翻译这个段落时，则有意识地利用了自己既是翻译家又是杂文家的优势，采用"是聪明，聪明，第三个聪明的"这个句式，原汁原味地将果戈理作品中的调侃、自嘲意味在中文世界中呈现了出来。因为成仿吾用"闲暇，闲暇，第三个闲暇"来抨击鲁迅的生活方式，而鲁迅反过来在杂文中借用"三闲"来自我指认就既有讽刺成仿吾的用意，也有自嘲与调侃的味道。在这种情况下，20世纪30年代的文学爱好者在读到鲁迅翻译的《死魂灵》时，"是聪明，聪明，第三个聪明的"这样的译法可以让他们直接联想到译者曾用"三闲"来指称自己的杂文写作，并感受到这个句式所蕴涵的调侃、自嘲的意味。因此，鲁迅译《死魂灵》中某些译法的艺术效果，其实是建立在鲁迅的杂文世界之上的。脱离了鲁迅在杂文中的自我调侃和与成仿吾之间的纷争，"是聪明，聪明，第三个聪明的"这样的译法就显得古怪而令人费解；而一旦我们联系起鲁迅的杂文世界，那么该译法又是如此的准确而传神。在这一意义上，读者阅读鲁迅译《死魂灵》时会受到双重吸引，他们既能由此进入果戈理的文学世界，又能从中感受到鲁迅杂文的独特魅力。这一点无疑是鲁迅的文学翻译最为独特的地方。考虑到今天已经很少有翻译家能够在文学创作上达到鲁迅的高度，因此，鲁迅的文学翻译可以称得上是空前绝后。

如果说鲁迅的某些创作语言可以渗透进他的翻译语言，并构成后者艺术效果的主要来源；那么鲁迅的翻译语言又是否会影响鲁迅的创作语言呢？关于这一点，笔者将以果戈理《死魂灵》中的一段描写，并对比鲁迅的翻译与目前的两个通行译本来予以说明。试看下面这四段引文：

Выражается сильно российский народ! и если наградит кого словцом, то пойдет оно ему в род и потомство, утащит он его с собою и на службу, и в отставку, и в Петербург, и на край света. И как уж потом ни хитри и ни облагораживай свое прозвище, хоть заставь пишущих людишек выводить его за наемную плату о древнекняжеского рода, ничего не поможет: каркнет само за себя прозвище во все свое воронье горло и скажет ясно, откуда вылетела птица. Произнесенное метко, всё равно что писанное, не вырубливается топором. А уж куды бывает метко все то, что вышло из глубины Руси, где нет ни немецких, ни чухонских, ни всяких иных племен, а всё сам-самородок, живой и бойкий русский ум, что не лезет за словом в карман, не высиживает его, как наседка цыплят, а влепливает сразу, как пашпорт на вечную носку, и нечего прибавлять уже потом, какой у тебя нос или губы, -- одной чертой обрисован ты с ног до головы![1]

---

[1] Гоголь Н. В. Собрание сочинений: Мертвые души: Поэма/ М.: Мир книги, Литература, 2007. 104 с.

"是聪明,聪明,第三个聪明的"

俄罗斯国民的表现法,是有一种很强的力量的。对谁想出一句这样的话,就立刻一传十,十传百;他无论在办事,在退休,到彼得堡,到世界的尽头,总得背在身上走……一句惬当的说出的言语,和黑字印在白纸上相同。用斧头也劈不掉。凡从并不夹杂德国人,芬兰人,以及别的民族,只住着纯粹,活泼,勇敢的俄罗斯人的俄国的最深的深处所发生的言语,都精确得出奇,他并不长久的找寻着适宜的字句,像母鸡抱蛋,却只要一下子,就如一张长期的旅行护照一样,通行全世界了。在这里,你再也用不着加上什么去,说你的鼻子怎么样,嘴唇怎么样,只一笔,就钩勒了你,从头顶到脚跟。(鲁迅译)①

俄罗斯人民的用辞是鲜明有力的!如果他们赐给谁一个雅号,那么,这个雅号便会在谁的家里世世代代流传下去,你进入官场也好,告老回乡也好,上彼得堡也好,到天涯海角也好,你总得带着它走……一句一语中的话,像黑字写上了白纸一样,任凭怎么样也磨灭不了啦。而深深植根于俄罗斯民间的语言,往往是鞭辟入里、一针见血的;在俄罗斯民间,既没有德意志的血统,也没有芬兰的血统,或者任何其他种族的血统,而全是一些土生土长、无师自通的天才,有的是俄罗斯的灵巧、敏捷的才思,他们妙语连珠,脱口而出,他们不用像母鸡孵蛋那样旷日持久地去推敲琢磨,而是一下子便想出一个词儿来把你刻画得入木三分,就像给你一张得用上一辈子的身份证一样,并且以后不必再作什么补充,说明你的鼻子是怎样的,嘴巴又是怎样的——你已经从头到脚被一笔勾画得惟妙惟肖啦!(满涛、许庆道译)②

---

① [俄]果戈理:《死魂灵》,鲁迅译,《鲁迅译文全集》第7卷,第112页。
② [俄]果戈理:《死魂灵》,满涛、许庆道译,人民文学出版社1983年版,第118—119页。

俄国民众的嘴巴可真厉害！他们要赐给谁一个什么雅号，那就一代代地跟定他了，当官也罢，退休也罢，上彼得堡也罢，到天涯海角也罢，他都得带上……嘴里说出的词，只要一针见血，就跟笔下写出来的一样，拿斧子也砍不掉。在没有日耳曼族、芬兰族和其他异族居住而只有土生土长、无师自通、生动活泼的俄罗斯智慧的俄国内地，说话都是一针见血的，他们用不着现找词儿，不像母鸡孵蛋那样磨磨蹭蹭，随口就能把个什么词给你粘得牢牢的，就像发给你一张长期身份证，再也用不着添什么了，鼻子什么样，嘴什么样，一笔就把你从头画到脚！（田大畏译）①

当果戈理在《死魂灵》中写到一个庄稼汉用异常贴切的外号来形容守财奴泼留希金后，马上以叙述者的身份，对俄罗斯底层人民善于概括人物特征的能力感慨一番，于是就有了上面这段描写。由于优秀的作家、批评家同样应该具备善于用简单的词汇概括人物特征的能力，因此，果戈理的这段描写也可以看作是对作家、批评家基本素养的要求。值得注意的是，在1935年8月14日，鲁迅在翻译《死魂灵》的间歇写了杂文《五论"文人相轻"——明术》。而在这篇篇幅不长的文章中，鲁迅竟然三次提及或化用《死魂灵》中的这段描写。现抄录如下：

果戈理夸俄国人之善于给别人起名号——或者也是自夸——说是名号一出，就是你跑到天涯海角，它也要跟着你走，怎么摆也摆不脱。②

批评一个人，得到结论，加以简括的名称，虽只寥寥数字，却很要明确的判断力和表现的才能的。必须切贴，这才和被批评者不相离，这才

---

① ［俄］果戈理：《死魂灵》，田大畏译，安徽文艺出版社1999年版，第146页。
② 鲁迅：《五论"文人相轻"——明术》，《鲁迅全集》第6卷，第394页。

会跟了他跑到天涯海角。①

创作难,就是给人起一个称号或诨名也不易。假使有谁能起颠扑不破的诨名的罢,那么他如作评论,一定也是严肃正确的批评家,倘弄创作,一定也是深刻博大的作者。②

我们由此可以推断出,在翻译《死魂灵》的过程中,果戈理的这段描写给鲁迅留下了极其深刻的印象。以至于他要在同一篇杂文写作中连续三次化用果戈理的这段描写。不过与鲁迅在翻译过程中直接借用自己的创作语言不同,当他试图在自己的创作中使用翻译作品的资源时,他会在不改变原作大致意思的情况,用他那简劲、流畅的语言进行重新改写。这就使得鲁迅的翻译实际上成了其杂文创作的有机组成部分。

三 翻译语言中的个人风格

而尤其值得注意的是,通过考察鲁迅在《五论"文人相轻"——明术》中对《死魂灵》的三次化用,我们可以看出他在从事翻译和创作工作时,是在有意识地使用不同的语言风格。也就是说,鲁迅在翻译的过程中会尽力以汉语来传达所谓"原作的丰姿",以便保留原作的"口吻"③和"语气"④,并尝试"输入新的表现法",改变"中国的文或话……实在不太精密"⑤的现状。而在从事创作时,鲁迅则倾向于自由地运用语言,没有太多限制。

---

① 鲁迅:《五论"文人相轻"——明术》,《鲁迅全集》第6卷,第395页。
② 同上,第396页。
③ 鲁迅:《〈苦闷的象征〉引言》,《鲁迅全集》第10卷,第257页。
④ 鲁迅:《"硬译"与"文学的阶级性"》,《鲁迅全集》第4卷,第202页。
⑤ 鲁迅:《关于翻译的通信》,《鲁迅全集》第4卷,第391页。

以果戈理的原文"край света"为例，这个短语的字面意思是世界的边缘，鲁迅将其翻译为"世界的尽头"基本上照搬了其字面涵义。而满涛、许庆道以及田大畏等当代翻译家则无一例外地倾向于用汉语中固有的成语——天涯海角——来翻译这个短语。有趣的是，在《五论"文人相轻"——明术》借用果戈理的那三个段落中，鲁迅竟然有两次使用了成语"天涯海角"，而没有选择《死魂灵》译本中的"世界的尽头"。这一案例说明，鲁迅在自己的杂文中是非常自由地在遣词造句，并不觉得"天涯海角"这类成语有什么不妥；而在从事翻译时，他则有意识地避开汉语固有的语汇和表达方式，选择用"世界的尽头"而不是"天涯海角"来翻译"край света"。这意味着：鲁迅并非不知道将"край света"翻译为"天涯海角"更符合汉语的固有习惯，让中文世界的读者感到更"顺"，也不是对"天涯海角"这一成语抱有"偏见"而不愿使用。他选择"不顺"的表达方式，只能理解为试图保留原作的"语气"和"口吻"，并尝试"输入新的表现法"。

不过需要指出的是，鲁迅虽然有意识地将汉语的固有表达方式（如成语等）从自己的翻译文本中清除出去，但他似乎并不排斥将自己在创作中惯用的某些语汇用于翻译。在笔者看来，这一点构成了鲁迅的翻译与今天的通行译本之间最重要的差别。由于当代翻译家更愿意使用汉语的固有表达进行翻译，使得他们的译文具有某种"透明"效果。阅读这样的翻译，如果不是遇到某些难读、费解的语句，读者通常不会留意到译者的存在。而鲁迅的翻译则拒绝了这种"透明"效果。一方面，他那直译或"硬译"的风格，不断将"新的表现法"呈现在读者面前，产生"陌生化"效果，甚至逼迫读者不得不"伸指来寻线索，如读地图"[①]。另一方面，鲁迅那极具个人性的表达方式又会经常出现在他的译文中。熟悉鲁迅著作的读者在阅读其翻译作品时，会感到熟悉、亲切，并立刻指认出译者的个人风格。

[①] 鲁迅：《〈艺术论〉译本序》，《鲁迅全集》第4卷，第270—271页。

接下来仍以鲁迅对《死魂灵》的翻译说明这一点。试看下面几段引文：

Во владельце стала заметнее обнаруживаться скупость,①

家主的吝啬，也日见其分明，（鲁迅译）②

在主人的身上吝啬开始暴露得更加明显，（满涛、许庆道译）③

在产业主人的身上，吝啬的习气暴露得更明显了；（田大畏译）④

对于短语"стала заметнее обнаруживаться"，无论是满涛、许庆道，还是田大畏，这些当代翻译家选择将其翻译为"暴露得更加明显"或"暴露得更明显了"，并没有太大的差异。在这里，"暴露"、"更"，以及"明显"都是汉语中的常见语汇。它们的组合具有某种"透明"效果，使读者在阅读过程中不会对它们特别留意，并"忘记"译者的存在。而鲁迅的译法——"日见其分明"——则是使用了较为特殊的表达，显得与众不同。因为不管是"日见其"，还是"分明"，这两个词都是鲁迅经常在自己的创作中使用的。试看下面几段引文：

---

① Гоголь Н. В. Собрание сочинений: Мертвые души: Поэма / М.: Мир книги, Литература, 2007. 114 с.
② [俄] 果戈理：《死魂灵》，鲁迅译，《鲁迅译文全集》第7卷，第120页。
③ [俄] 果戈理：《死魂灵》，满涛、许庆道译，第148页。
④ [俄] 果戈理：《死魂灵》，田大畏译，安徽文艺出版社1999年版，第146页。

现在对于文艺的批评日见其多了，是好现象；①

未庄的人心日见其安静了。②

我还更乐观于杂文的开展，日见其斑斓。③

这分明是一畦老萝卜……这分明是小尼姑④

分明有一圈红白的花，围着那尖圆的坟顶。⑤

无产文学理论家以主张"全人类""超阶级"的文学理论为帮助有产阶级的东西，这里就给了一个极分明的例证。⑥

这几段引文选自鲁迅不同时期的作品，且文体范围涵盖了其最主要的创作文体——小说、杂文。因此，我们有理由相信，"日见其"和"分明"是鲁迅惯用的表达方式，以至于他要在自己的小说、杂文中反复运用这些语汇。于是，"日见其"、"分明"在某种意义上构成了鲁迅在自己作品中留下的"签名"。通过它，读者可以轻易地辨识出鲁迅的个人风格。在笔者看来，这一点既让鲁迅作品在中国现代文学史上显得颇为独特，也是读者直到今天仍然爱读鲁迅作品的原因之一。

---

① 鲁迅：《反对"含泪"的批评家》，《鲁迅全集》第1卷，第425页。
② 鲁迅：《阿Q正传》，《鲁迅全集》第1卷，第542页。
③ 鲁迅：《徐懋庸作〈打杂集〉序》，《鲁迅全集》第6卷，第302页。
④ 鲁迅：《阿Q正传》，《鲁迅全集》第1卷，第551页。
⑤ 鲁迅：《药》，《鲁迅全集》第1卷，第471页。
⑥ 鲁迅：《"硬译"与"文学的阶级性"》，《鲁迅全集》第4卷，第210页。

而在从事翻译的过程中，鲁迅虽然有意识地摒弃汉语的固有表达方式，运用舶来的"新的表现法"，努力保存原作的"口吻"和"语气"，但某些鲁迅在创作时的惯用语汇仍会在不知不觉间"溜进"他的翻译作品中。于是我们看到，鲁迅在翻译《死魂灵》时使用了"日见其分明"来翻译"стала заметнее обнаруживаться"，而不是"暴露得更加明显"这类较为普通的表达方式。这就使得读者在读到《死魂灵》译本中的这类句子时，首先想到的不是果戈理的精妙描写，而是立刻从中辨认出译者鲁迅的语言风格。

虽然鲁迅的翻译一向以直译风格闻名于世，但作为研究者，我们显然不能将他的翻译语言简单地看作是直译、硬译或字字对译，而只能将其放置在更加动态的关系中予以理解。正像上文的分析中所揭示的，鲁迅的翻译与他的创作往往相互渗透，有着千丝万缕的联系，只有通过仔细地辨析才能真正理解鲁迅翻译语言的特殊之处。首先，"是聪明，聪明，第三个聪明的"这个翻译案例说明，为了更好地向中文世界的读者传达原作的艺术效果，鲁迅会在译作中借用自己在创作时已有固定意义的表达方式。他将"мудр"翻译为"是聪明，聪明，第三个聪明的"，就是为了借用"三闲"所具有的反讽意味，更为贴切地传达果戈理原作的神韵。其次，鲁迅在翻译《死魂灵》的过程中对果戈理的某些描写印象深刻，并将其化用到自己同一时期写作的杂文中。而正是这一化用，使我们清晰地看到了鲁迅对其翻译语言的自我要求，即采用陌生化的表述方式，有意识地拒绝汉语的惯用语汇。第三，鲁迅在长期的写作生涯中，逐渐形成了一些具有鲜明个人风格的表达方式。在进行翻译工作时，鲁迅虽然不愿使用常见的汉语词汇，但对这类带有个人"签名"的语汇则并不避讳。

在笔者看来，正是上述这三个特点，使得鲁迅的译本与当代翻译家们的作品有很大不同。如果说翻译是读者与原作之间的中介物，那么当代翻译家们似乎更愿将自己的工作视为一条通往原作的桥梁，读者借此走向原作，却不会过多留意脚下的道路。而鲁迅的翻译则可以看作是一块着色的透镜，人们可以通过它看到彼岸的风景，但那风景却也染上了异样的色彩。或许这就是为什么读鲁迅的译本，我们总是能从中发现鲁迅的个人风格的原因所在。不过，笔者在这里强调研究者不能简单地在直译或意译的范畴下来理解鲁迅的翻译，并不是在指责他的翻译歪曲了原作，也不是在比较鲁迅的译本与满涛、许庆道以及田大畏等翻译家的译本孰优孰劣，而只是通过考察果戈理《死魂灵》的鲁迅译本，尝试概括鲁迅翻译语言的几个特点，并提醒研究者注意鲁迅译本的复杂性。考虑到鲁迅的翻译卷帙浩繁，笔者对鲁迅翻译语言的考察与概括都只是初步工作，尚有很多问题需要进一步探索。然而，不再仅仅将鲁迅的翻译看作是直译风格的代表，而是具体探究鲁迅译本的实际情况，或许是一条可以帮助我们理解鲁迅的新的路径。

误认、都市与现代性体验
—— 读《上海的狐步舞》

穆时英是20世纪30年代上海文坛上一颗最耀眼的明星。他的作品受到读者的热烈欢迎，小说集成为炙手可热的畅销书，甚至有不少文学青年竞相模仿穆时英的文学体式，使得"穆时英体"成了各大报刊最为流行的文体形式。风气所及，很多女读者听说穆时英经常跳舞后，竟然成群结队地跑到舞厅里，期望能邂逅这位明星作家。由此可见穆时英当年在上海文坛受欢迎的程度。不过值得注意的是，文艺评论界对这位作家的态度却经历了一个戏剧性的转折。穆时英于20世纪20年代末初登文坛之际，由于他的早期小说多以未经雕琢的语言表现底层劳动者的生活，受到了左翼批评家的广泛关注，被称为"可以加以最大的希望的青年作者"[①]。然而，当这位作家于1932年开始在《现代》杂志上发表了一系列描写都市生活的作品后，左翼文艺理论家则开始对穆时英的创作展开猛烈攻击。较为客气的，还苦口婆心地告诫穆时英，认为他"的前途，是完全基于他此后能否改变他的观点和态度，向正确的一方面开拓。横在他们的面前的，是资产阶级代言人和无产阶级代言人的两条路，走进任何一方面，他都有可能"[②]。而更为严厉的批评家则直接指认穆时英为"黄金少年"、"财神菩萨的子弟"或"至少也是梦想要做财神菩萨

[①] 《编辑的话》，《新文艺》第1卷第6期，1930年2月15日。
[②] 钱杏邨：《一九三一年中国文坛的回顾》，《北斗》第2卷第1期，1932年1月20日。

的小老板"①。批判立场之坚决、选词用语之尖刻，在在令人侧目。这也就难怪穆时英本人被逼得"不能不说几句话"②，与左翼批评家进行论战，并在以后的小说、散文写作中不时对左翼文学冷嘲热讽。

时过境迁之后，我们应该承认左翼批评家对这位年轻作者的赞扬与批判有拔苗助长的嫌疑。正像这位上海文坛的"当红小生"自己所说的："年纪还不算大，把自己统一起来的日子是有的，发生了信仰的日子是有的。"③也就是说，穆时英虽然在写作中表现出了某些非无产阶级的意识，但他认为随着年龄的增长，自己其实可以在未来的某一时刻找到信仰。因此，深谙马克思主义理论的穆时英本来是有可能与左翼作家走到一起的。只是正当穆时英在写作中展现出多种可能面向时，左翼批评家一阵猛烈的抨击，非但没能及时扭转他的创作倾向，反而让他产生了逆反心理，越发离左翼批评家希望作家走的路远了。而由此引发的问题就是，为什么左翼批评家对穆时英作品所表现出的倾向性那么敏感？穆时英的作品在什么意义上触动了左翼批评家的神经？难道仅仅是穆时英是一个风靡上海的作家吗？这些问题构成了本文的出发点。

一 技法的新奇与结构的精巧

穆时英的创作最为批评家诟病的，是其作品只有新奇的技巧，没有实质内容。正像沈从文在谈到穆时英的小说时，这样写道：

> （穆时英——引案）所长在创新句，新腔，新境，短处在做作，时时见出装模作样的做作。作品于人生隔一层。在凑巧中间或能发现一个短篇速写，味道很新，很美，多数作品却如博览会的临时牌楼，照相馆的布

---

① 司马今（瞿秋白）：《财神还是反财神（乱弹）》，《北斗》第2卷，第3、4期合刊，1932年7月20日。
② 穆时英：《关于自己的话》，《现代出版界》第4期，1932年9月1日。
③ 同上。

幕，冥器店的纸扎人马车船。一眼望去，也许觉得这些东西比真的还热闹，还华美，但过细检查一下，便知道原来全是假的，东西完全不结实，不牢靠。[①]

即使是穆时英的至交好友，在论及其作品时，也往往更多地称赞他在写作技法方面的成功。例如，杜衡就认为"时英是各种手法都尝试，而且，凭借他的才智，他是差不多在每一种手法的尝试上都获得可观的造就"[②]。甚至在为穆时英唯一的长篇小说《中国行进》做广告时，广告执笔者也着重强调这部长篇"不但保持了他所特有的轻快的笔调，故事的结构，也有了新的发现"[③]，仍然在强调穆时英那颇为新奇的写作技巧。

从这个角度看，或许穆时英的短篇小说《上海的狐步舞》为我们思考上文提出的问题提供了合适的切入口。这不仅是因为这篇小说一向被称为穆时英的代表作，也因为它被作者本人称作"技巧上的试验和锻炼"[④]。在某种意义上，《上海的狐步舞》是一篇没有内容的小说，作家并不尝试在其中讲述一个完整、曲折的故事，而只是为了进行技巧实验。由此可见，这篇小说可以看作是以技巧见长的穆时英的炫技之作，即使放在穆时英本人的作品序列之中也是非常特殊的，需要我们予以特别关注。

《上海的狐步舞》在发表时有一个副标题——"一个断片"。这显然不是穆时英的谦辞，因为据作者写于1933年的《公墓·自序》，这部作品是为创作长篇小说《中国一九三一》所做的技巧训练。《中国一九三一》是这位短篇小说家酝酿多年的长篇作品。按照施蛰存的说法，穆时英从1931年就开始构思这部作品，在写作过程中还将小说的标题改为《中国行进》。到1936年《良

---

① 沈从文：《论穆时英》，《大公报》1935年9月9日。
② 杜衡：《关于穆时英的创作》，《现代出版界》第9期，1933年2月1日。
③ 《〈中国行进〉广告》，《良友》第113期，1936年3月15日。
④ 穆时英：《公墓·自序》，《公墓》，现代书局1933年版，第3页。

友》杂志刊登这部小说的广告为止,它总共花费了作家六年之久的时间。不过因为种种不为人所知的原因,这部作品最终没有正式出版,不能让我们一窥全豹。幸亏严家炎等研究者的不懈努力,从报刊资料中找到这部小说已经发表的四个部分(即《上海的季节梦》、《中国一九三一》、《田舍风景》以及《我们这一代》),使我们可以大致了解这部小说的基本面貌。当比照阅读《上海的狐步舞(一个断片)》和《中国行进》会发现,作家所说的"一个断片"或许应该改为"一个断片的断片"。因为当我们说某部作品是"一个断片"时,通常会认为这篇小说是从长篇作品中摘录出的一个部分。然而实际情形却是,穆时英将《上海的狐步舞》中的情节片断和景物描写打散后,重新安插在《上海的季节梦》和《中国一九三一》这两个部分中的多个位置。这似乎表明,作家在发表《上海的狐步舞》时可能并没有正式开始《中国行进》的写作。只是因为他对《上海的狐步舞》相当满意,因此在进行长篇创作时,开始原封不动地把其中的段落安置到《中国行进》中。这种情况从另一个角度说明了《上海的狐步舞》这篇小说的重要性。

从写作技巧的角度看,《上海的狐步舞》可以说是穆时英小说艺术集大成之作。首先,作家在非常短的篇幅内容纳了凶杀、乱伦、情变、诈骗、歌舞,以及家庭情节剧等多种故事形态。从描写所覆盖的社会生活的广度来看,穆时英在这篇小说中涵盖了从为非作歹的法外之徒,到优雅高贵的正人君子,从上海最底层的工人、性工作者,到资产阶级上流人士,从中国人,到外国人,可以说上海社会的方方面面都被穆时英囊括到这部篇幅很短的小说之内,其容纳力之强让人叹为观止。其次,作家在这篇小说内使用了很多非常别致的创作手法。如通感、重复、动词的使用,都有别于习惯用语,用文字创造出了神奇的效果。这也就是沈从文所说的,穆时英"所长在创新句,新腔,新境"[①]。最后,作家在小说结构上做了非常大胆的尝试,用一连

---

① 沈从文:《论穆时英》,《大公报》1935年9月9日。

串对偶的句式和段落，创造出一种回环往复，类似于狐步舞式的效果。试看下面两段文字：

> 蔚蓝的黄昏笼罩着全场，一只Saxophone正伸长了脖子，张着大嘴，呜呜地冲着他们嚷，当中那片光滑的地板上，飘动的裙子，飘动的袍角，精致的鞋跟，鞋跟，鞋跟，鞋跟，鞋跟。蓬松的头发和男子的脸。男子衬衫的白领和女子的笑脸。伸展的胳膊，翡翠坠子拖到肩上，整齐的圆桌子的队伍，椅子却是零乱的。暗角上站着白衣侍者。酒味，香水味，英腿蛋的气味，烟味……独身者坐在角隅里拿黑咖啡刺激着自家儿的神经。①

> 独身者坐在角隅里拿黑咖啡刺激着自家儿的神经，酒味，香水味，英腿蛋的气味，烟味……暗角上站着白衣侍者。椅子是凌乱的，可是整齐的圆桌子的队伍。翡翠坠子拖到肩上，伸着的胳膊。女子的笑脸和男子的衬衫的白领。男子的脸和蓬松的头发。精致的鞋跟，鞋跟，鞋跟，鞋跟，鞋跟。飘荡的袍角，飘荡的裙子，当中是一片光滑的地板。呜呜地冲着人家嚷，那只Saxophone伸长了脖子，张着大嘴。蔚蓝的黄昏笼罩着全场。②

这两段引文在小说文本中相距甚远，但如果我们把它们并置在一起，就会发现它们只是把句子的顺序颠倒了过来，内容没有任何改动。作家似乎在模拟一架摇动的摄像机，先是正着转了一圈，然后再反打一圈，创造出一种回环的效果。此外，下面几段引文中的描写也非常别致：

---

① 穆时英：《上海的狐步舞（一个断片）》，《穆时英全集》第1卷，北京十月文艺出版社2008年版，第334—335页。
② 同上，第335—336页。

一个冒充法国绅士的比利时珠宝掮客，凑在电影明星殷芙蓉的耳朵旁说："你嘴上的笑是会使天下的女子妒忌的——可是，我爱你呢！"

珠宝掮客凑在刘颜蓉珠的耳朵旁，悄悄地说："你嘴上的笑是会使天下的女子妒忌的——可是，我爱你呢！"

儿子凑在母亲的耳朵旁说："有许多话是一定要跳着华尔兹才能说的，你是顶好的华尔兹的舞侣——可是，蓉珠，我爱你呢！"
觉得在轻轻地吻着鬓脚，母亲躲在儿子的怀里，低低的笑。

小德凑在殷芙蓉的耳朵旁，悄悄地说："有许多话是一定要跳着华尔兹才能说的，你是顶好的华尔兹的舞侣——可是，芙蓉，我爱你呢！"
觉得在轻轻地吻着鬓脚，便躲在怀里，低低地笑。[①]

这段描写舞厅中的爱情的文字同样以原样照抄的方式书写两段爱情，但由于两个男人把同样的话分别对两个女人重复了一遍，就把那浪漫的文字本身加以解构，向读者展现了上海交际场上爱情的廉价。同时，由于文字和人物的交叉变换，对应了这篇小说的标题——狐步舞，使得这篇小说在结构上显得精巧漂亮。

二 错格与叙事裂隙的显影

从上面的分析可以看出，《上海的狐步舞》无论是在描写技巧上，还是小说结构上都非常精致，这也就难怪很多评论者都对这篇小说的技巧赞叹不

[①] 穆时英：《上海的狐步舞（一个断片）》，《穆时英全集》第1卷，第335页。

已。显然，穆时英在这篇小说的技巧上是花费了很大心思的。然而正是这篇构思精致的小说，却存在着一个在技巧上的瑕疵，需要我们特别留意。这一瑕疵就出现在《上海的狐步舞》中的三个括号里：

林肯路（在这儿，道德给践在脚下，罪恶给高高地捧在脑袋上面）[1]

（作家心里想：）[2]

（可不是吗那么好的题材技术不成问题她讲出来的话意识一定正确的不怕人家再说我人道主义咧……）[3]

从小说全篇的笔调来看，小说家似乎希望以一种冷峻客观的笔法来表现上海，力求客观描写而不做道德判断。因此，穆时英用加括号的方式把那些带有道德评判色彩、主观化的语言放置在正文之外，以保持作品风格的统一。小说中的第一个括号里的内容显然是叙述者对笔下事物所做的道德判断。第二个括号也是这样，在此之后，穆时英就开始对小说中的作家的心理活动进行描绘。从这两个例子可以看出，小说中括号的功能是放置叙述者的主观判断，使这些内容不致影响作品整体上的冷峻客观的叙事效果。而在括号外，则是叙述者对人物、景物所进行客观的描摹。

从这个角度来看，穆时英笔下的第三个括号就显得非常奇怪。里面的第一人称代词"我"显然指的是那个游荡在上海街头收集材料的作家，而非叙述者的所思所想。因此，第三个括号中人称代词的使用或许可以称为叙事学

---

[1] 穆时英：《上海的狐步舞（一个断片）》，《穆时英全集》第1卷，第331页。
[2] 同上，第338页。
[3] 同上，第339页。

中的"错格"。也就是说,小说家把本应放置在括号外面的内容,错放到了括号里面。而一旦《上海的狐步舞》中出现错格时,小说人物"作家"就和穆时英本人混为一谈了。这里应该指出的是,在穆时英自己的作品序列中,小说人物与作者本人难以区分的现象非常普遍。例如,在《被当作消遣品的男子》中,女主人公蓉子就对叙述者"我"表示:"我喜欢刘呐鸥的新的话术,郭建英的漫画,和你那种粗暴的文字,狂野的气息……"①这里的"你"很明显投射了穆时英本人的影子。从这个角度看,《上海的狐步舞》中出现的错格现象,其实是一个弗洛伊德意义上的"口误",它显影的恰恰是穆时英自己的创作意图。或许当穆时英在描写那个作家时,本身就把自己投射在这个人物身上,所以才会把本该属于人物的心理活动写到括号之中,使小说人物和写作者本人难以区分。

从上面的分析可以看出,括号中出现的错格现象是这篇小说精致结构中的一个瑕疵,而它又是由于穆时英本人向小说人物投射过于强烈的情感造成的。因此,读解《上海的狐步舞》的切入点,可能就在小说所讲述的那个关于作家的故事中。这段故事呈现的是一位在上海街头游荡的作家,试图通过自己的观察来写出一部足以获得诺贝尔文学奖,给他带来金钱与荣誉的作品。正在这位作家浮想联翩之际,一个老妇忽然扯住他,求他到自己儿媳妇那里去读一封信。然而就在作家和老妇走到儿媳妇身前时,戏剧性的一幕发生了:

> 胡同的那边儿有一支黄路灯,灯下是个女人低着脑袋站在那儿。老婆儿忽然又装着苦脸,扯着他的袖子道:"先生,这是我的媳妇,信在她那儿。"走到女人那地方儿,女人还不抬起脑袋来,老婆儿说:"先生,这是我的媳妇。我的儿子是机器匠,偷了人家东西,给抓进去了,可怜咱们

---

① 穆时英:《被当作消遣品的男子》,《穆时英全集》第1卷,第244页。

娘儿们四天没吃东西啦。"

（可不是吗那么好的题材技术不成问题她讲出来的话意识一定正确的不怕人家再说我人道主义咧……）

"先生，可怜儿的，你给几个钱，我叫媳妇陪你一晚上，救救咱们两条命！"

作家愕住了，那女人抬起脑袋来，两条影子拖在瘦腮帮儿上，嘴角浮出笑劲儿来。①

从这段引文可以看出，《上海的狐步舞》中的这段故事的主题是误认②。作家以为自己可以通过阅读"老婆儿"的家信，了解中国国情，以便写出一部"题材技术不成问题"的小说。然而故事的发展却出人意料，"老婆儿"那里根本就没有什么家信，她之前所有的诉苦都是为了向作家"推销"自己的儿媳妇。于是，作家在真相浮现的瞬间突然"愕住了"。因为在这一时刻，他发现上海根本不是他所能描绘与书写的，他的一切准备、一切计划在上海面前都已经完全失效。他和"老婆儿"一路走来，在内心中编织着种种故事，但上海的复杂性却远远超出他的想象。当"老婆儿"向作家"推销"自己的"儿媳妇"时，我们根本不知道她说的是否是真话。或许那两个女人当真是婆媳关系，为生活所迫，像她们跟作家说的那样，第一次从事性交易。或许，她们其实每天都依靠这种颇为新颖的方式，招徕客户。也可能两个女人

---

① 穆时英：《上海的狐步舞（一个断片）》，《穆时英全集》第1卷，第339页。

② 需要指出的是，《上海的狐步舞》中作家的故事本身有着非常复杂的面向，第三个括号中的内容一方面正如前面分析的，有作者的影子在其中；但另一方面，那句"可不是吗那么好的题材技术不成问题她讲出来的话意识一定正确的不怕人家再说我人道主义咧……"也包含了穆时英对左翼批评家的嘲讽。正如笔者在本文开头所说的，左翼批评家总是批判穆时英的创作政治不正确，没有表现正确的意识，无论是题材还是技术都存在着重大缺陷。所以穆时英才会在括号中进行这样的论述。并通过故事情节的反转，将括号中的内容予以颠覆，来说明左翼意识形态在面对上海经验时的无用。

并无亲戚关系，只是为了演出这样一幕小戏剧，搭伴一同做生意。在那个瞬间，无数的可能性展现在作家面前，使他意识到自己先前的种种猜测和揣摩均为徒劳，因此，他除了"愕住"以外，再没有任何话可说。

这样一个误认的故事出现在《上海的狐步舞》中不是偶然的。穆时英似乎对这类故事有着特殊的偏好。在长篇小说《中国行进》第一部分《上海的季节梦》的《扉语》中，穆时英也讲述了一个类似的故事。其中，叙述者"我"走在大街上，听到身后一个"婉约的少女的声音"①，不停地向他乞讨。当"我"实在不胜其烦，转过身呵斥那个女丐时，却发现那个"婉约的少女的声音"竟然来自"一个穿了破袍，满头白发，白须直挂到下巴底下了的，非常龙钟的一个七十多岁的老翁"②。与那个在《上海的狐步舞》中"愕住"的作家相比，此处的叙述者"我"的表现更为夸张，他"几乎本能地想拿手掩住自己的脸"，把"仅有的一元钱给了他，差不多想哭出来似的逃了开去"③。这个故事与《上海的狐步舞》中作家的故事非常相似，都在表现"误认"主题。叙述者"我"本以为身后的乞丐应该是一个年轻女子，在转身之前，他显得颇有自信，不但不肯施舍，而且还要把那个女人赶走，但当他转过身发现实际情况与他所想象的大相径庭时，叙述者"我"的反应变得非常有趣。他似乎超出了常人应有的反应，不仅要用双手掩住颜面，而且眼泪都要流出来，赶紧"逃了开去"。似乎"我"根本无法承受生活中的种种出乎意料之事。

从作品发表的情况来看，穆时英对这类误认的故事非常痴迷。1935年，他不仅把《上海的季节梦·扉语》中的这则故事作为《上海的季节梦》的一部分发表在《十日杂志》上，还在《小晨报》上以《速写》为题又把同样的

---

① 穆时英：《上海的季节梦·扉语》，《穆时英全集》第2卷，第359页。
② 同上，第360页。
③ 同上。

作品又发表了一遍。两次发表固然有经济上的原因（可以获取两次稿酬），但这也说明作家对这篇作品十分青睐。此外，穆时英把它作为《上海的季节梦》的《扉语》，似乎是认为这个故事可以起到统领全书，或是暗示小说主旨的作用。再加上《上海的季节梦》又是长篇小说《中国行进》的一部分，而《上海的狐步舞》又是《中国行进》的一个"片断"。因此，误认的主题无疑是我们深入理解《上海的狐步舞》的关键。

所谓误认是一种典型的现代性体验。人与人之间关系的复杂多变，使得现代人往往无法看清自己与他人之间的关系。你以为对方是A，但实际上他其实是B。有时甚至连自己也无法认清自己。从某种意义上来说，《上海的狐步舞》所讲的全都是关于误认的故事。刘有德以为刘颜蓉珠是自己的妻子，但她实际上却是自己儿子的情人。刘颜蓉珠在儿子面前虽然是名义上的母亲，但真实身份却是自己儿子的情人。更为复杂的是，两个人的关系也并不稳定，比利时珠宝掮客可以轻易地用珠宝诱惑刘颜蓉珠。而比利时掮客的情人殷芙蓉竟又和刘颜蓉珠的儿子有着情感瓜葛。此外，"fashion model"要穿了铺子里的衣服来冒充贵妇人，车夫的拉着醉水手回宾馆，但那个烂醉如泥的水手却突然清醒过来躲避付账，所有这一切都是一连串误认。就像这篇小说在开头和结尾反复声明的："上海。造在地狱上面的天堂。"正是在强调上海兼具地狱和天堂两种属性，让人难以看清。因此，我们可以得出这样的结论，即虽然《上海的狐步舞》并不具备统一的故事情节，但却有某种统一性的事物把那些零散的片段串联起来。这一贯穿性的事物就是误认。

三 误认与现代性体验

在探讨误认问题时，斯洛文尼亚哲学家齐泽克曾在《意识形态的崇高客体》中讲过一个笑话。有一个白痴，"他觉得自己是个玉米粒。在精神病院经过一段时间的治疗，他最终痊愈了。他现在知道自己不再是一个玉米粒而是一个人，于是大夫让他出院了。但不久他又回来了，说：'我遇到一只老母鸡，我害怕它会吃了我。'大夫努力使其平静下来，对他说：'你究竟怕什么呢？现在你知道你不是一个玉米粒而是一个人。'白痴回答说：'这个我当然知道，但那只老母鸡也知道我不再是一个玉米粒了吗？'"[1]（着重号为原作者所加）

如果我们进行一个转喻式的分析的话，那么穆时英就相当于这个笑话里的白痴，而左翼批评家则近乎于那个精神分析医生，而上海或许就是那只老母鸡。正像齐泽克在分析笑话时指出的，老母鸡就相当于人们的真实境遇（或者用精神分析的术语，即实在界或大他者）。虽然精神分析医生误以为通过向白痴提供一套关于其自身处境的解释，就能让他重新走入社会。然而后者却发现这些解释并不能真正解决他面对的问题。相应的，当左翼批评家不断对穆时英的政治倾向性进行告诫的时候，后者却发现前者的告诫并不能帮助他真正理解上海。正如我们在《上海的狐步舞》中看到的，小说中的作家试图用正确的题材、技术，以及意识来描绘上海。然而当他面对真实的上海，即"老婆儿"和她的儿媳时，左翼批评家所推崇的题材、技术，以及意识都失去了作用，他根本无法用这些东西来理解、把握这座异常复杂的大都会。因此，在故事的结尾，作家"愕住了"。而在《上海的季节梦·扉语》中，叙述者"我"甚至要遮住自己的眼睛，涕泗横流，逃之夭夭。就像白痴无法理解老母鸡在想什么一样，作家、"我"，以及穆时英本人都无法看透上海，遭遇到由误认所造成的震惊体验。在笔者看来，由于穆时英在上海经常经历这样的时刻，所以才会对误认的情景念兹在兹，要不断把这样的经验写入自己的作品，甚至将其作为自己唯一一部长篇小说的扉语。

如果回到穆时英自己的作品序列的话，那么我们会发现这种表现对上海的恐惧的作品非常多。以被瞿秋白当作反面教材的《被当作消遣品的男子》为例。这篇小说讲述了一个住校大学生的爱情故事。由于叙述者"我"所在

---

[1] [斯洛文尼亚]齐泽克：《意识形态的崇高客体》，季广茂译，中央编译出版社2002年版，第48页。

大学地处郊外，所以只能每周乘公共汽车往返在上海和郊区之间。在蓉子的勾引下，"我"最终爱上了这个摩登女性。然而蓉子并不是一个小鸟依人型的女子，她总是往来于上海与学校之间。而且去上海的频率要远远高于主人公"我"。而每当蓉子到上海后，"我"都感到非常的绝望，发现自己被蓉子玩弄于股掌之间。以至于他发出这样的感慨："我爱着她，可是她对于我却是个陌生人。"①有趣的是，只要蓉子一离开上海，她马上就变得温柔体贴，让主人公感到甜蜜的爱意。在转喻的层面上可以说，身处上海的蓉子其实就是上海本身，她和上海一样让"我"感到力不从心，难以捉摸。

需要指出的是，把女人比喻为城市，在穆时英的作品中并非孤证。试看 Craven "A" 这篇作品的一个段落：

> 仔仔细细地瞧着她——这是我的一种嗜好。人的脸是地图；研究了地图上的地形山脉，河流，气候，雨量，对于那地方的民俗习惯思想特性是马上可以了解的。放在前面的是一张优秀的国家的地图：
>
> 北方的边界上是一片黑松林地带，那界石是一条白绢带，象煤烟遮满着的天空中的一缕白云。那黑松林地带是香料的出产地。往南是一片平原，白大理石的平原，——灵敏和机智的民族发源地。下来便是一条葱秀的高岭，岭的东西是两条狭长的纤细的草原地带。据传说，这儿是古时巫女的巢穴，草原的边上是两个湖泊。这儿的居民有着双重的民族性：典型的北方人的悲观性和南方人的明朗味；气候不定，有时在冰点以下，有时超越沸点；有猛烈的季节风，雨量极少。那条高岭的这一头是一座火山，火山口微微地张着，喷着Craven"A"的郁味，从火山口里望进去，看得见整齐的乳色的溶岩，在溶岩中间动着的一条火焰，这火山是地层里蕴藏着的热情的标志。这一带的民族还是很原始的，每年

---

① 穆时英：《被当作消遣品的男子》，《穆时英全集》第1卷，第244页。

把男子当牺牲举行着火山祭。对于旅行者,这国家也不是怎么安全的地方,过了那火山便是海岬了。

……

南方有着比北方更醉人的春风,更丰腴的土地,更明媚的湖泊,更神秘的山谷,更可爱的风景啊!

一面憧憬着,一面便低下脑袋去。在桌子下面的是两条海堤,透过了那网袜,我看见了白汁桂鱼似的泥土。海堤的末端,睡着两只纤细的,黑嘴的白海鸥,沉沉地做着初夏的梦,在那幽静的滩岸旁。

在那两条海堤的中间的,照地势推测起来,应该是一个三角形的冲积平原,近海的地方一定是个重要的港口,一个大商埠。要不然,为什么造了两条那么精致的海堤呢?大都市的夜景是可爱的——想一想那堤上的晚霞,码头上的波声,大汽船入港时的雄姿,船头上的浪花,夹岸的高建筑物吧![1]

这段描写在20世纪30年代相当有名,很多批评家都曾对其进行分析。穆时英在这里把一个女人的各个身体部位比喻成一个国家的不同区域。而有意思的地方在于,其中"重要的港口"、"大商埠",以及"大都市"显然指的是上海,而这个上海又被安置在了女性生殖器的所在。

从这里回到《上海的狐步舞》中的那个关于作家的故事,我们就能比较清楚地呈现其内在意义。穆时英笔下的作家就像本雅明所描绘的游荡者那样,在大街上游荡,试图去捕捉大都会带给他的种种经验与刺激。在《论波德莱尔的几个母题》中,本雅明曾从心理机制的角度出发,分析现代性经验

---

[1] 穆时英:Craven "A",《穆时英全集》第1卷,第289—290页。

如何影响作家写作①。不过《上海的狐步舞》中的作家和巴黎街头的游荡者又存在着很大区别。史书美在《现代的诱惑》中同样注意到这一点，她引用本雅明的观点，认为西方人在面对现代化事物时，会用一种"新防御机制的'心理盾牌'"来保护自己，使自己的心理不会受到过于猛烈的冲击。然而"穆时英的上海正处于与技术现代性发生创伤性遭遇的年代。技术现代性攻击也同时吸引着主体，导致主体无法生产出那种能够预防现代性刺激猛烈袭击的心理盾牌。由此也就导致了穆时英对都市奇观无法抗拒之感官经验的直接描绘"②。从这个角度来看，作家在面对"老婆儿"和她的儿媳时的"愕住"以及叙述者"我"转身面对老乞丐时的掩面、流泪以及逃走等举动，都是主体无法面对现代性经验冲击时所产生的合理反应。不过史书美没有注意到的，就是《上海的狐步舞》中括号里的内容。也就是说，作家并非没有心理盾牌，而只是因为左翼批评家对其的猛烈攻击，使得作家不愿使用现成的马克思主义理论来解释上海，以抵御现代性体验所带来的冲击。在这个意义上，《上海的狐步舞》中作家的故事也就触及到现代主义写作的基本问题，即如何面对现代性体验。

由此，我们已经可以理解《上海的狐步舞》为何要以一种支离破碎的面貌出现。因为当穆时英拒绝左翼批评家对他的告诫，抛弃了左翼意识形态时，也就抛弃了可以给他带来心理防御的盾牌。如果我们按照阿尔都塞的方式来理解意识形态的话，那么意识形态是人与其所身处的世界之间的想象性关系的再现。也就是说，人只有在意识形态之中，才能获得安身立命之所在，否则就要像无根之木一样，随风飘逝。因此，《上海的狐步舞》正是穆时英书写自己抛弃了所有的心理防御机制，以赤膊上阵的方式面对现代性体

---

① 参见本雅明：《论波德莱尔的几个母题》，张旭东译，《启迪：本雅明文选》，三联书店2008年版，第172—179页。

② 史书美：《现代的诱惑》，何恬译，江苏人民出版社2007年版，第373页。

验,这也就难怪小说叙事处处呈现出断裂之处,因为脱离了意识形态,我们显然无法为世界提供一个完整的景观。

在这里我们会发现,上述对《上海的狐步舞》的讨论,与卢卡契当年对现代主义写作的批判颇为相似。在产生了深远影响的《叙事与描写》一文中,卢卡契认为现实主义作家有一套完整的历史观,这就使得他们的写作能够把握整个历史的发展脉络,并形成丰富、复杂的小说叙事。而现代主义作家由于不能够把握历史,因而无法进行真正的小说叙事,他们的写作只能被称为描写,永远呈现为支离破碎的状态①。从这个角度来看,当穆时英抛弃了左翼意识形态时,他也就抛弃了它所附带的历史观。因而在面对上海经验时,他只能以最为直接的笔触去书写自己的感官体验。他的作品显然属于卢卡契所说的描写。或许,本文在开头所提出的问题在这里就可以找到答案。如同卢卡契把叙事与描写这两种写作形态上升到无产阶级能否把握历史发展的主潮和动力的高度一样,左翼批评家对穆时英的批判也同样着眼于其创作是否能够表现"正确"的意识。正像钱杏邨所说的,穆时英"不能正确的看穿资本主义社会的机构",因而"不能成为这一社会的挖冢者的主体"②。正是因为这一点,穆时英的小说才会让左翼批评家感到如坐针毡,并对其展开猛烈的攻击。

不过在几十年后的今天,穆时英小说中所蕴涵的意识是否正确已经不再重要。在笔者看来,卢卡契所区分的叙事与描写这两种文学写作形态并不像他所认为的那样有高下之别。叙事可以产生托尔斯泰、巴尔扎克等非常伟大的作家,而描写也同样可以造就福楼拜、卡夫卡等杰出作家。而今天真正值得我们思考的问题是,当穆时英放弃了自己的心理盾牌,书写自己在上海街

---

① 参见卢卡契:《叙事与描写》,刘半九译,《卢卡契文学论文集》第1卷,中国社会科学出版社1980年版,第38—86页。

② 钱杏邨:《一九三一年中国文坛的回顾》,《北斗》第2卷第1期,1932年1月20日。

头遭遇的现代体验时，其创作水准究竟如何。换句话说，就是其小说写得究竟好不好。这一点或许可以通过将《上海的狐步舞》中作家的故事和卡夫卡的《城堡》进行对比得出答案。两部作品都是关于误认的故事，也同样在处理现代性经验，同时又都属于卢卡契所说的描写的作品，因此值得我们进行比对分析。

《城堡》中的土地测量员K与《上海的狐步舞》中的作家一样，身处在误认情景中。他奉命到城堡进行土地测量，误以为通过不懈的努力就可以最终走进城堡。然而真实的情况却是，城堡根本不需要他的存在，他所有的努力都毫无意义。如果仔细考察卡夫卡的作品序列我们会发现，他最有名的作品，如《饥饿艺术家》、《在流放地》以及《中国长城修建时》等，都可以说是关于误认的故事。如果误认真像齐泽克所言是真实境遇显现的时刻，那么卡夫卡正是通过对误认的书写，暴露了现代人在现代社会所经历的悖论、痛苦以及无奈等境遇。这也让卡夫卡最终成为现代主义大师。而误认或许就是卡夫卡小说艺术的秘密之所在。而由此来反观穆时英，那么其作品就显得苍白得多。他的有些小说，以及部分小说中的片段的确会触及到现代性经验带给人的冲击，但这位小说家似乎总是轻轻地从这个现代经验显现的地方跳了过去，不愿意花费精力去直面问题。在《上海的狐步舞》中，那位作家在经历了误认之后，只是"愕住"而已。在《中国行进·扉语》里，叙述者"我"转过身看到一个白发老头时，他竟然要用双手捂住眼睛，掩面逃走。穆时英从来没有在真实境遇显现的时刻继续深入挖掘下去。也就是说，虽然这位作家以极大的热情描绘上海这座现代化大都市，也的确在作品中捕捉到现代性经验显现的瞬间，但他似乎没有勇气直面那充满了悖论、尴尬以及难堪的现代体验本身。就像其笔下的"我"一样，他总是在现代体验面前蒙上双眼，逃之夭夭。

在某种意义上，穆时英是中国现代文学史上条件最好、天分最高的作家之一。一方面，左翼批评家对他的猛烈攻击，使得这位深谙马克思主义理论的作家开始拒绝以马克思主义来解释周围的世界，也就放弃了自己的心理盾牌；另一方面，20世纪30年代的上海正处在所谓"黄金十年"的大发展时期，这一时期工商业高度发达，城市发展极为迅猛，成为远东地区最为繁华的大都会。身处这一环境，穆时英显然最能接触到现代性体验。而他本人也有这样的天分和意愿，去书写这一经验。然而每当他在某一个刹那直面真正的现代性体验时，却又叶公好龙般退缩游移。正是因为如此，我们才会在穆时英的作品中发现怀旧与上海都市两个序列。也就是说，他始终无法真正面对现代的上海，而是不断地返回旧有的乡村经验，写出《公墓》、《父亲》这类作品。在这个意义上，穆时英非常像《被当作消遣品的男人》中的"我"，最适合他的地方还是处在郊区的大学，他可以每周到上海去玩玩，但却不能真正与上海融为一体。正像"我"无法理解蓉子一样，穆时英最终也不能理解上海。因此，穆时英注定只能成为一个短篇小说作家，他可以敏感地意识到某些重要的现代性体验，但却不能为其赋予完整的形态。这或许是穆时英始终无法完成他的长篇小说的原因。虽然《中国行进》的广告已经打出，但从我们现在所见到的面貌来看，他显然没能像他预想的那样，把从乡村到城市，从和平到战争的中国完整地写出来。他留给我们的只是一些断简残篇。或许可以说，穆时英有成为卡夫卡的机遇和天分，但却最终只成了穆时英而已。

渡船与商船
—— 论《边城》牧歌形象的裂隙

毫无疑问，中篇小说《边城》是沈从文最著名的作品。自1934年《边城》问世以来，无论是褒是贬，研究者一直倾向于将这部小说称为"牧歌"。例如，李健吾就在《〈边城〉与〈八骏图〉》一文中，认为"《边城》便是这样一部idyllic杰作……这不是一个大东西，然而这是一颗千古不磨的珠玉。在现代大都市病了的男女，我保险这是一服可口的良药"①。从这段文字可以看出，这位批评家是根据小说《边城》结构巧妙、文字精致，以及表现与都市生活迥异的宁静平和的氛围等特点，把这部作品类比为"牧歌"的。此外，著名的文学史家夏志清在《中国现代小说史》中，同样把《边城》看作"牧歌"。他认为"玲珑剔透牧歌式的文体……是沈从文最拿手的文体，而《边城》是最完善的代表作"②。不过与李健吾不同的是，夏志清并不欣赏沈从文的这类作品，反而对沈从文的某些非"牧歌"作品大加赞赏，认为它们"不但写到社会各方面，而且对当时形势的认识，也非常深入透彻"③。也就是说，夏志清是从牧歌式的作品与社会现实生活脱节的角度，对《边城》这类牧歌式的作品提出批评的。而刘洪涛的《〈边城〉：牧歌与中国形象》

---

① 刘西渭（李健吾）：《〈边城〉与〈八骏图〉》，《文学季刊》2卷3期，1935年6月。
② 夏志清：《中国现代小说史》，刘绍铭等译，复旦大学出版社2005年版，第146页。
③ 同上，第134页。

一书在首先探讨"牧歌"的西方语源后,更是从乐园图式、挽歌情调、物景化,以及古典化等多个角度全方位论述了《边城》的牧歌情调。这位研究者甚至还把《边城》的牧歌情调放置在"中国被动现代化,以及现代民族、国家观念生成的背景中",认为《边城》的牧歌情调显示出一种整合的、诗意的中国形象的生成[1]。

从以上几种颇具代表性的看法可以看出,研究者之所以用"牧歌"一词来描述《边城》的风格特征,是因为他们把这部作品看作是精致优美、平和冲淡、脱离现实的矛盾斗争,以及散发着浓郁抒情气息的作品。于是,《边城》也就被打上了"牧歌"的标签,甚至连沈从文本人也往往被看成是脱离现实的牧歌歌者。尽管一些研究者已经指出《边城》的所谓"牧歌形象"存在着种种裂隙,用"牧歌"概念并不能完满地解释《边城》[2],但从牧歌的角度来理解这部作品仍然是研究界的主流看法。

虽然《边城》的"牧歌形象"在今天已经深入人心,并被渐渐本质化,但这部作品在刚刚面世时的情况却并非如此。1934年4月,《边城》刚刚在《国闻周报》上连载完,评论家汪伟就在这部小说的"牧歌形象"下看到了不同的东西。他认为"边城里就也淡淡地用了几件商品,暗示着商业向农业的侵略"[3]。无独有偶,罗曼在这一年12月发表的《读过了〈边城〉》一文中,也认为这篇小说"在文章的背面,却像是把城市和乡村经济矛盾的地方,暴露了许多"[4]。也就是说,汪伟和罗曼不约而同地在《边城》的牧歌图

---

[1] 参见刘洪涛:《〈边城〉:牧歌与中国形象》,广西教育出版社2003年版。

[2] 例如,凌宇先生在《沈从文传》中指出,《边城》中看似质朴纯真的湘西世界,经济活动(碾坊相对于渡船)其实不断地影响着人们的人际关系;王德威在《原乡神话的追逐者——沈从文、宋泽莱、莫言、李永平》一文中,也认为《边城》并不仅仅是"意义丰足圆融、人物善良美丽"的作品,其中"理想的悬宕、质变而非完成,才是主导沈作叙事意义的力量",等等。

[3] 汪伟:《读〈边城〉》,《北平晨报·学园》1934年6月7日。

[4] 罗曼:《读过了〈边城〉》,《北辰报·星海》1934年12月16日。

景中看到了商业与农业、城市与农村之间的矛盾和冲突。值得注意的是,这类解读显然与时下文学研究界对《边城》的理解大相径庭。而由此引发的问题是,这两种截然不同的看法是否意味着《边城》本身的"牧歌形象"存在着某种裂隙?如果裂隙的确存在的话,那么它究竟在哪些地方得到显现?当众多研究者以"牧歌"二字来指称《边城》时,这部小说的内部是否存在一种遮蔽机制把自身的裂隙掩藏起来?这种遮蔽机制又是如何参与到小说的叙事当中,并构成小说幻景中的一部分的?这些问题都是本文尝试做出解答的。

一 持续出现的主题意象

关于《边城》中"牧歌形象"的裂隙,评论家汪伟在其文章中有一段似是而非的论述:

> 《边城》整个的调子颇类牧歌,可以说是近于"风"的,然而又觉得章法尚严,针线尚密,换言之,犹嫌雅多于风。其中尤以白鹅关的倒叙,虎耳草的映带,不愧精心撰结之文。①

汪伟在这里所说的"章法尚严,针线尚密",既是指《边城》叙事结构的复杂精致,同时也是指这部作品中充满了不断复沓出现的各种意象,构成小说内部的象征体系。的确,小说《边城》在叙述翠翠与二老傩送之间微妙的情感交流时,不断插入"鱼"、"虎耳草"等意象,使二者脱离其本义,成为翠翠、傩送之间爱情的隐喻或象征物。每当这两个意象在小说文本中出现时,叙述者就在向读者暗示他们两人之间的爱慕与情愫。遗憾的是,汪伟把小说中这些意象的作用仅仅局限在文章写作的意义上,从行文的自然天成

---

① 汪伟:《读〈边城〉》,《北平晨报·学园》1934年6月7日。

（"风"）与人工造作（"雅"）之间对立的角度上，谈到《边城》与牧歌之间的不同以及其叙事中的裂隙，而没有回应他在文章前面所提到的"商业向农业的侵略"的问题，更没有真正讨论小说中牧歌图景的裂隙。

其实，某个意象在小说文本中不断重复是一个值得深入探究的现象，而不能仅仅停留在文章写作的意义上来加以理解。在英美新批评派的理论中，一个意象在同一部作品或同一作家的系列作品中再三重复，会渐渐积累其象征意义的分量，并最终使读者认为它必有所指。这个再三重复的意象，就是新批评派所说的主题意象①。汪伟在小说《边城》中留意到的"鱼"、"虎耳草"等意象显然就属于主题意象的范畴。值得注意的是，与上述二者相似的主题意象在《边城》中还有很多，"渡船"与"商船"就是一个突出的例子。从小说的第一节开始，渡船与商船就作为一对截然相反的意象不断在小说中成对出现。据笔者统计，《边城》中渡船、商船成对出现的情况总共有十三处之多。而且这对意象在小说中的出场又大致可以分为两种情况：第一种情况是渡船、商船作为相互对立的事物，在一句话中同时出现；第二种情况则是一句话中虽然只出现渡船或商船，但其中却以较为隐晦的方式对二者进行对比。

第一种情况在小说中较为普遍。《边城》第一节最后一句话是："这种船只（指商船）比起渡船来全大得多，有趣味得多，翠翠也不容易忘记。"②既写出渡船与商船样式的不同，也暗示了守着渡船的翠翠对商船的歆羡。而在故事的发展过程中，大老天保和二老傩送同时爱上了主人公翠翠。有趣的是，沈从文在这里并没有把这对三角关系直截了当地表述出来，而是使用"有钱船总儿子，爱上一个弄渡船的穷人家女儿"③这样的表述。在这句话中，纠缠在恋爱中的三个人被强行拆分成两类——"有钱船总儿子"和"穷人家女

---

① 参见赵毅衡：《新批评——一种独特的形式主义文论》，中国社会科学出版社1986年版，第151页。

② 沈从文：《边城》，《沈从文全集》第8卷，北岳文艺出版社2009年版，第65页。

③ 同上，第115页。

儿"。显然，它所强调的并非天保、傩送与翠翠之间的爱情，而是"船总"和"弄渡船"这两种职业。因此，渡船和商船在这句话中已经脱离其本义，成了"船总"和"弄渡船"这两种不同职业以及"有钱"和"穷人家"这两种不同经济地位的转喻，暗示着翠翠与天保、傩送在经济地位、权力等级上的巨大差异，以及由此造成的婚姻前景的黯淡。此外，大老天保还信誓旦旦地说："我想告那老的，要他说句实在话。只一句话。不成，我跟船（指商船）下桃源去了；成呢，便是要我撑渡船，我也答应了他。"① 显然，在沈从文笔下的湘西社会，两人之间婚姻关系的成败往往代表着他们关系发展到极端亲近或彻底决绝这两极。而《边城》以"跟船下桃源"和"撑渡船"来转喻婚姻的成败，也正是说明在商船与渡船在湘西社会里地位的悬殊。

第二种情况在小说《边城》中则出现的次数较少。虽然它没有让渡船和商船在句子中直接出现，但却更为深刻地暗示了二者之间的对立。例如，小说这样描述祖父和翠翠之间的对话：

> "爷爷，你不快乐了吗？生我的气了吗？"
> "我不生你的气。你在我身边，我很快乐。"
> "我万一跑了呢？"
> "你不会离开爷爷的。"
> "万一有这种事，爷爷你怎么样？"
> "万一有这种事，我就驾了这只渡船去找你。"
>
> 翠翠嗤的笑了。"凤滩、茨滩不为凶，下面还有绕鸡笼；绕鸡笼也容易下，青浪滩浪如屋大。爷爷，你渡船也能下凤滩、茨滩、青浪滩吗？那些地方的水，你不说过象疯子吗？"②

---

① 沈从文：《边城》，《沈从文全集》第8卷，第117页。
② 同上，第126—128页。

在这段对话中，商船并没有在文本中直接出现，但翠翠表面上嘲笑祖父小小的渡船不能下"凤滩、茨滩、青浪滩"时，显然正暗示着天保、傩送家的商船可以轻易地通过这些险滩。这个在引文中未曾说出但却又已经显身的商船意象，指称着其所具有的诸如壮大、披荆斩棘、一往无前等特性，带有明显的男性象征意味。而在商船的对比之下，渡船就显得渺小、脆弱，传达出较为明显的女性象征意味。在这个意义上，当翠翠清醒而略带嘲弄的向祖父指出渡船的局限性时，她所表达的是对商船的认同和对男性的渴望。

二 湘西：水与船的世界

从上面的分析可以看出，渡船、商船这两个意象在《边城》中已经脱离了本义，成为多重意义的交汇点。船的意象在《边城》这部篇幅不长的小说中以如此密集的方式出现，无疑让读者侧目。因此，我们有必要考察一下，渡船与商船为何频频在《边城》中显身？是什么让沈从文对这两个意象魂牵梦绕、念兹在兹？

众所周知，湘西地处山区，陆上交通在新中国成立以前极不发达，因此，水上交通及其重要载体——船——在湘西社会就扮演着极其重要的角色。根据1938年湖南省水警局的统计，湘西地区客货运输量有80%以上需要靠水运来完成。而食盐、米粮、砖茶以及黄铜等湘西主要进出口货物则几乎全部依靠水上交通运输[①]。湘西地区对水上交通的依赖，造成了沅水流域船舶以及相关产业的繁荣。据统计，20世纪30年代湘西地区各县仅登记在册的船舶就有3622只[②]。沅水流域的船只不仅数量惊人，种类也相当可观。湖南省

[①] 参见《长江航运史》（近代部分），人民交通出版社1992年版，第520页；王绍荃主编：《四川内河航运史》，四川人民出版社1989年版，第227—229页。

[②] 参见《湖南省志·交通志·水运卷》，湖南人民出版社2001年版，第517页。

水警局在1931年发布的《民船类型登记报告》中，称沅水流域的船舶有"约百余种"。而中华人民共和国成立初期，湖南省航务局民船科的调查报告中，则明确表示湘西地区的船舶"有160余种"[①]。而沈从文本人在1938年也曾专门撰写散文《常德的船》，对沅水流域各式各样的船只做过颇为详细的描绘。湘西地区船舶甚多，水上从业人员的数量自然更多。根据湖南省水警局的统计，湘西地区各县船员仅登记在册的就有14422人[②]。考虑到当地存在着大量不在档案材料内的临时船员以及未成年船员等，湘西地区水上从业人员的实际人数还应该更多。水与船在湘西世界中占据如此重要的地位，自然对自幼成长在湘西的沈从文影响深远。这位作家15岁起就开启军旅生涯，此后五六年的时间里在一条沅水上来来回回多次，这段经历成了他日后创作不竭的源泉。正如沈从文在其创作谈《我的写作与水的关系》中谈到的那样：

> 到十五岁以后，我的生活同一条辰河（即沅水）无从离开，我在那条河流边住下的日子约五年……至少我还有十分之一的时间，是在那条河水正流与支流各样船只上消磨的。从汤汤流水上，我明白了多少人事，学会了多少知识，见过了多少世界！[③]

这篇与《边城》几乎同时发表的创作谈所强调的正是湘西的水与船对沈从文本人及其创作的重大影响。

值得注意的是，沈从文在创作《边城》期间，曾因老母病重，暂时中断《边城》的写作，返回湘西家中省亲，这是作家自1923年离开湘西后第一次返乡。当时从北平到湖南凤凰需要花费将近一个月的时间，其中绝大部分时

[①] 参见《湖南省志·交通志·水运卷》，湖南人民出版社2001年版，第532页。
[②] 参见《湖南省志·交通志·水运卷》，第518页及《湖南省志·人口志》，湖南人民出版社1999年版，第37页。
[③] 沈从文：《我的写作与水的关系》，《沈从文全集》第17卷，第209页。

间，沈从文是在湘西的船上度过的。这段经历对这位作家产生了至为深远的影响。美国学者金介甫在《凤凰之子：沈从文传》中就认为，在1934年湘西之行前，沈从文"写的乡土文学大多是抒发怀旧之情，再现他无忧无虑的童年岁月以及他在军队中受到磨炼"。这时他笔下的湘西并不是现实世界中的凤凰，"而是一个士兵眼中看到的模糊远景"。而沈从文在这次湘西之行后才意识到，湘西已经不再是他梦想中的"桃花源"，它距"社会的崩溃瓦解已为时不远"①。而由此需要追问的是，在返回湘西的路上，沈从文究竟遇到了什么？幸好作家为我们留下了著名的散文集《湘行散记》，使这个问题有了解答的线索。这部散文集是沈从文根据自己在返乡途中寄给张兆和的四十多封书信加工整理而成。有趣的是，这位归家省亲的作家在其中并没有对母亲、老家凤凰，以及故乡亲友等情况多费笔墨，而是用绝大部分的篇幅来描写自己对湘西的水、船、水手，以及码头等的印象、见闻。他曾这样描述自己当时的写作状态：

> 看看船走动时的情形，我还可以在上面写文章，感谢天，我的文章既然提到的是水上的事，在船上实在太方便了。倘若写文章得选择一个地方，我如今所在的地方是太好了一点的。②

可以说，整整一部《湘行散记》就是沈从文在船上所写的水上故事。因此，湘西的船和水构成了沈从文重新"遭遇"湘西现实的媒介和桥梁，它们本身也构成了作家想象湘西的主要资源和核心意象。这也就难怪有评论者这样描述这部散文集："这条流动不息的河，不仅构成了这些书简的外部写作环境，而且成为这些书简的内部核心成分，不妨说，这些书简就是关于这条河的。所写一切，几乎无不由这条河而起，甚至连写作者本身，其精神构成，

---

① 参见 [美] 金介甫：《凤凰之子：沈从文传》，中国友谊出版公司2000年版，第358—364页。
② 沈从文：《湘行书简·小船上的信》，《沈从文全集》第11卷，第120页。

也往往可见这条河的参与和渗透。"①

笔者在这里花费大量篇幅来探讨湘西的船对写作《边城》期间的沈从文的重要性,并不是要证明因为沈从文在返乡途中对故乡的船只印象深刻,所以他故意在《边城》中大量使用船的意象。这样的解释显然过于机械,而且属于创作过程中的作家心理问题,本身无法实证。笔者想提醒读者注意的是,湘西的船对于《边城》时期的沈从文来说,也可以说是某种"模糊远景",渗透在沈从文的湘西想象之中。因此,《边城》中数量众多且意义繁复的渡船、商船意象就值得我们进行重点考察。或许从这两个对立的意象入手,我们可以在评论家汪伟的基础上向前推进一步,看看小说《边城》的牧歌图景究竟是如何产生裂隙的。

三 阶级关系与牧歌裂隙

在小说《边城》中,渡船与商船首先是两种截然不同的交通工具和移动方式。渡船固定在碧溪岨边,在"宽约二十丈"的小溪上来回往复,连接了由茶峒通往川东的道路。而商船则往来于茶峒与洞庭湖之间长达千里的沅水航道。表面上,这两种船只是不同的交通工具而已,但在实际生活中,这两种交通工具则深刻地影响了掌握这两种交通工具的人们的生活方式。道林·马茜(Doreen Massey)在《权力几何学和发展中的地域感》(*Power-geometry and a progressive sense of place*)一文中,仔细辨析了人们不同的移动能力与移动方式背后隐藏着的复杂社会权力关系。马茜在文章中认为:

> 不同的社会群体和个人被不同的方式放置在那些流动和相互联络的关系中。这不仅仅关系到谁移动、谁不移动的话题——虽然这个话题是上

---

① 张新颖:《沈从文精读》,复旦大学出版社2005年版,第65页。

述问题的一个重要方面——而且关系到与流动和移动相关的权力。不同的社会群体和这种必然有所不同的移动能力之间，会发生不同的关系：有些群体承担比较多的责任；有些群体发动了流动和移动，而其他群体则没有；有些群体更加接近移动的接受端；而有些群体则被这些移动有效地禁锢住了。①

显然，马茜试图向我们证明，交通工具和移动能力本身并非表面上那样，仅仅是人们根据自身的经济实力、社会地位来自由选择的。交通工具和移动能力本身就是建构、巩固并且加强人们之间社会地位、阶级差异的重要力量。由此观之，《边城》中渡船、商船这两个相互对立的意象就不仅仅指称着两种差异巨大的交通方式，而且直接显影了祖父、翠翠和顺顺、天保、傩送这两个社会集团之间的对立和巨大差异。在小说中，碧溪岨的渡船是由茶峒地方集资开办并维持的，其目的在于方便茶峒周边地区居民的出行而非赢利。因此，看管渡船的祖父、翠翠只有"三斗米，七百钱"的"口量"，且"照规矩"不能收钱。而沅水上的商船则是湘西地区贸易发达的产物，以赢利为目的。以小说中的船总顺顺为例，他从"一条六桨白木船"起家，"数年后"成为拥有"大小四只船"的船主。在五十五岁时，他还当上了"掌水码头的"船总，成为在"边城"茶峒地位显赫的人物。正是"弄渡船"和"船总"这两种人生活方式的不同，小说《边城》中才会用"有钱船总儿子，爱上一个弄渡船的穷人家女儿"这样的表述来指认两类人之间巨大的地位差距。

有关《边城》中翠翠与天保、傩送之间的爱情悲剧，研究者多从小说文本中找到诸如"天意"、"造化"，以及"命运"等语汇，把《边城》中爱情

---

① Doreen Massey: *Power-geometry and a progressive sense of place*, in Jon bird etc. (eds), *Mapping the Futures: Local Cultures Global Change*, London: Routledge, 1993, p61.

悲剧的原因归结为命运造成的误会①。然而小说中渡船、商船这对意象的频频显身，似乎不断向读者暗示造成翠翠与天保、傩送之间爱情悲剧的，除了虚无缥缈的"命运"之外，还有着更为现实的原因。在《亲属关系的基本结构》(The Elementary Structures of Kinship) 一书中，结构主义理论家列维－斯特劳斯 (Levi-Strauss) 在考察了全球大约三分之一的民族文化的亲属关系后，集中探讨了婚姻（即男人与男人之间交换妇女）交换制度。列维－斯特劳斯把"妇女交换"作为马尔塞尔·莫斯 (Marcel Mauss) 在《原始交换的形式——赠与的研究》一书中阐述的"礼品交换"系统中的一个子系统重点论述。在论述中，这位结构主义理论家把"妇女交换"进一步分成"局限交换"和"广泛交换"两种方式。所谓"局限交换"就是指一个社会集团中的男子有绝对地把握从另一社会集团中娶回妻子，才会把本社会集团中的女人嫁给另一社会集团。而在"广泛交换"中，男子能否从另一社会集团中得到女人，是具有风险的。当他把本社会集团中的女人嫁到另一个社会集团后，他不一定能从后者那里娶回一位女性。列维－斯特劳斯认为，"局限交换"要想长时间地坚持下去，是相当困难的。因此，"局限交换"会逐步过渡到"广泛交换"。而在"广泛交换"中，婚姻交换会分解在不同的等级间进行，这就使得地位不同的家族可以相互通婚，产生出越等婚制，即最高等级的集团经常从他们社会的低等集团那里取得作为贡品献来的妇女。列维－施特劳斯和马尔塞尔·莫斯的观点一样，都认为赠礼惯例是联结社会成员关系网的象征性表现。当赠礼交换得以完成时，表明两个社会集团之间实现了和解或联合；而当这种赠礼交换无法完成

---

① 李健吾就在《〈边城〉与〈八骏图〉》一文中，认为《边城》中产生爱情悲剧的原因是"一个更大的命运影罩住他们的生存"。而刘洪涛则在《〈边城〉：牧歌与中国形象》一书中，认为"命运感是《边城》忧伤与悲情的另一个来源"，而且《边城》的"悲剧发生的最显见的原因是一连串误会"（刘洪涛：《〈边城〉：牧歌与中国形象》，广西教育出版社2003年版，第94页）。

时，则标志着交换双方关系的破裂①。因此，两个社会集团交换女人的目的并非为了生育、繁衍抑或是某些遗传学原因，而是因为他们必须通过这种交换才能获得两个社会集团之间的和解。

  上文已经谈到，小说《边城》中渡船与商船这两种器物是湘西世界不同经济实力、阶级地位的转喻，因此，它们代表了湘西世界中截然不同的两类人和他们各自的生活方式。借助列维－斯特劳斯有关两个社会集团交往模式的理论，或许我们可以找到《边城》中"牧歌"形象的裂隙所在。小说中，祖父和翠翠属于渡船所代表的社会集团；而船总顺顺以及他的两个儿子则属于商船所代表的社会集团。耐人寻味的是，在沈从文笔下分处在两个对立社会集团中的主人公都希望得到异己社会集团中的男人或女人，并渴望获得不一样的生活方式。以翠翠为例，她不断在小说中表现出对于商船的兴趣和向往，而这种对商船的向往之情又是爱慕二老傩送的一种隐喻。船在这里构成一种多重意义的交汇点。小说的第一节就写道："这种船只（商船）比起渡船来全大得多，有趣味得多，翠翠也不容易忘记。"②也就是说，翠翠从故事一开始就表现出对商船的浓厚兴趣。此后，小说描写翠翠在第三次端午节时"温习"起前两次端午节的情形。她此时正在接替爷爷看守渡船，可是脑子里却全是自己从来没有到过的洞庭湖，以及从来没有见过的由"三十二个人摇六匹橹"，"一百幅白布拼成"一张帆的商船。而更为有趣的是，翠翠"自己也不知道为什么却想到这个问题"③。这无疑表明对商船以及商船所属社会集团中的男性的向往已经沉潜在翠翠的潜意识中，而且她对商船的向往是如此强

---

① 参见［英］利奇，《列维－斯特劳斯》，吴琼译，昆仑出版社1991年版；［日］渡边公三：《列维－斯特劳斯—结构》，周维宏等译，河北教育出版社2002年版。
② 沈从文：《边城》，《沈从文全集》第8卷，第65页。
③ 同上，第94页。

烈，使得商船会不时冲破其内心的控制机制，进入她的意识①。而随着故事的发展，心中对商船/异己集团男性的向往，甚至使翠翠想要离开相依为命的祖父：

> ……翠翠觉得好像缺少了什么，好像眼见到这个日子过去了，想在一件新的人事上攀住它，但不成。好像生活太平凡了，忍受不住。
>
> 我要坐船（只能是商船——引者注）下桃源县过洞庭湖，让爷爷满城打锣去叫我，点了灯笼火把去找我。
>
> 她便同祖父故意生气似的，很放肆的去想到这样一件事，她且想象她出走后，祖父用各种方法寻觅全无结果，到后如何无可奈何躺在渡船上。②

引文中所说的"好像缺少了什么"，自然是指缺少异己社会集团的代表物——商船以及其中的男性二老傩送。直到小说的结尾，翠翠仍然在思念那个坐船下桃源，"还不曾回到茶峒来"的年轻人。由此，我们可以在小说《边城》中隐约发现一条线索，即翠翠对商船渴望，是从最开始朦胧的兴趣，一直发展到最后在意识/潜意识层面不顾一切的追求的。

另一方面，商船所代表的社会集团中的天保、傩送和翠翠一样，表现出对异己社会集团女性及其生活方式的向往。在小说的一段兄弟之间袒露心扉的对话中，天保就对傩送说："二老，你倒好，作了团总女婿，有座碾坊；我呢，若把事情弄好了，我应当接那个老的手来划渡船了。我喜欢这个事情，我还想把碧溪岨两个山头买过来，在界线上种大南竹，围着这一条小溪作为

---

① 我们有理由相信沈从文在创作《边城》时运用了弗洛伊德的心理学理论。因为沈从文在20世纪20年代就接触到蔼理斯的性心理学的观点。在1930年还读过"张东荪讲性心理分析的厚厚一本入门书《精神分析学ABC》"（参见金介甫：《凤凰之子：沈从文传》）。

② 沈从文：《边城》，《沈从文全集》第8卷，第118—119页。

我的砦子!"①研究者早已指出,《边城》中的"碾坊"代表的是金钱交换关系②。虽然天保表面上并不赞同商船社会集团的行为逻辑,希望获得渡船社会集团中的女性——翠翠,并"接那个老的手来划渡船"。然而读者在这里必须注意到,天保对商业逻辑的鄙弃,固然使我们想到所谓"爱情至上"的浪漫神话,但实际上,天保对"碾坊"的轻蔑是建立在他是"有钱船总儿子"的基础之上的。在引文的后半句,天保就暴露了他的"少爷习气",想"把碧溪岨两个山头买过来"。这种买山头的行为其实同样是一种赤裸的金钱交换关系,只不过它在团总女儿与翠翠这两个更为触目的对立之下,被研究者轻易地忽略了。

小说《边城》中的另一个症候点则是傩送和他的哥哥一样,同样渴望获得翠翠以及渡船社会集团的生活方式,他对哥哥说:"你不必——大老,我再问你,假若我不想得这座碾坊,却打量要那只渡船,而且这念头也是两年前的事,你信不信呢?"③在这里,"碾坊"和"渡船"分别是"团总女儿"和翠翠的转喻,所谓不要碾坊要渡船就意味着不想娶团总女儿而想要得到翠翠。傩送的这种选择曾被很多研究者大加发挥,认为这是纯洁的爱情战胜了金钱。的确,甚至在天保因为追求翠翠不成,死在"下桃源"的路上后,傩送仍然对翠翠痴心不改。他明确表示:"至于我呢,我想弄渡船是很好的。只是老家伙为人弯弯曲曲,不利索,大老是他弄死的。"④直到最后,傩送仍然觉得:"我还不知道我应当得座碾坊,还是应当得一只渡船;我命里或只许我撑个渡船!"⑤不过实际上,在要"碾坊"还是"渡船"的问题上,傩送从来没有做出真正的抉择。他甚至还把决定权交给了父亲船总顺顺,轻描淡

---

① 沈从文:《边城》,《沈从文全集》第8卷,第115页。
② 凌宇:《沈从文传》,北京十月文艺出版社1988年版,第337页。
③ 沈从文:《边城》,《沈从文全集》第8卷,第116页。
④ 同上,第134页。
⑤ 同上,第139页。

写地说:"爸爸,你以为这事为你,家中多座碾坊多个人,你可以快活,你就答应了。"①

金介甫在《凤凰之子:沈从文传》中认为《边城》中的祖父、翠翠缺乏"交际本领",这种欠缺体现了"人类灵魂的相互孤立"。而聂华苓甚至认为这种沉默"是乡下人体验到了存在主义窘境的象征"②。毫无疑问,聂华苓有关沈从文小说与存在主义哲学关系的论述有过度阐释之嫌,不过《边城》中翠翠、天保以及傩送等人的确如局外人莫尔索一样,在命运洪流的裹挟下没有决断的能力。虽然他们身处两个不同的社会集团,分别向往着对方的生活方式,但这种向往在小说中从来没有落实到行动中去。他们既没有走得比翠翠的母亲及其情人更远,去离家出走;也不具备上一代人的勇气,去为情而死。因此,在小说的结尾,读者看到的是天保在求爱失败后,因伤心过度在下桃源的商船上溺水身死;而傩送则在小说的结尾处选择坐船去桃源,不知所终。只留下翠翠守着崭新的渡船,静静地等待远去桃源的傩送。

在结构主义那里,两个不同的社会集团可以通过交换礼物或女人实现双方的和解,而当礼物或女人无法相互交换时,它们之间就会陷入敌视或争战。在《边城》中,翠翠、天保以及傩送等人因为误会、说话方式"弯弯曲曲",以及无休止的延宕做出抉择时刻,使得他们虽然向往与自己所处社会集团相异的生活方式,但这种向往却始终没有在小说内部得以实现。因此,这两个社会集团之间始终无法获得和解与联合,而是处在分裂的状态。在小说中,渡船与商船这对意象就不再仅仅是两种差异巨大的人群和生活形态的转喻,它们同时也是小说中一种结构性的力量,预示着两大社会集团分裂的必然。每当渡船、商船在小说中作为对立意象出现的时候,永远是翠翠和天保、傩送不能见面或产生误会的地方。当翠翠和二老傩送在端午节的河边

---

① 沈从文:《边城》,《沈从文全集》第8卷,第139页。
② [美]金介甫:《凤凰之子:沈从文传》,第268页。

"斗嘴"的时候;当翠翠和祖父在第二个端午节因避雨躲进顺顺吊脚楼而认识大老天保的时候;当翠翠迷醉在二老傩送在夜晚唱出的歌声的时候;渡船与商船这对意象都没有在叙述中出现。然而在天保、傩送还没有进入翠翠生活的时候;在天保、傩送在自己家的新油船旁边相互表露心迹,约定如何取悦翠翠的时候;当翠翠在渡船上看到中寨来的团总女儿(翠翠与傩送之间的爱情将面临她的挑战)的时候;当傩送因天保的死而迁怒祖父的时候;渡船、商船的意象则不断在文本中复沓出现。似乎这两个意象消失之时,也是小说氛围趋于甜蜜、安宁的时刻;而当它们在叙述中出现的时候,也就暗示了整个故事正一步步走向悲剧的结局。在这里,渡船与商船这对主题意象已经不仅仅是小说中多重意义的交汇点,而是小说在结构上的功能指示器。它们的作用有点儿类似于西方音乐中的主题变奏。在交响乐或协奏曲中,主题变奏的复现起到指示器的作用,每次复现都意味着主题的强化或提升。《边城》中的渡船与商船的意象就与此类似,它们每一次出现,都暗示着翠翠与天保、傩送之间多舛的命运。

金介甫认为《边城》是沈从文乡土文学创作的分界线,在这部作品之后,令人不安的湘西世界的社会现实就开始渗透到沈从文的乡土文学作品中来[1]。研究界也普遍把《边城》中的湘西世界描述成为一个超脱于残酷的社会现实之外的世外桃源。应该说,这固然是因为研究者的判断因循成见,但这其实也是沈从文执意在小说中为读者展现的幻术。他本来就是想通过《边城》向读者展示"这个民族的过去伟大处",至于"二十年来的内战"以及湘西社会现实的众多弊病,沈从文则预告说要留待"另外一个作品"来描写[2]。然而,小说所描绘的景象未必总与作家的创作意图保持一致。当沈从文力图

---

[1] 参见[美]金介甫:《凤凰之子:沈从文传》,第358页。
[2] 沈从文:《〈边城〉题记》,《沈从文全集》第8卷,第59页。

为读者创造一个过去时代的幻景[①]时，湘西的社会现实却透过沈从文设置的层层"障眼法"，在文本中肆意穿行。以至于评论家汪伟和罗曼早就在《边城》中看到所谓"商业向农业的侵略"或"城市和乡村经济矛盾"。在笔者看来，这篇小说中的渡船与商船不仅渡送旅客和货物，同时也将湘西的社会现实运载到小说文本中来。渡船与商船这对意象以多重意义交汇点的形态出现在小说文本中，它们是湘西社会不可或缺的交通工具，是翠翠、天保或是傩送的欲望对象的替代物，也是这些主人公各自所处社会地位的象征物，同时还是小说文本内部的结构性因素。因此，渡船与商船就构成了小说内部幻景与小说外部社会现实之间的一条隐秘通道，在沈从文所营造的"牧歌幻景"上打开一道裂隙，使读者透过它，呼吸到现实的空气。

[①] 《边城》最初在《国闻周报》11卷1-4期、10-16期连载时，其部分文本与现在通行的文字有所出入。初版本中的"到十九年时，他的儿子大的已十八岁，小的已十六岁"，后来被沈从文改为"到如今，他的儿子大的已十八岁，小的已十六岁"。初版本中的"两省接壤处，三十余年来主持地方军事的，注重在安辑保守，处置还得法，并无变故发生"，后来则被作家改为"两省接壤处，十余年来主持地方军事的，注重在安辑保守，处置还得法，并无变故发生"。也就是说，《边城》故事的发生时间最初本来是在1930年左右。但在最后的定本中，沈从文把故事时间有意识地上推了二十多年，也就是清末民初的时候。这些都说明沈从文力图在《边城》中为读者创造一个过去时代的幻景。

论老舍二十世纪四十年代的小说创作

一 "失而复得"的地方性特征

一般说来,老舍是一位典型的具有地方性特征的小说家。无论是初入文坛时的作品《老张的哲学》(1926),还是后来被研究者指认为代表作的《骆驼祥子》(1936),其中对北京/北平①风俗的细致描绘,对京城贫民生活的出色刻画,以及文学语言中浓郁的"京味儿",都使得这位"写家"的创作与北京"天然"地联系在一起。可以说,正是北京的地方特色,构成了老舍小说最重要的特征之一;而这片土地上的城与人,以及连带的风俗、文化也因为他的写作获得了生动形象的文学表达,二者在老舍那里可谓水乳交融、相得益彰。这就是研究者认为"没有比'京味'更能确切地说明老舍创作"②的原因所在。不过需要指出的是,虽然老舍的小说创作从总体来看表现出极为明显的地方性特征,但我们却不能用它来完全概括作家在20世纪40年代的创作面貌。因为老舍在这一时期曾为了宣传抗战的需要,有意识地摒弃自己惯常的

---

① 伴随着20世纪上半叶中国政局的几度变迁,北京这座城市的名称也不断发生变化,经历了从"北京"变为"北平"再改回"北京"的过程。为行文方便及读者阅读的便利,下文在提及北京/北平时将统一使用"北京"这一名称,不再根据所指年代改变称谓。但在引用资料时,则以原文为准。

② 樊骏:《认识老舍》(上),《文学评论》1996年第5期。

创作模式，淡化其作品的地方性特征。直到1944年开始创作长篇小说《四世同堂》时，他才把故事发生的地点重新安置在自己最为熟悉的北京①。也就是说，老舍在20世纪40年代经历了一个最初否定其作品的地方性，随后又将其再度找回的过程。与同一时期众多努力加强作品地方色彩的作家相比，老舍的这一选择无疑显得非常特殊。正是因为这一点，老舍小说创作的地方性特征在20世纪40年代经历的"失而复得"的过程，以及这一选择背后的得失成败，恰恰提供了一个最为生动、明晰的例证，帮助我们说明国统区作家、批评家用以理解地方性的价值尺度的变化过程，并显影地方性特征在这一时期的小说写作中发挥的功能和意义。

正像老舍在20世纪40年代所感慨的那样，"抗战改变了一切。我的生活与我的文章也都随着战斗的急潮而不能不变动了"②。的确，在生活方面，老舍于抗战爆发后很快就像大多数满怀爱国之情的中国现代作家一样，开始了大范围的流亡和迁徙。抗战胜利之后，他这样回忆自己在这一时期的生活经历：

> 我由青岛跑到济南，由济南跑到武汉，而后跑到重庆。由重庆，我曾到洛阳，西安，兰州，青海，绥远去游荡，到川东川西和昆明大理去观光。到处，我老拿着我的笔。风把我的破帽子吹落在沙漠上，雨打湿了我的瘦小的铺盖卷儿；比风雨更厉害的是多少次敌人的炸弹落在我的附近，用沙土把我埋了半截……③

---

① 笔者在这里所论述的，只是老舍小说创作的情况。若从作家创作总体风貌来看，则1942年的话剧《谁先到了重庆》，是作家在抗战时期最早以北京为背景的作品。然而不管老舍究竟是1942年，还是1944年重新选择以北京为背景进行文学创作，都表明他在抗战开始后有一段时间刻意回避对其所熟悉的北京生活进行描绘与书写。

② 老舍：《我怎样写通俗文艺》，《老舍文集》第15卷，人民文学出版社1990年版，第218页。

③ 老舍：《八方风雨》，《新民报》1946年4月4日。

显然，这段平实质朴的文字正真切地说明了作家的生活如何与抗战紧密地联系在一起。考虑到抗战期间大部分中国作家都有过类似的颠沛流离的经历，老舍在这一时期的生命旅程可谓极具代表性。

而与生活境遇的改变相对应的，则是"文章"，也就是创作的变化。抗战爆发以前，老舍刚刚完成了自己最为满意的长篇小说《骆驼祥子》，并如愿以偿地成为职业作家，开始专心从事小说创作。当1937年卢沟桥的炮声响起的时候，他正在同时进行两部长篇小说的写作。所有这一切都表明，老舍在抗战前通过《离婚》、《骆驼祥子》等作品的尝试，找到了一条适合自己的小说创作道路，进入其创造力最为丰沛的时期。虽然我们今天已经无缘见到1937年7月老舍正在写作的两部长篇小说，但考虑到作家此时的写作路数是在"《大明湖》和《猫城记》的双双失败"后，通过"求救于北平"[①]得以形成的，而且他刚刚完成以北京为背景的杰作《骆驼祥子》，因此我们有理由相信那两部"腹死胎中"的小说也会以同样的方式展开，具有浓郁的北京地方特色。不过令人感到遗憾的是，抗日战争的爆发彻底打乱了老舍已经颇为"顺手"的写作方式，逼着他尝试新的创作。关于这一点，老舍在总结自己抗战初期的文学实践时表达得非常充分：

在太平年月，我听到一个故事，我想起一点什么有意思的意思，我都可以简单的，目不旁视的，把它写成一篇小说；长点也好，短点也好，我准知道只要不太粗劣，就能发表。换言之，在太平年月可以"莫谈国事"，不论什么一点点细微的情感与趣味，都能引起读者的欣赏，及至到了战时，即使批评者高抬贵手，一声不响；即使有些个读者还需要那细微的情感与趣味，作为一种无害的消遣，可是作者这颗心还不能再像以前那样安坦闲适了。炮火和血肉使他愤怒，使他要挺起脊骨，喊出

[①] 老舍：《我怎样写〈离婚〉》，《老舍文集》第15卷，人民文学出版社1990年版，第191页。

更重大的粗壮的声音，他必须写战争。但是，他的经验不够，经验不是一眨眼就能得出的。蜗牛负不起战马的责任来，噢，我只好放下笔！当"七七"事变的时候，我正写着两个长篇，都已有了三四万字。宛平城上的炮响了，我把这几万字全扔进了废纸筐中。我要另起炉灶了……①

从上面这段引文中"扔进了废纸筐"、"另起炉灶"这样的用语方式来看，老舍显然试图彻底改变此前惯用的写作模式，并立下了以新的方式从事文学创作，以便适应战时环境的宏愿。而以往那种得心应手的写作套路，在作家看来已经不能满足时代、战争对自己的要求。

正是在这一改变自己创作模式的决心的促使下，老舍在抗战初期将全部心力投入到抗敌宣传工作中去，"在文字上表现一点爱国的诚心"②。根据作家自己的统计，仅抗日战争爆发后的三年时间内，他就广泛尝试了包括旧戏、相声、大鼓书、河南坠子、数来宝、新诗、话剧、小说以及杂文在内的多种文体形式进行抗战宣传，总字数达三十余万字③。考虑到老舍在此期间花费了大量时间、精力为中华全国文艺界抗敌协会工作，并有半年的时间远赴西北慰问抗战将士，他所完成的工作量是相当惊人的。我们从中也可以看出这位爱国作家对抗日救亡工作的热心和付出的心血。不过需要指出的是，虽然老舍不惮牺牲地以全部心力制作抗战宣传品，但离开了自己熟悉的创作题材，改变了他所擅长的写作方式，也让他时刻感到痛苦与无奈。在谈到写作宣传文艺时的体会时，作家就明确表示："写这种东西给我很大的苦痛。我不能尽量的发挥我的思想与感情，我不能自由创构我自己所喜的形式，我不能随心如意的拿出文字之美，而只能照猫画虎的摸画，粗枝大叶的述说；好象

---

① 老舍：《三年写作自述》，《抗战文艺》第7卷第1期，1941年1月1日。
② 老舍：《自述》，《大公报》1941年7月7日。
③ 参见老舍：《三年写作自述》，《抗战文艺》第7卷第1期，1941年1月1日。

口已被塞进而还勉强要唱歌那样难过。"①

或许是因为从事抗战宣传工作时感到万分苦闷，抑或是因为在尝试了多种文体的写作后开始对文艺问题有了更为深刻的理解，老舍在1941年前后开始对自己在抗战初期的创作尝试进行全面反思。对于文艺作品所应发挥的作用和功能，作家从1938年时相信"文艺工作者应把工作调整一下，尽可能的使文艺发生确定的宣传效果"②，开始转而认为当作家、批评家"对于抗战的一切更清楚了，就自然会放弃那种空洞的宣传，而因更关切抗战的缘故，乃更关切文艺。那些宣传为主，文艺为副的通俗读品，自然还有它的效果，那么，就由专家或机关去作好了。至于抗战文艺的主流，便应跟着抗战的艰苦，生活的艰苦，而更加深刻"③。在关于文艺作品的艺术价值方面，老舍则从最初认为只要作家真诚地拥护抗战，即使作品的艺术性有所欠缺也有可取之处，希望把自己那些"不象诗的诗，不象戏剧的戏剧，如拿着两个鸡蛋而与献粮万石者同去输将，献给抗战"④。转而强调作家只有描绘自己所熟悉的生活、题材，才能创作出真正的艺术作品。在谈到取材于自己熟悉的北方生活的话剧《国家至上》时，他甚至把这部作品的地方色彩看作是决定艺术成败的关键，认为"这本剧（指《国家至上》——引者注）的情调、言语、服装、举动，一律朴素无华，排除洋气。我不十分懂什么是民族形式，假若民族形式是含有顺着本地风光去创作的意思，我想《国家至上》就多少有那么一点样子"⑤。而在文学创作应使用怎样的语言方面，老舍最初为了让来自全国各地的读者都能看懂他的作品，使作品获得更加广泛的传播，以便最大限度地达到宣传、鼓动作用，曾主动"纠正过自己的北平话"，以至于"许多好的词

---

① 舒舍予（老舍）：《保卫武汉与文艺工作》，《抗战文艺》第12期，1938年7月9日。
② 老舍：《血点》，《老舍文集》第15卷，人民文学出版社1990年版，第371页。
③ 老舍：《一九四一年文学趋向的展望》，《抗战文艺》第7卷第1期，1941年1月1日。
④ 老舍：《三年写作自述》，《抗战文艺》第7卷第1期，1941年1月1日。
⑤ 同上。

汇，好的句法，因为怕别人不懂而不用，乃至渐渐忘记了"。但到了1941年，作家却直截了当地宣布："我要恢复我的北平话。它怎么说，我便怎么写。怕别人不懂吗？加注解呀。无论怎说，地方语言运用得好，总比勉强的用四不象的、毫无精力的、普通官话强得多。"①在笔者看来，正是因为老舍于1941年前后在上述几个方面对文艺问题有了新的思考，使他逐步反思抗战初期那种舍弃作品地方性特征的做法，重新回到自己熟悉的创作道路，并最终完成了他在20世纪40年代最重要的作品《四世同堂》。

从上面的分析可以看出，老舍作品的地方性特征在20世纪40年代存在着一个非常明显的"失而复得"的过程。事实上，这一文学史现象早已为很多研究者所关注，包括孙洁、王鸣剑②在内的很多学者都曾针对这一问题进行过分析。以其中论述得最为扎实、出色的孙洁为例，在她的专著《世纪彷徨：老舍论》里，中编《国家至上：抗战时期论》在某种意义上就是对老舍在1941年前后从专注于制作宣传性的抗战文艺那里，"回归幽默"、"回归北平"，以及"回归小说"③现象的探讨。在这位研究者论述中，老舍在创作领域里发生的变化，被看作是思想层面上"向自由主义、文学本位论的回归"④，即所谓"从本质上"是"由功利主义折返自由主义"⑤。从"文学本位"、"雾失楼台"⑥，以及"不归路"⑦等在论述不断出现的语汇可以看出，孙洁显然将"文学"与"政治"放置于相互对立的结构关系中，赋予后者以否定性的内

---

① 老舍：《我的"话"》，《文艺月刊》六月号，1941年6月16日。
② 参见孙洁：《世纪彷徨：老舍论》百花洲文艺出版社2003年版；王鸣剑：《"这回还得求救于北平"——老舍创作〈四世同堂〉的心态即动因探源》，《重庆工商大学学报》（社会科学版），2008年第2期。
③ 参见孙洁：《世纪彷徨：老舍论》，百花洲文艺出版社2003年版，第136—145页。
④ 同上，第162页。
⑤ 同上，第161页。
⑥ 同上，第106页。
⑦ 同上，第78页。

涵，视其为对"文学"的扭曲与迫害。正是这种思路的观照下，老舍在抗日战争爆发后以全部心力创制宣传文艺的选择，被她看作是失陷于"政治"和"文学本位"的失落。而这位作家在1941年前后对创作道路的调整，则被理解为"文学"试图摆脱"政治"纠缠的努力。而更有意味的是，这位研究者还将老舍在抗战时期的这种在"文学"与"政治"之间的摇摆与痛苦，视为他在1966年投湖自杀的遥远征兆。

应该说，如果我们单独考察20世纪40年代老舍对于文艺理论问题的思考，那么孙洁关于这位作家的思考与判断无疑有其合理的一面。老舍在抗战初期为了更好地发挥文艺作品在战争中的宣传鼓动作用，的确主动放弃对自己熟悉的北京生活的书写，并因地方性特征的失落造成其作品艺术水准的大幅度下降。于是，这位作家在1941年前后反思自己的创作道路时，多次表达了创制宣传文艺时的痛苦与矛盾，并宣称要将自己作品的背景重新安置在北京。而在此后的创作中，老舍也真的未曾食言，先后创作了诸如话剧《谁先到了重庆》以及长篇小说《四世同堂》等作品，取得了较高的艺术成就。从这个角度来看，老舍的创作在20世纪40年代的确存在着一个向"文学"回归的过程。然而这种"回归"是否意味着对"政治"的疏离与决裂，却需要我们进一步予以考察。以作家在1942年的作品《谁先到了重庆》为例，这部表现北京市民参与抗日斗争的话剧，确实如孙洁所言，具有"扑面而来的地方气息和生活气息"，让观众"找回了老舍创作中暌违已久的北平底层民众，他们的语言，他们的行为处世，他们的性格特征，他们的生活环境"[①]。然而在任何意义上，我们都不能将这部具有浓郁地方色彩的话剧看作是脱离"政治"的作品。无论是主题、情节，以及人物设置等方面，《谁先到了重庆》都着力于表现滞留在北京沦陷区的人民对日本侵略者的仇恨和对坚持抗战的深刻认同。因此，与其说老舍通过重新将北京的地方特色纳入其作品，使"文

---

① 孙洁：《世纪彷徨：老舍论》，百花洲文艺出版社2003年版，第140—141页。

学"脱离了"政治",不如说是使"政治"获得了更为精彩的文学表达。在这个意义上,老舍的这种创作尝试其实呼应了国统区文艺理论家将文学的地方性特征看作是使作品的艺术性达到世界一流水准的理解方式。

同样的道理也适用于《四世同堂》。在那部长篇小说中,老舍非常细致地描绘了北京特有的历史、环境、风俗以及文化,为我们留下了一幅具有浓郁地方色彩的画卷。今天,研究者要想探讨历史上北京地区的风俗文化,这部小说已经成了一份必须要参考的"历史文献"。不过在这里要指出的是,仅仅强调《四世同堂》里极为明显的地方性特征,以及由此带来的艺术成就,并不能充分说明这部作品所具有的复杂意义。试看下面这段引文:

> 他(指祁瑞全——引者注)爱书,爱家庭,爱学校,爱北平,可是这些已并不再在他心中占有重要的地位。青年的热血使他的想象飞驰。他,这两天,连作梦都梦到逃亡。他还没有能决定怎样走,和向哪里走,可是他的心似乎已从身中飞出去;站在屋里或院中,他看见了高山大川,鲜明的军旗,凄壮的景色,与血红的天地。他要到那有鲜血与炮火的地方去跳跃,争斗。在那里,他应该把太阳旗一脚踢开,而把青天白日旗插上,迎着风飘荡![1]

这段文字来自老舍对祁瑞全离开北京前复杂内心活动的描写。考虑到作家在抗战初期有着与此类似的逃亡经历,我们也可以把这段动人的文字理解为老舍本人的夫子自道。需要提醒读者注意的是,这段引文有意味的地方并不是祁瑞全对故乡北京的留恋与不舍,而是他能够让自己的"想象飞驰",在"屋里院中""看到"祖国的大好山河和抗战前线的战斗,并让自己的心与彼时象征着民族、国家的"青天白日旗"联系在一起。在这里,作家笔下的

---

[1] 老舍:《四世同堂·惶惑》,《老舍文集》第4卷,人民文学出版社1983年版,第40页。

祁瑞全所展开的"想象",可以理解为米尔斯意义上的想象力,它意味着社会上那些孤独、离散的个人能够将自己个体性的遭际,想象为某种集体命运,并借此获得改变现状的可能①。从这个角度来看,老舍在《四世同堂》中不仅书写的是抗战时期的北京生活,他同时更着力于刻画生活在北京的普通民众的命运如何与中国的抗战深刻地连接在一起。这样的主题其实仍然是"政治"的。

有鉴于此,我们显然不能将老舍作品中的地方性特征在20世纪40年代所经历的"失而复得"的过程,简单地视为通过摆脱"政治"的羁绊回归"文学",而只能在更为复杂的意义上理解地方色彩在老舍作品中所具有的意义和功能。因此,在本文接下来的篇幅中,笔者将不把分析的重点放置在老舍写于这一时期的文艺论文(这些文字虽然可以很好地帮助读者理解彼时作家对文艺的看法和对创作问题的思考,但却无法充分说明老舍这一时期创作的复杂面貌),而是直接关注作家在20世纪40年代的小说创作,考察地方性特征在文本中以怎样的方式展开,思考它为何成为老舍作品中最打动人心的部分。在笔者看来,只有这样的分析,才能真正帮助我们理解地方性特征对于20世纪40年代小说创作的意义,并尝试回答为什么这一时期的作家会那么热衷于加强作品的地方色彩。考虑到《四世同堂》这部长篇小说是老舍在这一时期花费了最多的心力,也是最为成功的作品,因此本文的分析将主要围绕这部作品展开,并根据论证的需要参照作家在这一时期的其他创作。

二 个人与国家

小说《四世同堂》是中国现代文学史上少有的长篇巨制,按照老舍最初

---

① 参见[美]C. 赖特·米尔斯:《社会学的想象力》,陈强、张永强译,生活·读书·新知三联书店2005年版。

的计划，它在结构上以三部曲的形式进行写作，总长度约为一百万字①。第一部《惶惑》和第二部《偷生》分别写于1944年和1945年，先是连载在当年的《扫荡报》和《世界日报》上，后于1946年出版单行本。第三部《饥荒》则是老舍于1946至1949年赴美期间写成。不过遗憾的是，读者在今天所能看到的《饥荒》只有前面的二十章是作家本人的文字。后面的十三章因中文原稿丢失，是马小弥从英文缩写本中转译过来的。

从写于1945年的序言可以看出，老舍在写作之初就对《四世同堂》有着非常详细的整体设计。而这部长篇小说的三部曲式的整体结构，以及第一部分划分为三十四个段落，第二、第三部分各自划分三十三个段落的章节安排，则清晰地让我们看到但丁的《神曲》对这部作品的影响。作家在1942年的《神曲》一文中曾感慨："世界上只有一本无可摹仿的大书，就是《神曲》。他的气魄之大，结构之精，永远使文艺学徒自惭自励。"②在某种意义上可以说，老舍正是希望学习《神曲》的"气魄之大，结构之精"，来创造自己的《四世同堂》。这也就难怪连作家自己都要自得地表示："设计此书（指《四世同堂》——引者注）时，颇有雄心。"③总体来看，这部作品将叙述的重点放置在沦陷时期的北京西城小羊圈胡同上，以其中四世同堂的祁家为核心，全景式地写出了整条胡同在抗战八年里的命运与遭际，生动鲜活地刻画了其中的每个人物。以如此巨大的规模表现抗战时期普通市民的生活，这样的作品即使在今天也并不多见。考虑到老舍在创作《四世同堂》时的生活动荡不安、贫病交加，我们由此可以推想作家为这部长篇小说所花费的大量心血。

然而与作家本人的付出相比，评论界对这部作品的关注则显得有些不成比例。由于小说着力刻画了华北沦陷区民众对国民政府的由衷爱戴，以及台

---

① 老舍的家人认为《四世同堂》在作家自美国回国时"已全部按计划完成"（参见胡絜青、舒乙：《破镜重圆——记〈四世同堂〉结尾的丢失和英文缩写本的复译》，《十月》1982年第4期）。

② 老舍：《神曲》，《新民报》1942年4月27日。

③ 老舍：《四世同堂·序》，《老舍文集》第4卷，人民文学出版社1983年版，第2页。

儿庄大捷等正面战场上的胜利对人民巨大的鼓舞作用，使得《四世同堂》对抗日战争的书写与中国共产党的革命史观并不完全吻合。因此，老舍在新中国成立以后一直拒绝将其再版。在这种情况下，大陆读者在很长时间内都无缘看到这部小说，相关的评论也付之阙如。直到1980年，《四世同堂》才由百花文艺出版社重新出版单行本，并引起了中国现代文学研究者的注意。在20世纪80年代"文化热"的大背景下，这部小说对北京地域风俗的精确记录，对民间文化的细致描绘，以及对北京人性格的敏锐捕捉，都成了彼时特别引人关注的热门话题。这就造成了研究者对《四世同堂》的分析，大多集中在这部小说与北京市民文化的关系、与满族文化的渊源、其中蕴涵的地方色彩，以及小说人物身上所具有的民族文化心理等方面。这一研究思路的影响是如此深刻，以至于直到今天，研究者对《四世同堂》的讨论在很大程度上仍没有超出20世纪80年代所框定的研究范围。应该承认，这一脉络上的研究取得了丰富的成果，极大地深化了学术界对老舍小说的认识和理解。然而问题在于，此类讨论总是倾向于从《四世同堂》中抽离出对北京风景、民俗，以及文化等方面的具体描写，并以此说明北京对于这部作品的重要意义。因而它只能为读者呈现老舍究竟写到了哪些具有地方色彩的东西，却无法为我们回答这些事物如何在小说叙事中展开，它们在其中扮演着怎样的角色，发挥着何种功能。在这个意义上，我们只有把老舍20世纪40年代作品中"失而复得"的地方特色，放置到作品的整体结构中，才能真正理解《四世同堂》中浓郁的地方色彩对作家来说究竟意味着什么。

正如前文曾经提及的，长篇小说《四世同堂》写出了生活在小羊圈胡同里的北京贫民在八年抗战期间的命运与遭际。从表现主要人物在一个较长时段的成长变化的角度来看，这部小说也可以被纳入到20世纪上半叶颇为流行的"长河小说"的序列。的确，老舍在创作中用力最深的地方，就是刻画旷日持久的抗日战争如何深刻地改变了他笔下的人物。正像作家在小说中所写的，"文化是应当用筛子筛一下的，筛了以后，就可以看见下面的是土与渣滓，而剩下的是几块真金"①。老舍正是把反侵略战争当作一把文化的"筛子"，去观察小说人物在其面前的种种变化，并根据他们的表现区分为"渣滓"和"真金"。而他用以筛选的标准，就是那些在和平年代生活在一起的北京人，是否能够在这场战争中激活自身的民族意识，把他们的私人生活与国家命运联系起来。在笔者看来，这一点构成了《四世同堂》叙事的核心所在，小说中的人物刻画、情节设置等方面几乎全部围绕着这一线索来展开。

以《四世同堂》中令人印象深刻的祁老人为例。在故事开始的时候，他是一位多少显得有些自私、倔强的世故老人。在祁老人看来，"北平是天底下最可靠的大城，不管有什么灾难，到三个月必定灾灭难满，而后诸事大吉"②。因此，他相信只要提前准备好三个月的粮食和咸菜，任何战争带来的破坏、苦难都与他的家庭毫无关系。于是，北京城外卢沟桥的炮声对他来说并不是什么大事，他最关心的只是如何活得更久些，以便庆祝自己的八十岁生日。然而随着小说情节的推进，祁老人渐渐发现他在漫长的生命历程中获得的人生经验，已经无法应对民族战争的实际情况。不管他多么低调做人、明哲保身，日本侵略者的闯入注定会彻底改变他的生活。对这一过程，老舍在《四世同堂》中有多处非常详细的描绘。例如，在小说的第二十九章中，老舍事无巨细地介绍了北京市民在和平时期如何购买"煤末子"和"黄土"，并请"煤黑子"摇煤球准备过冬后，紧接着就描写了抗日战争对祁老人生活的严重影响：

没有煤！祁老人感到一种恐怖！日本人无须给他任何损害与干涉，只须使他在凉炕上过一冬天，便是极难熬的苦刑！③

---

① 老舍：《四世同堂·偷生》，《老舍文集》第5卷，人民文学出版社1983年版，第77页。
② 老舍：《四世同堂·惶惑》，《老舍文集》第4卷，人民文学出版社1983年版，第3页。
③ 同上，第342页。

在这个段落中,老舍显然通过讲述一个生活细节因抗日战争而发生的真切变化,"逼迫"祁老人必须认识到自己的生活与整个民族的命运深刻地扭结在一起。正是沿着这一脉络向下发展,这位一向两耳不闻窗外事的老人到了小说的第三部时,已经"成长"为一个勇敢地面对外敌压迫的爱国志士。当他的长孙祁瑞宣被日本宪兵从监狱中释放回家后,作家通过祁瑞宣的眼睛来描述了祁老人身上的变化:

> 瑞宣摸不清祖父说的是什么,而只觉得祖父已经变了样子。在他的记忆中,祖父的教训永远是和平,忍气,吃亏,而没有勇敢,大胆,与冒险。现在,老人说露出胸膛叫他们放枪了!①

故事发展到这里,祁老人已经认识到北京文化教给他的那套"客气谦恭"并不适用于战争年代,他必须和那些坚持抵抗的中国人一道,站起来和日本人"硬碰硬"②。

需要指出的是,这种个人命运与民族、国家之间的联结,在《四世同堂》里并不仅仅发生在祁老人身上。几乎每一位在小说中被赋予正面意义的人物身上,老舍都将这种联结予以浓墨重彩的刻画。后来成为抗日地下工作者的钱默吟,在故事开始时是一个整天只知养花、酿酒、吟诗、画画的清高文人。正像他在小说里所感慨的:"凭他这个只会泡点茵陈酒,玩玩花草的书呆子,怎会和国家的兴亡发生了关系呢?"③然而当日本侵略者将钱默吟投入监狱,夺走了他的儿子、房子时,他一改因循了几十年的生活方式,"忘记了

---

① 老舍:《四世同堂·偷生》,《老舍文集》第5卷,人民文学出版社1983年版,第209页。
② 老舍:《四世同堂·饥荒》,《老舍文集》第6卷,人民文学出版社1984年版,第47页。
③ 老舍:《四世同堂·惶惑》,《老舍文集》第4卷,人民文学出版社1983年版,第412页。

他的诗，画，酒，花草，和他的身体，而只觉得他是那一口气。他甚至于觉得那间小屋很美丽。它是他自己的，也是许多人的，监牢，而也是个人的命运与国运的联系点"①。与此类似的，还有钱默吟的亲家金三爷。这个只看重金钱和江湖义气的房屋买卖中间商，本来并不觉得日本人占领北京城和他有什么关系。正像小说所描述的："日本人进了城，并没用轰炸南苑与西苑的飞机把北平城内的'瓦片'也都炸平；那么，有房子就必有买有卖，也就有了金三爷的'庄稼'。所以，他始终觉得北平的被日本人占据与他并没有多大的关系。"②然而当看到钱默吟被日本人打得遍体鳞伤时，金三爷的内心发生了巨大的变化："他开始觉得不但北平的沦陷与他有关系，而且使得直接的卷入漩涡……在平日，他几乎不知道什么是国家；现在，他微微的看见了一点国家的影子。"③即使是小说中那个几乎从不出门，只是尽心尽力操持家务的韵梅，也因为经历了抗战而与国家产生了联系。所以作家才会极为动情地描绘韵梅身上发生的变化："一个没有出过北平的妇人，在几年的折磨困苦中，把自己锻炼得更坚强，更勇敢，更负责，而且渺茫的看到了山与大海。她的心宽大了许多，她的世界由四面是墙的院子开展到高山大海，而那高山大海也许便是她的国家。"④由此可见，老舍在《四世同堂》里塑造人物、发展情节的基本叙事模式，就是让这些人物遭遇一个个突发事件、感受北京生活的一点点变化，并从中意识到民族、国家与他们个人生活的联系。

而《四世同堂》中所有被老舍或委婉讽刺、或严厉批判的负面人物，则都是那些无法认识到自己的命运与国家兴亡息息相关的人。例如，小说中的票友小文夫妇，两人都出生在豪门巨室，家道中落后过着与世无争的生活。对他们来说，与其把心思花在关心家国天下上，不如在艺术上创制一些"新

---

① 老舍：《四世同堂·惶惑》，《老舍文集》第4卷，人民文学出版社1983年版，第413页。
② 同上，第229页。
③ 同上，第230页。
④ 老舍：《四世同堂·饥荒》，《老舍文集》第6卷，人民文学出版社1984年版，第144—145页。

腔新调"。对于这一心态，老舍做了非常出色的描绘：

> 他（指小文——引者注）没注意上海战事的谁胜谁败。他专心一志的要给若霞创造个新腔儿。这新腔将使北平的戏园茶社与票房都起一些波动，给若霞招致更多的荣誉，也给他自己的脸上添增几次微笑。他的心中没有中国，也没有日本。他只知道宇宙中须有美妙的琴音与婉转的歌调。①

然而在《四世同堂》里，想以这样的态度对待抗日战争显然是不被允许的。因此，老舍让小文夫妇在"义赈游艺会"上为日本侵略者演出时，莫名其妙地死在舞台上。关于这一情节，我们或许可以指责其中对日本军人毫无人性、不知廉耻的描写多少显得有些空洞、夸张，但其背后所蕴藏的，正是作家要求每个中国人必须与国家命运联系在一起的爱国之心。

如果说老舍对小文夫妇的刻画还多少留有几分情面的话，那么他对大赤包、冠晓荷、蓝东阳、胖菊子，以及祁瑞丰等完全置国家、民族的利益于不顾，为了升官发财投靠日本侵略者的汉奸则毫不掩饰他心中的愤怒。于是我们看到，无论是肥硕贪婪的大赤包，努力钻营而又永远捞不到官做的冠晓荷，还是猥琐无聊的祁瑞丰等，一个个都像是从漫画中跳出来的人物。他们为了在乱世之中过上舒适安逸的生活，上演了一幕幕丑剧，永远感觉不到自己与民族、国家之间的关联。正像老舍在小说中评论的，他们"麻木不仁的把惊魂夺魄的事情与刺激放在一旁，而专注意到吃喝拉撒的小节目上去"②。到了《四世同堂》第三部，作家更是直接将这些丑角一一处以极刑。大赤包在狱中发疯，冠晓荷被日本人活埋，胖菊子困在天津的下等妓院中。而更夸张的当属蓝东阳，他竟然在跑到日本后不幸被原子弹炸死。显然，由于老舍

---

① 老舍：《四世同堂·惶惑》，《老舍文集》第4卷，人民文学出版社1983年版，第376页。
② 同上，第302页。

对这些反面人物出离的愤怒,以至于要置情节的合理性于不顾,让那些不能与国家联系在一起的"丑角"遭到残酷的报应。

  在小说叙事中,上述正、方两方面关于个人生活必须与民族、国家紧密结合的言论,在《四世同堂》里出现的频率是如此之高,使得笔者很难在这里一一列举。甚至可以说,这部小说几乎每一个情节的推进、每一个新事件的触发、沦陷时期北京生活的每一点改变,乃至人物内心的每一次波动,作家都会突然在作品中显身,以叙事者的身份对此进行反复强调。这就是为什么有些研究者会认为《四世同堂》是"一部充满爱国言论、泪水与感叹的小说"[①]的原因所在。我们不得不承认,由于老舍将这些多少显得有些枯燥的言论过于密集地插入到小说文本之中,极大地延宕了小说叙事的节奏,使得这部作品有着强烈的说教气息。从某种意义上来说,这样一种讲述故事的方式构成了《四世同堂》不那么吸引人的部分,使得很多研究者虽然充分肯定老舍在这部作品中传达出的爱国热情,但却很少对此予以关注,而是将研究的重点放置在小说对北京地区特有的民俗、文化的描绘上。不过对于本文的研究目的来说,重要的并不是以审美标准来判断《四世同堂》在哪些地方不够吸引人,又在哪些地方精彩好看,而是以爱国情怀为基调的小说叙事如何吸纳那些充满地方色彩的书写,二者又是以怎样的方式结合在一起的。

三　抽象意义的寻求

  需要提醒读者注意的是,在小说中被反复予以强调的观念——个人生活与国家、民族的命运紧密联系在一起,并不是仅仅在《四世同堂》才出现。它其实是老舍在20世纪40年代小说创作中反复出现的"传统",只是在《四世

[①] 王德威:《写实主义小说的虚构——茅盾、老舍、沈从文》,复旦大学出版社2011年版,第211页。

同堂》中这一特征表现得特别突出而已。早在作家写于1938年的那个未完成的长篇小说《蜕》中，他就在塑造人物时大量加入这类议论。例如，在表现女主人公平牧乾的生活受到战争影响时，老舍就写下了这样一段文字：

> 家在天津东局子飞机场附近，断了消息，她（指平牧乾——引者注）也不敢回去。一两天的炮火，使她变成个没有家的女郎，没有国家的国民。一两天的功夫，使她明白了向来没有思虑过的事情。平日，她与国家毫无关系；照镜描眉是世间最有意义的一件事；今天，她知道了国家是和她有皮与肉那样的关系。①

显然，在抗战开始之后，和平时期一盘散沙似的个人如何与国家紧密地联系在一起，就成了老舍反复思考的问题，并不断出现在诸如《蜕》这类带有抗战宣传性质的作品中。即使到了1941年作家基本上停止了宣传文艺的创作，开始追求所谓"文艺的深度"②以后，这一问题也同样成为其作品重点表现的对象。

1943年，当老舍停止小说创作多年，在朋友们的劝说下"舍剧（指话剧创作——引者注）而返归小说"③后，他的小说依然选择围绕着个人与国家之间的关系展开叙述。与后来的《四世同堂》类似，1943年的《火葬》同样根据个人在抗战中是否能够意识到自己与民族、国家的关联，划分出正、反两方面人物谱系，并以这两类人物之间的冲突和矛盾结构小说情节。从被正面表现的人物来看，生活在"文城"的普通民众在抗战爆发前只是些浑浑噩噩的无知小民，他们的视野从来没有超出过个人生活的范围。然而迫在眉睫的战争

---

① 老舍：《蜕》，《老舍文集》第9卷，人民文学出版社1986年版，第398页。
② 老舍：《一九四一年文学趋向的展望》，《抗战文艺》第7卷第1期，1941年1月1日。
③ 老舍：《火葬·序》，《老舍文集》第3卷，人民文学出版社1982年版，第339页。

却使他们意识到个人与国家之间的联系,这就是小说所描写的:"文城的人开始明白,文城不是孤立的一个有几家杂货铺与一座小车站的岛,而是与整个的中华联成一气的。他们的朋友不仅是朝夕晤面的张三李四和麻子王老二,而是全中国的人民。"① 与此非常相似的表述,也被用来刻画小说的女主人梦莲:

> 假若没有战争、流血、屠杀、灭亡、饥饿、毒刑,梦莲大概只是梦莲——用她的小小的聪明,调动着自己的生活:一会儿看看书,一会儿散散步;一会儿享受着恋爱,一会儿,又厌弃了爱情。
> ……
> 可是,她遇到了战争,流血,与它们带来的一切不幸与恐怖。她不能再只是她自己。战争教一朵花和一棵草都与血、炮、铁蹄,发生了无可逃避的关系!②

我们可以很容易看出,上面这段引文和《蜕》中表现平牧乾的文字在基本思路和叙述结构上几乎完全相同。可以说,只要是正面表现的人物,老舍就会在对他们的描写中,插入这类关于个人与民族、国家关系的评论。

而小说中的反面人物,其最突出的特征则都是只关心自己的个人利益,无视自身与国家命运之间的联系。以《火葬》中的王举人为例,他是"文城"中"最大的人物","既是举人公,又作过京官,还有房子有地"③。"文城"的居民本来希望他能站出来主持时局,组织民众保卫家园。然而王举人的眼中却只有他自己的财产和性命。对于这位王举人的内心活动,老舍在小

---

① 老舍:《火葬》,《老舍文集》第3卷,人民文学出版社1982年版,第366页。
② 同上,第427页。
③ 同上,第367页。

说里的很多地方都做了详细的刻画,因篇幅有限,在这里仅举一例:

> 是的,地亩,股票,房产……还有女儿,缠绕住王举人的心!他无暇顾及比这些东西更高远的事。他不能为别人筹画什么,他自顾还不暇呢!他不能从国家民族上设想,而把自己牺牲了;因为命只有一条,而国家是大家的呀!①

或许我们可以说,在老舍写于20世纪40年代的小说中,能够将个人生活与民族、国家命运联系在一起,在某种意义上成了最为明显的标记和"勋章",授予那些被正面表现的人物。与之相反,无法在战争中意识到这层联系的人,则被老舍毫不犹豫地钉在历史的耻辱柱上。而这正、反两方面人物之间的冲突,就构成了小说事件的主要来源和推动情节发展的动力。在这个意义上,老舍在这一时期的小说创作几乎都是一种简单、朴素的爱国理念的文学表达。因此,这些小说在某种程度上可以看作是与政治紧密联系的宣传文艺。

在这里将老舍的小说称为"宣传文艺",并没有指责他在创作过程中有意粗制滥造的意思。事实上,尽管这些小说存在着理念先行的弊病,但它们本身却是作家精心设计的结果。这一点,最突出地体现在老舍为《蜕》以及《火葬》这两部小说所选择的背景上。与抗战爆发以前,这位作家总是倾向于把小说故事发生的地点选在北京不同,《蜕》和《火葬》的背景被放置在"地图上找不出的一个地方"②,一个是被命名"阴城"(《蜕》);另一个则选在"文城"(《火葬》)。虽然老舍在后来写下的创作谈中,并没有告诉读者他为何要将这些抗战故事放置在虚构的地点上,但小说《蜕》在结构上的一些特点却多少为我们透露了一些消息。从这部作品目前能够读到的部分来

---

① 老舍:《火葬》,《老舍文集》第3卷,人民文学出版社1982年版,第371页。
② 同上,第340页。

看，它基本上可以划分为两个部分：前一部分是小说的《解题》和第一章第一节，以近乎政论的方式，简单、直接地抒发作者的爱国之情；后一部分则从第一章第二节开始直到连载结束的地方，讲述一群在北平沦陷后出逃的青年学生，如何与阴城的落后势力做斗争，努力进行抗日宣传工作的故事。有趣的是，小说前后两部分几乎没有丝毫关联，第一部分既没有讲述故事的缘起，也没有片言只语涉及小说的背景——阴城，而是花费了很大的笔墨来刻画昆明湖和北海的美景，抒发作者对"与虹一样明丽的北平"[①]被日本攻陷的愤慨，并谴责了驻守北平的国民党军队的无能。两个部分唯一的联系就是第一部分的最后几句：

> 悲剧的结局是死，死来自斗争；经过斗争，谁须死却不一定。大中华的生，大中华的死，在这里才能找出点真消息。加演的那两本笑剧（指北平防守部署的混乱和用大刀与日军作战的无知——引者注）是过去了，下边……[②]

在此之后，小说就过渡到对阴城故事的描写中。需要我们注意的是，由于上面这几句引文来自小说前后两个部分的衔接处，因此最后一句中的"下边……"所具有的歧义就显得耐人寻味。一方面，如果我们单独来看小说的第一部分，那么这里的"下边……"指的是决定着"大中华"或生或死的悲剧即将上演；而另一方面，如果我们将"下边……"看作是小说前后两个部分的联结的话，那么它的主要作用，则是引出小说接下来要讲述的阴城故事。从这个角度来看，"大中华"和小说的背景——阴城，在老舍的写作中正处在同样的结构位置上。第二部分青年学生在阴城内外所进行的抗日活动，也就是第一部分里提到的决定"大中华"生死的悲剧。

---

① 老舍：《蜕》，《老舍文集》第9卷，人民文学出版社1986年版，第363页。
② 同上，第364页。

分析至此，我们也就找到了老舍之所以要把小说故事的背景放置在虚构地点的原因所在。他正希望通过对虚构地点的书写，让小说的寓意超越某个具体区域的局限，使那个"地图上找不出的一个地方"①成为整个中华民族的象征，从而最大限度地获得作品的宣传鼓动效果。因此，小说《蜕》在结构上才会以昆明湖和北海的风景起笔，很快就匆匆忙忙地转入对虚构的阴城的描写。从这种结构安排来看，此时的老舍似乎认为地方色彩与整个中国之间存在着巨大的裂隙，根本无法相互"兼容"，因此担心以具体地点为作品的背景，会影响小说获得更为普遍、抽象的意义。于是我们看到，在20世纪40年代的很长一段时间里，作家所熟悉的北京再也没有在其作品中现身。即使是他在1941年前后开始反思自己的创作道路以后，"返归小说"的第一部作品《火葬》也仍然把故事的背景，设置在虚构的"文城"。这里的"文"无疑指的是中华文化，小说结尾处"文城"因火药库爆炸而燃起的大火，正是象征着中华文化的浴火重生。显然，通过自己的小说创作来象征中华民族的命运，是老舍在这一时期的一贯追求，这也构成了他努力将自己所熟悉的北京放逐出作品，而更愿意使用一些抽象地点的原因。

四 地方性：中华民族的表征

不过当老舍完成《火葬》的创作之后，他对那种通过将故事背景抽象化以获得普遍意义的做法，渐渐感到了不满。在那篇名为《我怎样写〈火葬〉》的创作谈中，作家充分表达了自己内心深处的困惑与疑虑。一方面，老舍承认放弃书写自己熟悉的北京，有意识地拒绝使用北京方言，抽离故事背景的具体性，造成了作品艺术水准的大幅度滑坡。他表示："故事（指《火葬》——引者注）的地方背景文城。文城是地图上找不出的一个地方，这就是说，

---

① 老舍：《火葬·序》，《老舍文集》第3卷，人民文学出版社1982年版，第340页。

它并不存在,而是由我心里钻出来的……这样一来,我的'地方'便失去读者连那里的味道都可以闻见的真切。我写了文城,可是写完再看,连我自己也不认识了它!这个方法要不得!"① 然而另一方面,他又认为在战争年代,一个有责任感的作家必须投身到抗战事业中去,用他手中的笔去书写那个动荡的时代,即使造成艺术水准的下降也在所不惜。他在文章稍后的地方感慨道:

> 我晓得,我应当写自己的确知道的人与事。但是,我不能因此而便把抗战放在一旁,而只写我知道的猫儿狗儿。失败,我不怕。今天我不去试写我不知道的东西,我就永远不想知道它了。什么比战争更大呢?它使肥美的田亩变成荒地,使黄河改了道,使城市变成废墟,使弱女子变成健男儿,使书生变成战士,使肉体与钢铁相抗。最要紧的,它使理想与妄想成为死敌。我们不从这里学习,认识,我们算干吗的呢?写失败一本书事小,让世界上最大的事轻轻溜过去才是大事。假若文艺作品的目的专是为给人娱乐,那么象《战争与和平》那样的作品便根本不应存在。我们似乎应当"取法乎上"吧?②

显然,《我怎样写〈火葬〉》这篇文章为我们清晰地呈现了老舍写作中"应当写自己的确知道的人与事",和必须"试写我不知道的东西"之间的矛盾。也就是说,作家在20世纪40年代认为对某个特定地区的书写无法使作品表征整个中国,而对具体、特殊的人事的描绘也无法获得抽象、普遍的意义。在地方与国家、具体与抽象,以及特殊与普遍这三组矛盾中,他更适合,也更能够写好的是前面一组对立项,而他更愿意去书写的却是后面一组。在笔者看来,老舍正是在这些矛盾的夹击下,左支右绌,陷入深深的

---

① 老舍:《我怎样写〈火葬〉》,《老舍文集》第15卷,人民文学出版社1990年版,第226页。
② 同上,第229页。

苦恼。

只有充分了解20世纪40年代长期困扰老舍写作的这些矛盾之后，我们才能够真切地体会到《四世同堂》在作家创作历程中的意义。因为正是在这部长篇小说中，老舍试图去化解这些矛盾，既把故事的背景设置在北京，使作品获得了"读者连那里的味道都可以闻见的真切"，同时也在作品中传达了每个中国人必须团结在民族、国家周围的理念，实现了他在20世纪40年代一直追求的普遍意义。此时，作家似乎已经不再担心作品对具体地域的书写、对地方色彩的渲染，会影响到抽象、普遍意义的传达，而是开始把作品的地方性特征当作是有效负载民族、国家象征的手段。也就是说，老舍开始通过《四世同堂》的写作，去努力"缝合"横亘在地方与国家、特殊与普遍，以及具体与抽象之间的鸿沟，以实现对自己创作模式的突破。

这种"缝合"的努力，首先体现在老舍对小说中的具体人物进行描写时，总是倾向于进行"典型化"的尝试。笔者之所以在这里"杜撰"了"典型化"一词来形容老舍的努力，而不是使用更为常见的术语"典型"，主要是出于以下考虑：一般来说，所谓"典型"指的是现实主义作家在描绘某个具体、可感的人物时，在其身上体现出带有普遍性的规律和意义。然而正像恩格斯在《致敏·考茨基》中所强调的，"典型人物"身上的普遍意义"应当从场面和情节中自然而然地流露出来，而无需特别把它指点出来"，而且"作家不必把他所描写的社会冲突的历史的未来解决办法硬塞给读者"[①]。诸如巴尔扎克、狄更斯等现实主义作家正是通过对小说人物的性格、行为的具体刻画，在不知不觉中把他们身处的时代表现出来。不过老舍在20世纪40年代却没有19世纪欧洲作家的那份从容，由于他为其笔下具体的北京故事赋予一种普遍、抽象意义的愿望过于强烈，使得他在写作过程中往往会简单、粗暴地

---

① 恩格斯：《致敏·考茨基》，北京大学中文系文艺理论教研室编：《马克思、恩格斯、列宁、斯大林论文艺》，人民文学出版社1986年版，第155—156页。

将意义"硬塞"给人物。因此，与其说作家是在塑造"典型"，不如说他是在努力将人物和故事予以"典型化"。

关于这一点，或许体现得最为明显的当属《四世同堂》第六章的前五个自然段。在小说前五章向读者交代了小羊圈胡同的基本布局，以及小说主要人物的性格、职业，以及处事风格之后，老舍在第六章主要讲述侵华日军进入北平这一事件，带给那些世代生活在这里的普通民众的心理压力和困惑。值得注意的是，作家对前四个自然段的书写，是依据年龄进行划分，分别刻画"老人"、"半老的人"、"壮年人"，以及"青年人"在日军进城过程中的心理活动。而第五自然段则主要描述北京贫民对这一事件的反应。而最为有趣的地方在于，前四个自然段的首句和第五自然段中的所有句子是以完全相同的句式写成的。由于这些句式相同的句子在很短的篇幅内以密集的方式出现在小说中，使得每位阅读《四世同堂》的读者都会对它们印象深刻。它们分别是：

  有许多象祁老者的老人，……

  有许多象祁天佑的半老的人，……

  有许多象祁瑞宣的壮年人，……

  有许多象瑞全的年轻人，……

  有许多小崔，……

  有许多小文夫妇，……

  有许多孙七，……

有许多刘师傅，……①

从这些使用"有许多象……"的句式写成句子来看，老舍显然并不愿意把自己笔下的祁老者、祁天佑以及祁瑞宣等北京人，仅仅作为具体、鲜活的人物来塑造，而是希望把他们当作全体中国人的代表，用这些北京市民在小说故事里的悲欢离合来象征中华民族在抗日战争中的命运与遭际。也就是说，他们并不仅仅是"这一个"，而是"许多"个的代表。应该承认，老舍的这一努力是值得我们赞许的，所有伟大的文学作品在某种意义上都是民族精神的代表和象征。然而由于老舍试图"缝合"小说的具体描写与抽象意义的愿望过于迫切，使得他没有通过对人物的塑造来"自然而然"地使其具有象征性，而是选择用"有许多象……"这样的句式进行写作，以一种简单、生硬的方式将自己的创作意图"硬塞"到读者面前。

老舍在《四世同堂》中沟通地方与国家、具体与抽象，以及特殊与普遍的努力，还体现在他将北京的风景名胜、民俗文化等极具地方性特征的事物纳入小说叙事的方式中。的确，浓郁的地方色彩既使《四世同堂》这部小说有别于老舍在20世纪40年代的大部分创作，也让后来的文学评论家对此赞叹不已。研究者往往瞩目于作家对北京地区一年四季不同风景的动人描绘，对端午节、中秋节时的民俗文化的详细记录，以及对北京人日常交往过程中的人情之美的刻画，却很少关注这些事物是如何被整合进小说叙事的，它们又在其中发挥着怎样的功能。正像笔者在本文第二节曾经分析过的，《四世同堂》的叙事的展开方式，是根据是否能够意识到个人与民族、国家之间的联结，划分为正、方两方面人物，并以二者之间的对照与冲突来结构情节、塑造人物。而在这一过程中，北京的地方风物所起到的作用，就是不断印证、强化个人、地方与整个国家、民族之间的深刻联结。以小说中对端午节吃粽

---

① 老舍：《四世同堂·惶惑》，《老舍文集》第4卷，人民文学出版社1983年版，第49—50页。

子风俗的描绘为例:

> 真正北平的正统的粽子是(一)北平旧式满汉饽饽铺卖的,没有任何馅子,而只用顶精美的糯米包成小,很小的,粽子;吃的时候,只撒上一点白糖。这种粽子也并不怎么好吃,可是它洁白,娇小,摆在彩色美丽的盘子里显着非常的官样。(二)还是这样的小食品,可是由沿街吆喝的卖蜂糕的带卖,而且用冰镇过。(三)也是沿街叫卖的,可是个子稍大,里面有红枣。这是最普通的粽子。
>
> 此外,另有一些乡下人,用黄米包成粽子,也许放红枣,也许不放,个儿都包得很大。这,专卖给下力的人吃,可以与黑面饼子与油条归并在一类去,而内容与形式都不足登大雅之堂的。①

虽然在上面这段引文中,老舍只是介绍了北京地区特有的粽子,但却将其中的不同种类、相应的食用方法,以及各自对应的消费群体的阶级属性等,都清晰地呈现在读者面前。这样的写法后来在20世纪80年代被邓友梅、刘心武,以及韩少华等作家那里发扬光大,构成了所谓"京味儿小说"最有特色的部分。不过对于20世纪40年代的老舍来说,他在小说叙事中纳入极具北京地方特色的事物,固然表达了自己对故乡的思念之情,但却并非为了表现北京地区独特的文化,也不是想要使作品带有某种"京味儿",而是为了印证和呈现北京文化、北京人与国家命运之间的关联。因此在上面这段描写之后,作家接下来写到:

> 小顺儿的妈心中想着的粽子是那糯米的,里面有红枣子的。她留心的听着门外的"小枣儿大粽子哎!"的呼声。可是,她始终没有听到。她的

---

① 老舍:《四世同堂·偷生》,《老舍文集》第5卷,人民文学出版社1983年版,第44—45页。

> 北平变了样子：过端阳节会没有樱桃，桑葚，与粽子！……她说不上什么是文化，和人们只有照着自己的文化方式——象端阳节必须吃粽子，樱桃与桑葚——生活着才有乐趣。她只觉得北平变了，变得使她看着一家老小在五月节瞪着眼没事作。她晓得这是因为日本人占据住北平的结果，可是不会扼要的说出：忘了国便是不能再照着自己的文化方式活着。她只感到极度的别扭。①

从这里我们可以看出，前面对于"真正北平的正统的粽子"的细致描绘，是为了进一步表现侵华日军给北京市民带来的深重灾难和对北京文化的巨大破坏。有趣的是，虽然老舍明知"小顺儿的妈"作为一个家庭妇女，只能具体地感受生活的变化，而不可能"扼要的说出"北京人与北京文化一起受到战争迫害的抽象理念。然而作家为了在小说中更加清晰地对此进行表达，执意要让叙述者以生硬的方式，插入了这样的感慨："忘了国便是不能再照着自己的文化方式活着。"

事实上，与这段关于粽子的描写相类似的表达，在《四世同堂》对北京风土人情的书写中可谓比比皆是。我们甚至可以说，小说中每一次对北京地方性事物的呈现，都伴随着对地方与整个国家同呼吸、共命运理念的强调。例如，在小说第十四章的开头，老舍对北京中秋节前后的风俗文化做了异常详细的介绍。从北京秋季的气候状况到周边各地的水果特产，从兔儿爷的不同种类到公园中的菊花展览，直至北京人中秋节送礼的各种讲究，都在这段描写中得到淋漓尽致的展现，简直称得上是一部北京中秋文化的百科全书。然而小说在刚刚结束这一段落的描写之后，立刻借助祁老人的眼睛观察日本侵略者占据北京后发生的变化，并以此表现日军侵华对北京人与北京文化的荼毒，即：

---

① 老舍：《四世同堂·偷生》，《老舍文集》第5卷，人民文学出版社1983年版，第45页。

> 到了街上,他(指祁老人——引案)没有闻到果子的香味,没有遇到几个手中提着或肩上担着礼物的人,没有看见多少中秋月饼。他本来走的很慢,现在完全走不上来了。他想到,城里没有果品,是因为,城外不平安,东西都进不了城。他也知道,月饼的稀少是大家不敢过节的表示。他忽然觉得浑身有些发冷。在他心中,只要日本人不妨碍他自己的生活,他就想不起恨恶他们。对国事,正如对日本人,他总以为都离他很远,无须过问。他只求能平安的过日子,快乐的过生日;他觉得他既没有辜负过任何人,他就应当享有这点平安与快乐的权利!现在,他看明白,日本已经不许他过节过生日!①

显然,这段对于日军铁蹄下的北京不再有中秋节的各种果品、礼物,以及月饼的描写,与前面提到的那段端午节没有"樱桃、桑葚与粽子"的段落基本相同,都是通过一个个生活细节因北京沦陷而发生的改变,表现日本侵略者对北京文化的破坏和给北京人生活带来的影响。在这一过程中,老舍笔下的北京人和祁老人一样,开始意识到"国事"离他们并不遥远,而是直接关系着他们自身的命运。正是这样的叙事方式,使北京人与北京的地方风物被编织在一起,让它们面对相同的境遇,分享共同的命运,处在同样的结构关系中。这也就难怪有评论家会认为北京城在《四世同堂》中,其实是北京人之外的又一个"隐性角色"②。从这个角度来看,如果说北京人在老舍的笔下成为全体中国人的代表,那么北京的地方风景、地域风俗,以及特殊的文化,也因为与北京人的同构关系,而相应地成为整个中国的代表。老舍正是

---

① 老舍:《四世同堂·惶惑》,《老舍文集》第4卷,人民文学出版社1983年版,第133页。
② 王德威:《写实主义小说的虚构——茅盾、老舍、沈从文》,复旦大学出版社2011年版,第214页。

通过这样的方式,"缝合"了地方与国家、特殊与普遍,以及具体与抽象之间的裂隙,为以地方性面貌出现的北京人、北京文化,赋予了抽象、普遍的意义。在笔者看来,我们在这里所分析这种"缝合"的尝试和努力,最终使老舍不再担心对地方性事物的书写,会影响到作品普遍意义的传达,开始敢于将自己最为熟悉的北京故事,作为负载民族、国家象征的手段。这或许就是老舍创作中的地方性特征在20世纪40年代"失而复得"的秘密所在。

地方性与解放区文学
—— 以赵树理为中心

一 赵树理、地方性与认知"装置"

论及20世纪40年代解放区的小说创作，赵树理是一个在任何意义上都无法忽视的存在。抗日战争时期，他的小说在文化土壤极为贫瘠的太行山区受到读者的热烈欢迎。以《小二黑结婚》为例，这部被命名为"通俗故事"的小说在当时大多数新文学作品只能印行一两千本的情况下，"仅在太行山区就销行达三、四万册"[1]，并被很多农村读者自发地改编为武乡秧歌、襄垣秧歌、中路梆子、上党落子等地方曲艺形式[2]，由此可见其受欢迎的程度。而随着抗日战争的胜利，赵树理的小说开始以各种形式在全国范围内传播，这就使得他的影响力不再仅仅局限在太行山地区，而是获得全国性的声誉。

在解放区内部，赵树理的写作得到了文艺理论家的高度认可。周扬在他那篇著名的评论文章《论赵树理的创作》中就指出，"赵树理同志的作品"使得"现阶段中国社会最大的最深刻的变化"——"农村中的伟大的变革过程"，"在文艺作品上取得反映"；而他的小说风格则"把艺术性和大众性相

---

[1] 杨献珍：《〈小二黑结婚〉出版经过》，《新文学史料》1982年第3期。
[2] 参见戴光中：《赵树理传》，北京十月文艺出版社1993年版，第166页。

当高度地结合起来",正"是毛泽东文艺思想在创作上实践的一个胜利"①。如果说周扬在文章中只是从反映农村社会生活的变化以及作品形式的大众化特征等方面系统地分析了赵树理小说的艺术特色,那么陈荒煤则将赵树理的小说艺术直接提升到了解放区文学创作标准的高度。在《向赵树理方向迈进》一文中,陈荒煤开宗明义地指出赵树理的作品"可以作为衡量边区创作的一个标尺",而后又从政治性、民族形式,以及革命功利主义等三个角度分别论证了赵树理小说创作的基本面貌,并在文章结尾处强调:

> 应该把赵树理同志方向提出来,作为我们的旗帜,号召边区文艺工作者向他学习,看齐!②

在此之后,赵树理写作的典范性意义被确定下来,并成为解放区文艺工作者学习、效仿的标兵和榜样。即使在新中国成立以后,文学评论家逐渐开始注意到赵树理的写作存在着诸如刻画新人物不够生动、很少反映现实生活中尖锐的阶级斗争等"弊病"时,"赵树理方向"也仍然在很长一段时间内被视为实践毛泽东《在延安文艺座谈会上的讲话》(以下简称《讲话》)中提出的文艺思想的典范,对中国当代文学的写作模式产生了重大影响。

而在解放区之外,赵树理的小说也获得了读者和评论家们的广泛认可。1946年的一份报纸这样描述《李有才板话》在上海受读者欢迎的程度:"《李有才板话》在沪连续出三版都已销售一空,买不到的人到处寻找借阅,青年群众中争相传诵……大家对于解放区生活的幸福和写作的自由也因此更为向往。"③而那些身处国统区的作家、批评家也毫不吝惜地对赵树理的创作予以

---

① 周扬:《论赵树理的创作》,《解放日报》1946年8月26日。
② 荒煤:《向赵树理方向迈进》,《人民日报》1947年8月10日。
③ 《沪文化界热烈欢迎解放区作品》,《解放日报》1946年8月29日。

好评。茅盾在读了赵树理的小说《李有才板话》后，将其放置在左翼文学自20世纪30年代以来一直追求的文艺大众化的脉络下予以考察，认为这部作品一方面表明小资产阶级作家开始"虚心向人民学习，找寻生动朴素的大众化的表现方法"；另一方面则反映了"在民主政权下翻了身的人民大众……开始用那'万古常新'的民间形式，歌颂他们的新生活、表现他们的为真理与正义而斗争的勇敢与决心"。因此，《李有才板话》的出现，"是标志了向大众化的前进的一步，这也是标志了进向民族形式的一步"①。而在《论赵树理的小说》一文中，茅盾更是把《李家庄的变迁》当作是"走向民族形式的一个里程碑"，并认为这样的作品是"解放区以外的作者们足资借鉴"②的。如果说茅盾在论述中主要是从文学史发展的角度，理性地认识到赵树理小说创作所具有的意义，那么郭沫若则以更为感性的方式抒发了他在阅读赵树理作品时的心情。在《〈板话〉及其他》里，他用非常夸张的语言感慨道："我是完全被陶醉了，被那新颖、健康、朴素的内容与手法。这儿有新的天地，新的人物，新的感情，新的作风，新的文化，谁读了，我相信都会感兴趣的。"③而在《读了〈李家庄的变迁〉》中，他更是认为"由《小二黑结婚》到《李有才板话》，再到《李家庄的变迁》，作者本身他就象一株树子一样，在欣欣向荣地、不断地成长。赵树理，毫无疑问，已经是一株子大树子。这样的大树子在自由的天地里面，一定会更加长大，更加添多，再隔些年辰会成为参天拔地的大树林子的。作者是这样，作品也会是这样"④。虽然茅盾和郭沫若分别以不同的方式去论述赵树理，但从前者将赵树理的小说看作是某种新形式诞生的"标志"，以及后者连用五个"新"字来形容自己阅读赵树理的感受来看，他们显然都把赵树理的出现理解为某种新型文学诞生的象征，因而具有

---

① 茅盾：《关于〈李有才板话〉》，《群众》第12卷第10期，1946年9月29日。
② 茅盾：《论赵树理的小说》，《文萃》第2卷第10期，1946年12月。
③ 郭沫若：《〈板话〉及其他》，《文汇报》1946年8月16日。
④ 郭沫若：《读了〈李家庄的变迁〉》，《论赵树理的创作》，晋察冀新华书局1947年版，第47页。

极为重要的文学史意义。

今天重新来阅读、欣赏这位20世纪40年代解放区文学的代表性作家，我们或许不会像当初郭沫若在读到《李有才板话》时那样感到"新鲜"、"陶醉"，但由于时代氛围、知识谱系，以及问题意识的变化，却往往会发现一些当年的作家、批评家没有留意的东西。而其中较为突出的，当属赵树理小说作品中浓郁的地方色彩或地方性特征。事实上，赵树理一生中主要活动的地方，都集中在他的家乡山西。而山西，特别是晋东南地区的人事风物，也构成了赵树理小说最主要的书写对象。新中国成立以后，这位来自解放区的著名作家因组织需要调入北京工作、生活，但他感触最深的似乎并不是胜利后的喜悦以及生活条件的改善，而是与自己的故乡——晋东南地区——分离而造成的写作困境。正像赵树理在一篇解释为什么"进城"三年多没有进行文学创作的文章中说的，他的创作储备在"一九四九年到北京以后，和群众接触的机会更少了，来源更细得几乎断绝了"[①]。似乎只要与养育他的土地脱离了联系，赵树理就会像希腊神话中的巨人安泰俄斯一样，丧失了创作的源泉和力量。因此，只要条件允许，赵树理每年都会返回山西生活一段时间，以便了解彼时农村生活发生的重大变化。而到了1964年，他更是直接要求调回山西工作。至少从生活环境和写作对象的角度来看，赵树理可以说是一个非常典型的地方性作家，而这也构成了今天的读者对这位小说家的普遍印象。只要提及赵树理的作品，无论是普通读者还是专业研究者，总是会下意识地联想起晋东南地区的乡土风光。以一部在全国范围内很有影响的文学史著作为例，它在论述赵树理的小说特色时就特别强调：

> 赵树理小说描写新的天地新的人群，都以晋东南农村为背景，其浓厚的地域民俗色彩，那山西味道晋阳气息是构成他的现实主义艺术的重要

[①] 赵树理：《决心到群众中去》，《人民日报》1952年5月22日。

方面。赵树理擅写田间地头、农艺劳作、节庆丧葬、赛醮纷举、礼仪婚俗，乃至饮食穿着、婆媳长短、敬神信巫、吹打弹唱，无不生动有趣，穷形尽相。①

如果我们认可这段评论的描述的话，那么赵树理的小说创作完全可以毫无障碍地归于农村乡土文学的脉络之中②。不过在这里，笔者关注的重点并不是上面这段颇为精到的文字所谈到的诸如"田间地头、农艺劳作、节庆丧葬、赛醮纷举"等地方风物是否真地构成了赵树理小说中的重要内容，而只是借用这样一个几乎每位有志于从事中国现代文学研究的人都会阅读、学习的文本来说明，诸如赵树理是一个地方性的乡土作家、他的小说创作带有浓郁的地方色彩这样的观念，在今天被普遍接受的程度。

然而一个值得留意的现象是，当我们带着这种对赵树理作品的印象来重新梳理这位作家的接受史时，我们会惊讶地发现，那些在20世纪40年代对赵树理的小说创作进行过论述的作家、评论家中，几乎没有人注意到诸如《小二黑结婚》、《李有才板话》，以及《李家庄的变迁》这样的作品是具有"浓厚的地域民俗色彩"的，而赵树理本人也并不被看作是一个地方性的乡土作家。事实上，像周扬、茅盾、郭沫若、林默涵以及陈荒煤等作家、批评家关注的重点，其实是赵树理的小说创作中所蕴涵的政治性以及大众化特征。关于前者，这些评论家认为赵树理的作品"成功地反映了解放区农民翻身斗争"③，"讴歌新社会的胜利"④，作家本人"能够站在人民的立场来写……思

---

① 钱理群、温儒敏、吴福辉：《中国现代文学三十年》，北京大学出版社1998年版，第483页。
② 事实上，当下的很多研究者也正是在乡土文学的脉络下来理解赵树理的小说创作的。例如，张志平在其博士论文《中国二十世纪"四十年代"乡土小说研究》中，就是在乡土小说的脉络下直接纳入对赵树理小说的分析，而没有辨析赵树理的作品是在怎样的历史语境中被指认为乡土小说的。
③ 冯牧：《人民文艺的杰出成果——推荐〈李有才板话〉》，《解放日报》1946年6月23日。
④ 周扬：《论赵树理的创作》，《解放日报》，1946年8月26日。

想情绪是与人民打成一片的"以及他在从事写作过程中表现出来的"高度的革命功利主义,和长期埋头苦干,实事求是的精神"①等政治性的内涵。

而赵树理作品的大众化特征,则更是让20世纪40年代的文艺理论家赞叹不已。例如,冯牧就认为赵树理的小说最值得作家认真学习的地方,在于"群众化的表现的形式",因而可以"使尽量广大的群众(尤其是农民)能够接受"②。茅盾在谈到《李家庄的变迁》的"技巧"时,更是简单明快地指出:"用一句话来品评,就是已经做到大众化。"③而邵荃麟和葛琴则赞叹赵树理的写作手法"是非常朴素简明的,没有浮泛的堆砌,没有那种繁琐、纤细的笔调",并强调"为了使文艺更容易被大众接受……必须反对那种扭扭捏捏的文腔,提倡这种朴素的美"④。显然,赵树理在小说创作中使用的那种简洁、朴素、受到广大农村读者欢迎的艺术表现手法,使得这些批评家看到了左翼文学自20世纪30年代初就开始追求的文艺大众化目标真正有了实现的可能性。这也就难怪赵树理的写作手法会让文艺理论家赞叹不已,并在评论中反复论及。

从上面引用的这些文字可以感受到,赵树理的小说所表现出的政治性以及其具有的大众化的表现手法,给20世纪40年代的文艺理论家留下了极为深刻的印象,因此,他们才会用那种由衷的钦佩和赞叹的语气来评论这个来自解放区的"明星作家"。如果单看这些评论家讨论赵树理的文章,那么我们完全有理由将他们对赵树理创作中的地方性特征的"无视"与"忽略",理解为这些批评家在阅读文学作品时过于强调政治的标准,使得他们无暇顾及对小说中的地方性特征进行探讨与言说。然而,当我们联系起这一时期的评

---

① 荒煤:《向赵树理方向迈进》,《人民日报》1947年8月10日。
② 冯牧:《人民文艺的杰出成果——推荐〈李有才板话〉》,《解放日报》1946年6月23日。
③ 茅盾:《论赵树理的小说》,《文萃》第2卷第10期,1946年12月。
④ 荃麟、葛琴:《李家庄的变迁》,《文学作品选读》,生活·读书·新知上海联合发行所1949年版,第309页。

论家对其他解放区作家的论述时就会发现，人们对赵树理写作中地方性特征的"忽视"并没有最初看上去的那么简单。以解放区的另一位代表性作家周立波为例，他的长篇小说《暴风骤雨》在20世纪40年代甫一发表，就有评论家在肯定了这部小说"用农民的语言，写农民的生活，表达农民的感情，特别是表达农民的革命情绪"，因而体现了"解放区文艺创作的一个基本特色"的同时，指出"因为作者真实地表现了农村，所以作品的地方色彩也很丰富"[①]。而宋之的在一次关于《暴风骤雨》的专题讨论会中更是动情地表示，"我读这本书时，是很受感动的，我虽然未去过东北乡下，但我的家乡是在冀东。书中所描写的东北农村气息，和冀东很相像，所以读起来感到非常亲切"[②]。从这位评论者在《暴风骤雨》中感受到家乡气息来看，他显然认为这部小说成功地再现了某种具有地方特色的东西。由此可以看出，20世纪40年代的解放区评论家并不是没有余暇去讨论文学作品中的地方性因素，也不是没有足够的艺术感受力去体认小说创作中蕴涵的地方色彩。在面对《暴风骤雨》这样表现农村土地改革的作品时，他们几乎是凭直觉就准确地把握到作品的地方性特征。那么，为什么在讨论赵树理的小说时，地方性问题却又被轻易地忽略了呢？为什么对于今天的读者、研究者来说极为清晰的文学事实，却在当年的文艺理论家那里如若无物呢？

在笔者看来，要回答这样的问题，或许考察一下当时的批评家以怎样的方式对比、分析赵树理与周立波作品的异同不无裨益。由于赵树理的小说创作在这一时期被作为"方向"树立起来，因此，作家本人既成了解放区文艺工作者学习、摹仿的榜样，也在某种程度上充当了评论家分析其他作品时的潜在标准和参照对象。我们在20世纪40年代发表于解放区的文学评论中，常常会看到批评家将其研究对象与赵树理进行比较的文字。这种情况也发生在

---

① 韩进：《我读了〈暴风骤雨〉》，《东北日报》1948年6月22日。
② 《〈暴风骤雨〉座谈会记录摘要》，《东北日报》1948年6月22日。

对周立波作品的讨论中。在宋之的对《暴风骤雨》的评论里,他坦言这部小说"在语言方面使我很惊诧。立波同志是湖南人,到东北时间不长,竟能掌握比较丰富的东北农民语言,这是了不起的。比起他过去的作品来,是一个大大的进步。当然比起赵树理同志来,还显得不够"①。而金人在对《暴风骤雨》进行批评时,也同样将赵树理作为评判标准。他认为:

> (《暴风骤雨》——引者注)整个看来,在形式上还没有完全脱却洋气,也就是说泥土气息不够。要想在作品里形成中国民族的气魄,应该更多地学习中国的旧的东西……和赵树理同志的作品比起来,赵树理的东西,就是中国农村本身,是从中国农村的泥土里生长起来的;而立波同志的这部作品,基本上还是知识分子写的农民。②

从这位研究者所使用的"还没有完全脱却洋气"这样的表述方式来看,他显然觉得周立波对农村的表现不够纯粹,仍然带有强烈的知识分子气息,不如赵树理的小说那样浑然天成。事实上,宋之的、金人的这类看法也为20世纪40年代的很多解放区批评家所分享。周扬就认为:"'文艺座谈会'讲话以后,学习民间语言,民间形式的努力,产生了很多的优秀的结果。就在小说创作方面,也有成绩。但有些作者却往往只在方言、土话、歇后语的采用与旧形式的表面的模仿上下功夫。赵树理同志却不是那样……在他的作品中,他几乎很少用方言、土语、歇后语这些;他决不为了眩耀自己语言的知识,或为了装饰自己的作品来滥用它们。"③在这个意义上,我们也可以把周立波看作是周扬所批评的用方言土语来"装饰自己的作品"的"有些作者"

---

① 《〈暴风骤雨〉座谈会记录摘要》,《东北日报》1948年6月22日。
② 同上。
③ 周扬:《论赵树理的创作》,《解放日报》1946年8月26日。

中的一个。

需要特别指出的是，包括方言土语在内的地方性因素，在20世纪40年代的历史语境中既被看作是寻找和塑造文学作品的民族形式的基础，也是使作品能够为文化程度较低的普通民众所接受的必备条件之一。周立波正是因为身处这样的历史语境中，才会花费如此巨大的心力在自己的作品中运用方言土语。遗憾的是，他的努力却反而受到了文艺理论家的严厉批评，并被看作是没有真正表现农村的标志。这一看上去相互矛盾的文学现象让人不禁心生疑惑。为什么赵树理和周立波这两个在今天看来都具有鲜明的地方色彩的小说家，在20世纪40年代的批评家那里却处在截然相反的境遇中。前者的写作被树立为"赵树理方向"，成为实践《讲话》的典范；而后者却因为在作品中添加了地方性因素——东北地区的方言土语——而被视为"眩耀自己语言的知识"，不能纯粹的表现农村生活，"还没有完全脱却洋气"。

在笔者看来，上述文学史现象似乎表明，20世纪40年代的解放区文艺理论家是以一种与今天的读者完全不同的方式来理解文学作品中的地方性问题的。或者说，他们在用一种不同于今人的批评标准或认识"装置"[①]来观察和理解小说的地方性特征。正是因为这样一种独特的认识"装置"的存在，使得他们无法在赵树理的作品中看到那些被今天的研究者视为理所当然的"山西味道晋阳气息"[②]。为了更好地说明这一问题，再继续追述一下赵树理的接受史或许是非常必要的。随着新中国的成立，评论家们也开始以一种新的

[①] 这里使用的"装置"概念，受到日本学者柄谷行人的《日本现代文学的起源》的启发。柄谷行人借用"装置"这一概念，通过考察明治时代日本人对风景、儿童等事物的理解方式发生的变化，探讨了这一时期现代性对日本人认知结构的影响。从某种角度可以说，柄谷行人的"装置"可以约等于福柯在《词与物》一书中所阐发的知识型。它们都指称着某种人们借以思考、观察事物的认知结构。只不过与知识型相比，"装置"这个概念/意象可以非常形象地说明了人只能透过特定的认知模式看到特定事物的事实。因此在本文中，笔者选用该概念/意象进行论述。

[②] 钱理群、温儒敏、吴福辉：《中国现代文学三十年》，北京大学出版社1998年版，第483页。

标准来评判赵树理的小说。虽然这位被树立为"方向"的小说家仍然被视为实践毛泽东文艺思想的典范,但人们也开始意识到赵树理作品中的种种"缺陷"。于是就出现了诸如赵树理"善于表现落后的一面,不善于表现前进的一面";其作品对农村生活的变化进行描绘时,"没有结合整个历史的动向来写出合理的解决过程"①等批评意见。这就是后来孙犁非常痛惜地回忆有些批评家在新中国成立后"只是用几条杆棒去要求、检验作品","批评赵树理写的多是落后人物或中间人物",使得赵树理的创作"迟缓了,拘束了,严密了,慎重了"②的原因所在。这样的批评话语得以出现,无疑表明一种新的批评标准已经开始建立,而文学评论家借以阅读和理解赵树理作品的认识"装置"也发生了相应的改变。在笔者看来,正是因为新中国成立后一种新的认识"装置"的出现,才使得批评家逐渐可以感知到赵树理身上的"山西味道晋阳风味",其作品中的地方性特征终于由不可见变为可见。刘泮溪写于20世纪60年代初的论文《赵树理的创作在文学史上的意义》,或许是最早的一篇详细论述赵树理作品中的地方性特征的文章。作者在其中明确指出:"赵树理的创作反映的是一个全新的时代。他把抗战发生后解放区的农村变革以及农民的生活与斗争列为创作的重要题材和主题,深刻描写了农民的觉醒过程和在人民政权下农民生活的新面貌,并带有浓重的地方风俗画色彩。"③而差不多同时,马良春的论文《试论赵树理创作的民族风格》则更为深入地对赵树理作品中的地方性问题进行了探讨。作者认为:

  正是因为赵树理对农村、对农民的一切了解得非常深透,因此在他的作品中地方色彩渲染得也非常自然、生动……看赵树理的作品,很容易

---

① 竹可羽:《评〈邪不压正〉和〈传家宝〉》,《人民日报》1950年1月15日。
② 孙犁:《谈赵树理》,《天津日报》1979年1月4日。
③ 刘泮溪:《赵树理的创作在文学史上的意义》,《山东大学学报》(语言文学版)1963年第1期。

使我们嗅到山西山区的乡土气味。①

而后，马良春还进一步以《李有才板话》中的《有才窑里的晚会》一章为例，具体分析小说家怎样详细地写出了山西地区"窑洞里的陈设以及每天晚饭后人们聚在一起闲谈的情形"，以说明赵树理如何在作品中将"民间的风习很好的表现出来"②。有趣的是，马良春在文章中还特意强调："赵树理作品中那些民俗和细节的描写，使我们觉得非常亲切、真实。因为我们满意的不是民俗和细节描写本身，而是透过它看到了我们民族的精神面貌和祖国的自然风光，从而激起了我们民族的自豪感，增强了我们的斗争力量"③。不管赵树理是否真的在其小说创作中描绘了"祖国的自然风光"④，这样的论述得以出现本身，却正说明在新的认识"装置"下，文学评论家已经可以感知到赵树理小说中的地方性特征。虽然他们暂时还不能单纯地理解和欣赏这种地方性所具有的美感，而是更愿意将其与某种更为宏大的事物联系起来。

直到"文革"结束以后，在拨乱反正潮流的推动下，文学研究界开始普遍接受"纯文学"式的文学观念，更愿意将政治性的因素以及宏大叙事从对文学作品的体认和欣赏中排除出去，因而对赵树理作品中的地方性特征的理解也就变得更为纯粹。特别是有些批评家在这一时期开始把赵树理和马烽、西戎、束为，以及孙谦等山西作家放置在一起，并将他们命名为"山药蛋派"，这就使得研究者更加倾向于从地方性的角度对赵树理的作品进行欣赏。例如，李国涛在写于20世纪70年代末的论文中，就将所谓"强烈的真实性和

---

① 马良春：《试论赵树理创作的民族风格》，《火花》1963年第1期。
② 同上。
③ 同上。
④ 据笔者观察，除了一小部分早期作品外，赵树理几乎从来不会在其作品中对自然景物进行描绘。这一事实也同样说明，人们只能在文学作品中看到其认识"装置"允许他们看到的东西。

地方色彩"①作为赵树理作品的重要特征并加以赞赏。而高捷在其论文《从流派的角度看赵树理创作的艺术特色》中，更是明确指出赵树理的小说"散发着山西特有的乡土气息"②。这位研究者还详细分析了作品中大量使用方言土语的案例以及山西特有的民间文艺对赵树理创作的影响，并由此论证了地方性特征在赵树理作品中的重要地位。如果我们将高捷的这一研究与周扬当年的著名论断——"（赵树理——引案）几乎很少用方言、土语、歇后语这些；他决不为眩耀自己语言的知识，或为了装饰自己的作品来滥用它们"③——放置在一起，我们会惊讶于不同的认识"装置"会使研究者看到怎样不同的文学图景。而我们对赵树理作品的印象与理解，也正是在20世纪80年代以来建立起的认识"装置"的观照下得以产生的。这就是为什么今天的研究者总是能够在赵树理的小说中体会到"浓厚的地域民俗色彩"④。

在对赵树理的接受史进行简要的梳理后，揭示出的是一种非常独特的认知"装置"存在于20世纪40年代的文艺理论家讨论文学作品的过程中。正是这样一种认知"装置"的存在，使得某些作品——如周立波的小说《暴风骤雨》——的地方性因素可以为评论家所感知，并在理论的层面上被加以论述；而另外一些作品——如赵树理的小说——的地方性特征则根本无法被那些批评家体认。只有在新的历史条件下，当这一认知"装置"不再发生作用时，赵树理作品中的地方性因素才能够呈现在我们面前，并被看作是这位小说家的重要特征。在这个意义上，要想真正探讨本章所要处理的主要问题——20世纪40年代解放区小说中的地方性问题，这一独特的认知"装置"就成了我们必须仔细探讨的对象。只有对其进行充分的理解和体认后，地方性特征在这一时期解放区小说中处在什么样的位置，发挥着怎样的功能才能

---

① 李国涛：《且说"山药蛋派"》，《光明日报》1979年11月28日。
② 高捷：《从流派的角度看赵树理创作的艺术特色》，《汾水》1981年第1期。
③ 周扬：《论赵树理的创作》，《解放日报》1946年8月26日。
④ 钱理群、温儒敏、吴福辉：《中国现代文学三十年》，北京大学出版社1998年版，第483页。

为我们所感知。不过需要注意的是，在进入实际的研究我们会发现，研究者虽可以在批评史的梳理中注意到这种认知"装置"的存在，然而它本身却可以说是"隐形"的，无法被我们直接进行论述。只有在这一"装置"的运作过程中、在文学评论家透过这一"装置"而进行批评活动中，以及文学作品在这一"装置"下所呈现出的不同面貌中，我们才能够对它进行讨论。就像显微镜下的有机细胞切片，它那无色透明的特性使得研究者虽然能够感知到它的存在，但却无法对其进行观察和描述。只有使用某些特殊的试剂——如亚甲基蓝——将之染色，才能记录和探讨它的形态和运动轨迹。从某种角度来说，赵树理的小说作品或许正可以充当显影这一认知"装置"的最佳"试剂"。这一方面是因为，正是在探讨赵树理作品的地方性特征于新中国成立前后由隐变显的过程中，我们才能够发现制约着20世纪40年代批评家感知文学作品中的地方性问题的认知"装置"；而另一方面则是因为，笔者认为赵树理的小说之所以能够使我们讨论的认知"装置"显影，必然由于它本身存在着某些特质使其在这一"装置"下呈现出独特的面貌。在这个意义上，对赵树理的小说进行分析，或许正可以帮助我们理解认知"装置"的运作方式，以及使它在20世纪40年代的历史语境中得以生成的原因。

二 文学语言与地方性的呈现

赵树理作品在20世纪40年代被批评家讨论最多的地方，当属他在小说中使用的那种极具特色的语言。这一时期的很多评论家在谈到赵树理时，都不约而同地对此赞叹不已。郭沫若在谈到《李家庄的变迁》时认为，这位解放区作家的创作"最成功的是语言。不仅每一个人物的口白适如其分，便是全体的叙述文都是平明简洁的口头话，脱尽了五四以来欧化体的新文言臭味"[①]。陈荒煤则更是动情地赞美道："赵树理同志创作的最大特点，在全部

[①] 郭沫若：《读了〈李家庄的变迁〉》，《北方杂志》第1期，1949年9月。

叙述与描写时也运用了简练而丰富的群众语言。这些语言在描写群众的心理，行动，以至写景，同样被证明是很生动，很有魄力！这些活生生的口语在创作中全部的运用，特别在今天来表现当前农村激烈的动荡、斗争的生活，新农民的形象……较之生硬的知识分子语言，又如何显得新鲜，明朗，活泼而有力啊！"①而周扬的看法也与此类似，他在《论赵树理的创作》一文中从文学史发展的高度赞扬了赵树理的语言成就，认为：

> 他在他的作品中那么熟练地丰富地运用群众的语言，显示了他的口语化的卓越的能力；不但在人物对话上，而且在一般叙述的描写上，都是口语化的。在他的作品上，我们可以看出和中国固有小说传统的深刻联系；他的表现方法上，特别是语言形式上吸取了中国旧小说的许多长处。但是他所创作出来的绝不是旧形式，而是真正的新形式，民族形式。他的语言是群众的活的语言。②

从上述这些在20世纪40年代颇具代表性的言论来看，这一时期文艺理论家对赵树理语言的关注主要集中在两个地方：一是赵树理能够生动、自然地运用劳动人民的语言进行写作，即评论家所说的"那么熟练地丰富地运用群众的语言"、"是群众的活的口语"，因而一扫"五四"新文学作品长期存在的知识分子气严重的弊病；二是在赵树理的小说中，叙述语言和人物对话没有太大的差异，都是"平明简洁的口头话"，因而表现出与"五四"以来的新文学作品的不同特征。由此可见，这些批评家在总结赵树理作品的语言特征时，大多将其放置在文学史发展的角度上予以理解和评论。这一事实说明，文艺理论家对"五四"新文学所应使用的文学语言的构想和期盼，终于通过

---

① 荒煤：《向赵树理方向迈进》，《人民日报》1947年8月10日。
② 周扬：《论赵树理的创作》，《解放日报》1946年8月26日。

赵树理的创作得以实现，从理论倡导的层面转化为文学史事实。正像一位文学评论家在讨论《李有才板话》时所说的：

> 《李有才板话》的成功，不是在于写作的技巧，而是赵树理没有方巾气的写作态度，加上一向未曾被人注意的写作材料，透过真正的人民语言以完成的创作总和，就是使中国文学革命发展二十余年的结果，已显出了理论和实践吻合的端绪。①

从这个角度来看，语言问题无疑是理解赵树理作品在20世纪40年代文学创作中的特殊意义的关键。因此，在这部分接下来的篇幅中，笔者将围绕着赵树理文学语言的两个主要特征展开论述，在与其他解放区文学的比较中分析其特点，并在这一过程中呈现这一时期解放区批评家理解文学的地方性特征的认知"装置"。

（一）作为翻译的文学用语

正如笔者在上文的分析中谈到的，20世纪40年代的文艺理论家对赵树理作品的语言最感惊异的地方之一，在于他能够生动、自然地运用农民的口语进行写作，从而一改自"五四"以来就长期困扰着新文学的欧化腔调。对于这一文学现象，评论界存在着两种不同的解释。一种以周扬为代表，认为赵树理文学语言的出现，正说明"五四"新文学作家开始学习毛泽东《讲话》中关于作家向工农兵学习、为工农兵服务的指导精神。而这位作家的成功，正"是毛泽东文艺思想在创作上实践的一个胜利"②。另一种则以陈思和为代表。在名文《民间的沉浮：从抗战到"文革"文学史的一个解释》中，他认为赵树理作品的独特风格得益于作家"来自民间社会的家庭背景和浸淫过民

---

① 杨文耕：《李有才板话》，《文艺复兴》第3卷第6期，1947年8月。
② 周扬：《论赵树理的创作》，《解放日报》1946年8月26日。

间文化的熏陶"①，因而其文学语言的口语化特征，是作家"民间立场"的表征。而作家本人也被这位评论家命名为"农民作家"和"农民的代言人"。也就是说，前者将赵树理文学语言的特点，归结为作家在思想感情、生活作风以及用语习惯等方面向农民学习的结果；而后者则认为赵树理本身就是农民，他作品中非常独特的文学语言是天然形成的。

不过在笔者看来，上述两种意见虽然都准确地捕捉到赵树理文学语言口语化、农民化的特征，然而对这一现象的解释却多少与文学史事实存在出入。一方面，周扬将赵树理看作是成功地实践毛泽东文艺思想的典型作家，其隐含的意思似乎是先有了毛泽东《讲话》的号召和引领，然后才出现赵树理这样的向农民学习的作家。不过有趣的是，赵树理本人在谈到毛泽东的《讲话》时却发表了一段颇有意味的言论：

> 毛主席的《讲话》传到太行山区之后，我象翻身农民一样感到高兴。我那时虽然还没有见过毛主席，可是我觉得毛主席是那么了解我，说出了我心里想要说的话。十几年来，我和爱好文艺的熟人们争论的、但始终没有得到人们同意的问题，在《讲话》中成了提倡的、合法的东西了。②

在上述引文中，赵树理认为《讲话》使自己坚持了十几年的文学理念成为"提倡的、合法的东西"。这一事实意味着，他的文学理念其实是先于《讲话》出现的。因此，与其说赵树理的创作成功地实践了《讲话》所提出的文艺发展方向，不如说毛泽东文艺思想与这位解放区作家所秉持的文学理念之间存在着某些契合之处，所以赵树理才会动情地表示毛泽东"说出了我心里

---

① 陈思和：《民间的沉浮：从抗战到"文革"文学史的一个解释》，《陈思和自选集》，广西师范大学出版社1997年版，第210页。

② 转引自戴光中：《赵树理传》，第174页。

想要说的话"。

另一方面，陈思和将赵树理理解为"农民作家"和"农民的代言人"。这一判断背后其实隐含的意图是剥离赵树理作品与毛泽东文艺思想之间的关联，将这位作家视作某种具有原生性的"民间文化"的代表。不过，如果仔细考察赵树理本人对其作品语言的论述，我们会发现作家对语言的看法与陈思和的观点也存在着不小的距离。在那段被研究者们反复引用的文字中，这位解放区作家明确地表示：

> 我既是一个农民出身而又上过学校的人，自然是既不得不与农民说话，又不得不与知识分子说话。有时候从学校回到家乡，向乡间父老兄弟们谈起话来，一不留心，也往往带一点学生腔，可是一带出那等腔调，立时就遭到他们的议论，碰惯了钉子就学了点乖，以后即使向他们介绍知识分子的话，也要设法把知识分子的话翻译成他们的话来说，时候久了就变成了习惯。①

从这段赵树理的自述来看，他在作品中使用的口语化的文学语言，显然并非由某种"民间文化"中自然而然地生成出来。相反，它是作家在多次"碰壁"后主动选择的结果，并且经过了漫长的创作实践后才得以最终实现。在这个意义上，将赵树理简单地视为"农民的代言人"②显然存在着偏颇之处。

不过对于文学史研究来说，或许重要的并不是指出前人的研究成果存在某些偏差，而是作品为何在那些研究者眼中呈现为不同的面貌。由于本节试

---

① 赵树理：《也算经验》，《人民日报》1949年6月26日。
② 陈思和：《民间的沉浮：从抗战到"文革"文学史的一个解释》，《陈思和自选集》，广西师范大学出版社1997年版，第210页。

图集中讨论的是赵树理作品的文学语言,因此,笔者在这里不想花费笔墨去讨论周扬、陈思和等人在研究中试图表达的政治立场、他们所身处的批评环境如何影响其对文学作品的理解,而是希望将分析的重点直接放置在赵树理所使用的创作语言在哪些层面上支撑、印证着上述两位研究者的判断,并由此展开接下来的讨论。

周扬认为赵树理在作品中运用口语化、农民化的语言,因而克服和超越了"五四"新文学的知识分子腔调,成功地实践了毛泽东《讲话》的文艺思想。这一观点虽然如上文所分析的那样存在着偏颇之处,但却非常准确地把握到赵树理在文学史发展过程中的地位。而且赵树理本人的某些说法,也正印证着周扬的这一观点。根据李普的转述,赵树理曾经激烈地抨击"五四"新文学,并将之命名为"文坛文学",其中的作者和读者都只是同一批人。因而新文学作品"只不过在极少数的人中间转来转去,从文坛来到文坛去罢了"。而赵树理对自己工作的定位,则是做一个"文摊文学家","写些小本子夹在卖小唱本的摊子里去赶庙会……这样一步一步地去夺取那些封建小唱本的阵地"[①]。由此可以看出,赵树理本人和周扬一样,都希望文学作品能够根除"五四"新文学的弊病,使作品能够为广大文化程度较低的劳动人民"喜闻乐见"。在这个意义上,赵树理的文学思想的确与毛泽东的《讲话》精神存在着很多相似之处,这也就难怪作家会激动地感慨"毛主席是那么了解我"了。而在笔者看来,这一点或许是周扬视赵树理为实践《讲话》精神的代表作家的内在原因。

而陈思和将赵树理的文学语言理解为"民间文化"的表征,在某种意义上也是对作家创作面貌的准确把握。赵树理向读者介绍自己在创作过程中遣词造句的经验时表示:

---

① 李普:《赵树理印象记》,《长江文艺》第1卷第1期,1949年6月。

> "然而"听不惯，咱就写成"可是"；"所以"生一点，咱就写成"因此"……字眼儿如此，句子也是同样的道理——句子长了人家听起来捏不到一块儿，何妨简短些多说几句；"鸡叫"、"狗叫"本来很习惯，何必写成"鸡在叫"、"狗在叫"呢？①

也就是说，这位作家非常自觉地根据自己作品的潜在读者——晋东南地区的农民——的阅读习惯来调整自己的用语方式。在笔者看来，正是这种独特的写作策略，使得赵树理的文学语言呈现出非常明显的口语化、农民化乃至民间化的特征。这也正是陈思和将赵树理视为"农民的代言人"的根本原因。

通过上面的分析可以看出，赵树理文学语言最有趣的地方，既不是它成功地实践了毛泽东在《讲话》中提出的文艺思想，是知识分子向工农兵学习的典范；也不仅仅是它具有农民化或"民间化"的特点，而是它能够同时具有上述两方面的特征。关于这一点，赵树理本人是有着非常清醒的自我意识的。他在接受记者参访时明确表示："我会说两种话，跟知识分子说知识分子的话，跟农民说农民的话。"②在笔者看来，这样一种"见人说人话，见鬼说鬼话"式的对待语言的方式，是赵树理最为独特的地方。而在具体的写作过程中，由于作家明确地将自己的潜在读者定位为农民，这就使得他特别强调："向他们（指农民——引者注）介绍知识分子的话，也要设法把知识分子的话翻译成他们的话来说。"③在这里，赵树理使用的"翻译"一词需要我们特别留意。由于翻译是一种沟通两种不同语言的中介性活动，因此，当作家将自己的书写行为定义为"翻译"时，显然意味着其文学语言既和输出语言——"知识分子的话"、输入语言——"他们（指农民）的话"联系在一起，又与这二

---

① 赵树理：《也算经验》，《人民日报》1949年6月26日。
② 李普：《赵树理印象记》，《长江文艺》第1卷第1期，1949年6月。
③ 赵树理：《也算经验》，《人民日报》1949年6月26日。

者并不完全相同。在这个意义上,"翻译"无疑是我们理解这位解放区小说家的语言问题的关键。

根据笔者的考察,赵树理文学语言的"翻译"特征主要体现在两个层面上。首先,这种"翻译"特征表现为作家的创作构思与文学文本的最终形态之间的巨大差异。众所周知,赵树理的创作以通俗易懂、平实简洁见长,有些评论家正是据此将这位小说家看作是"农民的代言人"。然而戴光中在《赵树理传》中却为我们提供了一个非常重要的材料,即赵树理在开始写作前会进行非常周密的创作准备,列出故事发展的提纲,并为小说中的主要人物撰写小传。而且有趣的是,这些帮助作家进行创作构思的提纲、小传,竟然是用文言文写成的[①]。按照赵树理本人的说法,他之所以使用文言文撰写提纲和小传,主要是因为这种文体"言简意赅,没有废话"。他还特别强调自己构思时使用的提纲、小传的简洁,表示"我的提纲只有自己能懂,我的人物小传,也只有几百字,有时对人物十分熟悉连几百字也不要,只要几个字"[②]。应该说,作家在创作过程中选择以简洁的方式迅速完成对作品大致轮廓的勾勒,然后再集中精力进行正式的文学写作,是一种常见的创作现象。很多作家都以类似的方式从事文学创作。不过赵树理这个案例的特殊性在于,小说家用文言文进行构思和创作准备活动,再以非常口语化、农民化的语言完成文学作品,这一过程最真切地反映了赵树理在两种语言——"知识分子的话"和"他们(指农民——引者注)的话"——之间进行"翻译"的创作状态。因此,在任何意义上,我们都不能把赵树理的语言看作是某种原生态的民间文化在文学作品中的反映,而只能将其理解为作家在充分了解其潜在读者的阅读习惯后,在语言层面上进行的"翻译"。

如果说上面分析的"翻译"特征的第一个层面主要发生在从作家构思到

---

① 参见戴光中:《赵树理传》,北京十月文艺出版社1993年版,第199—200页。
② 转引自戴光中:《赵树理传》,北京十月文艺出版社1993年版,第200页。

作品成文的过程中，并不出现在文学文本的内部的话；那么该特征的第二个层面则直接浮现在赵树理的小说作品里，呈现为小说叙事的内在组成部分。也就是说，赵树理在写作过程中，有时会把知识分子的语言"翻译"为农民语言的过程直接暴露给读者。由于赵树理的文学理念在毛泽东发表《讲话》前十几年就已经形成了，因此，其作品中的"翻译"特征其实也伴随着这位小说家的整个写作历程。如果仔细阅读作家从20世纪20年代末期直到40年代的小说创作，那么我们会发现其语言的"翻译"特征是贯穿始终的。只不过在其早期作品中，"翻译"特征表现得更为明显，而在20世纪40年代以后的成熟作品里，该特征则以较为隐蔽的方式呈现出来。在这里，笔者想以赵树理创作于1929年的短篇小说《悔》为例，对"翻译"特征如何呈现在小说内部进行说明。虽然作家创作这部小说时正因为在政治立场上倾向于共产主义而身陷囹圄，促使他写作的一部分动力也来自于外部压力（自新院管理层要求有文化的在押服刑人员必须为《自新月刊》写稿，以表明其在意识形态立场上已经开始唾弃共产主义思想），然而小说《悔》仍然表现出赵树理作品的典型色彩，而且其中对"翻译"特征的呈现极为清晰。因此，以《悔》作为我们分析的案例，恰可以更好地说明赵树理文学语言的这一特点。

短篇小说《悔》的故事情节非常简单，主人公陈锦文是一位农村出身的小学生。因为在学校里犯了某种不为读者所知的错误，被校长开除并勒令离校。由于感到愧对省吃俭用送自己上学的父亲，陈锦文在家门口徘徊良久，无颜入门。正在这时，主人公在门外听到父亲给邻居何大伯高声朗读两份文字材料，一份是陈锦文用"五四"白话文写成的作文；另一份则是校长用文言文写给父亲的信。小说正是在对这一情景的描写中，极为清晰地呈现出不同语言之间的"翻译"过程。试看下面的两段描写：

1

"以下便是他的作文了，"父亲继续说道："'我们少年人，无论吃啦穿啦，都是靠着父母，但父母不是终身可以靠的。'终身，就是一辈子的意思。"

"这我懂得。"何大伯说。

"唉！爸爸呀！别讲吧！……我疯了吗？我做这文的时候，是怎样来呀？！……"他（指陈锦文——引者注）这样的想下去。

"'……所以我们必须乘着少年努力的向学，为将来立身的预备……'努力，就是咱们平常所说的'加劲'来……"①

2

"信掉到地下了！"何大伯说："你把这信念给我们听听吧！我最爱听这些。"

……

"'子英先生大鉴：''子英'是我的字。'大鉴'是给我看，是尊敬的意思。"

"'仆之与先生之遇也深，故之无需寒暄。'他是说校长和我是老相识，所以也不用说客气话。'兹启者'，就是说现在给你写信的意思呀！——'仆今此举，对先生甚抱愧怍。'"②

在第一段引文中，粗通文墨的乡村知识分子父亲为邻居何大伯朗读儿子用白话文写成的作文，由于担心后者无法理解诸如"终身"、"努力"等一般农民较为生疏的词语，父亲耐心地将它们"翻译"成"一辈子"和"加劲"，以帮助何大伯的理解。而在第二段引文中，主人公的父亲则更是一字一句地为何大伯"翻译"信中的文言语汇和传统书信格式。考虑到赵树理本人的父亲也是一位乡村知识分子，而作家自己在花费了父亲大量金钱去念书后，却

---

① 赵树理：《悔》，《赵树理全集》第1卷，大众文艺出版社2006年版，第24页。
② 同上，第25页。

长期在外流浪而没有找到一份固定工作，以至于在很长一段时间内都对父亲心怀愧疚。因此，《悔》这篇小说带有非常明显的自我影射色彩。小说所描写的那种将"五四"白话文或文言文翻译成"他们（指农民）的话"的情形，也必然经常出现在赵树理的那种乡村知识分子家庭中。在这个意义上，小说家正是从自身的生活经历出发，把那种将"知识分子的话""翻译"成"他们（指农民）的话"的行为，转化为对自己在文学创作中使用的语言的定位，并将其清晰地呈现在小说叙事中。

正是因为赵树理将自己的文学语言理解为"翻译"行为，并且这样的身份定位始终通过作家的构思行为和文本中的某些叙事元素对其作品发生作用，使得其作品的语言与"知识分子的话"、"他们（指农民）的话"之间既有联系，也有区别，始终保持着某种中介性。在某种意义上，赵树理的文学语言所具有的口语化特性，既不是对"群众的语言"的学习，也不能直接等同于农民实际使用的口语，它直接生发于两种语言之间的"翻译"行为中，是"翻译"所实现的某种特殊效果。这一特点构成了他和其他解放区作家之间在语言上的主要区别。在笔者看来，由于赵树理作品的语言具有这种与众不同的特点，使得20世纪40年代的文艺理论家在以上文分析过的那种认知"装置"考察其小说作品时，无法理解，或者说无法观察到在今天被人们普遍承认的地方性。关于这一点，本节将在下面的篇幅中通过对赵树理与其他解放区作家的作品进行比较予以说明。

在1942年5月毛泽东发表《讲话》之后，解放区那些知识分子出身的作家普遍开始调整自己的创作姿态，在包括思想感情、生活作风，以及语言风格在内的多个层面上进行自我改造，并希望自己的写作能够由此更好地为文化程度较低的工农兵服务。在这一潮流中，周立波无疑是最努力的作家之一，也是改变自己作品风貌最为成功的一个。这位在20世纪20年代就步入文坛的左翼作家，一向以艺术修养深厚著称。在延安开展"整风运动"之前，他在鲁迅艺术文学院担任编译处处长兼文学系教员，开设"名著选读"课程，重点讲解蒙田、司汤达、巴尔扎克、托尔斯泰，以及法捷耶夫等世界知名作家的作品。由此可见，周立波在《讲话》前所从事的工作具有明显的知识分子特征，与其在上海生活时没有太大不同。然而在学习了《讲话》精神后，周立波开始反思自己身上的小资产阶级"劣根性"，并痛切地进行自我批判，认为自己曾经"在心理上，强调了语言的困难，以为只有北方人才适宜于写北方，因为他们最懂得这里的语言"，因此，没能在作品中很好地表现自己"所热爱的陕甘宁边区"。于是，他决定"脱胎换骨，'成为群众一份子'"，转而认为"语言的困难"是"可以克服的，只要能努力。夸大语言的困难，是躲懒的借口"①。显然，这样一种改变自己语言的决心，是这位文学修养极高的小说家在1942年以后的写作中特别重视运用方言土语的原因。而他写于20世纪40年代的长篇小说《暴风骤雨》正是实践这一写作策略的尝试。从这个角度来看，周立波在《暴风骤雨》中的文学语言，是知识分子学习农民口语的典型，将其与赵树理作品对方言土语的使用进行对比，就可以看出这两种语言之间的区别。更重要的是，周立波作品的地方性特征几乎是一下子就被20世纪40年代的文学批评家捕捉到，而赵树理作品的地方性却在这一时期隐而不彰，因此，在将二者进行比较的过程中，文艺理论家用以理解作品的认知"装置"恰可以清晰地为我们呈现出来。

在长篇小说《暴风骤雨》中，周立波为了表现自己努力克服身上的知识分子气，有意识地在写作过程中大量使用东北地区的方言土语，以加强作品的地方色彩。或许是因为这位小说家改造自己文学语言的欲望过于强烈，使其对方言土语的运用毫无节制，以至于很多读者在读过第一版《暴风骤雨》后觉得"应该更多地加些注解"②才能看懂。正是在这些读者意见的压力下，周立波后来果真在小说不断再版的过程中添加对东北方言的注解，以方便普通读者的阅读。如果把最初的东北书店（沈阳）1948年6月版《暴风骤雨》（上

---

① 立波（周立波）：《后悔与前瞻》，《解放日报》1943年4月3日。
② 《〈暴风骤雨〉座谈会记录摘要》，《东北日报》1948年6月22日。

卷）①、人民出版社1951年3月版《暴风骤雨》(上下卷)、人民文学出版社1952年4月版《暴风骤雨》(上下卷)，以及作为最终"定本"的人民文学出版社1956年8月版《暴风骤雨》(一卷本)进行对比，我们会发现其中的注释是逐渐增多的。

在最早的东北书店版中，作家更多地是通过夹注的形式，向读者介绍东北地区特定的劳动方式和土改过程中的某些具体政策。例如，小说描写地主韩世元霸占农民老宋开垦的土地时说的"我要包大段"②，以及说明刘桂兰嫁给郭全海时"带半垧地过门"③作为嫁妆，就分别在"包大段"和"带半垧地过门"后面加上夹注：

> 注：包大段是租种一大段地，不叫别人种。

> 注：北满分地时，未嫁姑娘也分半垧地，过门时带往婆家

从上面举出的两个例子来看，东北书店版《暴风骤雨》中注释所起的作用，更多地是向生活在东北地区之外的读者介绍这一地区的生产、生活方式和特定的土改政策。至于小说中生动、独特的东北方言，虽然作家也注出一小部分，但数量是非常有限的。而在后来的历次修订中，周立波一方面将原有的夹注改成更为正规的页下注，另一方面则开始大幅度增加《暴风骤雨》中的注释数量，而且添加的内容全部是对东北地区方言土语的解释。在这里详细地列举作家在各个版本中所添加的注释，显然不是本文的篇幅所能允许的。因此，笔者在这里只想举这部小说中的一段描写来说明这一点。试看下面这段内容：

---

① 下卷于1949年5月由东北书店出版。同时新华书店又将上下两卷放在一起在北京出版，收入《中国人民文艺丛书》。
② 周立波：《暴风骤雨》，东北书店1948年版，第43页。
③ 周立波：《暴风骤雨》（下卷），东北书店1949年版，第323页。

> 七月里的一个清早,太阳刚出来。地里,苞米和高粱的确青的叶子上,抹上了金子的颜色。豆叶和西蔓谷上的露水,好像无数银珠似的晃眼睛。道旁屯落里,做早饭的淡青色的柴烟,正从土黄屋顶上高高地飘起。一群群牛马,从屯子里出来,往草甸子走去。一个戴尖顶草帽的牛倌,骑在一匹儿马的光背上,用鞭子吆喝牲口,不让它们走近庄稼地。这时候,从县城那面,来了一挂轱辘大车。轱辘滚动的声音,杂着赶车人的吆喝,惊动了牛倌。他望着车上的人们,忘了自己的牲口。前边一头大牤子趁着这个空,在地边上吃起苞米棵来了。①

这段对地方风光的描写出现在《暴风骤雨》全书的开头,它本身并没有什么特别的地方。而且在这部小说的早期版本中,这段文字没有任何注释。不过有趣的是,或许是因为听取了读者关于"应该更多地加些注解"的意见,周立波在1956年8月出版的"定本"中,竟然一下子为这段文字添加了四个页下注,分别解释"西蔓谷"、"草甸子"、"儿马",以及"牤子"等具有东北地方特色的语汇,即"西蔓谷即苋菜"、"长满野草的低湿地"、"没有阉的牡马"、"公牛"②。

在笔者看来,正是在周立波不断为自己的小说增添注释的行为中,透露出解放区知识分子出身的作家在写作过程中的尴尬处境。一方面,他们要响应毛泽东《讲话》的号召,"认真学习群众的语言"③,力争使作品能够为工农兵所"喜闻乐见";而另一方面,通过学习民间的语言,这些作家掌握了大量具有地方特色的方言土语,并尝试将它们纳入到自己的作品之中。然而

---

① 选自《暴风骤雨》上卷第一节第一段。在各个版本中,正文完全一样。
② 周立波:《暴风骤雨》,人民文学出版社1956年版,第1页。
③ 毛泽东:《在延安文艺座谈会上的讲话》,《毛泽东选集》第3卷,人民出版社1991年版,第851页。

一旦这种做法成为文学事实,例如周立波的长篇小说《暴风骤雨》,他们又会遭遇来自两个层面的质疑。首先,他们所使用的方言土语只是在较小范围内通行的语言,具有非常明显的地方性特征,因而会造成其他地区读者的阅读障碍,影响作品传播的广度。周立波正是因为要面对这样的批评,才会在小说历次再版的过程中不断增加注释以方便读者的阅读。应该说,这个层面上的质疑是比较容易处理的,周立波用加注释的方式就较好地解决了这一问题。而第二个层面的批评则更为棘手。周扬在谈到毛泽东发表《讲话》后解放区作家开始普遍学习各地的方言土语时指出:"'文艺座谈会'讲话以后,学习民间语言,民间形式的努力,产生了很多的优秀的结果。就在小说创作方面,也有成绩。但有些作者却往往只在方言、土话、歇后语的采用与旧形式的表面的模仿上下功夫。赵树理同志却不是那样……在他的作品中,他几乎很少用方言、土语、歇后语这些;他决不为了眩耀自己语言的知识,或为了装饰自己的作品来滥用它们。"①也就是说,虽然"学习群众的语言"是作家改造自己身上的小资产阶级"劣根性"的手段,但那些极具地方特色的语汇如果使用不当,反而有可能成为作家残存的知识分子气的表征。正像本文第一节所分析的,周立波本人在某种程度上就是周扬笔下的"眩耀自己语言的知识",用方言"装饰自己的作品"的小资产阶级作家。那么这位热衷于在作品中运用东北方言的湖南作家,到底与赵树理有何不同?他们二者的语言又存在着哪些差别呢?

需要指出的是,赵树理并非真的像周扬所说的,"几乎很少用方言、土语、歇后语这些"。在有些作品中,他和周立波一样需要在小说出版时用加注释的方式帮助读者理解那些极具地方特色的语汇。因此,两人用语方式的不同,其实并不在于是否在作品中使用方言土语,而是作家运用那些民间语言时所表现出的姿态。正像我们在上文分析周立波为《暴风骤雨》添加的注释

---

① 周扬:《论赵树理的创作》,《解放日报》1946年8月26日。

时看到的，小说中的注释主要有两种类型：第一种是注出北满地区特定的劳动方式和土改时的具体政策；第二种则是解释东北特有的方言土语。无论是上述哪种类型的注释，周立波都在用一种平板、客观的语言做注，这就使得读者在阅读像"北满分地时，未嫁姑娘也分半垧地，过门时带往婆家"[①]或"西蔓谷即苋菜"[②]这样文字时，无法从中感到一位活生生的叙事者的存在，而更多的是在知识的层面上获得对北满土改政策和东北方言的了解。在这个意义上，《暴风骤雨》中触目可及的众多注释，的确实如周扬所言，有作家"眩耀"自己丰富的生活经历、语言知识的嫌疑。而如果我们把周立波所使用的注释语言与赵树理小说中的注释进行对比，这样的感觉会变得更加强烈。

在赵树理20世纪40年代的小说创作中，他其实和周立波一样使用很多"方言、土语、歇后语"来描写人物的对话、叙述故事的发展，以获得某种真实、生动的效果。试看下面几段的描写：

李有才道：……小保领过几年羊，在外边走的地方也不少……[③]

大家都说"真是一张好木锨"。[④]

二和说："他不是驴耳朵！"[⑤]

继圣见他们笑自己，正没法抵挡，忽然看见里面也有二和，就骂道："X你娘二和！你笑什么？我回去告诉老领说，就说二和不好好放牛，带

[①] 周立波：《暴风骤雨》（下卷），东北书店1949年版，第323页。
[②] 周立波：《暴风骤雨》，人民文学出版社1956年版，第1页。
[③] 赵树理：《李有才板话》，《赵树理全集》第2卷，大众文艺出版社2006年版，第259页。
[④] 同上，第286页。
[⑤] 赵树理：《刘二和与王继圣》，《赵树理全集》第3卷，大众文艺出版社2006年版，第172页。

着满头花花光说玩啦！"①

小胖说："我们这互助组用的是继圣和宿根两家的场子打麦。继圣家场里的辘轴坏了，宿根家的辘轴有点不正，想请你给洗一洗。"②

上面引用的几段文字分别选自赵树理创作于20世纪40年代的小说《李有才板话》和《刘二和与王继圣》，其中对人物口语的描绘都使用了具有地方特色的方言土语，使得晋东南地区之外的读者很难完全领会其含义。为了解决这一问题，赵树理非常"体贴"地用夹注的方式为读者予以解说。在几段引文中的"领过几年羊"、"好木锨"、"驴耳朵"、"老领"，以及"洗一洗"之后分别注出：

就是当羊经理

就是说他用木锨用得好

俗话都说驴耳朵长，听得远。

老领，就是领工伙计。

就是再破得圆一点

事实上，赵树理在小说中不仅对人物的口语用注释的方式予以解说，在

---

① 赵树理：《刘二和与王继圣》，《赵树理全集》第3卷，大众文艺出版社2006年版，第172页。
② 同上，第211页。

叙述的部分也会对一些没有交代清楚的地方进行说明。例如下面这段叙述：

> 这块场子，和继圣家的场子紧靠着，都在继圣院的西房背后。①

由于故事之前在"这块场子"发生过一段插曲，赵树理为了提醒读者注意这一点，特地在这句话之后增加了一段夹注：

> 就是当年王光祖一耳光打到二和的那块场子

如果把赵树理小说中的注释与《暴风骤雨》中的进行对比，我们会发现前者的语言明显表现出口语化的特征，而且可以让读者从注释的语气中感到一位平易近人的叙事者的存在。这样的注释似乎不是客观地向读者告知或传达某种知识，而更像是叙事者在用一种读者可以听懂的语言，"翻译"正文中那些具有地方性特征的方言土语。更有意味的是，赵树理在20世纪40年代的小说作品中书写注释的方式，和他在1929年的小说《悔》中，描写父亲为邻居何大伯"翻译"主人公陈锦文的白话文作文和校长的文言文书信的方式基本相同。两个相隔近二十年的文本都是用类似于"……，就是……"这样的句式，把某种对听者或读者来说难以索解的内容"翻译"成平易简洁的语言。而二者的区别在于：在1929年的《悔》中，小说中的人物父亲是把以"五四"白话文和文言文形式出现的书面语"翻译"为劳动人民更常用的语言；而上面引用的《李有才板话》、《刘二和与王继圣》里，作家则是将以口语形式出现的方言土语"翻译"成传播更为广泛的白话文。由此可见，将文学语言理解为某种意义上的"翻译"，对赵树理来说是一以贯之的思路。只不过在20世纪20年代的作品中，"翻译"以非常明显的方式直接呈现在小说的文

---

① 赵树理：《刘二和与王继圣》，《赵树理全集》第3卷，大众文艺出版社2006年版，第211页。

本内部，而在赵树理成熟期的作品里，它更倾向于以较为隐晦的方式——例如在《李有才板话》这类作品里就是在注释中体现的——出现。

赵树理和周立波在各自的小说中书写注释的不同风格，正代表着两种对待语言的态度。在周立波那里，《暴风骤雨》中随处可见的方言土语，显然是小说家向工农兵学习语言，努力改造自己的结果。当然笔者指出这一点，并不是认为周立波真的在主观层面上"眩耀自己语言的知识"①。恰恰相反，一位出身湖南的作家能够在小说中如此娴熟地运用东北地区的方言土语，其学习过程的艰辛是可以想见的。在这个意义上，周立波的努力无疑值得我们尊敬。然而，长篇小说《暴风骤雨》中数目众多的注释，以及那种客观、平板的注释语言，却不断提醒着读者这些方言土语其实是作为一种知识出现在小说里的。而且由于注释语言和小说叙事语言呈现为两种截然不同的风格，这就是使得《暴风骤雨》中的注释没有参与到小说叙事的进程中，成了游离于正文之外的冗余物。而在赵树理的小说中，虽然文本中同样存在很多必须加上注释才能为读者理解的方言，但因为作家将自己的语言定位为某种意义上的"翻译"，让他更愿意用口语化的方式为读者讲解方言土语的意思。这就使得那些必须加注的方言避免了被作为知识强行灌输给读者的命运。而且由于注释的叙事者和小说的叙事者在很大程度上难以区分，因此，注释里的内容和小说正文是有机地结合在一起的。

在笔者看来，正是因为这两种不同的对待语言的方式，使得赵树理和周立波虽然同样使用方言土语以加强作品的地方色彩，却在20世纪40年代的文艺理论家那里受到截然相反的待遇。而某些文艺理论家观察和理解地方性问题的认知"装置"的特点，也正是在这样的差别中得以表现出来。正像我们在前面所分析的，毛泽东发表《讲话》后，"学习群众的语言"成了知识分子出身的解放区作家对自我的普遍要求。他们真诚地相信学习当地工农兵群众

---

① 周扬：《论赵树理的创作》，《解放日报》1946年8月26日。

口中的方言土语，一方面可以摆脱自己作品中的欧化文风，另一方面则能够改造自己身上的小资产阶级"劣根性"。在这个意义上，文学的地方性特征成了小资产阶级出身的作家用来改造自己以获得"无产阶级立场"的手段。然而一个充满悖论意味的情况是，由于方言土语被以周立波为代表的解放区作家以知识的形式加以学习并应用在作品中，反而使得地方性特征成了知识分子未能完全改造自己的标志。因此，周扬才会借用毛泽东《讲话》中那个著名的"装饰自己的作品"[1]的比喻，指责很多知识分子出身的解放区作家"为了眩耀自己语言的知识，或为了装饰自己的作品来滥用"那些"方言、土语、歇后语"[2]。而在赵树理那里，由于他长期以来自觉地将自己的文学语言定位成某种"翻译"行为，使得其作品中的方言土语不是作为一种知识去告知读者，而是用平等的姿态为其他地区的读者进行讲解。这样一种独特的理解语言的方式，使得赵树理作品中的方言土语，没有像其他解放区作家的作品那样被批评家们看作是炫示自己的语言知识，而是被指认为"毛泽东文艺思想在创作上实践的一个胜利"[3]，而赵树理本人也被认为是成功获得"无产阶级立场"的典型。

由此可见，在解放区文艺理论家的批评话语中，阶级性的价值准则主导了文学评论家对于地方性特征的理解方式。这就使得文学作品的地方性特征成了判断知识分子改造是否成功的标准。作家们被号召去学习群众的语言以改造自己的思想，然而一旦他们被认为并没有真正获得"无产阶级立场"，作品中的地方性特征反而会成为思想感情方面存在缺陷的标志。而如果某位作家的作品——如赵树理的小说——被视为实践毛泽东《讲话》精神的典型，批评家则会更多地关注作家在知识分子改造问题上的成功，其作品的地方性

---

[1] 毛泽东：《在延安文艺座谈会上的讲话》，《毛泽东选集》第3卷，人民出版社1991年版，第857页。
[2] 周扬：《论赵树理的创作》，《解放日报》1946年8月26日。
[3] 同上。

特征本身根本无从提及。因为制约着批评家理解作品的认知"装置",会自动地把这位作家笔下的方言土语"过滤"为"群众的语言"或"人民的语言",并将其指认为作家获得"无产阶级立场"的标志。在笔者看来,这一点构成了解放区的文艺理论家观察和理解地方性问题时的认知"装置"的重要特征之一。赵树理语言中的地方性特征也正是在这样的认知"装置"下无法为文学研究者所感知。直到20世纪70年代末期,当以毛泽东《讲话》为基础建立起来的文艺批评体系崩坏时,这一认知"装置"才开始失去作用。例如赵树理作品中一些对人物语言的描写:

  小福道:"雇不起长工不雇吧,雇得起管不起吃。"有才道:"启昌也还罢了,老婆不是东西!"①

在20世纪40年代的文艺理论家那里,这类生动的对话描写被指认为"熟练地丰富地运用了群众的语言,显示了他的口语化的卓越的能力"②。显然,蕴含在这两句对话中的山西特色在认知"装置"的"过滤"下只能被显影为"群众的语言"。而20世纪80年代初期的研究者在分析这样的段落时,则会特别指出"小福"和"有才"的对话"前一句是条件句,后一句是让步句,当中不用任何连接词,完全靠语调衔接,山西农民习惯于这种说法"③。显然,从较为笼统的"群众的语言"到具体而微的"山西农民"的口语,人们用以理解和观察作品的认知"装置"已经悄然完成了转换。

(二)方言与书面语的意义

除了作品语言风格极具口语化特征之外,赵树理文学语言被20世纪40年

---

① 赵树理:《李有才板话》,《赵树理全集》第2卷,大众文艺出版社2006年版,第254页。
② 周扬:《论赵树理的创作》,《解放日报》1946年8月26日。
③ 高捷:《从流派的角度看赵树理创作的艺术特色》,《汾水》1981年第1期。

代的文艺理论家所关注的另一个特点,是其作品的叙述语言和人物对话没有明显的差别,表现出某种同一性。这就是郭沫若在评价赵树理的文学语言时所说的:"不仅每一个人物的口白适如其分,便是全体的叙述文都是平明简洁的口头话,脱尽了五四以来欧化体的新文言臭味。"[①]也就是说,赵树理的作品不仅在描写对话时穷形尽相地写出了人物的口语,而且在叙述故事时也拒绝使用标准化的书面语。这一特征让20世纪40年代的批评家们极为惊异。的确,如果我们把赵树理的小说和解放区那些知识分子出身的作家的作品放置在一起,那么这种叙述语言和人物对话没有区别的特点是非常明显的。不过对于本文的研究来说,重要的或许并不是这种差别本身,而是文学批评家在不同时期对这一差别的看法,正从另一个侧面为我们展现着20世纪40年代解放区文艺理论家用来思考和理解地方性问题的认知"装置"的某些特征。

在20世纪40年代解放区的文学实践中,赵树理所坚持的这种叙述与对话同一的语言方式本身,就与其他解放区作家的创作实践形成对话关系,并在一定程度上构成了对书面语写作的批判。这一点在他的《李有才板话》中表现得尤为突出。在这部小说里,作家并没有真的像郭沫若或陈荒煤所说的那样,完全使用"口头话"进行写作,而是把书面语也纳入到小说叙事之中。在笔者看来,正是小说对书面语的呈现,将赵树理对语言的态度表现得淋漓尽致。《李有才板话》的第三章《打虎》极为生动地描绘了普通农民在听到知识分子气严重的章工作员要召开会议时的反应。在章工作员主持重新选举村长的会议前,小顺非常积极地为陈小元参选而奔走,在村里号召"老槐树底的人"都去投票。当他催促正准备出去放羊的李有才抓紧时间赶到会场去时,这位"快板诗人"用一段非常精彩的议论,将章工作员惯常使用的书面语讽刺了一番,即:

---

① 郭沫若:《读了〈李家庄的变迁〉》,《北方杂志》第1期,1949年9月。

>有才道:"误不了!我把牛送到椒洼就回来,这时候又不怕吃了谁的庄稼!章工作员开会,一讲话还不是一大晌?误不了!"小顺道:"这一回是选举会,又不是讲话会。"有才道:"知道!不论什么会,他在开头总要讲几句'重要性'啦,'什么的意义及其价值'啦,光他讲讲这些我就回来了!"①

在这段描写中,李有才那幽默而又饱含机智的口语包裹着章工作员经常说的"重要性"以及"什么的意义及其价值"这类的书面语,将二者之间的差异以最极端的方式呈现了出来。显然,赵树理根本没有足够的耐心告诉读者章工作员究竟说了"什么的意义及其价值",这些已然成为陈词滥调的书面语因为脱离了自身的语境,丧失了原本应该具有的严肃性和重大意义,在生动、鲜活的农民口语的映衬下,显得呆板、生涩,犹如瘪三。单从赵树理处理书面语时的方式,我们已经可以看出他对这种语言形式的厌弃和鄙夷。

需要指出的是,赵树理在小说《李有才板话》中表达的思想,是他在长期的农村工作实践中一以贯之的。早在发表成名作《小二黑结婚》以前,这位晋察冀边区的宣传工作者就在《新华日报(华北版)》上批判过章工作员那种好高骛远、不切实际的工作方法。在《反对卖膏药》一文中,赵树理谈到解放区趁农闲开办冬学的问题时就尖锐的讽刺了像章工作员这样的干部:

>有些地方的冬学,正课还未开始,却先有人卖膏药。先是村长报告国际国内形势,足足报告了三天;接着是某某委员要谈谈什么问题,谈了一夜还没有谈完;而自卫队却又争着一定要作一次训话,言明最多十分钟,但一点钟过去了,他还在台上"滔滔不绝"……如此周而复始,循

---

① 赵树理:《李有才板话》,《赵树理全集》第2卷,大众文艺出版社2006年版,第260页。

环不已。①

显然，在赵树理所理解的农村工作中，地方上需要解决的实际问题永远是居于首要地位的，与地方问题无关的"国际国内形势"等，都是毫无意义的高谈阔论，根本没有必要在农村的宣传工作中涉及。

从上面的分析可以看出，在赵树理的小说里，"什么的意义及其价值"这类书面语标记了那些脱离实际，只关心笼统无用的"国际国内形势"的"坏"干部。只有那些能够运用生动简明的民间语言的干部，才可以在地方工作中打开一片天地。在小说《李有才板话》中，老杨同志就是作为章工作员的结构性对立物出现的。无论是生活作风，还是工作作风，两人在小说中都形成鲜明的反差。而对于我们的讨论至关重要的，是这两种干部对待语言的不同态度。关于这一点，或许小说中一个很有意味的细节表现得最为充分，即：

……小保道："那么明天你就叫村公所召开个大会，你把道理先给大家宣传宣传，就叫大家报名参加，咱们就快快组织起来干！"老杨同志道："那办法使不得！"小保道："从前章工作员就是那么做的，不过后来没有等大家报名，不知道怎样老得贵就成了主席！"老杨同志道："所以我说那办法使不得。那办法还不只是没有人报名：一来在那种大会上讲话，只能笼统讲，不能讲得透彻；二来既然叫大家来报名，像与恒元有关系那些人想报上名给恒元打听消息，可该收呀不收？我说不用那样做：你们有两个人会编歌，就把'入了农救会能怎样怎样'编成个歌传出去，然后咱们出去几个人跟他们每个人背地谈谈……"②

---

① 理（赵树理）：《反对卖膏药》，《新华日报（华北版）》1943年1月29日。
② 赵树理：《李有才板话》，《赵树理全集》第2卷，大众文艺出版社2006年版，第294页。

上面这段描写出现在老杨同志组织群众重新成立农救会前，在李有才家的窑洞里布置工作的时候。显然，章工作员的工作方法，就是聚集农民开会，宣传农救会的"道理"。如果我们联系起前面的分析，那么这些所谓的"道理"就只能是用章工作员常说的"重要性"、"什么的意义及其价值"这类陈词滥调表达出来的。在老杨同志看来，这样的工作方法因为"不能讲得透彻"，根本不可能保证农救会顺利成立。因此，他断然拒绝召集村民开会、讲道理的传统方法，而是用"编歌"和"背地谈谈"的方式开展工作。值得注意的是，无论是"编歌"，还是"背地谈谈"，这两种方法都意味着以鲜活的口语和农民进行交流。这里提到的"歌"，就是主人公李有才创作的快板。那生动、明快、便于记忆，以及富有幽默感的语言，让李有才的快板在阎家山不胫而走，充分发挥了组织群众的功用。而老杨同志那"背地谈谈"的方法，则使用普通农民能够理解的语言方式，让中国共产党的各项政策真正为农民所掌握。显然，赵树理在《李有才板话》中提出的问题，是如何在农村地区有效落实中国共产党的方针政策。而当他把这一政治性的思考转化为文学形式时，选择了以两种语言的差异性来表征章工作员和老杨同志的不同态度。在这个意义上，小说中的书面语无疑代表了某种脱离农村地方实际，总是从"国际国内形势"的角度出发的好高骛远的工作态度；而让普通农民喜闻乐见的口语则代表了值得赞赏的实事求是的精神。在笔者看来，这种文学语言与政治态度之间水乳交融的状态，或许是20世纪40年代的左翼批评家特别看重赵树理的语言的根本原因之一。

由于中国共产党领导的解放区始终处在极端恶劣的环境中，这就使得党的干部必须一切从实际出发，根据所在地区的实际情况确定工作方法，更好地推动革命向前发展。因此，赵树理在小说中以农民熟悉的口语进行表达，拒绝脱离实际去空谈"国际国内形势"的特点，的确符合现实环境的要求并与毛泽东文艺思想暗合。他的作品被解放区的文艺理论家大加赞赏并被树为"方向"，也就顺理成章了。

考察20世纪40年代的解放区小说，我们会发现虽然大多数作家因为不能像赵树理那样在作品中避免两种语言夹杂的情况，在文学语言方面受到不同程度的批判。然而值得注意的是，在他们的写作中，不切实际、空谈宏观问题的小说人物同样被作为嘲讽和揶揄的对象。而且小说在刻画人物的这一特征时，所使用的方法也是让他们操持普通农民无法理解的书面语。以丁玲的长篇小说《太阳照在桑干河上》为例，虽然这篇小说在语言上被批评家认为是以"知识分子所谓'欧化'的句法"进行"单调的缺少色彩的叙述"，表明"作者在这里还没有完全把握到群众语言的精神与实质"①，但丁玲却和赵树理一样，选择对那些喜欢高谈阔论的干部予以尖刻的讽刺。进驻暖水屯的土改工作组组长文采同志，就是一个只看过《子夜》的评论文章就喜欢和别人空谈茅盾作品的人。他总是从宏观角度思考工作的意义，却没有任何处理实际问题的能力。在小说中，对国际、国内局势的了解和痴迷，对宏观形势的思索，以及那无法让普通农民听懂的语言，都成了他身上一切可笑之处的来源。试看下面这段描绘：

  这天晚上的会，人数虽然没有第一天多，散会仍然很晚。文采同志为了要说服农民的变天思想，他不得不详细的分析目前的时局。他讲了国民党地区的民主运动，和兵心厌战，又讲了美国人民和苏联的强大。他从高树勋讲到刘善本，从美国记者斯诺、史沫特莱，讲到马西努，又讲到闻一多、李公朴的被暗杀。最后才讲到四平街的保卫战，以及大同外围的战斗。说八路军已经把大同包围起来了，最多半个月就可以拿下来。这些讲话是有意义的，有些人听得很有趣。可惜的是讲得比较深，名词太多，听不懂，时间太长，精神支不住，到后来又有许多人睡着了。但文采同志的热心，恨不得一时把心都呕给他们，让他们什么也明

---

① 陈涌：《丁玲的〈太阳照在桑干河上〉》，《人民文学》第2卷第5期，1950年9月1日。

白，所以他无法压缩自己的语言。①

显然，由于文采同志在与农民群众交谈时使用标准的书面语（即所谓"无法压缩"的语言），将与本地生活无关的国际、国内大事统统演说一番，在工作中处处流露出可笑的知识分子习气，使他本人没有被当地群众接受，暖水屯的土改工作也迟迟无法打开局面。而文采同志对暖水屯本地方言土语的学习，最终也只停留在以书面语发言之后，再用方言询问听众"老乡们，懂不懂？精密不精密？"②的层面上，因而成了暖水屯的小学生摹仿、戏谑的对象。

由此，我们发现了一个非常有趣的文学史现象，即20世纪40年代那些知识分子出身的解放区作家虽然在小说中讽刺那些操着脱离当地生活的语言，总是痴迷于"国际国内形势"的干部，但这些作家自己却并没有表现出改变作品的叙述语言的愿望。也就是说，虽然这一时期的很多批评家都将"五四"新文学在叙述和人物对话中使用两种语言的现象，视为作品形式的某种缺陷和作家身上知识分子气未能涤除干净的表征，然而这种分裂状态却普遍存在于这一时期的解放区作品中。包括《太阳照在桑干河上》、《暴风骤雨》在内的很多解放区小说在问世后都面临着类似的指责，但知识分子出身的作家似乎并没有真的将这类批评放在心上，像响应学习"群众的语言"的要求那样在作品中尝试做出改变。

而尤其值得注意的是，在新中国成立以后，有些小说家还自觉地追求这种在20世纪40年代受到批判的形式特征，有意识地强化作品中的语言分裂现象，即一方面在作品的叙述部分坚持使用标准的书面语，另一方面则在人物对话部分中通过运用方言土语以加强作品的地方性特征。新中国成立后出现的一些产生了广泛影响的农村题材作品，如《山乡巨变》、《红旗谱》等都表

---

① 丁玲：《太阳照在桑干河上》，《丁玲全集》第2卷，河北人民出版社2001年版，第125—126页。
② 同上，第109页。

现出这一特点。而这类作家中最典型的一位，就是我们在上文重点分析过的周立波。因此，在下面的论述中，笔者将以周立波为个案，具体分析小说家如何强化作品中的语言分裂倾向。

坚持使用标准书面语进行叙述方面，在周立波对长篇小说《暴风骤雨》进行修订的过程中体现得最为明显。在这部小说的早期版本中，作家有时会在小说叙述的过程中，不经意地使用一些具有地方特色的语汇。以下面这段文字为例：

> 一九四六年七月下旬的这个清早，在东北松江省境内，在哈尔滨东南的一条电车道上，牛倌看见的这挂四马拉的四轱辘大车，是从县城动身，到元茂屯去的。①

上述引文中的"电车道"就是一个极具东北地方色彩的词。如果光从字面意思来看，其他地区的读者往往会误解这个词的涵义。关于这一点，周立波本人有着充分的自觉，在1956年的最后"定本"之前的各个版本中，他会非常细心地在"电车道"一词后面用夹注的形式注出"汽车路"，以帮助读者正确理解这一语汇的意思。不过有趣的是，人民文学出版社在1956年出版的第二版《暴风骤雨》中，作家将正文中容易引起误解的方言"电车道"，修改为标准的书面语——"公路"②。显然，这类细小的改动对这部作品的阅读来说几乎没有任何影响，但正是在这样的修改中，呈现出的是小说家在新中国成立后追求叙述语言标准化的意图。

值得玩味的是，虽然周立波在自己的小说中不断追求标准化的叙述语言，但却用截然相反的标准来书写作品中的人物对话，认为对话中必须加入

---

① 周立波：《暴风骤雨》，新华书店1949年版，第1—2页。
② 周立波：《暴风骤雨》，人民文学出版社1956年版，第2页。

方言土语才能达到真切、传神的效果。这一观点，在周立波1951年的文章《谈方言问题》中表达得最为清晰。由于这篇文章是作家被硬拉入一场关于是否应该在文学作品中使用方言土语的争论时写的，因此，有必要简要地介绍一下这场论争的经过。这次论争的始作俑者，是天津南开大学的语言学家邢公畹。他在1950年的《文艺学习》杂志（天津）上发表了一篇名为《谈"方言文学"》的文章，认为文艺作品中的方言土语是某种"引导我们向后看的东西"和"走向分裂的东西"①。因此，文艺工作者只能以中华民族的"共同语"进行写作。毫无疑问，这位语言学家的观点非常偏激，这也引起了很多批评家和文学爱好者的反驳。刘作聪就写了《我对〈谈"方言文学"〉的一点意见》对邢公畹的观点予以批驳。这篇文章和邢公畹的回应文章一起，发表在《文艺报》第3卷第10期（1951年3月10日）上。邢公畹在为自己的观点辩护时认为，作家在20世纪40年代的战争环境下使用方言土语进行写作，无疑可以更好地起到发动群众、开展宣传的功效。然而在新中国成立后的历史条件下，作家则应该通过在文学作品使用中华民族的"共同语"，以帮助这种"共同语"的形成。而那些使人"向后看的"、"走向分裂"的方言土语，则应该从文学语言中清除出去。为了更加有力地论证自己的观点，邢公畹还强调有些党和国家领导人，如胡乔木，在参加语言学会议时就指出"要结束文艺工作者用语混乱"②的现象。

或许是因为这次论争所涉及的文学语言问题非常重要，而周立波又以在作品中大量使用方言土语闻名于世。《文艺报》在刊发刘作聪和邢公畹的文章前，特意将这两篇文章寄给周立波并征求他的看法。这就是周立波卷入这场论争的直接原因。在《谈方言问题》一文中，周立波对邢公畹的观点予以一一驳斥。对于方言写作会"引导我们向后看"、"走向分裂"的观点，周立

---

① 邢公畹：《谈"方言文学"》，《文艺学习》（天津）第2卷第1期，1950年8月。
② 邢公畹：《关于"方言文学"的补充意见》，《文艺报》第3卷第10期，1951年3月10日。

波认为只有内容才能决定文学作品是否具有进步性，语言本身并没有这样的效力。关于方言写作只在20世纪40年代的战争背景下才合理的看法，这位以书写方言土语著称的作家则强调："我们过去要用方言来创作，来写农民，将来也会用方言创作，也还是要写农民的。"他甚至宣称，如果放弃使用方言，"我们的创作就不会精彩"①。不过对于本文讨论最为重要的是，周立波在这篇文章里对写作中应该如何使用方言做了区分，认为：

> 采用某一地方的，不大普遍的方言，不要用在叙事里。写对话时，书中人物是那里人，就用那里的话，这样才能够传神。②

由此可见，周立波认为小说的叙事部分应该以标准书面语进行写作，而作家在描写人物对话时，则必须用方言土语才能达到真切、自然的效果。这一事实无疑表明，在作品中使用两种不同的语言进行创作，是周立波的主动追求，并相信这一特征是使自己的小说获得现实主义的感性外观，并产生艺术感染力的重要来源之一。

在这场论争中，批评家将方言写作视为20世纪40年代战争环境下的"权宜之计"，必须在新中国成立后的文学创作中予以清除；而小说家则极力维护自己作品中的语言分裂状态，并高度认可方言土语在文学中的地位和意义。这些相互冲突的意见后来在20世纪50年代出现的历次有关方言问题的讨论中不断复现。不过如果我们考虑到地方性的方言土语在20世纪40年代是文艺理论家号召作家学习的对象，那么论争中一系列相互矛盾的观点得以在新中国成立后的历史语境下产生，正表明作家、批评家对于以方言土语形式出现的地方性问题的理解方式在这一时期发生了改变。这一变化提示着我们，地方

---

① 周立波：《谈方言问题》，《文艺报》第3卷第10期，1951年3月10日。
② 同上。

性特征还牵涉着比上文分析的知识分子改造问题更为复杂的维度。在这个意义上，我们必须更为细致地分析20世纪40年代解放区小说中的语言分裂现象，才能真正理解地方性在这一时期的文学中究竟意味着什么、构成文艺理论家用以观察和理解地方性的认知"装置"受到哪些因素的影响。

由于在周立波的小说中，叙述语言和人物对话以极端分裂的状态出现，恰与赵树理那种完全使用口语的叙述方式形成鲜明的对照。或许对这位作家的小说进行分析，可以帮助我们更好地理解这一问题。需要指出的是，周立波的作品并不仅仅在叙述语言和人物对话的分裂状态中表现了标准书面语和方言土语之间的差异。有些时候，作家在刻画某个人物时也同样会有意识地加强这种分裂状态。而且在这类对人物的描绘中，差异性的语言类型背后所蕴涵的不同诉求比前面分析的赵树理、丁玲的作品体现得更为明显。长篇小说《暴风骤雨》中的主人公萧队长是一位在土改工作中实事求是、走群众路线的好干部。或许是为了突出萧队长接近群众的工作作风，小说一方面详细地描写了他进入元茂屯后积极与贫下中农"唠嗑"，了解村子里的阶级构成等情况；另一方面则着重表现萧队长学习东北方言的过程，让这个外来的知识分子在工作中渐渐使用诸如"翻土拉块的"[①]、"蹽了"[②]等极富东北地方色彩的语汇与农民交流。于是，就有了小说接近结尾处一个颇为有趣的场景：

萧队长又说：

"在后方，卧底胡子也抠出来了。明敌人，暗胡子，都收拾得不大离了。往后咱们干啥呢？"全会场男女齐声答应道：

"生产。"

萧队长应道：

---

① 周立波：《暴风骤雨》，新华书店1949年版，第51页。
② 同上，第63页。

"嗯哪,生产。"

妇女里头,有人笑了,坐在她们旁边的老孙头问道:

"笑啥?"

一个妇女说:

"笑萧队长也学会咱们口音了。"①

虽然这段描写丈地会议的场景只是小说为了增加趣味性而设置的闲笔,但却具有极为深刻的内涵。1942年延安"整风运动"以后,知识分子出身的干部普遍开始改造自己的工作作风、生活作风,通过向广大工农兵学习,走群众路线来更好地完成党组织赋予的工作。显然,《暴风骤雨》中的萧队长就是在这一背景下塑造出来的好榜样。他到达元茂屯后,积极开展实地调查,细心分析村子里的阶级成分、矛盾关系,与群众打成一片,领导他们顺利完成斗争地主和土地改革等工作。如果我们抽离了这部小说丰富而生动的描写,单纯分析萧队长所从事的工作,那么他简直就是一位从中国共产党的政策文件中走出来的优秀干部。有趣的是,当作家在小说中试图将这一人物生动化、文学化时,富有意味地选择了主人公学会了当地方言土语这一细节。也就是说,萧队长改造知识分子习气、密切联系人民群众、成功地领导了土改工作,以及习得东北地区的方言在小说中处在相同的结构位置上。作家正是用萧队长嘴里语言的改变,在小说结尾处标记了他的成功。在这个意义上,富有地方色彩的方言土语,成了印证主人公改造知识分子气、取得革命胜利的"勋章"和标志。

从《暴风骤雨》对萧队长口语的描写来看,以方言土语形式出现的地方性问题,的确如我们在上文中分析的那样,与知识分子改造密切相关。然而小说接下来对萧队长的描写,却把文学用语的话题引向了一个更为复杂的维

---

① 周立波:《暴风骤雨》(下册),新华书店1949年版,第296页。

度。在上面一段引文所描写的丈地会议之后，小说这样描绘萧队长一个人独处时的情景：

……农会院子里，没一点声音，萧队长一个人在家，轻松快乐，因为他觉得办完了一件大事。他坐在八仙桌子边，习惯地掏出金星笔和小本子，快乐地但是庄严地写道：

"彻底消灭封建势力，就是彻底消除了几千年来阻碍我国生产发展的地主经济。地主打垮了，农民家家分了可心地。土地问题初步解决了，扎下了我们经济发展的根子。翻身农民在共产党的领导之下，会向前迈进，不会再落后。记得斯大林同志说过：'落后者便要挨打。'一百年来的我们的历史，是一部挨打的历史。一百年来，我们的先驱者流血牺牲渴望达到的目的，就是使我们不再挨打的目的，如今在以毛主席为首的中共中央的英明领导下，快要达到了。"

写到这儿，萧队长的两眼潮润了，眼角吊着两颗泪瓣。……①

如果说萧队长在其工作对象——元茂屯的村民——面前，总是自觉地使用富有地方特色的方言土语与他们进行交流，甚至他嘴上的语言也在不知不觉中为农民所改变；那么当独处一室的时候，这位知识分子出身的干部则更愿意在"小本子"上以书面语抒发自己激动的心情。在《暴风骤雨》中，萧队长绝大部分时间都与元茂屯的农民生活、战斗在一起，要么召开会议宣传土改政策、布置斗争地主的策略，要么领导民兵抵御土匪的骚扰；只有在上面这段引文所描绘的时刻，萧队长才终于找到空闲，从元茂屯的事务中暂时脱身出来，在更高的层次上思考自己工作的意义。正是因为萧队长在此时此刻与元茂屯的农民暂时分开，他才能在那段使他"两眼潮润"的文字中，把

---

① 周立波：《暴风骤雨》（下册），新华书店1949年版，第308页。

自己在东北地区所从事的工作放置在几千年来的封建剥削史和一百年来的中国革命史中加以理解，并为中华民族命运的改变而热血沸腾。从这个角度来看，使用何种语言进行表达，似乎与言说者能够站在多高的层次上思考问题息息相关。也就是说，当萧队长必须从元茂屯的实际情况出发处理问题时，他只能运用地方性的方言土语进行表达；而当他开始在中华民族改变命运的层面上理解自己工作的意义时，他就必须转而使用标准书面语进行相应的思考。这一点是《暴风骤雨》对主人公萧队长的描写最有意味的地方。

如果由此反观上文分析过的赵树理和丁玲的作品，我们会发现这些作家在刻画章工作员、文采同志以及萧队长时，都不约而同地选择将小说人物使用的语言作为刻画人物形象的重要手段。而在他们的笔下，每当小说人物开始使用书面语进行思想表达时，他们的思考就会超越实际身处的地方的局限，在更为宏大的全国乃至国际的层面上展开。只不过在章工作员和文采同志那里，由于他们把这类思考不切实际地放置在阎家山和暖水屯这样具体的乡村环境中，没有考虑地方的实际需要，因而成了好高骛远的反面人物，处处让人觉得荒唐可笑。而萧队长则与前面二者不同，当他在元茂屯组织实际工作时，他并没有使用知识分子的语言，而是选择向村民学习当地的方言土语。毫无疑问，这一用语的转换在小说中标识了萧队长实事求是的工作方法，并成为元茂屯土地改革和反土匪斗争胜利完成的保证。而只有在夜深人静、一人独处的情况下，萧队长才会暂时脱离元茂屯的具体环境，用"金星笔"和"小本子"这两个典型的知识分子意象，以书面语表达和思考元茂屯的土改工作在更高层面上的意义。由此可以看出，具有地方特色的方言土语，亦即普通农民口中活生生的语言，在解放区的这批小说中与地方的实际状况、实事求是的工作作风以及群众路线等处在结构性的对应关系中。而知识分子所使用的书面语，则在小说中意味着以宏观的视野思考问题。在笔者看来，将地方性的方言土语在文学表达的层面上与地方状况、工作作风等问题联系起来，是20世纪40年代解放区批评家理解地方性问题时的重要特点，而这也构成了文艺理论家用以观察地方性的认知"装置"的组成部分之一。

只有在充分了解地方性的方言土语在解放区文学中的位置后，我们才能够意识到20世纪50年代初发生的那场关于方言写作问题的论争所具有的重要意义。正是那场论争透露了人们借以观察和理解地方性问题的认知"装置"发生改变的消息。正像我们在上文曾经论及的，在邢公畹关于方言写作问题的论述中，地方性的方言土语只有在20世纪40年代特定的历史环境中才值得被纳入文学语言。新中国成立以后，文艺工作者应该放弃使用方言土语，转而用所谓中华民族的"共同语"进行创作。邢公畹还透露，胡乔木在这一时期也认为"要结束文艺工作者用语混乱"[①]的现象。这样一种观点的提出显然意味着：中国当代文学必须比20世纪40年代的解放区文学获得更为广阔的视野，在全国或全民族的范畴下思考问题。在这一标准的要求下，地方性的方言土语，以及它所表征着的地方性经验、立足于地方的工作方法等都显现出了某种局限性。它被偏激的批评家剥夺在文学语言中的立足之地，也就顺理成章了。而如果我们参考周立波在这场论争中的意见，这一点就能看得更加清楚。在周立波那里，他同样坚持在小说中使用标准的书面语，并在新中国成立后修改自己作品的叙述语言，以便弱化方言色彩，使其更容易在全国范围内传播。虽然作家在论争中一再强调使用方言土语的重要性，但他为方言写作辩护的角度却显得意味深长。因为周立波并没有像20世纪40年代的文艺理论家那样，强调地方性的方言土语对于知识分子改造等问题的意义，而是更关心方言土语如何使作品显得更加真实、更符合现实主义文学的要求。他在辩护时还以东北农民口中的"牤子"一词为例，认为如果让小说中的农民讲出"公牛"这样的语汇，就会让读者觉得不够真实。也就是说，作家是在现实主义文学的拟真效果的意义上来理解方言的作用的。从强调方言写作的政治作用，到看重方言土语在文学阅读层面上的拟真效果，这一过程中变化的正是文艺理论家用以理解和考察地方性的认知"装置"。在笔者看来，赵树

[①] 邢公畹：《关于"方言文学"的补充意见》，《文艺报》第3卷第10期，1951年3月10日。

理的小说之所以在新中国成立后被认为对农村地区的表现,"没有结合整个历史的动向来写出合理的解决过程"①,最根本的原因就在于影响批评家判断的认知"装置"已经发生了改变。

三 人物形象与地方性的显隐

除了独具特色的文学语言,赵树理作品另一个让20世纪40年代的批评家感到惊异的地方,是其创造的小说人物。以周扬为例,他在总结赵树理小说创作的特色时就指出,赵树理作品"值得研究,值得学习"的地方主要有两处,一个"是他的语言的创造",另一个就是"他的人物的创造"②。在周扬看来,赵树理在创造人物过程中的最大特点,就是"他总是将他的人物安置在一定斗争的环境中,放在斗争中的一定地位上,这样来展开人物的性格和发展。每个人物的心理变化都决定于他在斗争中所处的地位的变化,以及他与其他人们相互之间的关系的变化。他没有在静止的状态上消极地来描写他的人物"③。从这段对赵树理作品的描绘来看,周扬连续使用三个"斗争"来论证赵树理笔下的小说人物的特点,其目的显然是为了建立这些人物与中国革命之间的关联。的确,20世纪40年代的解放区批评家在谈到赵树理小说中的人物时,几乎全都从这些人物对于中国革命的启示意义的角度来说明赵树理作品的特殊价值。东北书店在1949年4月编辑出版的论文集《论赵树理的创作》里,就专门收入了力群关于赵树理小说人物的一组文章。这组文章包括三篇对《李有才板话》中的人物的专论,分别讨论陈小元、章工作员,以及老杨同志和阎恒元这三组人物。在力群的论述中,赵树理对上述人物的描绘涉及到领导干部的腐化堕落问题、开展农村工作的方法问题,以及如何对

---

① 竹可羽:《评〈邪不压正〉和〈传家宝〉》,《人民日报》1950年1月15日。
② 周扬:《论赵树理的创作》,《解放日报》1946年8月26日。
③ 同上。

待地主恶霸的问题等,因而对于中国革命的健康发展有着极强的教育意义。这位评论家还认为赵树理的人物塑造方法,直接来源于鲁迅的小说。在论述中,他将赵树理小说中的人物视为"阿Q和祥林嫂"似的"典型人物",并称赞赵树理是"更加地道的解放区的歌手,他的作品是中国农村在变革中的记念碑,他用了热爱和赤诚真正歌颂了解放区的新的时代的新的人物"①。

不过有趣的是,虽然20世纪40年代的解放区批评家高度赞扬赵树理小说对人物的描绘,"将农民的真实的情绪、面貌勾画出来"②,塑造了真实丰满的典型人物,但在不同时期、处在不同立场上的批评家眼中,赵树理笔下的人物却呈现出完全不同的面貌。一方面,20世纪40年代一些身处局外的国际友人就从旁观者的视角对赵树理小说中的人物提出了自己的看法。以《中国震撼世界》的作者杰克·贝尔登为例,他在翻译了几篇赵树理的小说后就承认自己"对赵树理的书感到失望",并指出:

> 他(指赵树理——引者注)对乡村生活的描写是生动的,讽刺是辛辣的。他写出的诗歌是独具一格的,笔下的某些人物也颇有风趣。可是,他对于故事情节只是进行白描,人物常常是贴上姓名标签的苍白模型,不具特色,性格得不到充分的展开。③

从杰克·贝尔登所用的"贴上姓名标签的苍白模型"这样的比喻方式来看,他显然认为赵树理笔下的人物只是对某些先验概念的具体化,缺乏生动、丰满的人物描写,其创作也只能被看作是失败的。需要指出的是,和埃德加·斯诺、史沫特莱等人一起被看作是"中国人民的老朋友"的杰克·贝

---

① 力群:《三谈〈李有才板话〉——阎恒元及其他》,《论赵树理的创作》,东北书店1949年版,第42页。
② 周扬:《论赵树理的创作》,《解放日报》1946年8月26日。
③ [美]杰克·贝尔登:《中国震撼世界》,邱应觉等译,北京出版社1980年版,第117页。

尔登,长期对中国革命事业的发展表示欢迎和赞赏。因此,他对赵树理小说人物的判断,绝不是由于对这位作家表现的题材——中国农村发生的革命——抱有偏见,而只能是赵树理笔下的人物与他对理想的文学人物的预期不相符合。另一方面,新中国成立以后,一些研究者在新的历史条件下也开始意识到赵树理小说人物的局限性。例如,竹可羽就指出赵树理在对小说人物进行描绘时,"善于表现落后的一面,不善于表现前进的一面"[①]。而到了20世纪80年代,黄修己更是在《赵树理评传》中发展了竹可羽的这一看法,认为赵树理在刻画小说人物时存在着时间、空间两方面的局限。这里所谓的时间局限,指的是赵树理比较熟悉"农村中年龄较大的一辈……而对年青的新人,他接触得少,了解得不深"[②]。与竹可羽在1950年对赵树理的批评基本相同。而空间的局限则意味着,赵树理"熟悉的、关心的主要是晋东南和太行山区"[③]生活的人物,所以这位小说家的写作基本上集中在对某一地域的书写上,表现出鲜明的地方性特征,缺乏在更大范围内进行创造和想象的能力。

毫无疑问,所有这些对赵树理小说人物的不同看法都表明,我们绝不能将解放区批评家对赵树理小说人物的高度评价予以本质化的理解。那种将赵树理笔下的人物视为阿Q式的典型人物的看法,只是特定历史条件下的产物。或者说,赵树理通过他的写作创造了某种典型人物的观点,只是那些文艺理论家以特定的认知"装置"去观照其小说时得出的结论。一旦有读者、研究者——例如上文提到的杰克·贝尔登、竹可羽,以及黄修己等——尝试以另外的认知"装置"去考察赵树理的作品时,就会看到全然不同的文学景观。赵树理笔下人物的局限性和地方性也就会显影出来。在这个意义上,我们对赵树理小说人物的分析,就必须同时注意这些人物自身的特点以及20世纪40

[①] 竹可羽:《评〈邪不压正〉和〈传家宝〉》,《人民日报》1950年1月15日。
[②] 黄修己:《赵树理评传》,江苏人民出版社1981年版,第358页。
[③] 同上,第357页。

年代解放区批评家考察其作品的认知"装置"。只有这样，我们才能够真正理解赵树理小说人物的地方性何以在这一时期成为不可见的因素，并在分析中呈现解放区的文艺理论家体认地方性特征的方式。

考察赵树理在20世纪40年代的小说作品，我们会发现其中的人物确实像周扬所说的，总是被"安置在一定斗争的环境中，放在斗争中的一定地位上"予以表现，并重点刻画那些人物"在斗争中所处的地位的变化"①。以这位解放区作家的成名作《小二黑结婚》为例，这篇小说共分为十二个部分，大致可以依据人物在斗争中所处的不同阶段分为三个段落。在小说的前面五个部分中，赵树理让二诸葛、三仙姑、小芹、金旺兴旺兄弟，以及小二黑等人物依次出场，并为每个人物设置一个小故事来刻画其性格特征。例如，在第一部分《神仙的忌讳》中，赵树理就分别讲述了二诸葛因迷信黄历而误了农时、三仙姑在降神时提醒小芹"米烂了"这两个故事，以表现二诸葛虔诚问卜的愚昧和三仙姑装神弄鬼的可笑。如果仔细考察上述六个人物，我们会发现他们大致代表了"斗争"中的三种不同力量，并构成引发小说故事的地点——刘家峧——的革命形势发生变化的根源。小说中的二诸葛、三仙姑代表了刘家峧中落后、守旧的封建势力。陈腐的封建思想控制、压迫着两个人的生活，让二诸葛成了事事以黄历为准的可笑人物，而三仙姑则因为在年轻时既没有获得自由的爱情，也没有条件去挑战封建婚姻制度，只能用装神弄鬼的方式过着不检点的生活。赵树理的深刻之处在于，他一针见血地写出了这些被封建思想侮辱与损害的弱者，又如何反过来成了封建思想的帮凶，继续压迫他们的下一代。而小说中的小芹、小二黑则代表了刘家峧新生的一代。他们生活正派、追求进步，大胆地反抗来自父辈的压迫。面对自己的母亲，小芹可以勇敢地说出："我不管！谁收了人家的东西谁跟人家去！"②她正

---

① 周扬：《论赵树理的创作》，《解放日报》1946年8月26日。
② 赵树理：《小二黑结婚》，《赵树理全集》第2卷，大众文艺出版社2006年版，第223页。

预示着一种新的生活方式将在刘家峧扎下根来，旧的时代将一去不复返。《小二黑结婚》里的第三种力量则是在革命过程中混入村政权的恶霸金旺、兴旺兄弟。他们二人在抗战前就在村子里欺压良善，抗战初期更是帮助"溃兵土匪"绑票勒索。在革命政权建立的过程中，他们利用大家"不敢出头"的机会，一个成了武委会主任，一个当上了村政委员，把刘家峧弄成了自己的"铁桶江山"①。在这个意义上，金旺、兴旺兄弟在小说中正以他们自身的存在，标记了革命尚未完全成功的事实。

如果说《小二黑结婚》的前五部分，通过让六个人物依次出场为读者呈现了革命初期刘家峧存在着的三种力量；那么小说从第六到第九部分则直接表现这三种力量之间的冲突。在第六部分《斗争会》和第八部分《拿双》中，赵树理描绘了恶霸金旺、兴旺兄弟与村里的新生力量之间的斗争。由于调戏小芹不成，金旺、兴旺一方面在武委会里组织批斗小二黑，另一方面则指使金旺老婆在妇救会中批斗小芹。正是在这两次斗争会上，村里的两种力量第一次展开正面交锋。由于通过斗争会拆散小二黑和小芹的计划没有成功，金旺、兴旺后来又趁男女主人公约会时"拿双"，将两个人捆起来扭送区武委会。从这两部分的描写来看，小二黑和小芹总是在斗争中处于劣势，这一事实正说明革命尚未彻底成功，两个追求自由的年轻人还没有真正实现解放。而在第七部分《三仙姑许亲》和第九部分《二诸葛的神课》中，作家则着重描绘了被封建思想毒害的老一辈与农村新生力量之间的冲突。在《三仙姑许亲》中，三仙姑为了自己的私利，把小芹许配给阎锡山手下的退伍军官。然而小芹却不愿意重蹈中国妇女延续了上千年的悲惨命运，她斥自己"装神弄鬼的娘"的说法为"胡说"②，要自主选择自己的婚姻。而在第九部分中，老一辈的另一位代表人物二诸葛在看到自己的儿子被金旺、兴旺兄

---

① 赵树理：《小二黑结婚》，《赵树理全集》第2卷，大众文艺出版社2006年版，第218页。
② 同上，第224页。

弟捆起来送往区上后，并没有与村里的恶霸进行斗争，却选择用偶然间碰到"穿了一身孝"的媳妇来解释这一不公的命运。这位笃信算卦的老人宁愿去指责小芹把自己的孩子"勾引坏"①，也不愿意质疑亘古流传的婚姻制度和村子里由恶霸把持的政权。从上述分析可以看出，小说在这四个部分的描写里，正是让刘家峧中的三种力量以两两交叉的方式相互碰撞、冲突，呈现出农村中的新生力量受到两方面夹击的窘迫。

虽然在之前的情节中，读者只能看到以小二黑和小芹为代表的新生力量在斗争中左支右绌，完全看不到他们获得胜利的可能性，但到了小说的最后三个部分中，故事情节却忽然发生了转变。随着共产党政权直接介入刘家峧内三种力量之间的冲突，摆在小二黑和小芹面前的所有困难都依次得到化解。在第十部分《恩典恩典》中，虽然二诸葛不断以"命相不对"为由请区长"恩典恩典"，不让小二黑和小芹结婚，但区长却根本不听这套迷信的说辞，交通员更是直接将二诸葛"推出"区公所。在这里，共产党政权那轻轻的一"推"，就把来自男方家长的阻碍消解于无形。在接下来的第十一部分《看看仙姑》中，小说则开始集中处理来自女方家长的障碍。三仙姑本意到区公所大闹一番，为此还做了精心的准备。在赵树理的笔下，她"换上新衣服、新手帕、绣花鞋、镶边裤，又擦了一次粉，加了几件首饰"②，俨然一副新媳妇出嫁的气派，充满了反讽和喜剧意味。而正是这样一身打扮，使得三仙姑在区公所遭到邻近老百姓的围观，成了戏谑、嘲笑的对象。从小说的描写来看，三仙姑在此时似乎并没有真正在思想上赞同婚姻自主的理念，但由于围观者的议论让她感到羞愧难耐，只能匆匆答应区长"让小芹跟小二黑结婚"③。在依次解决了以二诸葛、三仙姑为代表的封建势力对男女主人公婚事

---

① 赵树理：《小二黑结婚》，《赵树理全集》第2卷，大众文艺出版社2006年版，第229页。
② 同上，第231页。
③ 同上，第232页。

的阻碍后，小说的最后一部分《怎样到底》则集中处理刘家峧的恶霸金旺、兴旺兄弟。与第十、十一部分类似，对金旺、兴旺兄弟的斗争，仍然由区长主持。后者召开群众大会，通过诉苦和揭发的方式把兄弟二人的罪行一一暴露，并最终将他们从刘家峧清除出去。而二诸葛和三仙姑在此之后也发生了转变，一个"不好意思再到别人跟前卖弄他那一套"[①]，另一个则"把三十年来装神弄鬼的那张香案也悄悄拆去"[②]。于是，刘家峧原有的三种力量在共产党政权介入小二黑和小芹的婚事后，封建势力和恶霸流氓要么被改造，要么被祛除，刘家峧成了新生力量的天下，而革命斗争也终于在此刻取得了胜利。

  从我们对《小二黑结婚》这篇小说的分析来看，其中的人物的确如周扬当年的分析所言，总是身处在激烈的斗争之中。并且随着斗争形势的变化，他们的地位也发生了相应的改变。在《小二黑结婚》中，两位主人公在故事开始的时候，受到封建势力和恶霸流氓两方面的夹击。而到了小说的结尾处，摆在他们面前的两种阻碍都在共产党政权的帮助下消失了，他们迎接的将是幸福美好的生活。赵树理这种刻画人物的方式，让他笔下的人物总是与中国革命事业的发展紧密结合在一起，并使他们身处的地位随着革命的进程而改变。在这个意义上，这位作家的确成功地将中国农民在20世纪40年代经历的命运起伏转化为文学形式。这也就难怪周扬、力群等解放区批评家对赵树理所塑造的人物给予那么高的评价，并将他们看作是某种典型人物。

  然而从另一个角度来看，以这样的方式处理人物却多少让人感到有些不满。因为无论是小二黑还是小芹，虽然他们的地位随着斗争的进程发生了改变，成了刘家峧的主导性力量，但他们自身似乎并没有在这场扭转了中国农民几千年被剥削、被压迫命运的革命中发生丝毫变化。在《小二黑结婚》开始的地方，我们的男女主人公就已经是两个追求自由恋爱的青年了。而当故

[①] 赵树理：《小二黑结婚》，《赵树理全集》第2卷，大众文艺出版社2006年版，第235页。
[②] 同上，第234页。

事结束时，他们仍然是两个渴望婚姻自主的年轻人。在这一过程中，改变的只是刘家峧三种力量的地位和相互之间的结构性关系，小芹和小二黑自身并没有发生变化。也就是说，革命只是改变了这些农村新人的前途和命运，但却没有在他们身上刻下一丝印痕。

赵树理描绘人物的这一特点，构成了他的写作与其他新文学作品最重要的区别之一。关于这一点，或许比较一下《小二黑结婚》和"五四"时期的经典爱情小说《伤逝》以及解放区文学的代表作《暴风骤雨》，可以让我们看得更为清晰。之所以将《小二黑结婚》和《伤逝》放在一起进行分析，主要是因为这两个相隔近二十年的文本，共同处理的是追求婚姻自主的年轻人如何面对周围的环境带给他们的压力。将它们进行对比，恰可以看出两位小说家描绘人物时的不同方式，并为我们呈现赵树理的小说与经典的"五四"新文学作品之间的差异。而将赵树理的作品与《暴风骤雨》进行比较，则可以更好地让我们看到秉持着相近的文学理念的解放区作家，以怎样不同的方式去处理小说人物在同一场社会变革中的命运。在笔者看来，只有通过这两方面的对比，我们才能够真正理解赵树理所刻画的人物在新文学发展史上的特殊性。

在小说《伤逝》中，鲁迅让叙述者涓生以回忆的方式，用"悔恨和悲哀"[1]的语调讲述他和子君在过去一年中的点滴往事。于是，表白爱情前的焦虑和犹疑，恋爱时的甜蜜与幸福，在社会压力面前的坚决和坦荡，以及爱情如何被生活自身的琐碎所挤垮等，都极为清晰、动人地为读者一一呈现。在涓生的讲述中，我们看到的是两个相爱的年轻人以怎样悲壮的方式面对社会的冷眼与阻碍，并最终为他们周围的环境所吞噬。如果说在《小二黑结婚》中，变化的是男女主人公所生活的社会——刘家峧——以及他们在周围环境里的地位。那么在《伤逝》中，社会自身的铁律是不容撼动的，尝试婚姻自主的两个年轻人只能被那个社会所改变。毫无疑问，这两个文本之所以存在

---

[1] 鲁迅：《伤逝》，《鲁迅全集》第2卷，人民文学出版社2005年版，第113页。

这样的差异，最根本的原因是它们诞生在两个完全不同的时代。1925年的中国正处在军阀混战时期，距后来的大革命尚有两年的时间。在这样的历史语境下，追求自由的年轻人能够感到这个社会必须被改变，但却丝毫看不到变革的可能。鲁迅的小说《伤逝》无疑是这一社会状况的表征。而20世纪40年代的中国则是一个翻天覆地的时代，所有中国人的命运都将在这场变革中被彻底改写。因此，我们也就可以理解为什么赵树理会那么着力于描绘农村社会中各种力量之间的结构性变化。

不过对于我们的讨论来说，重要的并不是去说明两个差异性的时代如何决定了小说的面貌，而是这两个文本对于人物的不同塑造方式。在鲁迅的《伤逝》中，作家直接为读者呈现主人公的内心世界，让涓生痛苦地回忆自己在过去一年里与子君的生活。他哀叹爱情光环的消逝，为自己在生活面前的软弱痛苦不已。从某种角度来说，正是主人公的种种变化，构成了这篇小说所具有的美感和深刻性的重要来源。由于鲁迅选择以第一人称叙述的方式直接刻画涓生的内心世界，使得小说为读者展现出的是一个孤独的个人在面对爱情生活、社会生活时的一系列反应。这个内心世界是如此的封闭，以至于在面对自己所挚爱的子君时，仍然感慨他们之间存在着"真的隔膜"[①]。因此，在鲁迅的这篇小说中，人物是作为一个孤独的个体出现在社会上，并悲剧性地被他们所身处的环境改变。然而在赵树理的《小二黑结婚》中，人物却以另外的方式呈现在读者面前。无论是小芹还是小二黑，他们的内心世界都没有向读者透露任何消息，我们能够看到的只是他们为自己的命运与刘家峧的两股力量进行斗争。在这一过程中，他们的内心没有丝毫的动摇和变化，有的只是对爱情的执着与坚持。由于作家在这篇小说中没有着力表现男女主人公的内心世界，而是重点描绘以他们为代表的新生力量在刘家峧中地位的变化。这就使得我们很难把小二黑和小芹看作是类似于涓生和子君那样

---

① 鲁迅：《伤逝》，《鲁迅全集》第2卷，人民文学出版社2005年版，第118页。

的独立个人，而只能将他们指认为刘家峻新生力量的代表。也就是说，赵树理笔下的人物似乎从来不是某个单独的个体，而只是他们所在村落新生力量的集体命运的具象化。小说人物对赵树理来说并不是个人，而只是集体的指称物。在笔者看来，这一点或许是赵树理的小说区别于"五四"新文学作品的地方。

而在周立波的小说《暴风骤雨》中，对爱情的表现虽然不是小说描写的重点，但却是刻画人物最重要的手段之一。将其与《小二黑结婚》进行比较，恰可以看出两位作家在塑造人物时的不同方式。以周立波对白玉山、白大嫂子之间情感生活的描绘为例，在《暴风骤雨》第一部里，白玉山因为受到地主韩老六的欺压，对生活渐渐绝望，从一个"勤快的小伙子"，变成了"心眼挺好、脾气随和、但是有些懒懒散散、粘粘糊糊、老睡不足的汉子"[1]。由于他总是贪睡，不认真劳动，使得妻子白大嫂子对他的感情渐渐有些淡薄。在小说中，作家这样描绘夫妻二人在土改工作队入驻元茂屯前的日常生活：

> 媳妇（指白大嫂子——引者注）总跟他（指白玉山——引者注）干仗，两口子真是针尖对麦芒：
> "跟你算是倒霉一辈子。"
> "跟别人你也不能富，你命里招穷。"
> "你是个懒鬼，怨不得你穷一辈子。"
> ……[2]

从这段描写来看，白玉山因地主压迫而造成的"懒"招致白大嫂子的怨

---

[1] 周立波：《暴风骤雨》，人民文学出版社1956年版，第89—90页。
[2] 周立波：《暴风骤雨》，人民文学出版社1956年版，第91页。

恨，并使得夫妻之间的感情出现了裂痕。然而，随着萧队长带领着土改工作队进入元茂屯，白玉山很快成了积极分子，并改掉了自己贪睡懒惰的毛病。正如白大嫂子对邻居所说的，"从打工作队来这屯子里，天也晴了，人也好了，赖的变好，懒的变勤了"。而两个人的夫妻感情也由此得到了修复，甚至于"比新婚还好"①。到了《暴风骤雨》第二部，当已经从元茂屯调到双城县公安局工作的白玉山突然回家看望白大嫂子时，周立波更是用一段颇为动人的文字描写这对农民夫妻真挚的情感：

> "淑英，是我呀。"
> 听到这个熟识的声音，白大嫂子才停步，但也还没有说话，她的心卜通卜通地跳着。那人靠近她身子，紧紧搂着她。她笑着骂道：
> "这瘟死的，把我吓的呀。我当是什么坏人呢。"
> 她握着他肥厚的大手。他摸抚着她的暖和的，柔软的，心房还在起起落落，卜通卜通跳着的胸脯。院子里正飘着落地无声的雪花。屯子里有妇女的歌声。他俩偎抱着……②

如果我们单看上面的引文，那么这段动人的文字简直可以直接安置在"五四"以来的现代爱情小说里，而不会让读者感到任何不协调的地方。显然，在周立波的写作中，他虽然将描写的重点放置在对革命本身的展现上，但并不排斥对笔下农民私人生活的书写。私密的情感生活在这部小说中非但没有被压抑，反而成了侧面表现革命进程最重要的手段之一。因此，在《暴风骤雨》中，个人的命运、爱情，以及革命事业正处在相同的结构关系中。当革命尚未波及元茂屯的时候，白玉山本人因为地主阶级的压迫，勤劳的本

---

① 周立波：《暴风骤雨》，人民文学出版社1956年版，第107页。
② 同上，第348页。

性受到压抑，并被残酷的现实生活塑造成一个懒人。他和妻子之间的感情也相应地出现了裂隙。然而，在中国共产党领导的土地革命在元茂屯展开后，白玉山很快就重新成为一个热爱劳动的人，并与妻子和好如初。在这里，无论是个人的私人生活，还是社会生活，都为这场翻天覆地的土地革命所牵动、所改写。而小说也正是以这样的描写方式，既深刻地写出了中国农民的集体命运在土地革命中发生的巨大变化，同时也通过对农民私人生活的描写，塑造了一个个生动、可感的人物。如果我们按照文学史上惯常的说法，将所谓"典型人物"理解为那些既具备鲜明的个性特征，又深刻地体现了某种社会发展规律的人物形象的话，那么周立波笔下的白玉山、白大嫂子这类农民庶几配得上这一称号。

与鲁迅的《伤逝》和周立波的《暴风骤雨》进行比较后会发现，赵树理作品所创造的人物是非常独特的。在《伤逝》中，鲁迅相当细致地展现了主人公涓生的内心世界，并让他在残酷、僵化的社会环境中被彻底改写。而在《暴风骤雨》中，小说家则让他笔下的人物与他们身处的社会以相同的频率进行共振。通过白玉山、白大嫂子之间感情生活的变化，显影土地革命在中国农村掀起的翻天覆地的变革。与上面提到的这两部作品相比，赵树理笔下的人物则多少显得有些平淡。至少，他们与我们通常理解的文学人物不尽相同。正像我们在《小二黑结婚》里看到的，男女主人公从来没有向读者展露过他们的内心世界，也没有随着共产党政权在刘家峧引发的变革而发生丝毫改变。他们只是在刘家峧的三种势力发生结构性变化后，成为村子里的主导力量并由此实现了婚姻自主的愿望。由于小芹和小二黑在小说中始终没有表现出某种个性化特征，使得我们很难将他们视为活生生的个人，而只能把他们指认为刘家峧新生农民集体命运的具象化。

事实上，赵树理小说人物的这一特点并不仅仅出现在《小二黑结婚》中，作家在20世纪40年代的很多作品都表现出类似的倾向。以《李有才板话》为例，虽然这篇小说以其中的人物李有才和他创作的快板命名，但读者却很难把李有才看作是小说的主人公。因为作家在讲述《李有才板话》中的故事时,并不依据李有才的个人遭际来编织情节。在故事发展的不同阶段,赵树理会把叙事的焦点不断地转换为陈小元、阎恒元,以及老杨同志等,甚至当阎恒元把李有才从阎家山赶走后,这位"快板诗人"就在很长一段时间内从小说里消失了。继续留在小说叙事中的,就只剩下他所创作的快板。直到老杨同志找人把李有才从"柿子洼编村"请回来后,他才重新出现在小说叙事中。在这个意义上,这篇小说中贯穿性的"人物"似乎并不是李有才,而是他所创作的快板。和《小二黑结婚》一样,读者在《李有才板话》中依然没能看到李有才的内心世界,也无法察觉到阎家山发生的革命是否在他身上留下了痕迹。在小说开始时,李有才就已经是一个善于创作快板,并代表"老槐树底的人"发表意见的乡村艺术家。当小说终篇时,我们看到的只是革命使得阎家山的阶级关系发生了变化,原本被视为贱民的"老槐树底的人"终于成了村庄的主人,而李有才本人却并没有发生什么改变。从某种角度来说,叙事中缺乏内心活动和私人生活的李有才,并不是一个鲜活、生动的人物,依然只是阎家山农民在革命进程中的集体命运的具象化。关于这一点,一些敏感的批评家在20世纪40年代已经有所察觉。李广田就在1948年的文章《一种剧》中做出过精彩的评论,即:

  正在读希腊悲剧的时候,恰好有机会读到了赵树理先生的《李有才板话》,当时我曾想:《李有才板话》中的快板部分,在其地位、其作用,适如希腊悲剧中的"歌队"(Chorus),快板中所说的,和歌队所唱的,都是人民群众的意见。①

虽然李广田的这段话主要是对李有才所作的快板的评论,但如果考虑到

---

① 李广田:《一种剧》,《论文学教育》,文化工作社1951年版,第113页。

李有才本人在小说中并没有被表现为一个生动、可感的个人，而且当他被赶出阎家山的那段时间里，只是以农民口中流传的快板的形式出现在小说叙事中。那么在某种意义上，我们也可以把李有才和他的快板看作是相同的事物，他们共同表征着阎家山"老槐树底的人"的集体。或者用李广田的话来说，就是代表着"人民大众"。

分析至此，我们已经可以理解为什么赵树理在20世纪40年代所创造的小说人物会得到解放区文艺理论家的高度赞扬。一方面，作家本人并没有意愿像"五四"新文学作家那样，在自己的作品中创造出一个个鲜活、生动的人物形象。在赵树理那段关于"文坛"与"文摊"的著名论述中，他早已将自己的写作与"五四"新文学划清了界限。赵树理从来没有把诸如人物形象、主题意蕴，以及情节编织等文学创作中的常规范畴看作是不容置疑的铁律。他更愿意把自己的身份定位为党的文艺工作者，让其文字事业与共产党领导的中国革命紧密地结合在一起。在笔者看来，正是基于这样的认识，促使赵树理从事写作的永远不是什么"创作冲动"，而是革命进程中出现的各种各样的问题。在1949年的创作谈《也算经验》中，这位解放区的"明星作家"就坦言自己作品的主题直接生发自他"在作群众工作的过程中，遇到了非解决不可而又不是轻易能解决了的问题"[1]。而到了1959年，赵树理更是明确地把自己的作品定义为"问题小说"，表示"我写的小说，都是我下乡工作时在工作中所碰到的问题，感到那个问题不解决会妨碍我们工作的进展，应该把它提出来"[2]。可以说，正是因为赵树理的小说始终是为了回应中国共产党在农村工作中出现的问题，才使得他笔下的人物永远不是作为某种鲜活的个体出现，而总是以农民的集体命运、集体经验的形式呈现出来。这样一种独特的人物塑造方式，使得赵树理的小说在特定历史时期具有极强的时效性和功

---

[1] 赵树理：《也算经验》，《人民日报》1949年6月26日。
[2] 赵树理：《当前创作中的几个问题》，《火花》1959年6月号。

利性。因此，他的作品在20世纪40年代受到和中国共产党的政策文件共同发行的待遇，并成为指导领导干部在农村开展工作的参考文献。在力群那组分析《李有才板话》的人物形象的文章中，这位批评家就通过对陈小元、章工作员、老杨同志，以及阎恒元等正反两方面人物的分析，要求党员干部或引以为戒，或学习经验。由此可见，虽然赵树理书写的只是生活在刘家峧、阎家山等地的农村新人，但在这一时期却被赋予了典范性的意义。从这个角度来看，这些小说人物被这些解放区批评家看作是"典型人物"也就顺理成章了。

另一方面，赵树理小说叙事中被压抑的内心描写和私人生活等因素，在20世纪40年代的历史语境中也同样被看作是某种需要否定的内容。由于受到文艺大众化思潮、文艺的民族形式论争，以及毛泽东在《讲话》中提出的文艺思想的影响，这一时期的解放区批评家往往和赵树理一样，认为"五四"新文学因为"接受了欧化的影响"①，在某种程度上脱离了广大人民群众的欣赏趣味，成了曲高和寡的"文坛文学"②，必须予以改造和超越。例如，周扬在谈到这一问题时就指出，"五四"新文学中常常出现的"复杂性格心理的描写"、"琐细情节的描绘"等文学要素，虽然从艺术的角度来看"不成为缺点"，然而如果从文艺大众化的角度观之，就只能是必须克服的缺陷，需要"用形式短小，内容简单一些的大众化的新形式来填补"③。正是在这一点上，赵树理那种剔除了心理描写和私人生活展示的人物塑造方法，恰好与这一时期文艺界的主导倾向发生了耦合。也就是说，这位解放区作家的作品在不经意之间使批评家长期倡导但却没有实现的文学理想，成功地转化为文学形式。这就可以解释那些20世纪40年代的文艺理论家看到赵树理作品时迸发

---

① 周扬：《对于旧形式利用在文学上的一个看法》，《中苏文化》第1卷第1期，1940年2月15日。
② 李普：《赵树理印象记》，《长江文艺》第1卷第1期，1949年6月。
③ 周扬：《对于旧形式利用在文学上的一个看法》，《中苏文化》第1卷第1期，1940年2月15日。

出的欣喜和激动的心情。

　　从上述两方面的分析可以看出，当解放区的批评家在20世纪40年代由衷赞美赵树理所创造的小说人物时，存在着一系列因素让他们做出这样的判断。这些因素有些涉及到文学的根本问题，有些则与文学没什么关系。它们包括抗战爆发后再度兴起的文艺大众化思潮、文艺的民族形式论争中对"五四"新文学的批判、毛泽东在《讲话》中提出的文艺思想、赵树理的写作与中国革命之间的关系，以及共产党在地方工作中对赵树理作品的应用等。在笔者看来，所有这些生长在不同脉络上的复杂因素，在20世纪40年代被叠加、耦合在一起，共同构成了解放区文艺理论家理解和观察赵树理笔下人物形象的认知"装置"。正是在这一认知"装置"的观照下，赵树理的小说人物才会被阐述为生动、丰满的"典型人物"。而时过境迁之后，当这些因素在各自的脉络上继续发展，不再耦合在一起的时候，那一认知"装置"也就消散于无形。在新的历史条件下，文艺理论家以新的标准来重新审视赵树理的小说人物，这些人物就不再被视为具有重大意义的典型人物，而是显现出其局限性和地方性。

　　一方面，那些解放区批评家眼中的"典型人物"，如小芹、小二黑等，开始受到部分研究者的质疑和批评。当有人在新中国成立后指责赵树理"善于表现落后的一面，不善于表现前进的一面"时，他们显然已经能够看到这位解放区作家笔下的新人只是农民集体命运的具象化，缺乏丰富细腻的内心世界和私人生活，很难称得上生动、可感的文学人物。这就是有些评论家对赵树理提出的批评："随着社会生活的翻天覆地的变化，人的心理活动、内心世界，是决不会日渐贫乏，而只能越加丰富和复杂的。株守以人物行动刻划人物心理和人物性格的办法，是注定要落伍于时代的。"[①]

　　另一方面，虽然赵树理对小说人物的刻画，如某些党的干部所言，"相

[①] 楼肇明、刘再复：《赵树理创作流派的历史贡献和时代局限》，《山西日报》1980年8月7日。

当有助于我们地方工作的检查,在材料上,方法上,都不无可供参考的地方"①。其作品也在某些特定时期被当作是中国共产党指导农村工作的文献来发行。然而那些来自晋东南地区的农村新人,其负载的地方性经验于新中国成立后在多大程度上适用于全国,却是非常可疑的。在笔者看来,这正是批评家后来指出赵树理的小说存在着所谓"空间局限"的根本原因。在新的历史条件下,这位作家笔下的人物不再被当作是具有普遍意义的"新的农民的集体的形象"②,而是开始在真实地表现了具有地方特色的人物形象的意义上被理解。正像20世纪七八十年代之交的批评家在谈到以赵树理为代表的山药蛋派的写作时说的,他们的作品真实地刻画了"山西某地的农民,而不是在今后的年代里,在其他地区出现的农民"③。毫无疑问,在赵树理笔下人物的地方性逐渐被显影的过程中,变化的正是研究者用来观照和理解地方性的认知"装置"。

---

① 李大章:《介绍〈李有才板话〉》,《华北文化》革新第2卷第6期,1943年12月。
② 周扬:《论赵树理的创作》,《解放日报》1946年8月26日。
③ 李国涛:《且说"山药蛋派"》,《光明日报》1979年11月28日。

政治意识与小说形式

—— 论卞之琳的《山山水水》

20世纪40年代对于卞之琳来说是个极为特殊的时期。从精神状态上来看，他一反以往低调的做事风格，开始"不满足于写诗"[①]，转而从事更为"狂妄"[②]的小说创作。在这十年之中，他不再像20世纪30年代那样优游各地，主要进行短诗的写作；而是基本上沉潜在学院里，以长达八年之久的时间，完成了七十多万字的长篇小说《山山水水》并将其上卷译为英文。如果仅以创作数量来看的话，卞之琳在20世纪40年代无疑进入了他创造力最为充沛的时期。不过颇为可惜的是，这部倾注了作家"八年的时间和心力"[③]的长篇小说在1950年被付之一炬，只为读者留下了一些零散的小说片断。这一决绝之举使得卞之琳在20世纪40年代的形象显得模糊不清，而更多的是以20世纪30年代的现代派诗人为读者所知。

由于小说《山山水水》在文本的意义上缺乏自足性，学术界对这部作品的讨论很不充分。有些研究者甚至认为由于卞之琳"对小说创作的深切向往"，使得他"在漫长的八年之中，搁下了磨炼得已臻化境的诗笔……从精力

---

① 卞之琳：《山山水水（小说片断）·卷头赘语》，《卞之琳文集》上卷，安徽教育出版社2002年版，第267页。
② 卞之琳：《读宗璞〈野葫芦引〉第一卷〈南渡记〉》，《卞之琳文集》中卷，第400页。
③ 卞之琳：《忆"林场茅屋"答谢冯至》，《卞之琳文集》中卷，第103页。

的浪费和诗歌创作的中断来看，这个转向叫人感到可惜"①。研究者对卞之琳诗歌的热爱固然是可以理解的，但由此就轻易地否定作家的小说创作则显得有失公允。与简单地对卞之琳"转向"小说创作之举进行价值评判相比，更有意义的研究可能在于探究是什么促使作家放弃自己擅长的诗歌写作。只有这样，我们才能真正历史地理解卞之琳当年的选择。

作家之所以在20世纪40年代放弃诗歌写作，"转向"小说创作，是因为他对诗歌、小说这两种文体的不同认识。虽然卞之琳一向以诗闻名，但他十分清楚诗歌这种文体的局限性，认为"诗的体式难以表达复杂的现代事物"②、"难于包涵小说体所可能承载的繁夥"③；而"散文的小说体却可以容纳诗情诗意"④。由此可以看出，卞之琳的"转向"表明他开始有意识地将自己的创作与某种更为宏大的东西联系起来，说得更确切些，就是以创作回应自己身处的时代。而小说在卞之琳看来则是完成这一创作意图最为合适的文体。应该说，作家的这一"转向"在抗日战争的背景下并不罕见，很多作家都在战争爆发后放弃了早年的文学理想，投身到文学为抗战服务的洪流之中。在这样的背景下，卞之琳的选择似乎只是作家转向潮流中并不特殊的一例。因此，研究者在解读《山山水水》时，多以《海与泡沫》一章为例，认为这部小说表明作家"'个体话语'的彻底丧失，只剩下了'群体话语'"⑤。不过这一判断似乎忽略了作家在抗战时期颇为暧昧的姿态。这一姿态不仅仅指卞之琳奔赴抗战前线之后，没有选择留在延安，而是返回西南大后方；也指他在离开延安后对自己身份的定位。

关于这一点，以下几个方面值得我们注意。首先，卞之琳离开延安后虽

---

① 张曼仪：《卞之琳著译研究》，香港大学中文系1989年版，第90页。
② 卞之琳：《话旧成独白：追念师陀》，《卞之琳文集》中卷，第261页。
③ 卞之琳：《诗与小说：读冯至创作〈伍子胥〉》，《卞之琳文集》中卷，第356页。
④ 卞之琳：《话旧成独白：追念师陀》，《卞之琳文集》中卷，第261页。
⑤ 钱理群：《对话与漫游——四十年代小说研读》，上海文艺出版社1999年版，第344页。

然表现出对中国共产党的好感，但他似乎刻意强调自己是以"无党无派"[①]的身份返回西南大后方的。由于他对自己"无党无派"身份的强调是在1949年返回大陆前夕做出的，因此，作家的这一表态显然不是保护自己的曲笔，而只能理解为这是他从延安返回西南大后方后对自己身份的一种定位。其次，在谈到创作小说《山山水水》的用意时，卞之琳的说法颇耐人寻味。他认为这部小说可以通过"在文化上、精神上竖贯古今，横贯东西，沟通了解，挽救'世道人心'"[②]。这番话似乎印证了他晚年将《山山水水》视为某种"调和论"[③]产物的说法。如果再联系到作家关于《山山水水》"旨在沟通各方以至东西方的相互了解"[④]这样的表述，卞之琳在抗战期间给自己的定位似乎是一个试图在国际、国内各政治势力之间保持独立姿态，并从"文化上、精神上"加以调和斡旋的角色。一般说来，知识界在20世纪40年代大多游离在国共两党阵营之外，但他们一般都对国民党政权采取激烈的批判态度，对中国共产党则颇有好感。在这样的背景下，卞之琳这一时期对自己的定位就显得非常特殊了。尽管作家本人在晚年将自己当时的想法视为"一场梦幻"[⑤]，但这场"梦幻"本身就为我们提供了理解20世纪40年代知识分子如何与时代发生关联的极佳例证。由于卞之琳并不是一个喜欢袒露自己思想的作家，因此，他的那部表现自己"狂妄想法"的小说就成了我们了解作家思想的唯一途径，值得我们深入探讨。

一 以小说介入时代

根据卞之琳晚年的回忆，《山山水水》于1941年夏季开始动笔，到1943年

[①] 卞之琳：《第七七二团在太行山一带·未刊行改名重版序》，《卞之琳文集》上卷，第393页。
[②] 卞之琳：《〈雕虫纪历〉自序》，《卞之琳文集》中卷，第452页。
[③] 同上。
[④] 卞之琳：《话旧成独白：追念师陀》，《卞之琳文集》中卷，第266页。
[⑤] 卞之琳：《读宗璞〈野葫芦引〉第一卷〈南渡记〉》，《卞之琳文集》中卷，第401页。

中秋时完成初稿。由于作家觉得小说存在着"政治问题"①，不可能在国内获得出版的机会，他开始在修改小说的同时将其翻译成英文。到1948年作者"断然搁笔"②时，这部小说的规模已达七八十万字，其中上半卷已被翻译为英文，并受到英国作家衣修午德的好评。颇为可惜的是，卞之琳在1950年因意识到自己思想的"荒谬和失败"③，将小说手稿全部焚毁。幸亏他在20世纪40年代曾将《山山水水》中的部分章节发表在刊物上，使得我们今天仍能一窥这部作品的风貌，也为了解作家这一时期思想提供了可以进入的路径。

卞之琳在20世纪80年代的很多文章中都为读者解说了自己写作《山山水水》时的心路历程，其中一段话值得我们特别留意：

> 然后（写作《慰劳信集》之后——引者注）就是11年没有写过一行诗。本来是写作兴趣已经他移。特别是在昆明听说了"皖南事变"，我连思想上也感到受到一大打击。我就从1941年暑假开始，当真埋头写起一部终归失败的长篇小说来了。我当时思想上糊涂到以为当前大事是我实际上误解的统一战线的破裂，以后就是行动问题，干就是了，没有什么好谈，想不到这种想法正表明我当时还不能摆脱也不自觉的"调和论"的破产，反而进一步妄想写一部"大作"，用形象表现，在文化上，精神上，竖贯古今，横贯东西，沟通了解，挽救"世道人心"，妄以为我只有这样才会对人民和国家有点用处。1948年12月，我在英国僻处牛津以西几十公里的科茨渥尔德中世纪山村德迷雾里独自埋头中，忽然天天见大报头条新闻所报道的淮海战役，猛然受了震动，从迷雾中醒来。实践证明了我的荒谬和失败。我就在年底乘船回国，路经香港，终于在1949年3月回到了解

---

① 卞之琳：《山山水水（小说片断）·卷头赘语》，《卞之琳文集》上卷，第269页。
② 同上，第270页。
③ 卞之琳：《〈雕虫纪历〉自序》，《卞之琳文集》中卷，第452页。

放了的北京。①

在这段文字中，卞之琳讲述了自己为何在1941年决定创作长篇小说以及在1948年放弃小说写作的原因。这位甚少谈及自己思想历程的作家曾在20世纪80年代多篇回忆友人的文字中做过类似的表述，似乎每当他回忆往事的时候，那段关于《山山水水》的记忆就会涌上心头。因此，我们有理由将其理解为作家对自己当年选择真切而痛心的回忆，需要我们仔细地加以分析。在上段引文中，最为引人注目的是他对两个历史事件——皖南事变和淮海战役——的强调，即作家自觉地将《山山水水》写作的起点和终点直接对应于中国现代史上的两大历史事件。也就是说，皖南事变让作家产生了创作长篇小说的冲动并促使他将这一冲动转化为实践，而淮海战役则让他视自己的小说实践为"荒谬和失败"并最终放弃。这一事实似乎提醒我们，卞之琳在20世纪40年代的小说创作实际上是紧紧地与时代、政治联系在一起。在这个意义上，他的小说实践也可以理解为作家试图介入时代或回应时代的冲动的产物。

一般说来，卞之琳被研究者看作是与时代、政治相距较远的作家。正像他早年的同学陈世襄所说的，他"矮小的个子，单薄的体质，叫人觉得他跟影子那般虚幻……他整个外貌内涵，他诗歌迷离的调子，无不使人认为他不堪战争惊涛骇浪的一击"②。的确，这位在20世纪30年代吟唱着"就是此刻，我也得像一只迷羊"③的诗人，总让人觉得他和时代距离遥远。然而在抗日战争爆发后，卞之琳经过短时期的沉默后就开始与时代发生密切的关联。1938年8月14日，作家与何其芳、沙汀一同奔赴延安并抵达抗日前线，成了轰动一时的文化事件。正如他自己所言，"当我经过西北走到华北去的时候，知道我

---

① 卞之琳：《〈雕虫纪历〉自序》，《卞之琳文集》中卷，第452页。
② 陈世襄：《我国一位战时诗人》，转引自《卞之琳著译研究》，第65页。
③ 卞之琳：《望》，《卞之琳文集》上卷，第112页。

从前是怎样一个人的都不免惊讶"①。从卞之琳的转变可以看出,那场改变了无数人命运的战争是如何强有力将个人抛入时代之中。而《山山水水》这部表现战时知识分子"深浅卷入"②时代的小说可以理解为作家转变过程中的地标,从中我们可以看出他以何种方式与时代、政治发生关联。

二 小说结构与"螺旋式的进步"

由于今天已经无缘一窥《山山水水》的全貌,使得我们很难从整体的角度深入分析这部小说。不过幸运的是,卞之琳在下面两段文字中为读者讲解了自己创作过程中的"写作意图"和"构思安排",为我们进一步的解读提供了线索。

> 小说叫《山山水水》。我也曾想叫它《山远水长》,带点抒情气息。表面也不过是"如此江山"的意思,深一层、两层,也就含有山水相隔和相接的矛盾统一意味。
>
> 《山山水水》只是名字而已。书中主要写男男女女,人,抗日战争初期的邦国、社会。人物颇不少,只是以其中一对青年男女的悲欢离合作为曲折演变的主线配合另一些老少男女哀乐交错的花式,穿织起战争开始到"皖南事变"约近三年的各阶层知识分子的复杂反应与深浅卷入以及思想的回环往复。小说分上、下两编,合共四卷,一、三卷假设故事地点是两个战区中心城市——武汉和延安,二、四卷假设故事地点是当时叫"大后方"的城市——成都和昆明。③

---

① 卞之琳:《第七七二团在太行山一带·初版前言》,《卞之琳文集》上卷,第398页。
② 卞之琳:《山山水水(小说片断)·卷头赘语》,《卞之琳文集》上卷,第264页。
③ 同上。

《山山水水》的背景设置的转移，第一卷随未匀从敌占区边缘乡下出来，所到的战区中心城市是武汉，第三卷随纶年从敌后抗日根据地回来，所到的战区中心城市却是延安了；第二卷未匀重见到纶年的"大后方"城市则是成都，第四卷纶年再见到未匀的"大后方"城市则是昆明了。延安固然大不同于武汉，昆明也多少不同于成都。三年内的背景设置，也标志了螺旋式。①

从这两段文字来看，作家虽然并不以小说写作知名，但在创作时却对小说写作技巧相当自觉。或许我们可以把《山山水水》看作是作家表达对时代、政治思考的一次精巧的文体实验。小说共分为四卷。第一、三卷分别以林未匀和梅纶年为主人公，写他们各自在武汉、延安的生活。而第二、四卷则让两位主人公在成都、昆明的共同生活。在结构方面，作家将故事安置在两个"战区中心城市"——武汉和延安，以及两个"大后方"城市——成都和昆明，并将四座城市错综交叉起来。从作家对小说结构所作的设计来看，他显然将知识分子作为"社会、民族的神经末梢"②，让他们在"战争与和平"之间纵横穿行，以他们的视角去观察时代，从而像他欣赏的法国作家安德雷·纪德那样，表现时代的本质和内在精神。而考虑到作家所说的《山山水水》的深层次内涵在于表现"山水相隔和相接的矛盾统一意味"这样的表述，我们有理由认为卞之琳在小说精巧的文体形式下，试图言说某种超越故事层面本身的深层象征含义③。而这内蕴在小说形式中的象征意义，正是本文试图重点分析的所在。

---

① 卞之琳：《山山水水（小说片断）·卷头赘语》，《卞之琳文集》上卷，第266页。
② 同上，第267页。
③ 按照卞之琳在《卷头赘语》中的说法，小说题目本身就带有强烈的象征意味。而第三卷中的《海与泡沫》一章最初的题目就是《海与泡沫：一个象征》。这些事例都说明卞之琳试图通过《山山水水》的写作表达的是一种抽象的、象征性的思考。

卞之琳在谈到小说的结构设置时提到的"螺旋式"一词是理解作家以何种方式与时代、政治发生联系的关键。作家对"螺旋式"的强调，显现出受纪德影响的印记。他早在20世纪30年代初就开始接触纪德的作品，并陆续将《赝币制造者》、《窄门》，以及《浪子回家集》等作品译成中文。而到了20世纪40年代，他还在写作《山山水水》之余为那些译作写了长篇译序，详细地介绍和阐释纪德的生平与思想内涵。而阅读卞之琳这些介绍纪德的文字，或许给人印象最深的就是他对"螺旋式的进步"[①]观念的认同。所谓"螺旋式的进步"，可以理解为在坚持自己本性的基础上，永远"超越前去"[②]的精神。在卞之琳看来，纪德身上最令人敬佩的东西就是不管"'转向'也罢，'进步'也罢，他还是一贯"，永远不丧失自己的独立品性。而更为难能可贵的是，纪德对自己独立品性的坚持并不以人生状态的静止不动为代价，相反，他"不断修正，不断扬弃"[③]，始终保持前进的姿态。这一姿态就是卞之琳所理解的"螺旋式的进步"。在这位作家看来，正是由于纪德在不断进步中坚持自己的独立品性，才使得纪德的艺术创作在表现时代时并不是"表现了瞬息万变……的浮面"，而是"表现到时代的深处"，抓住时代"本质的精神"[④]。或许正是因为这一点，卞之琳才对纪德的"螺旋式的进步"观念深表认同，甚至号召读者也"去追踪纪德"[⑤]。

应该说，卞之琳对纪德思想的认同在20世纪40年代并不是一个孤立的现象。很多学院派知识分子都表现出对"螺旋式的进步"观念的浓厚兴趣。除卞之琳外，李广田、赵景深，以及盛澄华等人也都在这一时期撰文介绍纪德的生平和思想。而需要我们思考的问题是，纪德这类总是沉浸在内心冥想中

---

① 卞之琳：《安德雷·纪德的〈浪子回家集〉（译者序）》，《卞之琳文集》下卷，第488页。
② 同上，第496页。
③ 同上，第497页。
④ 同上，第502页。
⑤ 同上，第519页。

的作家，为什么在动荡、复杂的历史时期受到中国知识分子的由衷认同？他们究竟是在什么意义上来理解和接受纪德？在这一时期出现的介绍纪德的文字中，人们经常提及纪德在20世纪30年代"左倾"之后，依然坚持自己独立思考的品性，抨击苏联社会种种弊端的经历。在很多知识分子看来，纪德是一个超脱于党派政治之外，忠于自己的独立思考，保持文学、艺术独立性的自由主义知识分子。正如纪德研究专家盛澄华所说的，纪德在"忠于自己比一切都重要"①、坚持"一个作家对自身职业应有的诚挚与真实"②等方面最令人感佩。而一个作家如果不能超脱于时代之外，只是"紧紧揪住现实"，则被这位纪德研究专家视为"造成文坛堕落的原因"③。或许在很多20世纪40年代的学院派知识分子心中，超然于党派政治之外、坚持艺术独立性的纪德形象，不期然地构成了他们对自身的期许和指认，所以才将纪德引为同道，并热情地加以介绍。

不过卞之琳对纪德的"螺旋式的进步"观念的体认，与上文提到的那些知识分子有很大差异。虽然他同样赞赏纪德始终坚持自己的"一贯"④，但似乎更强调纪德不断追求"超越前去"的精神。在《安德雷·纪德的〈新的食粮〉（译者序）》中，他将"螺旋式的进步"视为理解纪德的"公式"，认为其思想"像云一样一卷一卷地舒展"⑤，很多意象、字句"显得是重复的，可是第二次出现的时候跟先一次并不一样，另带了新的关系，新的意义"⑥。因此，他认为不能把纪德在20世纪30年代的"转向"理解为从左倾姿态中退回到原先的个人主义立场，而应理解为在更高的层次上回复到个人。或许，卞

---

① 盛澄华：《纪德的文艺观》，《纪德研究》，森林出版社1948年版，第327页。
② 盛澄华：《〈新法兰西评论〉与法国现代文学》，《文艺复兴》第3卷第3期。
③ 盛澄华：《纪德的文艺观》，《纪德研究》，第327页。
④ 卞之琳：《安德雷·纪德的〈新的食粮〉（译者序）》，《卞之琳文集》下卷，第504页。
⑤ 同上，第495页。
⑥ 同上，第494页。

之琳对纪德的理解更近似于张若名在20世纪30年代的看法。在后者的《纪德的态度》一书中，她认为纪德是一位"精心培育自我"的作家，而他的作品也可以视为"一面面造出的镜子"，照见的都是作家的自我形象。然而张若名同时强调，纪德"非个性化"的特点才是"把握其作品的钥匙"。也就是说，纪德是通过"放弃自我"，"去拥抱人和物的生命，并把他们活脱脱地化为己有"[1]的方式，来重新获得自我的。在某种意义上，卞之琳正是在这种对个性表达的辩证理解的层面上，接受纪德的"螺旋式的进步"观念的。

纪德辩证地处理个人与时代、群体的关系，通过放弃个人、融入群体和时代的方式，重新获得自我。这一观念无疑对20世纪40年代的卞之琳影响至深。在《山山水水》中，我们会看到两位主人公不断借用一组组成对出现意象，思考个人与时代的关系。这一系列以对立方式出现的意象包括："孤舟/大海"、"鱼/渊"、"群岛/阴海"、"鱼/海"、"河/海"、"海岸/海"、"两条线/面"、"线/空白"、"浪花/海"、"门楣上的名称/建筑"、"泡沫/海"、"帆影/空白"，以及"峰柳/空白"等。从这些意象的配对方式我们可以看出，前面一组意象如"孤舟"、"鱼"，以及"泡沫"等往往象征着某种孤立的、个人性的东西；而后面一组意象如"海"、"空白"，以及"建筑"等则被作家赋予了某种更具普遍性、包容力的意味。正如作家在《海与泡沫》中所说的，"海统一着一切"[2]。前一组意象总是被后一组意象所包裹、涵盖。从这个角度来看，作家似乎赋予了后一组意象更为积极的涵义，而对前一组意象的意义则予以压抑和贬低。这就是为什么有研究者会认为卞之琳通过对"海"与"泡沫"关系的思考，表达他在延安接受思想改造时对"要求知识分子放弃个性化的话语（思想）"[3]观念的认同。如果仅从《海与泡沫》一章的情况来看，这样的判

---

[1] 张若名：《纪德的态度》，周家树译，生活·读书·新知三联书店1997年版，第8—9页。
[2] 卞之琳：《海与泡沫》，《卞之琳文集》上卷，第345页。
[3] 钱理群：《对话与漫游——四十年代小说研读》，第349页。

断并没有错，作家关于"海与泡沫"关系的思考的确包含了这样的意思。然而从小说的整体构思来看，这位号称"初窥了辩证唯物主义"[①]的作家在这些对立意象中包含了更为复杂的思考。在《雁字：人》中，作家让两位主人公就林未匀所画的《秋江图》展开了一番颇有意味的对话。《秋江图》由水、杨柳，以及秀峰构成，但在山水画中，"水只是空白而已"[②]。只有参差以杨柳和秀峰，那"两湾空白"才能被观者指认为水。有趣的是，在梅纶年看来，《秋江图》的主体却并不是"峰柳"，而是那"两湾空白"。而这幅画的妙处就在于林未匀通过对"峰柳"的描绘"和空白合一"，而这"空白"却又"十足表现了未匀的个性"[③]。由此可以看出，"峰柳"与"空白"这组意象的关系显然不像"泡沫"与"海"那样简单。如果说在《海与泡沫》中，"海统一着一切"；那么在《秋江图》中，林未匀恰恰是通过对"峰柳"的描绘与"空白合一"，以消融个性的方式重新表现自己的个性。在这里，卞之琳对于《秋江图》中"峰柳"与"空白"的思考，似乎印证了纪德关于"个人的胜利在于个性的放弃之中"[④]的说法。

这里提到"空白"并非只出现在《雁字：人》里，在《山山水水》中的很多地方我们都可以看到这个词的身影，而且"空白"每次出现的意义都不尽相同。似乎"空白"本身也正在"螺旋式的进步"。因此，通过对小说中"空白"一词的分析，或许可以让我们真正把握卞之琳究竟以何种方式处理个人与时代、群体以及政治的关系。除了上文分析的例子之外，"空白"有些时候在小说中指的是所谓"'无之以为用'"，因为"笛子没有空，也就吹不响"[⑤]；有些情况下，"空白"则意味着某种可以涵盖个体的整体性的东西，

[①] 卞之琳：《客请》，《卞之琳文集》中卷，第114页。
[②] 卞之琳：《雁字：人》，《卞之琳文集》上卷，第359页。
[③] 同上，第361页。
[④] 纪德：《难道你也？》，转引自张若名：《纪德的态度》，周家树译，第19页。
[⑤] 卞之琳：《桃林：几何画》，《卞之琳文集》上卷，第320页。

如"线见于四边的空白"①，即纸上的一条线被周围的空白所包围；而在更多的情况下，"空白"意味着接受时代的磨炼和改造，获得全新的自我。正如在《桃林：几何画》中尚立文对梅纶年和王亘青所说的："如果你们二位当时也在汉口，见过若冰，隔了一长段时间，或者就是隔一长段空白，如今再见她，你们真不知会多么惊讶！"②这也就难怪作家要借尚立文之口感慨"空白的力量"③。在这个意义上，《山山水水》中的"空白"或许可以理解为时代本身，小说人物正是通过投身于时代，或者说与"空白合一"，取得进步并最终改变自己。这也就是作家所说的："诸多人物在《山山水水》四卷的四个地点少的在两个地方出了场，多的在三个地方出了场。每次再出场都有些不一样……因此也划了一道道旋进的弧线以至不同平面的圆线。"④由此我们也就可以理解为何作家在小说中对"空白"一词情有独钟。值得注意的是，小说中的人物虽然投身于时代并为时代所改变，但这种改变被卞之琳描述为"旋进"。因此，小说人物虽然在时代中改变自己，但这种改变并不是以消弭个性为代价的，相反他们正是用投身时代的方式在更高的层次上恢复自己的个性。这一过程正像林未匀将自己消融在《秋江图》中"空白"一样，通过与"空白合一"，来"十足表现"自己的个性。

从这个角度来看，虽然卞之琳在抗战开始后不久即奔赴延安，投身到抗战救亡的洪流之中，但他对个人与时代关系的理解却显得颇为特殊。他似乎并不希望自己像很多人那样抱着献身的目的参与到时代中去，而是更多地把投身时代理解为自我磨砺的过程，其最终的目的似乎是达成自我的进步。由此我们也就可以理解作家为何要这样描述主人公的延安之行："不虚他两年来

---

① 卞之琳：《海与泡沫》，《卞之琳文集》上卷，第345页。
② 卞之琳：《桃林：几何画》，《卞之琳文集》上卷，第322页。
③ 同上。
④ 卞之琳：《山山水水（小说片断）·卷头赘语》，《卞之琳文集》上卷，第266页。

忧患中的历程；原来他如今倒把它当作一种赎罪的行径。"①而理解了卞之琳与时代的联结方式，那么他在20世纪40年代对纪德"螺旋式的进步"观念的强烈认同也就显得顺理成章。因为纪德的思想和经历恰恰为作家提供了某种参照或可能性，使他看到了个人在投身时代之后并不一定要被时代所吞噬，相反个人其实还可能以丧失个性的方式取得进步，重新获得更高层次的个性。

三 叙事视点的意义

卞之琳不仅对《山山水水》"回环往复"的结构做了精心的设计，他在安排小说的叙事视点时也颇费心机。在《卷头赘语》中，作家这样为读者解说自己对小说视点的设计思路：

> 这里我倒有意采用了亨利·詹姆士"翻新"的表现虚构故事的技巧——"视点"或角度运用。第一卷的"编造中心"（compositional centre，也是詹姆士小说艺术学术语），是女中心人物林未匀……第三卷的"编造中心"就相反，改为男中心人物梅纶年，变成了对映。而二、四卷则更改为由未匀和纶年综合成"主导觉知"（Presiding intelligence）而且甚至于回复到小说作者的传统手法，进行无所不在、无所不晓的上帝式安排了。不过这似还可以说从单角度、双角度以至多角度的安排吧。②

从这段引文可以看出，作家对小说《山山水水》的叙事视角有着非常复杂的设计，力图"从单角度、双角度以至多角度"去处理主人公在抗战时期的经历。小说的第一、三卷分别以林未匀和梅纶年为故事的"编造中心"。

---

① 卞之琳：《雁字·人》，《卞之琳文集》上卷，第365页。
② 卞之琳：《山山水水（小说片断）·卷头赘语》，《卞之琳文集》上卷，第264—265页。

这里所说的"编造中心"不同于常见的第一人称视角。在第一人称视角小说中，小说世界里的一切事物都由主人公向读者说明，其视野之外的东西读者则无缘知晓。而在小说运用"编造中心"手法的第一、三卷中，读者虽然追随主人公的视角游走在小说世界，但叙述者常常会跳出主人公视角的局限对读者发表自己的议论和看法，使得主人公"不只是'观察员'、'见证者'，而且又名符其实是局中人，成为被观察的对象"①。因此，小说《山山水水》第一、三卷的叙述视角介乎第一人称和第三人称叙述之间，既让读者顺着主人公的视角去观察小说世界，又使读者对小说世界的了解比主人公更多。试看下面一例：

"现在给我讲讲你刚才那一句话里的大道理好不好？"未匀接着说，靠得住她定会有一番妙论可听，"一个人全由关系造成，"廖不慌不忙的谈起来了，看见未匀服服帖帖的一心等待着下文，他就讲下去："我记得你这只手上有一小片指甲在一位年轻人的指镊里截留了一个时期。"②

叙述者以林未匀为故事的"编造中心"，由她展开与廖虚舟的对话。然而突然插上的一句"靠得住她定会有一番妙论可听"，又让叙述视点并不局限在林未匀身上，使得读者获得更高的视角。这就是作家所说的使叙述视点从人物身上"推前去一点"③。

而小说的第二、四卷则又与第一、三卷不同，前者不再像后者那样追随单一主人公的视角进行叙事，而是将两位主人公的视角综合成第三人称全知叙事。试看小说第二卷中的一例：

---

① 卞之琳：《山山水水（小说片断）·卷头赘语》，《卞之琳文集》上卷，第265页。
② 卞之琳：《春回即景一》，《卞之琳文集》上卷，第274页。
③ 卞之琳：《山山水水（小说片断）·卷头赘语》，《卞之琳文集》上卷，第265页。

未匀随了戴天的手指,从车窗里望去,只见山缺处天际一片平畴,湿津津的氤氲着水汽,闪耀着水光。还辨不清已经插了秧没有,在暮春的斜阳里,合在一切的无数水田,在震动起落的车窗里,像喜悦地眨着眼睛。新天地就这样招呼了远客?①

从第一句"未匀随了戴天的手指"我们可以看出,林未匀不再像第一卷那样构成故事的"编造中心",所有的情节、动作都由她来触发,而是变成了第三人称小说中的主要人物之一,随着别人的手指来看世界。而引文最后一句"新天地就这样招呼了远客"也让读者感觉到全知叙述者的存在。在卞之琳看来,从第一、三卷那样的介乎第一人称和第三人称叙述之间的叙述视角,"回复"到比较传统的第三人称全知叙事并不是一种倒退。相反,现代小说写作技巧的发展趋势就是"'先锋'派的手法"与"传统手法"的综合,从中也可以看出所谓"螺旋式发展轨迹"②。

从卞之琳对叙述视角的设计来看,他显然受到美国小说家亨利·詹姆士(亨利·詹姆斯)的叙事理论的很大影响。在开始创作《山山水水》前,作家曾在西南联大开设过亨利·詹姆士选修课,并用英文撰写过关于詹姆士小说的讲稿。不过由于作家那糟糕的焚稿习惯,使得我们今天很难弄清他究竟如何讲授詹姆士的小说。不过可以肯定的是,他显然认为詹姆士的叙事理论可以帮助自己更好地在小说中完成自己的创作意图,否则我们很难理解作家为何要在《山山水水》中运用这一理论。因此,对詹姆士叙事理论的分析或许可以让我们更好地理解内蕴在小说形式中的深层内涵。

詹姆士一生共创作了22部长篇小说和113部短篇小说。不过在他生命中的

---

① 卞之琳:《山水·人物·艺术》,《卞之琳文集》上卷,第308页。
② 卞之琳:《山山水水(小说片断)·卷头赘语》,《卞之琳文集》上卷,第265—266页。

大部分时间里,其作品并不被读者认可。直到20世纪以后评论界才逐渐发现这位小说家的价值。晚年声名鹊起的詹姆士放弃了小说写作,开始逐卷为自己的小说撰写长篇序言,介绍自己的创作意图和写作技巧。在这些序言中,詹姆士分析最多的就是自己的叙述视点理论。他认为"在长篇作品中,第一人称的形式是注定要松弛的"①。而传统的第三人称全知全能叙事则被詹姆士看作是一种粗放的处理方式,因为"只有当一个作家不准备进行某些细腻的区别对待的时候,他才会作出那样的退让(即使用第三人称全知叙事——引者注)"②。而詹姆士解决这一矛盾的方法,就是卞之琳在写作《山山水水》时借鉴的"编造中心"理论。这一创作手法要求作家既不完全局限在小说主人公的视角之中,也不过于松散地处理众多人物,而是以第三人称视角描写小说主人公,但同时又让小说叙事集中在某个人物身上,让所有的事件、情感,以及心理活动等都围绕着这个人物展开。或许正是因为詹姆士使用"编造中心"理论,以介乎第一人称和第三人称之间的视角,在刻画中心人物内心世界时所造成的冷静、客观的效果,才为他赢得了现代心理分析小说鼻祖的美称。

不过就本文所要处理的问题而言,重要的并不是卞之琳借鉴何种资源进行小说创作,而是作家在借鉴某一创作方法时的目的究竟是什么。因此,对詹姆士的叙事理论做更为深入的分析显然是必要的。正如马克思所说的,"不是人的社会意识决定社会存在,而是社会存在决定人们的精神生活和政治生活领域"③。詹姆士的叙事理论也是特定历史环境的产物。该理论对第一人称主观视角表现出极大的轻蔑,代之以结构意义上的"编造中心",让情节、结构,以及心理活动等围绕着"编造中心"展开,以达到冷静、客观的叙事效

---

① [美] 亨利·詹姆斯:《〈使节〉序言》,徐栋良译,《小说的艺术》,上海译文出版社2001年版,第332页。
② 同上,第333页。
③ [德]马克思:《〈政治经济学批判〉序言》,《马克思恩格斯选集》第2卷,人民出版社1972年版,第82页。

果。在弗雷德里克·詹姆逊看来，这种文本内部的视角替换反映出"现代社会中的文本"已经无法在其内部安置纯粹的自我或主体，它"必须要在自身之内"寻找主体的替代物。因此，"在建构美学话语的层面上，可以把詹姆士的操作方法解作19世纪后期遭受物化后果的资产阶级所采取的普遍遏制策略的一部分"①。詹姆逊并由此引申出这样的结论："詹姆士的观点（即视点理论——引者注）是作为对物化的抗议和申辩而出现的，结果为愈加主体化和心理化的世界的永久存在提供了一件有力的意识形态工具……这就是詹姆士从19世纪的小文人到20世纪50年代最受欢迎最伟大的美国小说家的惊人转变的语境。"②

或许詹姆逊对詹姆士叙事视角理论的意识形态批判显得过于苛刻，但它确实有力地揭示了詹姆士小说的特点，即以"编造中心"结构的小说往往将外部世界以某种貌似冷静、客观的方式转化为小说人物的内心世界，这就是詹姆士的小说被称作现代心理分析小说的根本原因。而卞之琳的小说《山山水水》也同样具有将丰富的外部世界转化为人物内心感觉的特点。在小说中，主人公最突出的特征就是喜欢以抽象的方式思考和感受他们所身处的时代，将他们所遇到的外部事件转化为某种观念。主人公林未匀曾这样向廖虚舟解说自己最初从书斋走入时代的感受：

> 一看见这么多人，我就觉得有点眼花，多少副面孔在四面浮浮动动。幸而我想到了一个想象的匾额，上面写了"川流不息"，大可以高悬在这个城市的上空。马上我就像站稳了脚跟。③

从这段引文中可以看出，当林未匀投身到纷繁复杂的时代中去的时候，

---

① ［美］詹姆逊：《政治无意识》，王逢振、陈永国译，中国社会科学出版社1999年版，第207页。
② 同上，第208页。
③ 卞之琳：《春回即景一》，《卞之琳文集》上卷，第276页。

她并没有感到丝毫的激动和兴奋,反而在内心中产生了强烈的不安。只有当她把真实的生活抽象为一个概念——"川流不息"——时,她才重新找到立足点。同样的情形也发生在小说的另一位主人公身上。梅纶年在延安开荒的时候,他总是用"非洲"、"好望角",以及"澳大利亚"等地理概念来象征他所开垦出的土地,让读者觉得他似乎并没有全身心地投身到劳动中,而是不断地以某种抽象的、知识性的概念去比喻自己所从事的生产活动。正如作家在《雁字:人》中描述的,这些知识分子似乎特别害怕"与一种无形的大东西或者只是一个大名字"相"隔绝",虽然他们自己"也说不出为什么一定要这一个牵系"①。我们可以将这里的"无形的大东西"或"大名字"可以理解为某种抽象的概念,《山山水水》中的主人公正是依靠与抽象概念的"牵系",才在纷繁动荡的时代里获得安身立命的基础。

而需要进一步追问的是,为什么主人公要以这种方式处理他们与时代的关系?为什么他们只能依靠抽象的概念才能在现实世界中立足?在笔者看来,小说中关于艺术世界与现实世界关系的辩证思考或许可以为这些问题的解答提供线索。在第二卷和第四卷中,林未匀曾两次与人讨论中国传统山水画中能否描绘像铁桥、轮船这类现代事物。而且每一次讨论的过程和结果都不完全相同,在某种意义上也构成了"螺旋式的进步"。在第二卷中,林未匀一方面对艺术世界的自足性有着充分的自信,认为"纸上的当然应该是另一个世界"②,有其自身固有的价值;但另一方面她又觉得抽象的艺术世界在现实世界里显得孱弱无力,因此感叹"这一套如此精美的手法,即便不能应用到现实的世界,更不能应用到未来的世界吗?"③从主人公内心的矛盾来看,作家在这里显然对艺术世界的价值产生了某种怀疑。

---

① 卞之琳:《雁字:人》,《卞之琳文集》上卷,第358页。
② 卞之琳:《山水·人物·艺术》,《卞之琳文集》上卷,第311页。
③ 同上,第312页。

不过这一疑虑马上就在第四卷中被一扫而光。在《雁字：人》中，林未匀向梅纶年感慨自己"总觉得画不上现在实有的轮船和铁桥"。而后者则认为这恰恰就是"现实与艺术的差异"。但与第二卷的林未匀不同的是，梅纶年并没有消极地看待这种差异，反而对其进行积极的阐释，认为艺术与现实"差异了才进行"，两者是"相互推移，相互超越"①的关系。他甚至认为："艺术上总有一种趋势：先把生命寄托或赋予形式，后来又不在乎内容，不在乎意思，变成了内容即形式，例如音乐，高级的就不用以描摹风声、雨声；我们的书法，我要说内容即'姿'。"②这里需要辨析的是，梅纶年虽然强调艺术或"姿"与内容无关，但他并不认为它们与现实生活完全脱节，他以书法艺术为例认为"要写好字，还得先修养人；不然'姿'就没有生命了"。因此，梅纶年所说的艺术或"姿"指的是某种极为复杂的纯粹抽象。其复杂之处在于，"姿"既是抽象的，同时也是具体的，因为"姿"的生命维系于创造它的人身上。在某种意义上，我们或许可以把这种复杂的抽象过程类比为个人在投身于现实生活之后，通过某种"螺旋式的进步"，再重新生发出的对生活的抽象思考。在梅纶年看来，这样的抽象具有极大的意义，因为"一个民族在世界上的存在价值也就是自己的传统。我们的传统……也许就是'姿'。人会死，不死的是'姿'"③。从这个角度来看，梅纶年似乎觉得是抽象而非现实，对中华民族有着更为深远的意义。

按照"螺旋式的进步"观念的逻辑，梅纶年在第二次讨论中对"姿"或抽象的意义的阐释可以被理解为某种进步，因而具有更高的价值。我们也可以将其看作是卞之琳本人对抽象的看法。正是因为作家以这样的方式来理解抽象的意义，他才会在这部表现抗日战争的小说中以知识分子为主人公，把

---

① 卞之琳：《雁字：人》，《卞之琳文集》上卷，第364页。
② 同上，第365页。
③ 同上。

他们当作"社会、民族的神经末梢",使他们投身在时代之中,以他们的视角对广阔的现实生活进行抽象化的处理,从中抽绎出某种意义。或许这就是卞之琳所说的试图以《山山水水》"在文化上,精神上,竖贯古今,横贯东西,沟通了解,挽救'世道人心'"的真实涵义所在。

正如上文所分析的,虽然卞之琳在抗战期间将自己的身份由诗人转换为小说家是为了使自己的写作行为更好地与时代发生关联,但从《山山水水》的实际情况来看,这一写作目的显然没有能够很好地实现。卞之琳以"螺旋式的进步"观念结构小说文本,使得作品中的时代、战争成了主人公磨砺自我的工具。而作家所采用的"编造中心"理论,则让丰富广阔的时代被主人公抽绎成某种抽象的概念。虽然卞之琳的主观意图是想用这部小说介入他所身处的时代,但我们在《山山水水》中却较少地看到了时代,而较多地看到了作者自己。这也就难怪作家要借人物之口发出这样的感慨:"我们想去服务战争,结果却像是战争服务了我们"[①]。或许,小说《山山水水》真正意义并不是其本身的文学成就,而是卞之琳通过这部小说的创作所提出的问题,即作家如何处理他的文学与他所身处时代之间的关系。在某种程度上,这一问题是每个生活在后发现代化国家的作家都不得不面对的。虽然《山山水水》对这一问题并没有给出很好的解答,但它却让我们看到了一位有良知的艺术家如何摆脱个人主义小圈子的束缚、不断寻求介入时代、政治的努力。或许这一努力并不成功,但却让我们看到了一个永远追求"进步"的身影。

---

① 卞之琳:《桃林·几何画》,《卞之琳文集》上卷,第327页。

论沈从文二十世纪四十年代的文学思想

20世纪40年代对于沈从文来说，是个饱经忧患的时期。一方面，这位作家的人生选择、创作立场在这一时期遭到来自社会各界的质疑和指责[①]。另一方面，这个有着"著作等身"之称的小说家，其写作似乎遇到了很大的麻烦。这既表现在沈从文在这一时期的小说数量，相较于20世纪20、30年代来说大大减少，也表现他在20世纪40年代的很多作品都无法完成上。细数他这一时期的主要作品，如《长河》、《芸庐纪事》、《动静》、《虹桥》，以及《雪晴》等，都是未能完篇的"半成品"。另外还有一些，如《呈贡纪事》等，已经列入他的写作计划[②]，但并没有进入到实际操作的层面。考虑到沈从文本人对其创作能力和作品意义的抱负，这位作家在这一时期所遭遇的创作危机就显得耐人寻味，成为我们讨论20世纪40年代的沈从文时绕不开的话题。

事实上，很多研究者都已经注意到沈从文这一时期创作数量衰退的现象，并对此进行了各自的解释。就笔者所见来看，我们大致可以将这些解释

[①] 沈从文在1937到1938年间因"与抗战无关论"受到批判。1941到1942年间因在《战国策》杂志发表文章，受到批判。1947年又因发表《从现实学习》，受到郭沫若、林默涵等人的批判。而随着1948年郭沫若发表《斥反动文艺》，沈从文更是被称为"地主阶级的弄臣"，成了必须被打倒的"桃红色作家"。

[②] 沈从文曾对沈云麓表示："行将着手的名《呈贡纪事》，写呈贡三年见闻，一定还有意思，也想写十万字。"（沈从文：《致沈云麓——给云麓大哥19420908》，《沈从文全集》第18卷，北岳文艺出版社2009年版，第407页。）

分为"外因说"和"内因说"两大类①。所谓"外因说",就是将沈从文20世纪40年代的创作危机,理解为苛严的出版检查制度和粗暴的舆论批判对其进行压迫的结果。例如,凌宇在谈到《长河》未能写完时,就强调这部小说在出版过程中多舛的命运。他指出《长河》"第一卷完成后,在香港发表,即被删去一部分;1941年重写分章发表,又有部分章节不准刊载。全书预备在桂林付印时,又被国民党检查机关认为'思想不妥',被全部扣压。托朋友辗转交涉,再送重庆复审,被重加删节,过了一年才发还付印"。因此,这部小说"只完成了第一卷"②。美国学者金介甫在涉及到这个问题时,则把注意力放置在舆论压力对沈从文创作的影响上,他认为"(《长河》——引者注)有些篇章并没有把小说情节展开,特别是最后一章写得相当轻松,显然是硬凑的一节,把故事匆匆结束,免得别人说他对自己的民族过于悲观。该书在改写时掩盖了些小小删节,把各章修改得像一部小说,但他拟定写的三部曲中后两部分始终没有动笔。"③吴立昌对此也有类似的看法,只不过他更愿意强调《长河》所表达的思想与国民党政府奉行的文化政策之间的冲突。他强调"沈从文热切的希望新的抗日战争也许会净化未来的中国,但'常'与'变'交替错综却是客观存在的事实。因此'作品的忠实,便不免多触忌讳';等待它的必然是检查和删节。"④

与上述"外因说"相对应的,则是对沈从文自身思想理路进行发掘的"内因说"。其中的代表,是张新颖、贺桂梅,以及吴晓东的研究。在张新颖的《从"抽象的抒情"到"呓语狂言"——沈从文的40年代》一文中,他一方面承认"我们很容易把沈从文的'疯狂'视为外力逼压的结果,当时的事

---

① 笔者的这一划分,受到贺桂梅《转折的年代:40—50年代作家研究》一书绪论第一节《"外因"与"内因"、"现代文学"与"当代文学"》的很大启发。
② 凌宇:《沈从文传》,北京十月文艺出版社1988年版,第367页。
③ [美]金介甫:《凤凰之子:沈从文传》,符家钦译,中国友谊出版公司2000年版,第376页。
④ 吴立昌:《"人性的治疗者"——沈从文传》,上海文艺出版社1993年版,第232—233页。

实也很容易为这种看法提供有力的证据；同时我们也必须承认左翼文化人的激烈批判使沈从文心怀忧惧，忧惧的主要还不是这种批判本身，而是这种批判背后日益强大的政治力量的威胁"；另一方面则要求我们注意沈从文所面临的危机，"从沈从文自身的思想发展来说，也有其内在的缘由"[1]。张新颖还进一步寻找到沈从文在昆明时期与北平时期思想上的相似性，并由此认为这位作家在20世纪40年代有着一以贯之的思想脉络和处世方式。而这才是沈从文这一时期创作危机的根源。与张新颖相比，贺桂梅的研究则更为细致、深入。在《转折的年代：40—50年代作家研究》一书中，她虽然也承认"外部因素"对沈从文的创作有着极为重要的影响，但强调"更关键的因素来自他（指沈从文——引者注）个人对于'时代'的判断，以及他的主观感受和选择"[2]。更有启发性的是，贺桂梅通过对文本的细致梳理和精彩分析，认为如果局限在"文学/政治的二元对立"[3]框架下，我们永远无法理解沈从文20世纪40年代的文学思想，因为"沈从文40年代思想"已经"溢出了我们惯常关于'文学'以及'现代'的想象方式"[4]。只有在新的框架下进行思考，才能真正理解沈从文在这一时期的命运和选择。与上述两位研究者不同，吴晓东则更愿意在小说叙事的意义下理解沈从文的创作危机。他认为"《长河》与《雪晴》显然更涵容了沈从文关于现代长篇小说的宏阔的理念图景，支持他的长篇小说内景的其实是外在的现代性远景。而历史远景的匮乏，意义世界与未来价值形态的难以捕捉构成了沈从文的小说无法结尾的真正原因"[5]。

---

[1] 张新颖：《从"抽象的抒情"到"呓语狂言"——沈从文的40年代》，《20世纪上半期中国文学的现代意识》，生活·读书·新知三联书店2001年版，第244页。

[2] 贺桂梅：《转折的年代：40—50年代作家研究》，山东教育出版社2003年版，第86页。

[3] 同上，第109页。

[4] 同上，第111页。

[5] 吴晓东：《从"故事"到"小说"——沈从文的叙事历程》，《长沙理工大学学报》（社会科学版），2011年第2期。

不过上述研究由于受限于各自的问题意识，仍为我们的探讨留下进一步拓展的可能。张新颖对"沈从文的40年代"的讨论，是为了将沈从文作为一个例证，探索"坚守主体存在的现代意识"，如何在"复杂混乱而且处于大转折中"的"时间段落"里，进行"个人自主选择的艰难抗争"①。其讨论的重点更多地放置在沈从文的文学理想与其所身处的时代之间的冲突，以及由此给作家带来的"个人焦虑"②上。因此，对于沈从文在这一时期的创作窘境，并没有给出具体的解读。贺桂梅的《转折的年代：40—50年代作家研究》一书，最大的特色在于其立论始终与纯文学观念、冷战思维中的二元对立结构进行对话，因而她对沈从文的讨论，一直在如何超越文学/政治二分法的框架下展开。而且限于全书的体例，她论述的着力点是探讨沈从文在1949年前后的选择与遭际，因此，对这位作家20世纪40年代的创作危机并没有进行特别具体的讨论。而吴晓东在《从"故事"到"小说"——沈从文的叙事历程》一文中真正要论述的是沈从文20世纪20、30年代的小说创作，只是在论文的结尾对沈从文这一时期遇到的创作困境做出了自己独到的解释。限于篇幅，他并没有为这一说法进行充分的论证。

不过上述研究无疑都提醒我们，沈从文在20世纪40年代遭遇的创作危机，一方面与其身处的时代息息相关，另一方面则直接根源于作家在这一时期形成的对文学的独特理解。可以说，不管是在国统区，还是在全国范围内，沈从文20世纪40年代的文学思想都显得与众不同。也正是因为这一点，这位作家的言论和创作才会遭到来自左、右两方面阵营的攻击。在这样的历史语境下，不管作家在这一时期的创作是否成功，其对文学的理解都值得我们进行系统考察。本文的写作就是对这一问题进行探索的尝试。本文将以沈

---

① 张新颖：《从"抽象的抒情"到"呓语狂言"——沈从文的40年代》，《20世纪上半期中国文学的现代意识》，生活·读书·新知三联书店2001年版，第248页。

② 同上，第232页。

从文在20世纪40年代的创作危机为切入点,通过对其书信、散文作品的梳理和阐释,试图为读者呈现作家在这一时期的文学理想,并由此进一步探讨这一理想的具体内涵及其生成动因。此外,通过细读《看虹录》、《摘星录》,以及《虹桥》等创作于这一时期的代表性小说,本文亦尝试分析作家为将其思想转化为文学形态所付出的努力。我们将看到,坚守着通过文学/文字为"抽象原则"寻找感性外观,从而逾越其与现实之间的鸿沟的宏愿,沈从文艰难地进行尝试但又不断遭遇失败,这也为其在20世纪40年代末彻底退出文学界,埋下了伏笔。

一 创作危机与文学理想

就沈从文20世纪40年代遭遇创作危机这一问题而言,我们必须承认,无论是"外因说"还是"内因说",都可以在作家留下的文字中找到坚实的依据。而且这方面的材料,对"外因说"似乎更为有利。因为沈从文确实在这一时期不断通过散文、书信等各种形式向读者抱怨自己创作环境的恶劣。不过在笔者看来,"内因说"才更适合描述作家在20世纪40年代面临的实际困境。一个有趣的例子可以用来说明这一点。沈从文因抗战爆发离开北平后,不断去信要求夫人张兆和早日南下与其团聚。他表示"我希望你(指兆和——引者注)早些来,这对我们这个工作太有关系了。你来后,我一定可像写《边城》那么按日工作下去。(孩子在身边只有增加我工作的能力,毫无妨碍!)心定一点,人好一点,所作的东西一定也深刻得多,动人得多"[①]。然而,当张兆和果真携二子与他相聚后,这位作家却又通过书信向哥哥沈云麓抱怨:"我在此工作尚好,孩子们亦安好,只是住处不如在北平时代之宽绰,孩子们正当会吵善闹之年龄,占去我时间太多,除到办事处编书外,回家后毫无希望可以单独

[①] 沈从文:《致张兆和19380728》,《沈从文全集》第18卷,第313页。

安心做事……故俟至三月时当看情形，定办法，若不能找一较大房子，位置孩子，说不定还是照真一所言，送孩子们过上海住，让我个人在此，从从容容做事，或可弄出一点小小成绩也。"①虽然我们不能由此判定沈从文对自己亲人的感情是否真挚，但从这两封信可以看出，外部环境对沈从文创作的影响，并不像作家自己想象得那么重要。就这个例子来说，虽然外在条件按照沈从文的设想朝好的方向发展（张兆和携二子与其团聚），但他的创作并未因此有丝毫起色，依然无法恢复到20世纪30年代中期写《边城》时的理想状态。

此外，如果说沈从文20世纪40年代创作数量减少，尚可用外部环境恶劣来解释的话，那么这位有着丰富创作经验的小说家，在这一时期无法将一系列中长篇作品写完，仅强调其承受的外部压力是很难说得通的。虽然荒诞而苛刻的出版检查制度以及评论家对作家的粗暴批判，确实可以在很大程度上抑制作家的创作冲动，使其的创作数量大大减少，但并不能限制作家私下完成自己的写作计划。而且就沈从文的情况而言，这位颇有雄心的小说家在这一时期有着庞大的创作计划，外部环境也不断刺激他构思新的小说，并使他时时拿起笔进行新的创作尝试。只不过这些努力最终都因为某种原因以虎头蛇尾的方式告终。或许小说《虹桥》的情况最能说明问题。《虹桥》是作为短篇小说发表在1946年6月《文艺复兴》第一期上的。不过根据沈从文本人的设计，这篇小说其实是一部长篇作品的开头，而且早在抗战时期就已经写成，并在小范围内传阅。幸运的是，一位当年的阅读者曾在20世纪80年代写下两篇忆往性质的文章②，为小说《虹桥》的缘起和半途而废提供了一种解释，使我们可以由此一窥沈从文当年的创作状态。根据李霖灿的回忆，沈从文曾帮

---

① 沈从文：《复沈云麓19390302》，《沈从文全集》第18卷，第347页。
② 即李霖灿的《沈从文老师和我》和《玉龙雪山故人情——忆李晨岚兄》。最初发表在台湾《雄狮美术》杂志上。后收入《西湖雪山故人情——艺坛师友录》（浙江大学出版社2011年版）一书。

助他和李霖灿在《今日评论》上发表过一系列以玉龙雪山为题材的游记[①]，为他们的旅行提供了必要的经济来源。而沈从文本人也因为这段文字缘，对雪山美景产生极大兴趣，于是以李霖灿、李晨岚，以及夏明等人为原型[②]，构思了一部长篇小说，并很快写出了第一章，即小说《虹桥》。不过正像这一时期沈从文的所有中长篇作品一样，这部小说也没能写完。虽然李霖灿、李晨岚在读过《虹桥》后，不断通过书信为沈从文提供写作素材，鼓励他继续写下去，但小说却在第一章后永远画上了句号。按照李霖灿的说法，沈从文之所以停止小说写作，是因为听了李晨岚为其描述玉龙雪山的美景后，感慨："完啦，写不下去了，比我想象的还美上千倍！"[③]李霖灿的回忆虽然可能由于时间久远、记忆模糊等因素，存在不准确的地方，但其中有两点值得我们特别注意。第一，沈从文20世纪40年代所身处的环境并不像他所说的那样，对其写作只有负面影响。相反，与年轻人的交往、边疆地区的奇异风景，都不断让作家产生新的创作冲动，并由此进行多种文学实验。第二，虽然沈从文未必真是因为李晨岚的一席话而中断《虹桥》的写作，也许他当时早就已经对这部小说意兴阑珊，只是借个由头随意发挥，但"完啦，写不下去了，比我想象的还美上千倍"这一表述却与小说文本形成有趣的对应关系。因为《虹桥》所写的，恰恰就是几位青年艺术家在面对雪山美景时，感叹自然之美无法传达。这一文本内外的呼应似乎表明，沈从文此时所面临问题是：他的语言能力无法完美再现自己所要表达的东西。因此"方其搦翰，气倍辞前；暨乎篇成，半折心始"的窘迫，才是造成沈从文在20世纪40年代陷入创作困境的真正原因。

---

① 指1939至1940年间，李霖灿、李晨岚在《今日评论》上发表的《在白雪世界中》、《玉龙雪山散记》、《再谈玉龙雪山》以及《玉龙雪山巡礼》等长篇游记作品。

② 按照李霖灿的说法，小说《虹桥》中的李兰即李晨岚，李粲即李霖灿本人，夏蒙即夏明，而小周则是沈从文本人的化身。对此，笔者在下文会有更为详细的分析。

③ 李霖灿：《沈从文老师和我》，《西湖雪山故人情——艺坛师友录》，第72页。

而由此引发的问题则更为有趣，虽然文字符号永远不能对现实世界进行完美地表达，是当代文论的基本观点之一，但沈从文在这里面对的显然不仅是这个层面的问题。而且沈从文早在20世纪30年代中期就已经是一个"著作等身"的小说家，并形成了自己独特的文体。作为一个有着丰富创作经验的写作者来说，按照自己惯用的方式，将构思落实为一篇完整的小说作品，并不是特别困难的事①。更何况沈从文不是一个浪漫主义式的作家，依照灵感的起伏进行写作。他通常在下笔之前，就已经对其作品的主题、情节、人物，以及篇幅有通盘的计划。这一点，沈从文在1942年写给沈云麓的信中表现得特别突出：

……就这么也无妨碍（指国家以及出版社没有给作家提供充足的资金——引者注），因为还是限制不住我想写文章的愿心。《长河》已成十三万字，不久可付印。今年我还打量把另外一个作品写成，名叫《小砦》，用王村作背景，有七万字八万字左右。《长河》有三十万字，用吕家坪作背景。写成十个时，我将取个总名，为《十城记》。沅陵也有一个，名《芸庐纪事》，已有二万字，我预备写十万字。把你当个主角，将来必有许多人读来发笑。凤凰也要写一个……十五年来工作，似乎还对得起读者，惟社会待我似不大公正……也无妨碍，身体好，我还得写个二十年看看！②

从这段文字可以看出，沈从文在20世纪40年代有着强烈的创作冲动，并表示外部条件丝毫不能限制自己的写作，即所谓"限制不住我想写文章的愿心"。他甚至还向家人勾勒了极为庞大的创作计划。而更关键的是，至少在制

---

① 沈从文自己就在《小说作者和读者》一文中表示："关于文字的技巧与人事理解……这两点对于一个小说作家，本来不应当成为问题。"（沈从文：《小说作者和读者》，《沈从文全集》第12卷，第69页。）

② 沈从文：《致沈云麓194205》，《沈从文全集》第18卷，第402页。

定写作计划的时候，沈从文对自己的写作能力其实是很有自信的。仅从这封信的口气来看，完成一部十万字左右的作品，对这位作家来说似乎并不是什么难事。然而事情的发展却并不像他想象得那么容易。这段引文中提到《长河》、《小砦》，以及《芸庐纪事》等，沈从文为它们没有续写一个字，而计划中的有关凤凰的小说，则更是空中楼阁。

那么，究竟是什么让沈从文在写作过程中对自己的语言能力失去信心，因而中止小说写作呢？如果真的如上文所分析的，沈从文作为一个经验丰富的小说家，语言能力本不成问题的话，那么我们只能从沈从文如何理解小说创作这一问题入手，才能寻找到答案。因为一个人只有在认为自己所从事的工作非常困难时，才会对自己的能力表示怀疑。1941年，沈从文在一封写给投稿者的信中，表达了对自己未来十年间工作的期许：

> 个人在这一行工作（指进行文学创作——引者注）上，虽写了一堆故事，实在那只能称为"习作"，用学徒作譬喻，一时还毕不了业的！近来倒只想如何从应付生活杂务中抽出手来，好好再写十年，试验试验究竟还能不能用规模较大的篇章，处理一下这个民族方面较大的问题？①

在这段文字中，沈从文将自己在20世纪20、30年代的小说称为"故事"，这一姿态显然意味着作家此时已经有了全新的判断文学作品的标准。在这一标准的烛照下，这位小说家的早期作品只能被予以较低评价。与此相对应的是，沈从文认为只有那些处理事关民族存亡等重大问题的中长篇小说，才是更有价值的创作，也更符合自己这一时期对文学作品的期待。应该说，沈从文在这里流露出的"雄心壮志"，在20世纪40年代的中国文坛上并不罕见，很多作家都曾表达过类似的看法。例如，以短诗写作闻名的现代派诗人卞

---

① 沈从文：《给一个作者》，《中央日报·文艺》第21期，1941年2月18日。

之琳,正是在这一时期代认为"诗的体式难以表达复杂的现代事物"①,"难于包涵小说体所可能承载的繁夥"②,而"散文的小说体却可以容纳诗情诗意"③。因此,"现代写一篇长诗,怎样也抵不过一部长篇小说"④,并当真创作了一部六十万字的长篇小说。从今天的视角重新回望20世纪40年代会发现,正是这一时段决定了中国社会在以后几十年的历史命运和发展走向,其影响至今不绝。而有幸生活在那个大动荡、大转折年代中的作家自然会以各自的方式去因应他们身处的时代。在这个意义上,沈从文在这一时期对中长篇作品的追求,将重大问题纳入小说写作的努力,也同样是那个时代的产物。

由于沈从文在20世纪40年代产生了独特的对文学的理解,对自己工作也有了新的认识,他不再愿意重复自己在20世纪30年代逐渐形成的,较为成熟的写作方式和文体形式⑤,而是希望以全新的方式进行小说写作。事实上,小说集《看虹摘星录》正记录了沈从文在这方面所进行的多种尝试。不过与短篇小说相比,在中长篇作品中进行文体实验是更为艰巨的挑战。至少就沈从文无法完成中长篇作品这一情况来说,他在这一时期还无法胜任这一工作,所以才不断感慨语言表达能力的局限性。在笔者看来,这才是造成沈从文在20世纪40年代陷入创作危机的真正原因。

本雅明在《讲故事的人——论尼古拉·列斯克夫》中提出了一个颇具启发性的看法,即故事与小说这两种文体之间的此消彼长,意味着人们与其生

---

① 卞之琳:《话旧成独白:追念师陀》,《卞之琳文集》(中卷),安徽教育出版社2002年版,第261页。
② 卞之琳:《诗与小说:读冯至创作〈伍子胥〉》,《卞之琳文集》(中卷),第356页。
③ 卞之琳:《话旧成独白:追念师陀》,《卞之琳文集》(中卷),第261页。
④ 卞之琳:《山山水水(小说片断)·卷头赘语》,《卞之琳文集》(上卷),第267页。
⑤ 吴晓东就准确地指出:"沈从文因对'讲故事的人'的自觉而获得了自己独特的小说意识,并在20世纪30年代初达到了小说理念的成熟。"(参见《从'故事'到'小说'——沈从文的叙事历程》,《长沙理工大学学报(社会科学版)》2011年第2期)

活的世界之间关系的改变①。如果我们把这个观点进一步引申的话,那么不同的小说写作方法,其实正对应着不同的处理个人与世界关系的方式。在这个意义上,当沈从文试图以全新的方式进行小说写作时,就不单纯是纯文学意义上的形式创新,而且也表明作家对文学本体与外在世界的关系有了新的看法。因此,20世纪40年代的沈从文真正让人感兴趣的地方,并不是他在此时遭遇的创作危机本身,而是由这一创作危机所揭示出的对于文学以及世界的独特理解。

二 二元对立的世界观

需要指出的是,沈从文并不是在20世纪40年代才开始把自己的创作,与重大问题联系起来的。早在20世纪30年代中期,他就已经把自己的写作视为一种事关民族复兴大业的工作。在1934年4月发表的《〈边城〉题记》一文中,作家认为自己的创作是"将这个民族为历史所带走向一个不可知的命运中前进时,一些小人物在变动中的忧患,与由于营养不足所产生的'活下去'以及'怎样活下去'的观念和欲望,来作朴素的叙述"。他还希望把自己的作品献给那些"对中国现社会变动有所关心,认识这个民族过去伟大处与目前堕落处,各在那里很寂寞的从事于民族复兴大业的人"②(这里提到的"从事于民族复兴大业的人",显然包括沈从文自己)。如果说所谓"朴素的叙述"这样的提法,多少显得有些低调,似乎只是一种现实主义的创作态度的话,那么同年5月发表的《〈凤子〉题记》则更为"露骨",沈从文在其中直接将自己的写作姿态上升到"信仰"的高度。在那篇文章里,他认为自己的工作是"忠诚于自己的信仰",替"这个民族较高的智慧,完美的品德,以及其特殊社会组织,试作

---

① 参见本雅明:《讲故事的人——论尼古拉·列斯克夫》,汉娜·阿伦特编:《启迪——本雅明文选》,张旭东、王斑译,生活·读书·新知三联书店2008年版。

② 沈从文:《〈边城〉题记》,《沈从文全集》第8卷,第59页。

一种善意的记录"①,是"为这个民族理智与德行而来有所写作"②。

不过在笔者看来,虽然沈从文在这里使用了"信仰"一词,但这并不代表他此时已经开始奉行某种有着具体内涵的思想。恰恰相反,沈从文终其一生对成型的理论予以拒绝,并对所谓"理论家"、"批评家"保持高度警惕③。因此,"信仰"一词在沈从文那里其实更多是表达了他在20世纪30年代对写作方式的坚持和对自己作品所具有的价值的自信。而是否有自信这一点,恰恰是沈从文在进入20世纪40年代后发生的重大改变之一。如果说在20世纪30年代,他在《〈边城〉题记》和《〈凤子〉题记》中对文学之于民族复兴的意义予以肯定,并决定为之努力的话,那么到了20世纪40年代,他在面对同样的问题时则显得有些犹疑。在1943年12月发表的散文《绿魇》中,作家提出了一系列问题:

> 一个民族或一种阶级,它的逐渐堕落,是不是纯由宿命,一到某种情形下即无可挽救?会不会只是偶然事实,还可能用一种观念一种态度而将它重造?我们是不是还需要些人,将这个民族的自尊心和自信心,用一些新的抽象原则,重建起来?④

从这些问题可以看出,沈从文依然在思考自己在20世纪30年代中期提出的命题。然而当这一命题以疑问的方式提出的时候,已经在不经意间流露出

---

① 沈从文:《〈凤子〉题记》,《沈从文全集》第7卷,第79页。
② 同上,第80页。
③ 不过这并不妨碍沈从文对理论阅读的兴趣。例如,沈从文对心理学就很感兴趣,尤其对弗洛伊德学说甚为入迷。他曾反复阅读《变态心理学》一书,并在自己的作品中尝试用精神分析理论解释人物心理。
④ 沈从文:《绿魇》,《沈从文全集》第12卷,第138—139页。

其内心的惶惑①——如果民族的衰朽是一种历史的必然，那么自己重造民族的努力还有什么意义？

不过与上述疑惑相比，这一时期对沈从文造成更大心理压力的，还是对语言表达能力的不自信。因为如果中华民族注定要腐朽、堕落以致消亡，其实并不妨碍作家以决绝的态度，用文字与这一命运进行抗争。事实上，沈从文在20世纪40年代的很多散文中，不断标榜"众人皆醉我独醒"的姿态，不惜一切代价对身边看不惯的人与事进行猛烈抨击，甚至熟人在闲暇时用打牌来消磨时光，他也看不惯，反复撰文予以批判，让自己在这一时期饱受误解和非议。不管这些文章在现实生活中是否起到作用，也不管我们是否赞同这些文章的观点，其中表现出的勇气与耿直，今天读来仍令人感佩。因此，在面对民族必然堕落的命运时，这位有些执拗的作家并非没有办法将由此带来的悲观情绪排解。然而如果语言文字本身不能传达沈从文希望用来重造民族的"观念"、"态度"，以及"抽象原则"，那么他所付出的一切努力才当真失去了意义。也正是由于这一原因，语言表达能力的局限性，让沈从文在20世纪40年代痛苦不已。在下面这段文字中，这种痛苦体现得最为充分：

> 我努力想来捕捉这个绿芜照眼的光景，和在这个情节明朗空气相衬，从平田间传来的锄地声，从村落中传来的春来声，从山坡下一角传来的连枷扑击声，从空中传来的虫鸟搏翅声；以及由于这些声音共同形成的特殊静境，手中一支笔，竟若丝毫无可为力。只觉得这一片绿色，一组声音，一点无可形容的气味，综合所作成的境界，使我视听诸官觉沉浸到这个境界中后，已转成单纯到不可思议。企图用充满历史霉斑的文字

---

① 笔者并非认为沈从文对这些问题予以否定性的回答，只是指出他在处理同样问题时态度的微妙变化。

来写它时，竟是完全徒劳。①

上述引文以"努力"起笔，却以"徒劳"收束，生动地表现了这位作家在这一时期所面临的窘境。在笔者看来，此时沈从文其实一直为这个问题而焦虑。他不断表示"凡能著于文字的事事物物，不过一个人的幻想之糟粕而已"②，感慨"《法华经》虽有对于这种情绪（指某种抽象、纯美的境界——引者注）极美丽形容，尚令人感觉文字大不济事，难于捕捉这种境界"③，并羡慕"但丁、歌德、曹植、李煜"等伟大作家，可以"用文字组成形式"，能将其试图表达的境界"保留的比较完整"④。

从上面的分析可以看出，由于沈从文在20世纪40年代产生了新的对世界的看法，并进而开始怀疑语言的表达能力，使得作家此时有关文学与世界的观点虽然与其在20世纪30年代的想法一脉相承，但却与后者在本质上存在不同。那么，这种新的对世界的理解究竟是什么呢？1943到1947年间，沈从文创作了《绿魇》、《白魇》、《黑魇》以及《青色魇》等散文作品。由于作家力图在这些作品中对进行深刻的自我剖析⑤，将他在这一时期的所思所想展现其中，因而我们可以由此一窥沈从文对于世界的看法和理解。不过正像研究者指出的那样，这些以色彩和"魇"为题的散文作品，将"作家的日常生活、杂乱的人事遭际、形形色色的社会现象等"⑥混杂在一起，因而显得晦涩难懂，为研究者对它们进行解读制造了很大的困难。不过在这些作品中，

---

① 沈从文：《绿魇》，《沈从文全集》第12卷，第134页。
② 沈从文：《烛虚》，《沈从文全集》第12卷，第26页。
③ 同上，第25页。
④ 同上，第24页。
⑤ 沈从文在《黑魇》校样上题写到："这个写得很好，都近于自传中一部分内部生命的活动形式。"这充分说明这批以"魇"为题的散文是作家对自我进行分析的产物。参见《沈从文全集》第14卷，第471页。
⑥ 贺桂梅：《转折的年代：40—50年代作家研究》，第127页。

《绿魇》是比较特殊的①。这不仅是因为它是篇幅最长，结构最复杂的一篇；而更关键的是，作家花费了三年的时间对其进行不断修改。这篇散文最初以《绿·黑·灰》为题，连载于1943年12月至1944年1月出版的《当代评论》杂志第4卷第3期至第5期上。一个月后，他又将其修改为《绿魇》，刊发在《当代文艺》杂志第1卷第2期上。而到了1946年12月，沈从文对其进行再次修订，发表在《当代文录》第1集上。虽然沈从文是个喜欢整理修订自己作品的作家，对作品进行不断修改其实是其创作生涯中的常态。不过考虑到《绿魇》是沈从文试图对自我进行剖析的尝试，我们也可以把对这篇作品的历次修订，理解为作家对自己思想进行清理的过程。或许正是因为沈从文对《绿魇》的不断删改，使它在上述以"魇"为题的作品中是最具形式感的一篇，也是思想表达相对清晰的一篇。因此在下面的讨论中，笔者将主要围绕《绿魇》展开，并参照其他散文作品，以期揭示沈从文如何理解他所身处的世界。

《绿魇》在结构上由"绿"、"黑"，以及"灰"三部分组成。前两个部分的结尾，都附上了一段总结性的文字。从内容上看，"绿"的部分主要讲述作家走出家门，脱离世俗的羁绊，在自然环境里与一只蚂蚁进行的虚拟对话。"绿色"田野中进行的自由联想，似乎让作家"触着了生命的本体"，并进入平静超脱的"境界"。他表示：

> 这片绿色既在阳光下不断流动，因此恰如一个伟大乐曲的章节，在时间交替下进行，比乐律更精微处，是它所产生的效果，并不引起人对于生命的痛苦与悦乐，也不表现出人生的绝望和希望，它有的只是一种境界，在这个境界中时，似乎人与自然完全趋于谐和，在谐和中又若还具

---

① 吴立昌也认为，在这些以"魇"为题的实验性散文中，"《绿魇》最具代表性"。不过他主要在形式技巧的层面上，分析这篇作品。参见《"人性的治疗者"——沈从文传》，第247页。

有一分突出自然的明悟。①

沈从文将这篇作品命名为"魇",其实正暗示着这一时期不断困扰其内心的不安与惶惑。不过从上面那段描写来看,只要沈从文身处在自然之中,他就可以获得一份难得的平静与和谐,并由此对一系列抽象原则进行思考。有趣的是,这位作家似乎对自己与自然和谐相处的境界并不满意,表示"我需要一点欲念,因为欲念若与那个社会限制发生冲突,将使我因此而痛苦。我需要一点狂妄,因为若扩大它的作用,即可使我从现实光景中感到孤单,不拘痛苦或孤单,都可将我重新带进这个乱糟糟的人间"②。显然,渴望着"欲念"与"狂妄",并不惧怕由此带来的"痛苦"和"孤单",使得作家执拗地要从"自然"和"抽象原则"中抽身出来,返归"乱糟糟的人间"。因此,沈从文在这一部分结尾处的总结性文字中表示,自己要"试从黑处去搜寻",来"证明生命于绿色以外,依然能存在,能发展"③,从而引出第二部分"黑"。

当《绿魇》过渡到"黑"后,作者的描写对象也就从田野中的自由联想转移到了"乱糟糟的人间"。他详细地描述了自己在呈贡租住的房子,介绍了它的来龙去脉,并饶有兴致地记录了与这所房子相关的人与事。一个有趣的细节是,沈从文租下房子后,在头脑中按照每个未来住户的工作,为他们一一分配了房间。他觉得"画画的宜在楼下那个长厅中,虽比较低矮,可相当宽阔光亮。弄音乐的宜住后楼,虽然光线不足,有的是僻静,人我两不相妨,至于那个特殊情调,对于习乐的心理也许还更相宜。前楼那几间单纯光亮房子,自然就归我了,因为由窗口望去,远山近树的绿色,对于我的工作当有帮助"④。经沈从文在头脑中的一番布置,他租的房子俨然成了一个秩序

---

① 沈从文:《绿魇》,《沈从文全集》第12卷,第137—138页。
② 同上,第138页。
③ 同上,第139页。
④ 同上,第142页。

井然的文艺工作室。需要我们注意的是，当沈从文按照住户工作性质分配房屋时，他显然在进行一种根据抽象原则进行人事安排的努力。不过事情的发展却不像作家想象得那么完美，他拟想中的艺术家们各就其位、相安无事的进行创作的场景从来没有成为现实。随着住户的实际入住，各种由生活琐事引起的问题纷至沓来。先是艺术家夫妇因为"养了几只鸡"，与"讲究卫生"的房东不断发生冲突。然后随着时间的推移，"年青画家"去了"滇西大雪山"。美术家夫妇也很快搬走。而"习音乐的一群年青孩子"则"随同机关迁过四川去了"。取而代之的是"军队"、"商人"、"卸任县长"，以及"监修飞机场的工程师"等。显然，现实生活的发展变化要比沈从文想象的复杂得多。那些抽象原则根本不能落实在实际生活中。这就是《绿魇》第二部分要表达的内容。因此，在第一部分让作家心向往之的"乱糟糟的人间"，显然并非理想的居所。或许正是有感于此，作家在这一部分的总结性文字中陷入了痛苦的思索。他觉得自然"近生命本来"（在"绿"的部分中被表述成"生命的本体"），但却"单调又终若不可忍受"。于是趋向对现实人生的探索，但其中他却只看到了人们"彼此相慕，彼此相妒，彼此相争，彼此相学，相差相左"的复杂情形，因此再次生发出对于"得天独全"的自然状态的钦羡[1]。显然，无论是"自然"还是"人间"，都不能令沈从文感到满意，使他在二者之间疲于奔命。

或许正是因为陷入一种循环论证般的窘境，沈从文在《绿魇》第三部分"灰"中，一上来就表示"在一堆具体的事实和无数抽象的法则上，我不免有点茫然自失，有点疲倦，有点不知如何是好"，并试图寻找某种东西来"稳定自己"[2]。不过在"灰"中，沈从文并没有真正进行寻找"稳定自己"的东西的努力，而是把笔触转移到对一个疯女人"小香"的描写中。这种让人难以捉摸的跳跃，其实是作家这批以"魇"为题的散文最大的特色，这既加

---

[1] 沈从文：《绿魇》，《沈从文全集》第12卷，第150页。
[2] 同上。

剧了研究者理解这些散文内涵的困难,也从一个侧面说明作家此时思想的混乱。因此,我们必须花费极大的心力,才能隐约摸索到这些散文作品的内在思路。细细推究沈从文对小香的描写我们会发现,这个疯女人与作家本人其实互为镜像。

试看下面这段颇有意味的对话:

……我……因之一直向家中逃去。
二奶奶见个黑影子猛然窜进大门时,停下了她的工作。
"疯子,可是你?"
我说:"是我!"
二奶奶笑了:"沈先生,是你!我还以为你是小香,正经事不作,来吓人。"①

在这段对话中,作家显然在利用语言的歧义性,将自己与疯子等同起来。事后,他甚至对妻子这样表示:"二奶奶以为我是小香疯子,说我一天正经事不作,只吓人,知道是我,她笑了,大家都笑了,她倒并没有说错。你看我一天作了些什么正经事,和小香有什么不同。"②由此可以看出,虽然沈从文在《绿魇》的第三部分中,试图在"自然"与"人间"、"抽象"与"具体"的两极间,寻找某种可以"稳定自己"的东西,但这一努力不但以失败告终,他本人甚至也在寻找的过程中丧失平衡,将自己认定为像小香那样的疯子。这种近于疯狂的感受,在《白魇》和《黑魇》中其实表达得更为清晰。在前者中,沈从文表示"我的心……从虚空倏然坠下,重新陷溺到一个

---

① 沈从文:《绿魇》,《沈从文全集》第12卷,第154页。
② 同上,第155页。

更复杂人事景象中，完全失去方向了"①。而在后者中，作者更是用"陷溺到一个无边无际的海洋里"和"破帆碎桨在海面漂浮"②等意象，描述自己思想的混乱。在《绿魇》的结尾，沈从文自己似乎也对疯狂的状态感到恐惧，努力从之前进行的思考中抽身而出，并将那些思考命名为"新黄粱梦"③。

仔细阅读散文《绿魇》后会发现，这部作品的基本结构是相当清楚的。沈从文在第一和第二部分中分别对"自然"与"人间"加以探究，而第三部分则记录了作者在将二者放在一起进行思考时产生的思维混乱。事实上，沈从文在20世纪40年代其实一直在思考"自然"与"人间"、"抽象"与"具体"，以及"生命"与"生活"④等相互对立的命题。在散文《烛虚·五》中，作家认为自己"需要清静，到一个绝对孤独环境里去消化消化生命中具体与抽象"⑤。而在散文《长庚》中，沈从文甚至使用"战争"一词来形容自己思考的艰难，表示"由于外来现象的困缚，与一己信心的固持，我无一时不在战争中，无一时不在抽象与实际的战争中，推挽撑拒，总不休息"⑥。遗憾的是，虽然沈从文在这一时期进行了艰苦的思索，但他并没有成功地解决这一问题，反而让自己因思考过度进入类似疯狂的状态。不过从作家这一不成功的思想努力可以看出，他似乎在以一种二元对立的方式理解世界，将它划分为由"自然"、"抽象"、"生命"和"人间"、"具体"、"生活"两个极端对立的部分。而更有趣的是，沈从文甚至认为世界上全部问题与混乱都是这两极相互冲突造成的。在散文《潜渊·六》中，他明确表示"生命具神性，生活在

---

① 沈从文：《白魇》，《沈从文全集》第12卷，第166页。
② 同上，第171页。
③ 同上，第156页。
④ 根据散文《潜渊》，"生命"与"生活"是另外一组沈从文用来描述世界两极的词。这一组词的意义和"自然"与"人间"、"抽象"与"具体"或"抽象"与"实际"之间的对立基本相同。
⑤ 沈从文：《烛虚·五》，《沈从文全集》第12卷，第22页。
⑥ 沈从文：《长庚》，《沈从文全集》第12卷，第39页。

人间，两相对峙，纠纷随来"①。这样一种二元对立的世界观，就是沈从文在20世纪40年代形成的颇为独特的对世界的理解方式。

三 新柏拉图主义式的美学

沈从文在20世纪40年代以二元对立的方式理解自己身处的世界，并将这种特殊的世界观渗透到同一时期的很多作品中。这一现象已经为很多研究者所注意。例如，贺桂梅就曾指出沈从文"以一种二元对立的方式来建构或表达他所理解的社会和宇宙"②。而金介甫在描述沈从文这一时期的思想时，甚至认为他是"本着柏拉图（他向革命者推荐的一位作家）的精神，把瞬息消逝的饱经战祸的现象世界重新统一成一个更永恒的美的本体"③。这位美国学者所说的"现象世界"，用作家自己的语言来说就是"具体的事实"，而"永恒的美的本体"则是"抽象的法则"④。考虑到柏拉图同样秉持一种二元对立式的世界观，认为现实世界之上存在着抽象的理念或理式，而前者不过是后者的倒影。因此，金介甫用柏拉图思想来比喻沈从文在20世纪40年代的世界观，并非无稽之谈。

不过笔者需要提醒读者注意的是，虽然沈从文和柏拉图以类似的方式来理解世界，但对世界两极之间关系的看法却并不一致。在柏拉图那里，现实世界只是理念的倒影，而以各种方式对现实世界进行摹仿的文学艺术，则更是倒影之倒影。因此，在这位希腊哲人的思想体系中，文学艺术必须被驱逐出"理想国"，而不断对理念进行思考的哲学则被赋予最高的价值。正是由于这样的原因，在柏拉图提出的那个著名命题——人应该如何生活——背后，

---

① 沈从文：《潜渊·六》，《沈从文全集》第12卷，第34页。
② 贺桂梅：《转折的年代：40—50年代作家研究》，第127页。
③ ［美］金介甫：《凤凰之子：沈从文传》，符家钦译，第310页。
④ 参见沈从文：《绿魇》，《沈从文全集》第12卷，第150页。

其隐含的意思似乎是人应该通过哲学思考认识理念，然后在现实生活中践行那些抽象原则①。与柏拉图思想极为相似的是，沈从文在20世纪40年代对自己工作的期待是：通过不断的努力，试验自己能否"用一些新的抽象原则"来重建"这个民族的自尊心和自信心"②。值得一提的是，作家在这一时期其实一直以不同的方式表达上述期待，他甚至用诗意的语言表示："我还得在'神'之解体的时代，重新给神做一种光明赞颂。在充满古典庄雅的诗歌失去价值和意义时，来谨谨慎慎写最后一首抒情诗。"③这段引文中所说的"神"，指的就是某种抽象原则。由此可见，在作家的设想中，他用以将抽象原则来重建"民族的自尊心和自信心"的方式，是通过自己的文学创作，即所谓"写最后一首抒情诗"。正是在这里，沈从文与柏拉图发生了分歧。如果说柏拉图由于认为文学艺术永远不可能真实地再现现实世界，因而无法正确传达抽象的理念世界；那么沈从文恰恰是挑战柏拉图对文艺的限定，要通过自己的创作将抽象原则"引渡"到现实世界。在一篇杂文中，他甚至号召"思想家、文学家、艺术家"联合起来，用他们的思想"重新组织一个世界"④。

由于文学在沈从文头脑中的二元世界体系中起到非常重要的衔接作用，文学/文字的作用、意义，以及局限性成了作家在20世纪40年代不断思考的主题。在有些时候，沈从文对语言文字的作用非常看重，并流露出不断打磨锻造自己语言的愿望。他认为"生命的'意义'，若同样是与愚迷战争，它使用的工具仍离不了文字，这工具的使用方法，值得我们好好的来思索思索"⑤。

---

① 柏拉图的这个命题在今天引发了复杂丰富的有关政治哲学的讨论，笔者在这里仅就其最基本的意义来谈。
② 沈从文：《绿魇》，《沈从文全集》第12卷，第139页。
③ 沈从文：《水云》，《沈从文全集》第12卷，第128页。
④ 沈从文：《新废邮存底·二八一·关于学习》，《益世报·文学周刊》第58期，1947年9月20日。
⑤ 沈从文：《长庚》，《沈从文全集》第12卷，第41页。

而在给一位用错误文体进行写作的年轻人的信中，这位经验丰富的作家给出的建议是：应该把《圣经》"和《红楼梦》放在身边，当成学习控制语言的参考工具，我觉得有益无害"①。显然，坚信文学在现实生活中的作用，并对语言的工具性质进行思考，构成了沈从文20世纪40年代文学思想的一个重要方面。然而在更多的时候，沈从文往往对自己的文学创作实践，以及作品在现实生活中的作用予以负面评价。在下面这段写给黄灵的话中，这一点表现得颇为突出。

> 我能写精美的作品，可不易写伟大作品了。我的作品也游离于现代以外，自成一格，然而正由于此，我工作也成为一种无益之业了。②

在这段文字中，沈从文将文学作品分为两类，即"精美的作品"和"伟大作品"。而从"无益之业"这样的表述方式来看，他显然认为后者比前者更有价值。不过遗憾的是，这位颇有抱负的作家认为自己的创作只是些"精美的作品"而已。沈从文做出的这一判断，无疑与其对自己20世纪40年代的工作的期许有关。正像上文分析过的，他在这一时期为自己定下的目标是"试验试验究竟还能不能用规模较大的篇章，处理一下这个民族方面较大的问题"③。因此，始终不能用文字创造出一种篇幅合适、与要表达的内容相契合的形式，较好地处理现实生活中的重大问题，是沈从文在20世纪40年代对自己作品评价颇低的根本原因。

或许是因为文学试验始终不能达到自己的要求，抑或是因为长期对此进行高强度的思考，这位小说家在这一时期的心理状态出现了很大的问题。阅

---

① 沈从文：《致易梦虹1942》，《沈从文全集》第18卷，第420页。
② 沈从文：《复黄灵——给一个不相识的朋友》，《沈从文全集》第18卷，第451页。
③ 沈从文：《给一个作者》，《中央日报·文艺》第21期，1941年2月18日。

读沈从文此时的作品,我们会发现他始终为焦虑、痛苦的情绪所困扰。在散文《黑魇》中,他这样描述自己在思考"影响到这个民族正当发展的一切抽象原则"时的心理感受:"顷刻间便俨若陷溺到一个无边无际的海洋里,把方向完全迷失了。只到处看出用各式各样材料作成'理想'的船舶,数千年来永远于同一方式中,被一种卑鄙自私形成的力量所摧毁,剩下些破帆碎桨在海面漂浮。"[1]在"无边无际的海洋"、"方向完全迷失",以及"破帆碎桨"等表达方式中,我们可以明显感受到作者在思考过程时承受的痛苦,以及因努力思索却毫无成效而产生的无力感。而这类情绪发展到极端,就是疯狂。在《潜渊·三》中,作家认为"若有一个人,超越习惯的心与眼,对于美特具美感,自然即被称为痴汉"[2]。根据语境,这里所说的"痴汉"就是沈从文自己。而在《绿魇》中,他更是直接将自我与疯人小香做镜像化的处理,并认为自己与疯人没什么不同。或许在《生命》中,作家对这种疯狂的心理状态表达得更为明晰。在将自己的身份比喻为"哲人"和"疯子"后,沈从文明确表示:

> 我正在发疯。为抽象而发疯。我看到一些符号,一片形,一把线,一种无声的音乐,无文字的诗歌。我看到生命一种最完整的形式,这一切都在抽象中好好存在,在事实前反而消灭。[3]

这段文字重要的地方在于,它清晰地呈现了沈从文之所以疯狂的原因。单从"我正在发疯。为抽象而发疯"来看,作家似乎只是因为对"抽象"进行思考而发疯。不过这段文字的最后一句则表明,实际情况可能更为复杂。

---

[1] 沈从文:《黑魇》,《沈从文全集》第12卷,第171页。
[2] 沈从文:《潜渊·三》,《沈从文全集》第12卷,第32页。
[3] 沈从文:《生命》,《沈从文全集》第12卷,第43页。

其中所谓的"生命一种最完整的形式",在笔者看来就是《绿魇》第一部分所描述的"生命的本体"①。因此,正像沈从文在绿色的田野"触着了生命的本体",从而进入"人与自然完全趋于谐和"的"境界",并获得"一分""明悟"②,他在"抽象"中"看到生命一种最完整的形式",其实也正是进入了某种和谐的境界。这一点,在《白魇》中表达得更为清晰,他明确表示,只有"逃避到抽象中,方可突出这个无章次人事印象的困惑"③。由此可见,"抽象"本身并不能让沈从文"发疯"。而作家疯狂的关键在于,他无法把在"抽象"中看到的"符号"、"形"、"线"、"无声的音乐"、"无文字的诗歌"以及"生命一种最完整的形式",用文字加以表达,再现于现实世界。所有这些东西都"在事实前反而消灭"才是沈从文疯狂的真正原因。

对文学/文字表达能力的不信任,使得沈从文在20世纪40年代陷入严重的创作危机,也让他的精神和心理承受着巨大的痛苦。不过有趣的是,沈从文对语言表达能力的负面评价,反而"逼"出了一种颇为独特的美学思想。在《烛虚·五》中,沈从文集中表达了对文字局限性的看法。他认为要表达某种抽象境界,"文字不大济事"④,而"凡能著于文字的事事物物,不过一个人幻想之糟粕而已"⑤。有感于此,沈从文发出这样的感慨:

> 表现一抽象美丽印象,文字不如绘画,绘画不如数学,数学似乎又不如音乐。⑥

---

① 沈从文:《绿魇》,《沈从文全集》第12卷,第137页。
② 同上,第137—138页。
③ 沈从文:《白魇》,《沈从文全集》第12卷,第165页。
④ 沈从文:《烛虚·五》,《沈从文全集》第12卷,第25页。
⑤ 同上,第26页。
⑥ 同上,第25页。

在这里，或许是出于对文学/文字表达能力的失望，沈从文不再将视野局限在文学，转而把希望寄托在其他科学或艺术形式上。似乎在他那二元对立的世界体系中，起着沟通抽象原则与现实生活作用的不仅是文学，还包括绘画、数学以及音乐，而且这些科学或艺术形式要比文学能更加出色地完成将抽象原则再现于现实生活的使命。几年之后，沈从文在《绿魇》中将这一为艺术形式划分等级的思想表达得更为清晰。在那篇散文中，作家在田野中由沉思进入某种抽象境界后表示："在这个境界中时，似乎人与自然完全趋于谐和，在谐和中又若还具有一分突出自然的明悟。必须稍次一个等级，才能和音乐所扇起的情绪相邻，再次一个等级，才能和诗歌所传递的感觉相邻。"①

而由此引发的问题是，沈从文究竟采取什么标准来对上述科学或艺术形式进行等级划分，以形成自己独特的美学体系呢？对此，沈从文没有明确说明。不过幸运的是，作家自己曾解释过为何音乐占据这一美学体系的顶端，使我们可以从中推究上述问题的答案。他认为：

> ……大部分所谓"印象动人"，多近于从具体事实感官经验而得到。这印象用文字保存，虽困难尚不十分困难。但由幻想而来的形式流动不居的美，就只有音乐，或宏壮，或柔静，同样在抽象形式中流动，方可望能将它好好保存并加以重现。②

在这段文字中，沈从文根据他所理解的音乐的特点，将这一艺术形式放置在自己美学体系的顶点。他觉得音乐和幻想中的美一样，都采用"流动不居"的"抽象形式"，因而前者可以将后者"好好保存并加以重现"。

此外，沈从文美学体系另一个有趣之处是，他认为数学要比文学、绘画

---

① 沈从文：《绿魇》，《沈从文全集》第12卷，第137—138页。
② 沈从文：《烛虚·五》，《沈从文全集》第12卷，第25页。

具有更高的价值。虽然作家并没有对此做出解释，但根据康德对数学性质的描述，我们也可以较好地理解这一问题。康德把人类的思维形式区分为纯粹理性、实践理性以及判断力三大类，并认为人类在研究数学时只依靠纯粹理性，用不着另外两种思维。而康德之所以做出这一判断是因为，数学完全依靠逻辑推理来运行，是纯粹抽象的，不涉及丝毫感性成分。因此，我们有理由推断，数学这一学科所具有抽象性使沈从文对其予以较高评价。由此可以看出，作家之所以赋予数学和音乐以更高的价值，其中的关键在于它们与"抽象形式"更加接近，可以更完整地对其加以再现。与此相对应的是，文学、绘画这类艺术形式则更接近感性形式，与"抽象形式"疏远，因而只能用来表现"具体事实感官经验"，无法对"抽象形式"进行完美"重现"，所以只能在沈从文的美学体系中被赋予较低的价值。因此，沈从文是根据各种科学或艺术形式与"抽象形式"的接近程度，来划分它们在美学体系中的地位的。

有趣的是，当沈从文以与"抽象形式"的接近程度为标准构建自己的美学体系时，他的思维方式与流行于欧洲中世纪时期的新柏拉图主义美学颇为相近。因此，我们也可以将作家这一时期的美学思想，命名为一种新柏拉图主义式的美学。新柏拉图主义指的是以普洛丁（Plotinus, 205—270）为代表的哲学流派。他们对柏拉图哲学所做的最大改动，就是把柏拉图理论中的"理念"或"理式"看作是"神"①。这一改变无疑因应着这一时期基督教神学思想开始流行的社会背景，同时也使得新柏拉图主义成为中世纪最为盛行的思想体系。在这一思想体系中，神就像太阳一样，不断向外界放射光芒。这些光离它的源头越远，就越微弱。而所谓美，就是这种神的光辉。普洛丁由此认为，"文章、事业、法律、学术等等的美"与它们本身的属性没有关系，而是直接联系着它们在多大程度上浸润着神的光辉。在这一理论中，某一事物如

---

① 有趣的是，沈从文在有些时候也会把"抽象形式"称为"神"。参见沈从文：《水云》，《沈从文全集》第12卷。

果与神相接近，就会分享更多的神光，因而就是美的。而某一事物如果与神相疏远，就只能获得微弱的神光，也就没有那些与神相接近的事物美。而那些完全无缘承泽神光的东西，则被判定为丑的①。考虑到新柏拉图主义所说的"神"与沈从文所追求的"抽象原则"在各自的美学体系中占有相同的位置，虽然新柏拉图主义美学并没有对文学、绘画、数学，以及音乐等科学或艺术形式进行等级划分，但其对美的评价标准无疑与沈从文的美学体系颇为相近。在这个意义上，金介甫用"柏拉图的精神"来描述沈从文20世纪40年代的文学理想并不准确，真正支配了沈从文这一时期美学思想的，更像是一种近似于新柏拉图主义的思维方式。

这里需要特别指出的是，笔者虽然使用"新柏拉图主义式"这样的称呼，命名沈从文20世纪40年代的美学思想，但并不是为了说明作家在这一时期受到新柏拉图主义美学的影响。虽然沈从文广泛阅读了大量书籍，我们并不能真正实证他究竟阅读了那些著作②。这里所做的比附，只是为了更好地命名和描述沈从文用来理解各种艺术形式之间等级差异的思维方式。同时我们也必须注意到，虽然作家在20世纪40年代确实产生了一种独特的美学观，但构建自己的美学体系并非这位小说家的意图所在。因为这一极度贬低文学的美学体系，并不是他在经过理性思辨后得出的理论成果，而是他由于对自己的文学抱有过高期望，在发现自己无法完成设想中的工作后所产生的情绪化

---

① 参见朱光潜：《西方美学史》上卷，《朱光潜全集》第6卷，安徽教育出版社1990年版，第136—138页。

② 对这一问题，金介甫做了自己的推断："沈从文始终是改良派，但他信奉的社会科学是，对人和人的最终目的有新的理解。这些理论是他读书的大杂烩，现在有些早已被人忘却了。除了弗洛伊德外，这些理论还来自美国或十八世纪启蒙运动时期的欧洲，惟独没有俄国。这些思想家都是典型的抽象思想家，想把心理学、文学、宗教、认识论和象征主义、社会人类学、政治理论与人类学等等全都融会贯通，联成一气。要追踪沈从文学问的来源，可以举出 J. H. 鲁宾逊、T. J. R.安格乐和J.克伦、J·G.费里契和龚古尔兄弟、福楼拜、狄更斯、卡莱尔、歌德和尼采。"（参见 [美] 金介甫：《凤凰之子：沈从文传》，第288页。）

反应。在这个意义上,沈从文的新柏拉图主义式的美学思想,与其说是表明了其对文学、绘画以及音乐等艺术形式之间关系的理论思考,不如说是生动地反映了他对自己写作的失望与无奈。

四 星光虹影中的求索

虽然在沈从文独特的美学体系中,文学被看作是一种最低级的艺术形式,因而无法完成再现"抽象形式"的任务。不过沈从文在20世纪40年代却一直没有放弃以文学的方式,为"抽象形式"赋予感性形象的努力。于是,这位执拗的文学家在这一时期陷入某种悖论性的情景中。一方面,他不断感慨"目前我手中所有,不过一支破笔,一堆附有各种历史上的霉斑与俗气意义文字而已。用这种文字写出来时,自然好像不免十分陈腐,相当颓废"[①]。而另一方面,他则不断进行文字试验,尽可能发挥其最大的能量,以便让文学承担只有音乐才能够完成的使命,即从事"一种'用人心人事作曲'的大胆尝试"[②]。在这个意义上,沈从文这一时期为自己树立的形象,似乎是一个不断推石上山的西绪福斯,进行着注定失败的工作。那么,在作家漫长的文字生涯中,他究竟为自己苦苦追寻的"抽象形式"赋予了怎样的感性形态呢?

在《绿魇》第三部分中,沈从文谈到自己喜欢在晚上给孩子们讲述一些"荒唐故事"。这些故事的具体形态已经无由得知,好在作家为我们粗略地介绍了它们的梗概:"故事中一个年青正直的好人,如何从星光接来一个火,又如何被另外一种不义的贪欲所作成的风吹熄,使得这个正直的人想把正直的心送给他的爱人时,竟迷路失足到脏水池淹死。"[③]需要指出的是,"荒唐故事"中的"年青正直的好人"其实是沈从文对自己形象的描绘。作家甚至借

[①] 沈从文:《烛虚·五》,《沈从文全集》第12卷,第26页。
[②] 沈从文:《〈看虹摘星录〉后记》,《沈从文全集》第16卷,第342页。
[③] 沈从文:《绿魇》,《沈从文全集》第12卷,第153页。

妻子的口明确表示："你（指沈从文本人——引者注）比两个孩子的心实在还幼稚，因为你说出了从星光中取火的故事，使自己去试验它。说不定还自觉如故事中人一样，在得到了火以后，又陷溺到另一个想象的泥潭中，无从挣扎，终于死了。"①从作家将自我形象纳入故事的情况来看，他对这个故事显然非常喜爱，甚至忍不住要把类似的故事向读者反复言说。在《绿魇》第二部分中，作家用一个美丽的故事，来表现某位年青诗人在追求一个美丽女子失败后的心境。即：

> 诗人的小小箬叶船儿，却把他的欢欣的梦和孤独的忧愁，载向想象所及的一方，一直向前，终于消失在过去时间里，淡了，远了，即或可以从星光虹影中回来，也早把方向迷失了。②

而在《黑魇》中，沈从文则以更为细致的方式再次讲述这个故事。他写道："诗人朋友……为娱乐自己并娱乐孩子，常把绿竹叶片折成小船，装上一点红白野花，一点玛瑙石子，以及一点单纯忧郁隐晦的希望，和孩子对于这个行为的痴愿与祝福，乘流而去……生命愿望凡从星光虹影中取决方向的，正若随同一去不返的时间，渐去渐远，纵想从星光虹影中寻觅旧路，已不可能。"③"诗人"的故事显然与前面提到的"好人"的故事具有同构关系。二者都在表现主人公对某种虚幻缥缈事物的追寻与探索。不同的是，在"好人"的故事中，主人公在"星光"中获得了他所探求的东西，但却在归途中不幸死去。而在"诗人"的故事中，讲述者似乎更愿意强调在追寻的过程中，主人公寄托了自己全部的感情和梦想，即"他的欢欣的梦和孤独的忧

---

① 沈从文：《绿魇》，《沈从文全集》第12卷，第156页。
② 同上，第149页。
③ 同上，第174页。

愁"。遗憾的是，这一追寻注定会徒劳无功，要么，诗人将永远陷落在"星光虹影"之中；要么，他将在归途中"把方向迷失"。

这类作家反复讲述的故事，在形式上美丽而忧郁；在意义上却因为过于抽象而令人感到无从索解。在笔者看来，我们只有联系上文分析过的，沈从文在这一时期所秉持的二元对立世界观以及新柏拉图主义式的美学思想，才能真正有效地理解这类故事的内涵。由于以二元对立的方式来理解自己身处的环境，作家认为世界由"生命"与"生活"、"自然"与"人间"，以及"抽象"与"具体"等一系列二项对立构成。而从作家为自己确立的任务——用"一些新的抽象原则"来重建"民族的自尊心和自信心"[①]——来看，他显然力图用自己的文学创作来沟通世界的两极，用那些抽象原则重新改造具体的现实世界。问题是，由于作家对文学/文字的表达能力产生了极大的怀疑，逼迫他将文学放置在自己美学体系中的最底端。这一理论设置，无疑宣告了其文学事业注定无法完成。因此，不管是"好人"故事中，"正直的好人"最终在"脏水池"中失足而死产生的悲观情绪，还是"诗人"故事中，主人公在归途中"把方向迷失"而生出的迷惘感，都直接生发于沈从文这一时期对文学的负面看法。

在这个意义上，我们已经可以理解作家为何对上述探索虚无缥缈的抽象之物的故事如此着迷。因为那些美丽的故事恰恰是沈从文本人处境的生动写照，并且处处与其思想形成对应关系。其中的"星光"以及"星光虹影"，自然是作家所苦苦追求的"抽象原则"。"从星光接来的一个火"则暗示着作家以文学形式对"抽象原则"进行再现与表达的尝试。"另外一种不义的贪欲所作成的风"和"脏水池"，显然指的是沈从文在这一时期不断批判的"无个性无

---

① 沈从文：《绿魇》，《沈从文全集》第12卷，第139页。

特征的庸碌人生观"①以及"流行风气与历史上陈旧习惯、腐败势力"②。考虑到"好人"之所以会死,是因为他要把自己"正直的心"献给自己的"爱人",因此这个"爱人"似乎正喻指着作家试图去"重造"的中华民族。而无论是"好人"最终"迷路失足到脏水池淹死"的结局,还是"诗人"或是消失在"星光虹影"之中,或是在归途中"把方向迷失"的命运,都是以文学形象对作家无法通过自己的写作传达和再现"抽象原则"的窘境的表现。在某种程度上,如果说沈从文在理论上,将自己的使命构想为将"抽象原则"引渡到"具体事实"之中,以达到重建民族的目的;那么当他把这一思想转化为感性形态时,他的工作则被表现为在"星光虹影"中的不断求索。

由此可以看出,虽然沈从文反复表示自己无法"用充满历史霉斑的文字"③来表现"抽象原则"。然而他在艰苦的努力之后,确实以文学的方式为"抽象原则"赋予了感性形态,即上述故事中的"星光虹影"。考虑到"星光虹影"这一意象本身所具有的美丽、脆弱、虚幻以及可望而不可即的特质,与"抽象原则"之间的契合程度,沈从文的尝试无疑比较成功。或许正是因为这一原因,作家在20世纪40年代的很多作品中,不断使用"星"与"虹"的意象来表达自己所向往的美和抽象原则。在《长庚·二》中,沈从文在对大多数人总是为"果口腹"而费心思,却不愿意为某种抽象之物进行思考的现象进行批判后,马上转入了对"星"的描绘:"在窗口见一星子,光弱而美,如有所顾盼。耳目所接,却俨然比若干被人称为伟人功名巨匠作品留给我的印象,清楚深刻得多。"④在这里,作家显然认为"星子"这一形象对于抽象原则的表现,要比事功与文字所能够传达得更为清晰。在《生命》一文中,沈从文在对"抽象的爱"进行苦苦思索,并对所谓"阉寺性的人"展开

---

① 沈从文:《湘西·沅水上游几个县分》,《沈从文全集》第11卷,第385页。
② 沈从文:《致沈云麓——给云麓大哥19420908》,《沈从文全集》第18卷,第410页。
③ 沈从文:《绿魇》,《沈从文全集》第12卷,第134页。
④ 沈从文:《长庚·二》,《沈从文全集》第12卷,第38页。

批判后睡去。他在梦中听到：

> 在不可知地方好像有极熟习的声音在招呼：
> "你看看好，应当有一粒星子在花中。仔细看看。"
> 于是伸手触之。花微抖，如有所怯。亦复微笑，如有所恃。因轻轻摇触那个花柄，花蒂，花瓣。近花处几片叶子全落了。
> 如闻叹息，低而分明。①

在这段对梦境的描绘里，花中的"星子"隐喻着作家不断追寻的"抽象的爱"。不过令人苦恼的是，这一"星子"实在过于脆弱，伸手摘星，不但"星子"已不复存在，甚至那花亦已凋零。在这里，作家显然又以另外一种方式，将上文提到的"好人"和"诗人"的故事重新演绎了一遍。而在长篇散文《水云》中，作家在描写多个对自己创作影响至深的"偶然"时感慨："什么人能在我生命中如一条虹，一粒星子，记忆中永远忘不了？"②这段文字中简简单单的一句"永远忘不了"，最传神地写出了作家对"虹"、"星"这两个意象的深情与向往。而在《黑魇》中，当作者在头脑中试图"从新检讨影响到这个民族正当发展的一切抽象原则"③时，他的笔锋忽然一转，为读者描绘了一幅美丽的海景："试由海面向上望，忽然发现蓝穹中一把细碎星子，闪灼着细碎光明。从冷静星光中，我看出一种永恒，一点力量，一点意志。"④这里出现的"永恒"、"力量"与"意志"，其意义都指向沈从文一直追求的"抽象原则"。似乎只有在对"星子"的凝视中，作家才能捕捉到让他魂牵梦绕的东西。

---

① 沈从文：《生命》，《沈从文全集》第12卷，第43—44页。
② 沈从文：《水云》，《沈从文全集》第12卷，第96页。
③ 沈从文：《黑魇》，《沈从文全集》第12卷，第171页。
④ 同上，第172页。

需要指出的是，沈从文并不是一个语言贫乏的作家。恰恰相反，这位小说家其实一直以独特的用语方式闻名于世。1946年，一位名为子冈的记者这样描述自己对沈从文语言风格的观感：

> 我发现这位作家不只用笔娴熟，且也用语娴熟，他有他的文学形象用语。例如他说某某人婚姻多变，"情绪生活"一定很苦；例如他对记者说俟国家安定，应该放下记者生活写点久远性的文艺东西，因为"生活不应该这样用法"；例如他感觉九年不见的北平老了，洋车夫的头发也似乎白了，怕北平将不会"发生头脑作用"……①

由此可见，作家在20世纪40年代不断使用"虹"与"星"来表达自己的思考，绝不是因为他的词汇量过于贫乏，而只能是因为作家在这两个意象上寄托了太多的思虑与情感。因此，每当他开始以文学的方式对某种抽象事物进行思索时，笔下总是会将那些思考转化为"虹"与"星"。在这样的背景下，他在这一时期写下的三篇以"虹"或"星"为题的小说——《看虹录》、《摘星录》以及《虹桥》——就显得非常重要。这些极具实验性的作品，最充分地体现了沈从文企图超越语言文字表达能力的极限，以作曲的方式使用文字，努力将自己不断求索的"抽象原则"②转化为文学形象的过程中所付出的心血和努力。鉴于这些作品的重要性，虽然作家本人明确表示只有"批评家刘西渭先生和音乐家马思聪先生"③才能真正理解这些晦涩的文字，笔者仍将尝试对这三篇小说进行解读，以期揭示和探讨沈从文究竟在多大程度上将"抽象原则"用语言文字的形式来进行传达，他究竟采用了哪些手段来实现

---

① 子冈：《沈从文在北平》，《大公报》1946年9月19日。
② 沈从文：《〈看虹摘星录〉后记》，《沈从文全集》第16卷，第346页。
③ 同上，第343页。

自己的创作目的。只有解决了这样的问题,我们才有可能对沈从文20世纪40年代的思想与文学实践做出正确的评判。

五 《看虹录》:抽象如何赋形?

小说《看虹录》最初发表于桂林《新文学》第1卷第1期(1943年7月15日)上。不过根据裴春芳辑校的发表于香港《大风》半月刊第92至第94期(1941年6月20日、7月5日、7月20日)上的《摘星录》来看,这篇小说中的某些素材曾被作家以多种的方式加以运用,并被赋予不同的小说形态[①]。今天收入北岳文艺版《沈从文全集》中的所谓最终定稿,或许只是沈从文当初就这一素材进行的众多小说试验中的一篇。《看虹录》复杂的发表情况,一方面表明这篇作品中的某些素材,夹杂着作家的个人经历[②],而对这些经历的强烈感情使得他不断围绕这些素材进行写作;另一方面则说明,沈从文在不断试验新的小说形式,以期更好地表现某种他想要表达的东西。因此,2009年发掘出的香港版《摘星录》这一文本的最大意义,在于它清晰地呈现了沈从文如何对同一素材进行多种尝试,以便为小说寻找更妥帖的形式的过程。在笔者看来,虽然《看虹录》不断激起研究者对作家个人生活方面的浓厚兴趣[③],但作家在20世纪40年代其实一直在为如何将"抽象原则"转化为文学形式而痛苦不已,因此更值得我们关心的或许是这篇小说在形式方面做出的努力。由于晚出的桂林版《看虹录》与香港版《摘星录》相比,在形式上更为复杂、讲究,思想的表达则更为清晰,因此本文的讨论将主要围绕前者进行,只在必要的地方用后

---

① 香港版《摘星录》的很多段落都出现在桂林版《看虹录》中。
② 沈从文明确表示在作品中"作者与书中角色,二而一",参见沈从文《〈看虹摘星录〉后记》,《沈从文全集》第16卷,第344页。
③ 裴春芳发表在《十月》2009年第2期上的《虹影星光或可证》即是这方面的代表,但其基本观点已被商金林在《沈从文果曾"恋上自己的姨妹"?》(《中华读书报》2010年3月3日)一文中用有力的证据驳倒。一般来说,利用小说这种虚构文本进行人事方面的考证,并不会有太大收获。

者做参照。

小说《看虹录》由三部分构成。在第一节中，第一人称叙述者"我"在回家途中，因为"梅花清香"的引导走进"空虚"，来到"一个小小的庭院"，并"开始阅读一本奇书"①。而进入第二节后，叙述者则改用第三人称进行叙述。正是这一部分所描写的情景，与香港版《摘星录》存在相似性。两个版本都在描写客人(男)与主人(女)在客厅中的相会。只是香港版《摘星录》将时间设置为夏天，而在《看虹录》中，故事则发生在冬天。有趣的是，不管是冬天还是夏天，两个版本中的主客二人都"觉得热"②。考虑到沈从文对精神分析理论的熟稔，对"热"的强调似乎暗示着他们欲望的强烈。不过时令并不是两个版本最大的差异，真正有意味的改变在于，香港版《摘星录》使用的是第三人称全知叙事，叙述者可以自由地对主人和客人的心理活动进行描写。而《看虹录》则采用第三人称限制性叙事，叙述者只能由客人的眼光观察小说世界③。对于主人的心理活动，叙述者并不真正知道。而正是限制性叙事的使用，才让这一部分在形式上很有特色。在主人的对话和动作之后，小说不断以括号的形式，插入客人在心中对主人言行的揣测。这种形式在全知叙事下显然是没有必要的。这一部分从主客二人的对话开始，然后过渡到主人阅读客人所写的小说。不过由于主人很快就不愿意自己阅读，客人只好为其讲述自己所写的雪中捕鹿的故事。而这一部分的结尾，则是书写主人在客人走后，独自阅读客人写给她的信。进入第三节后，读者会马上明白第二节的全部描写，都是第一节提到的那部"奇书"中的内容。这一节则以第一人称的方式，讲述"我"从"空虚"归来后，回到家中试图将自己对抽象与

---

① 沈从文：《看虹录》，《沈从文全集》第10卷，第327页。
② 同上，第329页。
③ 不过沈从文并没有把限制性叙事在第二层故事中贯彻到底，在客人离开房间后，叙述转入全知叙事。

虚空的思考转化为"语言与形象"①，并陷入极度痛苦的境地。最终，"我"的尝试因被人打断而告终。这时"我"才发现，距离自己在第一节进入"空虚"已过了二十四小时，从而对应《看虹录》最开始的题记："一个人二十四点钟内生命的一种形式。"②

在最直观的层面上，《看虹录》虽然包括三节，但却可以归并为两个部分，即第一节和第三节讲述的"我"的故事和第二节所描写的主客二人的故事。两个故事通过一本奇书联系起来。不过从这种故事中套故事的结构来看，我们也可以把《看虹录》的结构形式理解为四层故事。第一层，即所谓现实层面。主要讲述我从"另外一个地方归来"③，回到家后则坐在书桌边进行写作。第二层，就是小说中所描述的那个坐落在"空虚"中的"朴素的房子"④。在这里，"我"通过阅读一本奇书，带领读者进入了第三层故事，即主客在客厅中的对话。考虑到第二层故事的篇幅非常短，因此它更像是位于现实层面与奇书故事之间的过渡层。有趣的是，第三层故事中的客人和第一层故事中的"我"一样，也是个作家，在与主人谈话时，带了一篇小说给后者看。虽然主人并没有真正阅读这篇小说，但通过客人以第一人称的方式讲述这篇小说，读者显然由此进入了第四层故事，即叙述者"我"在雪中捕鹿。与香港版《摘星录》相比，由于增加了第一层的现实故事和第二层"空虚"中的"朴素的房子"，使得主客之间的对话被放置在现实世界之外，成了一个脱离具体时空的断片。而由于四层故事以近乎俄罗斯套娃的方式结构在一起，使得小说的叙述线索不再像香港版《摘星录》那样按照时间顺序进行讲述，而是从第一层故事出发，依次走向更深的叙述层面。抵达第四层后，再按照原路返回第一层。分析至此，已经不用提这篇小说中各个层次之间的

---

① 沈从文：《看虹录》，《沈从文全集》第10卷，第341页。
② 同上，第327页。
③ 同上。
④ 同上。

微妙对应关系,仅从这些大的叙事方面的改动,我们就可以看出沈从文在小说形式上追求精致化的努力。因此,我们有理由追问:作家究竟要通过这一复杂的文本表达什么?

由于《看虹录》带有总结性的题记是"一个人二十四点钟内生命的一个形式"。而小说第一层故事描写的恰是"我"在二十四小时内的经历,因此"我"如何度过这段时间就成了理解这篇小说的关键。对此,小说在第三节有一段这样的描述:

> 我面对着这个记载,热爱那个"抽象",向虚空凝眸来耗费这个时间。一种极端困惑的固执,以及这种固执的延长,算是我体会到"生存"唯一事情,此外一切"知识"与"事实",都无助于当前,我完全活在一种观念中,并非活在实际世界中。我似乎在用抽象虐待自己肉体和灵魂,虽痛苦同时也是享受。时间便从生命中流过去了,什么都不留下而过去了。①

从这段文字所透露的信息来看,"我"和沈从文本人一样,以一种二元对立的方式理解世界,将其分割为"实际世界"和"观念"世界两个相互对立的部分。而在那二十四小时中的大部分时间里,"我"都脱离了"实际世界",沉浸在"观念"中,并展开对"抽象"的求索。

在小说的另外一处,沈从文详细描述了这一探索的过程:

> 我已把一切"过去"和"当前"的经验与抽象,都完全打散,再无从追究分析它的存在意义了,我从不用自己对于生命所理解的方式,凝结成为语言与形象,创造一个生命和灵魂新的范本,我脑子在旋转,为保

---

① 沈从文:《看虹录》,《沈从文全集》第10卷,第341页。

留在印象中的造形，物质和精神两方面的完整造形，重新疯狂起来。到末了，"我"便消失在"故事"里了。在桌上稿本内，已写成五千字。①

显然，"我"的苦苦思索是为了以文字为媒介，为"抽象"之物赋予感性形象，即完成"造形"的工作以实现对"实际世界"和"观念"世界之间的裂隙的超越，创造出"物质和精神两方面的完整造形"。在这个意义上，这篇小说的主题是不断对"抽象"进行追求和思索，并努力为它创造出某种感性形态。而这恰恰是沈从文在20世纪40年代不断思考的问题。

在笔者看来，正是不断追寻这一主题，将《看虹录》中的四层故事统摄成一个整体。第一层故事讲述"我"对"抽象"的追寻。不过因为这一工作的困难，使得这一部分充满了紧张和焦灼的情绪，"我"甚至已经"疯狂起来"。进入第二层故事后，充盈在第一层故事中的焦灼感得到了疏解。"空虚"中满溢的"梅花清香"，"朴素的房子"都让读者感到一种静谧的气氛。正是在这里，"我"开始阅读一本关于"生命"的奇书。不过在进入第三层故事后，由于主客二人在貌似平静、不着边际的对话中，灌注了太多的欲念和机锋，使得小说气氛再次变得紧张而富有张力，形成了与第一层故事的呼应。正是在这里，沈从文对这一部分叙事方式的改变发挥了重要作用。因为在香港版《摘星录》所使用的第三人称全知叙事中，叙述者其实只是客观地分别叙述主客二人的对话和心理活动。然而当作家用第三人称限制性叙事对主客对话进行改写后，推动情节向前发展的动力就变成了客人通过各种语言对主人内心世界的揣测。于是，主人反倒成了意义探求的客体，而客人则成了动作发出的主体。因此，这一层故事所讲述的，是客人对主人的探索和追求。第四层故事所描写的雪中捕鹿，显然对应着主客二人的关系。不过更为关键的地方在于，这一层中的意义客体——鹿——不像第三层中的主人那样，在

---

① 沈从文：《看虹录》，《沈从文全集》第10卷，第341页。

追求面前游移逃避，而是从容静止地接受了"我"的亲吻。这也使得第四层故事消解了第三层故事中的紧张感，再次呈现出宁谧的气氛。而从"我"小心地亲吻鹿身上的各个部分来看，这一姿态无疑与第二层故事中的"我"以"谨谨慎慎"态度"阅读一本奇书"①颇为相似。因此第四层故事又与第二层故事产生了对应关系。在这个意义上，如果说第二层故事中的"我"去"阅读一本奇书"是为了探索"生命"中的"神"②，那么第四层故事中的"我"亲吻鹿的行为，其实也正暗示着对"生命"中的"神"的追求。

正如笔者在本文第四部分所分析的，"神"与"抽象"在沈从文自己的话语体系中具有同构性。因此，《看虹录》中的四层故事其实都在表现对某种"抽象"之物的追求和探索。而作家对这四层故事的描写，则代表了他为将"抽象"之物赋予感性形态所进行的尝试。联系起这项工作在沈从文20世纪40年代思想中的核心地位，我们也就可以理解为何他要把类似的故事用不同的方式反复讲述。在这个意义上，这篇小说真正值得注意的，是作家在其中为"神"或"抽象"创造了怎样的审美外形。由于第一层故事更多地表达了"我"无法将自己的思考转化为文字的苦恼，而第二层故事则因为过于简略，没有对"奇书"的形象进行具体描绘，因此我们的讨论将围绕第三和第四层故事中对主人和鹿的描绘展开。正如上文指出的，雪中捕鹿的故事与主客二人的故事具有对应性，这就使得作家对鹿的形体的细腻描绘很容易让读者联想到对女体的色情凝视。或许正是出于这一原因，当年的评论家就曾严厉指责这部作品是"自鸣得意的新式《金瓶梅》"③。不过与这类关注《看虹录》究竟写了什么的评论家不同，笔者更愿意探讨作家以什么样的形式去描

---

① 沈从文：《看虹录》，《沈从文全集》第10卷，第327页。
② 根据《看虹录》的描写，那本"奇书"上写着："神在生命中。"（参见《沈从文全集》第10卷，第328页。）
③ 郭沫若：《斥反动文艺》，《中国新文学大系1937—1949·文学理论卷二》，上海文艺出版社1990年版，第762页。

绘自己所要表达的东西。从《看虹录》对鹿和主人的描绘来看，将身体进行碎片化处理，是其写作最突出的特点。也就是说，沈从文似乎不愿意从整体上对鹿和主人进行描绘，而更愿意把精力集中在对二者某些部位的细致展示上。试看第二层故事中的这一段落：

> 衣角向上翻转时，纤弱的双腿，被鼠灰色薄薄丝袜子裹着，如一棵美丽的小白杨树，如一对光光的球杖，——不，恰如一双理想的腿。这是一条路，由此导人想象走近天堂。天堂中景象素朴而离奇，一片青草，芊绵绿芜，寂静无声。
>
> 什么话也不说，于是用目光轻轻抚着那个微凹的踝骨，敛小的足胫，半圆的膝盖，……一切都生长的恰到好处，看来令人异常舒服，而又稍稍纷乱。①

这段引文有意思的地方在于，虽然我们可以从上下文推断出，其中提到的"双腿"、"踝骨"、"足胫"，以及"膝盖"属于主人，但她却并没有在这段文字中显身。客人那充满情欲的目光似乎不愿意整体上凝视主人，却对她的某些身体部位情有独钟。他长久地流连在那些部位上，并根据它们的形状和线条生发出无尽联想。似乎他已经不再把它们当作人身体的一部分，而只是一些美丽的事物而已。以"腿"为例，在沈从文的笔下，那两条腿似乎并不属于主人，而只是"一双理想的腿"，可以成为所有腿的典范。这类物化描写也出现在雪中捕鹿的故事中，当"我"捉到鹿后，作者并没有对鹿的整体进行描绘。而是按照亲吻的顺序依次书写对鹿的"眼睛"、"四肢"、"背脊"直至"奶子"等部位，并陶醉于这些部位的美丽线条，即所谓"微妙之

---

① 沈从文：《看虹录》，《沈从文全集》第10卷，第330页。

漩涡"①。虽然"我"在捉到鹿后发出疑问:"我是用手捉住了一只活生生的鹿,还是用生命中最纤细的神经捉住了一个美的印象?"②但仅从作家的描绘来看,"我"显然更愿意将"活生生的鹿"加以肢解,再对其各个身体部位的美予以捕捉、描绘,以获得所谓"美的印象"。因此,将整体表现为部分,把人或动物描绘为物,将实体转化为线条,是沈从文在将"神"或"抽象"赋予美感形象的过程中,最为突出的特点。

在这里,我们已经触及到这篇小说内部的一个悖论。这篇小说的主题是为"抽象"寻找某种美感形式,以为"抽象""造形"的方式来超越"现实世界"与"观念"之间的分裂。而从小说的发展线索来看,作者最初可能确实要在作品中完成为"抽象""造形"的工作。因为随着叙述一层层的深入,当小说抵达第四层的时候,叙述者"我"真的捉到了一只鹿。"我"追求的成功暗示着小说高潮的到来,作者不断求索的"抽象"似乎也因此获得了感性形象——鹿。但问题是,当作者将"活生生的鹿"予以肢解,使之化为一些零散的身体部位和美丽的线条时,他所得到的其实仍然只是"抽象"。因此,作者的努力似乎并没有成果,虽然他进行了四层追求,但最后又重新回到了起点。这一悖论也鲜明地体现在小说形式上,捕鹿故事恰恰是小说发展的转捩点,在此之后,小说叙述从第四层依次退回到第一层。最后,第一层故事中的"我"发现,自己在"空虚"中所得到的不过是"一片蓝焰"和"一撮灰"。"抽象"仍然没有获得一个"活生生"的肉胎,留下的只有"失去了色和香的生命残余"③。从某种意义上可以说,《看虹录》只是以更复杂、精致的方式,把本文第五部分谈到的"好人"故事和"诗人"故事再次讲述了一遍。因此,虽然沈从文在这篇作品中表现出要运用各种文学试验进行为"抽

---

① 沈从文:《看虹录》,《沈从文全集》第10卷,第336页。
② 同上。
③ 同上,第339页。

象"赋予感性形态的努力，但他最终留下的，不过是一份失败的记录。

六 《摘星录》：现实如何重造？

与《看虹录》相似，《摘星录》也是一篇发表情况颇为复杂的小说。根据裴春芳的发现，这篇作品最初是以《梦与现实》为题，发表在香港《大风》半月刊第73期至76期（1940年8月20日，9月5日，9月20日，10月5日）上的。1942年11月至12月间，这篇小说改名为《新摘星录》刊登在昆明《当代评论》第3卷第2至第6期上。后经过作家重写，又以《摘星录》为题发表于1944年1月1日在昆明出版的《新文学》第1卷第2期上。不过这些版本之间并没有太大差异，因而更有意思的地方是，沈从文曾将上文提到的那篇讲述主客二人在夏日对话的小说同样命名为《摘星录》。这种复杂的命名情况一方面在暗示，昆明版《摘星录》与香港版《摘星录》及其复杂化版本《看虹录》之间存在着某种隐秘的联系，或者说它们具有某种共通性的东西；另一方面则表明，由于昆明版《摘星录》与香港版《摘星录》相比是"新"的，沈从文似乎想通过这篇作品以新的方式或角度，对其不断思考的问题进行表达。在这个意义上，考察《摘星录》的重点，就应该是探究沈从文这一次为文本创造了怎样的新形式，他所要表达的究竟是什么。

如果把《看虹录》和《摘星录》放在一起，我们会发现沈从文在后者中对文学技巧的运用相当克制。至少在直观上，作家只是以第三人称全知叙述的方式，对一个年轻女人的情感经历进行了剖析。这也使它在沈从文的作品序列中并不引人注目。小说共分为六个部分。第一部分是引子，主要讲述一个年轻女人在独自回家的途中，因为对当前的生活感到"疲倦"，生发出对过去男女朋友、情感经历的回忆。而接下来的第二部分到第五部分中，叙述者具体讲述和分析了主人公"她"与那些朋友们交往的经历，以及感情破裂的原因。在最后一部分中，情节则由回忆拉回到当下，描述"她"与目前的男朋友，一个"庸俗无用"①的大学毕业生之间的交往。由此可以看出，这篇小说其实是一篇关于回忆的故事。而正像所有以回忆为主题的小说一样，它也在过去与现在之间的对比中展开。值得留意的是，所有这一切都以平淡、舒缓而充满理性的语调叙述出来，使得《摘星录》不像《看虹录》那样，让紧张、焦虑的情绪在文本中肆意穿行，因而更像是一位看透世事的老人对年轻人的冷静分析，充满了冲淡平和的气息。

不过，虽然《摘星录》中并没有太多花哨的技巧炫示，但作家显然没有放弃在其中进行形式探索的尝试。首先，整篇作品都使用代词"她"来称呼那个年轻女人。在描写对话时应该出现名字的地方，则用"××"来代替。这一做法当然有可能是因为作家需要隐去人物原型的真实姓名。不过考虑到更为方便的做法其实是给人物另取名字，这样在叙述上才不会受到太大局限，因此笔者更愿意把这一点理解为特殊的形式探索。当整篇作品使用代词"她"来分析人物时，任何人都可以替换到那个代词所提供的位置上，因而使作品具有了浓厚的象征意味。这一点，与《看虹录》在第三层故事中，使用"主人"和"客人"来指代男女二人，拒不出现两人名字的手法有异曲同工之妙。其次，作家在《摘星录》中插入了很多书信，有些来自主人公"她"的朋友，有些则是由"她"自己写成，共同参与对"她"的生命经历的剖析。虽然在对待"她"的态度，以及对"她"的行为的分析上，书信中的内容与正文的叙述并没有太大不同，但因为书信以第一人称的方式叙述，且在其中夹杂了写信者个人情感的抒发，使得这些信充盈着动荡、焦灼的情绪，恰与正文中那个冷静、理性的叙述声音形成对比。而更为关键的是，虽然小说叙事追随着主人公"她"的回忆过程，在当下与过去之间展开，但叙述者与书信作者们对"她"的分析，却将单纯的时间流程，阐释为"抽象"

---

① 沈从文：《摘星录》，《沈从文全集》第10卷，第353页。

与"日常实际生活"[①]、"抽象观念"与"卑陋实际"[②]、"抽象"与"现实"[③]、"理想"与"事实"[④]、"古典"与"现代"[⑤]、"纯诗"[⑥]与"无章无韵的散文"[⑦]、"灵魂需要"与"生活需要"[⑧],以及"十九世纪"[⑨]与"二十世纪"[⑩]等一系列二元对立关系之间的冲突。让主人公"她"始终在两极之间反复摇摆。

正如本文第三部分所分析的,沈从文在20世纪40年代倾向于以二元对立的方式理解自己身处的世界,因此,小说《摘星录》用一系列二元对立阐释主人公"她"的情感经历是作家这一时期思想的表征。不过由于"她"是在对过去的追忆中才开始向往"抽象观念"、"古典",以及"纯诗"的,因此,"她"所阅读的书信就成了"她"鄙夷自己庸俗的散文式生活的诱因。在这个意义上,那些书信就成了必须予以仔细分析的对象。应该说,单纯从小说写作的角度来看,作家笔下的这些信件并不成功。因为无论在所持观点方面,还是在用语方式方面,这些书信并不像小说所写的那样出自不同人之手,而全都酷似作家亲自捉刀的产物。虽然沈从文在中国文坛素来享有"文体家"的美名,但在《摘星录》中,他显然不愿意发挥自己善于使用多种文体的特长。试看下面两段文字的对比:

[①] 沈从文:《摘星录》,《沈从文全集》第10卷,第361页。
[②] 同上,第374页。
[③] 同上,第380页。
[④] 同上,第350页。
[⑤] 同上,第355页。
[⑥] 同上,第346页。
[⑦] 同上,第355页。
[⑧] 同上,第363页。
[⑨] 同上,第380页。
[⑩] 同上,第377页。

> 我几年来实在当真如同与上帝争斗，总想把你改造过来，以为纵生活在一种不可堪的庸俗社会里，精神必尚有力向上轻举，使"生命"成为一章诗歌。（《摘星录》）①

> 我似乎正在同上帝争斗。我明白许多事不可为，努力终究等于白费，口上沉默，我心并不沉默。我幻想在未来读书人中，还能重新用文学艺术激起他们"怕"和"羞"的情感，因远虑而自觉，把玩牌一事看成为唯有某种无用废人方能享受的特有娱乐。（《烛虚·四》）②

两段文字虽然分别出自小说《摘星录》中的书信和散文《烛虚·四》，但无论是基本思想、用语方式还是所使用的意象，都没有太大差异。它们共同表达着作者希望身边的人摆脱庸俗的现实世界，去追求某种更为抽象、更具精神性的东西的愿望。因此，熟悉沈从文的读者在阅读那些书信时，总能感到作家本人的幽灵在其中徘徊。在这个意义上，《摘星录》里的书信对"她"的引导，以及其中满溢着的焦虑情绪，不仅属于作品本身，也来自沈从文自己。从这一角度重新审视《摘星录》就显得非常有趣，似乎沈从文在面对主人公"她"在生活中逐渐被庸俗的人生观所束缚时，忍不住要不断跳入小说文本，化身为"她"过去的男女朋友，以诗意的语言试图引导"她"重新对"抽象观念"产生兴趣。不过遗憾的是，虽然"她"在回顾往事时确实感到"一些过去遇合中，却无一不保存了一点诗与生命的火焰"③，但这并不足以让"她"回心转意。正像《摘星录》主导性的叙述声音始终包裹着那些充满感情、躁动不安的书信，使小说在整体上仍然是冷静而充满理性的一样，"庸

---

① 沈从文：《摘星录》，《沈从文全集》第10卷，第373页。
② 沈从文：《烛虚·四》，《沈从文全集》第12卷，第21页。
③ 沈从文：《摘星录》，《沈从文全集》第10卷，第367页。

俗无用"的散文式人生观在小说中也同样占有最强有力的位置。不管包含在"过去"中的"纯诗的东西"[①]如何让主人公心动，在环境、习惯和个性软弱的综合作用下，"她"始终被牢牢钉在现实生活中，无力展开对"抽象"的追求。考虑到《摘星录》中的书信是作家本人的化身，在某种意义上，沈从文似乎是通过这篇作品的写作，为自己建造了一间牢房，在其中，任何对"抽象观念"、"古典"、"纯诗"，以"十九世纪的热情形式"[②]的追求都注定要失败。

如果对上面提到的《摘星录》与《烛虚·四》极为相似的两段文字做进一步引申的话，那么小说中颇有象征意味的"她"与作家在《烛虚》中想要改造的"读书人"显然具有同构关系。由于沈从文在20世纪40年代一直期望所有"思想家、文学家、艺术家"能够将"头脑完全重造"，专注于对"抽象原则"的追求，以便"共同来重新组织一个世界"[③]。那么作家化身为《摘星录》中的书信，引导主人公"她"去追求"抽象"，以摆脱"庸俗无用"世界观的羁绊，这一情节设置可能正是沈从文对自己这一时期所秉持的理想的隐喻。不过从"她"在《摘星录》的结尾感慨"不知道自己有什么方法可以将生活重造"[④]来看，作家似乎早已清楚自己其实并没有找到"重新组织"世界的办法。因此，和《看虹录》一样，《摘星录》同样是沈从文用文学的形式，为自己注定失败的命运留下的记录。或许只有在这样的理路下，我们才能真正理解为何作家认为自己的《看虹摘星录》是"用作曲方法"为"'意义之失去意义'现象或境界""重作诠注"[⑤]。

[①] 沈从文：《摘星录》，《沈从文全集》第10卷，第346页。
[②] 同上，第363页。
[③] 沈从文：《新废邮存底·二八一·关于学习》，《益世报·文学周刊》第58期，1947年9月20日。
[④] 沈从文：《摘星录》，《沈从文全集》第10卷，第383页。
[⑤] 沈从文：《〈看虹摘星录〉后记》，《沈从文全集》第16卷，第344页。

七 《虹桥》：艺术的绝境

小说《虹桥》最初发表在《文艺复兴》第1卷第5期（1946年6月1日）上，是沈从文在20世纪40年代发表的最后几篇小说之一。在此之后，作家只为读者贡献了《雪晴》中的四篇作品。正如本文第二部分提到的，《虹桥》本是一篇长篇小说的第一章，而且早在抗战期间就已经写完。小说一直拖到1946年才发表的情况似乎暗示着，作家在很长时间内其实并没有完全放弃将其写完的计划，只是因为遇到的阻力过大，才最终停止写作。由于沈从文只为我们留下《虹桥》"春云渐展式的第一章"①，使我们很难确知作家究竟想要在其中表现什么。不过幸运的是，沈从文留下另外一篇文章，为我们理解《虹桥》提供了线索。1946年4月1日，作家在《春秋》第3卷第1期上发表了《〈断虹〉引言》一文。其中，沈从文在用很长的笔墨对康藏地区马帮进行详细的描绘后，为读者介绍了这篇从未面世的作品，他说《断虹》"写几个年青人随同这种马帮而行，达到驿路所经过的一个终点，起始各自充满了年青的热情，准备把一种人生高尚理想，在这一片新地上作试验加以推广"②。考虑到《虹桥》同样写几个年青人随同马帮的经历，我们虽然不能由此武断地推测《断虹》与《虹桥》就是同一篇作品的两个名字，但二者之间存在着某种联系却是显而易见的。在这个意义上，如果要想对《虹桥》这篇并未完结的作品进行正确的解读，我们就必须参照作家对《断虹》这一文本的描述。

在《〈断虹〉引言》中，沈从文坦言自己"在这个故事的处理方式上，企图将人事间的鄙陋猥琐与背景中的庄严华丽相结合，而达到一种艺术上的纯粹"③。由于作家在另外一处表示《断虹》"这个故事给人的印象，也不免

---

① 李霖灿：《沈从文老师和我》，《西湖雪山故人情》，第70页。
② 沈从文：《〈断虹〉引言》，《沈从文全集》第16卷，第338—339页。
③ 同上，第340页。

近于一种风景画集成。人虽在这个背景中凸出，但终无从与自然分离"①。因此，所谓"背景中的庄严华丽"显然指的是自然风光的旖旎多姿。在这个意义上，至少在作家的构思中，《断虹》依然按照他在20世纪40年代所秉持的二元对立世界观展开，将小说世界理解为由"自然"与"人事"两个相互对立的部分组成，并试图用"艺术"弥合二者之间的裂隙。不过遗憾的是，正像作家在这一时期不断感慨的，他无法用艺术手段再现"抽象原则"，使之落实于现实世界，这篇小说所写的也是一个理想破灭的悲剧。根据作家的介绍，小说《断虹》讲述的是几个年轻人试图把"一种人生高尚理想"在边地"加以推广"，但"由于气候环境的两难适应"，这一努力给他们带来的是"各式各样的痛苦，痛苦的重叠、孳乳、变质"。最终，"抽象的理想"和几个年轻人"一同毁去"②，使小说"成为人类关系一个悲剧范本"③。从作家简略的描述可以看出，这篇作品被一种浓厚的悲观情绪所笼罩，所表达的是因"抽象的理想"无法在现实世界中加以落实而产生的痛苦。在笔者看来，由于《断虹》与《虹桥》之间的关联性，我们有理由相信，构成《断虹》这部作品的核心要素，如萦绕在其中的悲剧意识、将世界理解为"抽象的理想"与现实世界之间冲突的基本思路等，也为《虹桥》所分享。只有在把握了这一整体基调的前提下，我们才有可能对《虹桥》这一小说片断予以正确的解读。

《虹桥》的情节很简单，在小说技巧上也不复杂。小说以第三人称全知叙事的方式，讲述四个年轻人带着"为国家做点事"④的理想，跟随马帮"深入边地创造事业"⑤。随着叙事的展开，叙述者依次对夏蒙、李粲、李兰，以及小周进行介绍，对他们的身世背景、来到边地的目的，以及在这里生活

---

① 沈从文：《〈断虹〉引言》，《沈从文全集》第16卷，第340页。
② 同上，第339页。
③ 沈从文：《〈断虹〉引言》，《沈从文全集》第16卷，第340页。
④ 沈从文：《虹桥》，《沈从文全集》第10卷，第385页。
⑤ 同上，第384页。

对他们的影响都做了细致的分析。不过行文至此，小说在情节上突然出现了转变。夏蒙带领几个年轻人离开马帮常走的路，到"山冈最高处"去尝试描绘自然的美景。考虑到四个年轻人为了追求超越世俗世界的理想而来到边地，因此，小说描写他们离开平坦的山路，走到山冈上的绝路去追随和表现自然之美，似乎在暗示他们对世俗生活的超越。而小说颇有意味的让"马帮头目"对几个年轻人对自然美景的痴迷表示不解，也正是凸显年轻人与世俗世界之间的差异。在这个意义上，我们也可以以此为界，将小说分为前后两个部分。进入后半部分后，小说的叙事性开始急剧下降，主要呈现四个年青人的心理活动以及他们关于如何以艺术形式表现自然美的讨论。这使得小说在这一部分表现出较强的抒情气息，恰与前半部分形成鲜明的对比。有趣的是，几个有志于从事艺术工作的年轻人，讨论出的结果竟是任何艺术手段都无法真正再现自然的美，而小说也在这一刻戛然而止。

值得注意的是，李霖灿在回忆中曾透露小说中的四个人物在现实生活中都有原型，李兰即李晨岚，李粲即李霖灿本人，夏蒙即夏明，而小周则是沈从文本人的化身[①]。从小说上半部分对人物的介绍来看，这一说法是有道理的。仅就李粲和李兰的情况来说，他们与李霖灿、李晨岚有着明显的对应关系。正如同小说所写的李粲起先着力于绘画，后从事游记写作，最后转入民族学研究一样，李霖灿在抗战时期有着同样的经历。作为西湖美院的高才生，他先是希望去玉龙雪山开创雪山画派，而后又在沈从文的帮助下从事游记写作，最后则彻底改行，开始为当时的中央博物院收集整理云南么些族象形文字。而小说中提到的李兰在省城卖画筹措旅费的情节，更是直接对应着李晨岚在昆明卖画，为自己和李霖灿的雪山之行寻找经费。而如果李霖灿的说法成立的话，作为沈从文本人化身的小周，就成了我们解读这篇作品的关键。

在最直观的层面上，小周和沈从文本人差异极大。根据《虹桥》的描

[①] 李霖灿：《沈从文老师和我》，收入《西湖雪山故人情》。

写，他是一个"二十二三岁"，"身材颀长挺拔"的农学院毕业生。无论是年龄、外貌还是所学专业，都与作家本人相去甚远。不过随着叙事的发展，小周开始逐渐和沈从文的形象合二为一。在第二部分，不会画画的小周虽然欣赏三个同伴的绘画，但他却始终觉得他们的创作并不能真正表现自然美，在心里想："这个那能画得好？简直是毫无办法。这不是为画家准备的，太华丽，太幻异，太不可思议了。这是为使人沉默而皈依的奇迹。只能产生宗教，不会产生艺术的！"①有趣的是，这一想法并不是小周的个人创见，而直接来自作家本人。试看沈从文的这段文字：

> 艺术史发展的检讨，历来多认为绘画，雕刻，以及比较近代性的音乐的伟大成就，差不多都源于一种宗教情感的泛滥。宗教且多依赖这种种而增加对人类影响的重要性。却很少人提及某种东方宗教信仰的本来，乃出于对自然壮美与奇谲的惊讶，而加以完全承认。正因为这种"皈于自然"无保留的虔敬，实普遍存在，于是在这个宗教信仰中，就只能见到极端简单的手足投地的膜拜，别无艺术成就可言了。②

仅从这里我们就可以看出小周与沈从文在思想上的重合性，更不用提他对庸俗的人生观、革命政党以文学为宣传武器的文艺观念，以及统治者与下层民众之间互不理解等社会问题的批判，处处透着沈从文的影子。

或许正是因为小周与沈从文二而一的身份，使得这个人物在《虹桥》中起了非常关键的作用。虽然在小说上半部分中，他还只是个次要人物，远没有夏蒙的形象鲜明。但在后半部分中，所有的对话和想法却都围绕着小周展开。在他依次与夏蒙、李粲和李兰交谈后，三位艺术家都同意了这位年轻的

---

① 沈从文：《虹桥》，《沈从文全集》第10卷，第390页。
② 沈从文：《〈断虹〉引言》，《沈从文全集》第16卷，第340页。

"农学士"对自然与艺术美关系的看法。正是在这里，小说完全抛弃其叙事性，以四个人的对话和心理活动结构作品。这一努力显然是作家有意为之的形式创新，并让作品在此处具有了复调小说的外观。但问题是，作家过于直露地要通过小周表达自己对艺术的看法，使得这一尝试并不成功。因为在真正的复调小说中，各个不同的观点和立场始终处在激烈的辩难中，没有一方可以压倒另一方。然而在《虹桥》中，四个人并没有展开真正意义上的辩论和交锋，小周的想法和观点统治了全部对话，让他们共同承认艺术在自然面前的无力。由此可以看出，虽然《虹桥》所写的是四个年轻人对美和理想的追求，而且他们也确实在"山冈最高处"看到了"虹桥"，并由此发现梦寐以求的美。但小说却处处告诉我们，所谓的"虹桥"其实是一座断桥，对美的发现最终只能引导我们承认美无法抵达的事实。或许，这就是为什么与《虹桥》有着密切联系的《断虹》被一种浓厚的悲观情绪所笼罩吧。在这个意义上，虽然李霖灿认为沈从文是看了自己所写的游记后，写下《虹桥》，化身小周，在文本中与年轻人共赴玉龙雪山，展开对美的追寻。但通过对文本的分析我们会发现，作家其实是强拉了三位艺术家，为自己对艺术表达能力的悲观看法做一注脚。

通过对《看虹录》、《摘星录》，以及《虹桥》的解读我们会发现，沈从文显然在这些作品中运用多种文学技巧，努力为自己不断追求的"抽象"或美赋予感性外观。但问题的是，他写下的这些复杂精致的作品，似乎只是证明了抽象不可赋形、现实无法改造、美无从表达。因此，我们有理由追问，让沈从文魂牵梦绕的"抽象"与美究竟是什么。从作家自己的论述来看，那些让他感到无力表达的东西是"一些符号，一片形，一把线，一种无声的音乐，无文字的诗歌"[①]。有趣的是，沈从文描述这些东西的方式，与康德定

[①] 沈从文：《生命》，《沈从文全集》第12卷，第43页。

义"单纯依形式而判断"的"自由美"的方式颇为相似。因为那位德国哲学家所列举的自由美的例子是:"本身并无意义"的"希腊风格的描绘,框缘或壁纸上的簇叶饰"、"音乐里的无标题的幻想曲",以及"缺少歌词的一切音乐"①。从某种意义上来说,沈从文所追求的东西,恰恰就是康德所说的"自由美",是脱离了一切实际意义和内容的纯粹抽象。因此,沈从文在20世纪40年代所做的一切努力其实注定要失败。我们很难相信,艺术家可以为脱离了质料的抽象赋予感性形态,却仍使其不失为抽象。遗憾的是,作家似乎到了20世纪40年代末才真正意识到自己的问题。直到中华人民共和国成立前夕,他才发现"我们无论如何能把自己封闭于旧观念与成见中,终不能不对于这个发展(指20世纪40年代末中国政治局势的巨变——引者注),需要怀着一种极端严肃的认识与注意",并感慨"书生易于把握抽象,却常常忽略现实"②。的确,埋首书斋,"忽略现实",却对"星光虹影"中的"抽象"倾心追求,是沈从文这一时期写作最大的问题。然而令人怅惘的是,当他意识到自己的问题时,历史已经剥夺了他修正自己思想的空间和可能。

---

① [德]康德:《判断力批判》(上卷),宗白华译,商务印书馆1964年版,第68页。
② 沈从文:《致吉六——给一个写文章的青年》,《沈从文全集》第18卷,第521页。

附 录

政治文化与文学研究空间的开拓
——读《政治文化与中国二十世纪三十年代文学》

> 文学,就我们所继承的这一词的含义来说,就是一种意识形态。它与社会权力问题有着最密切的关系。
>
> ——特蕾·伊格尔顿

诚如伊格尔顿所言,20世纪中国现代文学始终与政治、权力问题纠缠在一起。面对这一时期的文学,研究者——哪怕是极端的审美主义者——也不能不承认政治的"幽灵"总是在文学中若隐若现。然而对于文学研究来说,准确把握政治与文学之间的关系却是相当困难的事。对于曾经流行过的以"经济基础决定上层建筑"来解释一切的研究方法,我们出于本能就会拒绝;而强调文学本体性的审美批评,虽然在很多方面相当有效,但在面对20世纪30年代众多政治化的文学文本时同样没有令人信服的解释力。在文学的审美性与政治性的两极之间,该以什么角度切入30年代的中国文学,是每个研究者都需要面对的问题。朱晓进先生的专著《政治文化与中国二十世纪三十年代文学》(以下简称《政治文化》)从政治文化的角度解读20世纪30年代中国文学与政治的关系,无疑为这一问题的解决做出了贡献。

朱晓进在《政治文化》一书中借重的"政治文化"概念源自西方政治学家阿尔蒙德、艾尔蒙、罗森邦,以及达尔等人提出的政治学理论。作者在书中无意对政治文化这个概念本身多费笔墨,他没有探究这个概念本身的历史脉络，而是将"政治文化"理解为一个相对宽泛的学术领域，并在此基础上将这一概念分为广义和狭义两个方面。他认为广义的政治文化是指在一定文化环境下形成的民族、国家、阶级和集团所建构的政治规范、政治制度、政治体系，以及人们关于政治现象的态度、感情、心理、习惯、价值信念和学术理论的复合体；而狭义的政治文化则是指由政治心理、政治意识、政治态度、政治价值观等层面组成的观念形态体系。作者在《政治文化》中使用"政治文化"这一概念时，以其狭义涵义为主，但不时也使用其广义涵义。对作者来说，在政治与文学的复杂关系中存在着一个不容忽视的中介——政治文化。政治文化是作者"试图找寻的政治与文学之间关系方式的桥梁"。

以政治文化为切入点，朱晓进在《政治文化》中主要从六个方面来探讨20世纪30年代的中国文学。首先，作者揭示了中国30年代特殊的政治文化语境与文学氛围。他认为当时的国民党政权已经取得权力主体的地位，而其他各派政治势力由于处于权力客体的地位，只能通过包括文学在内的各种文化传媒来发生影响，表达自己的政治理念。因此，国民党政权所采取的种种文化控制手段、文艺政策与其他各派政治势力的文学表达之间发生尖锐冲突，构成了当时中国社会的政治文化语境，并相应地塑造了当时的文学氛围。这是朱晓进考察30年代中国文学的基本出发点。其次，作者着重研究了30年代中国各派作家在特殊的政治文化语境下的实际反应以及其相应采取的文学策略。他认为"三十年代中国各派作家的文学观念在某种意义上可以说并非是出于文学的或学术的思考，而常常是从自身的政治立场、政治态度出发，针对自身对当时政治文化形势的理解而采取的某种文学策略"。因此，30年代的中国作家身上有着鲜明的"亚政治文化"特征。在揭示了这一时期各个作家和文学群体的"亚政治文化"形态特征及其性质的基础上，作者着重分析了使各个文学群体的主要文学观念得以形成的政治文化因素。第三，作者具体分析了30年代一些重要的文学论争和文学批评所具有的政治文化色彩。他认为，论争各方的政治态度、政治情绪，以及成为某种惯性的政治化思维，最终支配着论争各方的行为、文学论争的过程以及结果。在这些论争中，文学观念、文学主张本身的差异和分歧实际上并不是论争的中心议题。第四，作者探讨了30年代中国社会普遍的政治文化心理对文学的导向。在这一部分中，朱晓进着重考察了中国30年代公众的普遍的阅读心理，揭示了最广泛的读者层（包括批评家）在政治心理驱使之下形成的文学期待，以及这种期待如何强有力地影响了这一时期中国文学的面貌并最终左右了其发展走向。第五，作者研究了中国30年代政治文化对当时作家的创作活动所产生的实际影响。他努力寻找这一时期作家的政治意识与其文学选择之间的关系，即探讨政治意识、政治态度，以及政治价值观或明显或潜隐的趋导，如何有力地决定了作家选取文学题材的眼光、处理题材的方式，以及观照问题的角度。最后，作者还探讨了30年代政治文化对当时文学风尚的形成所起的作用，即考察政治风气、政治需求和普遍的政治心态与流行的文学风尚之间的关系，以及这些文学的风尚又如何导致了主导的审美倾向的形成和一些特殊文体形式的出现。通过以上六个方面的考察，朱晓进对整个30年代的许多文学现象（包括作家行为、作品特征、重要的文学论争、文学派别、文学范型、文体现象的形成等）都做出了全面而中肯的评价。作者细致的研究不仅为我们更深刻地认识这一时期的中国文学提供了新的视角，其以"政治文化"角度进入文学研究的思路对研究者来说也具有方法论意义上的启示。

首先，从"政治文化"角度进入文学研究，使作者不仅仅把他的研究对象设定为中国20世纪30年代出现的作家作品、文学现象或文艺思潮上，同时也把他的目光投射到整个30年代的文学空间上。这样的研究思路和眼光使作者没有把文学从其生长的"环境"中孤立出来，他所要做的恰恰就是看"环境"如何强有力地影响文学。因此，统治者的文化控制、文艺政策；社会动荡所造成的普遍不满情绪；读者的阅读期待及其市场需求；出版商的市场运作及营销策略等等容易忽略却又是构成文学空间的重要关节都被纳入到作者的研究视野中来。例如，在该书的第四章，作者主要探究的是左翼文学如何在短时间内风靡整个文坛。作者在书中没有把左翼文学的勃兴与世界革命形势的发展简单地对应起来，而是在读者、出版商以及作家之间的多重关系中寻找左翼文学兴盛的原因。他用翔实丰富的史料向我们证明,由于30年代国民党政府的黑暗统治以及当时社会破败的经济,公众普遍对政治和社会现状极为不满。这种不满情绪使得文学读者狂热地追捧那些发泄反抗情绪、书写现实政治之外另一种可能性的左翼文学。读者的文学期待带来了庞大的市场需求,使得出版商在利润的驱动下,甘愿冒着被国民党政府查禁的风险,用各种巧妙的方法骗过政府的书报检查机构,大量出版左翼文学作品。同样的,读者的阅读期待也深刻地影响了作家的创作,鼓舞作家创作满足读者需要的作品,推动了这一时期作家"向左转"的倾向。也就是说,中国的社会现实、读者、出版商,以及作者等因素的合力共同创造了中国的"红色三十年代"。在这样的眼光下,文学史上很多令人疑惑的现象,如田汉、丁玲这样的作家,早年都崇尚浪漫主义或个人主义,到了30年代为何突然转向创作左翼文学;一向政治立场中立的良友图书公司、中华书局等出版社在30年代为何都开始出版以左翼文学作品为主的《一角丛书》、《新文艺丛书》等等,都得到了令人信服的解释。

其次,从"政治文化"的角度进入文学研究,必然会涉及到文学空间中权力的运作问题。这对文学研究中过分强调文本、审美性的倾向起到了纠偏的作用。新时期以来,文学研究界针对20世纪50至70年代文学研究的政治决定论倾向感到厌倦,开始强调文学的"本体",文学的审美性,对所谓反映了"人性"、"美"的作品予以很高评价,而对那些有关"革命"、"战斗"、"力之美"的作品则常常给予不公正的待遇。而作者在《政治文化》一书中则向我们揭示了文学其实紧密联系着各种社会权力。在该书的第二章和第三章,作者探讨了活跃在20世纪30年代的各个文学群体以及发生在鲁迅、茅盾与后期创造社、太阳社之间,以及包括"左联"在内的左翼文学群体和"新月派"、"自由人"、"第三种人"、"京派"之间的历次文学论争。以往的文学研究者在面对这些论争时,大多把目光局限在论争双方各自提出的文学主张和文学观点上,最终得出的结论往往是左翼文学家的观点过于武断偏颇,而他们的对手则客观地看待文学问题,虽然有和时代脱节的弊病,但却更深刻地触及到文学的"本质"。朱晓进的研究思路与此不同，他用所谓"亚政治文化"的概念来概括鲁迅、茅盾、沈从文、林语堂、梁实秋、徐志摩，以及杜衡等作家及其所属的文学群体的特征，认为在30年代的历次文学论争中，论争双方的着眼点并不是表面上文学观点与文学主张的不同，其实在这些论争的背后，隐藏着双方夺取文化权力的目的。在作者眼中，发生在这一时期的历次文学论争大多起于一两个观点冲突，进而引发文坛大论争，但在论争进行到最激烈的时候，双方往往在没有把理论上的分歧澄清的情况下就偃旗息鼓。之所以出现这一现象，背后就是"政治文化"在作怪。因为论争双方所追求的并不是说服对手，达到真理越辩越明的目的，双方真正的目的其实是"表达自己的政治意愿和阐释自己的政治价值观"。例如，发生在鲁迅与创造社、太阳社等左翼作家之间，以及左翼作家与"新月派"、"自由人"、"第三种人"、"京派"等作家与群体之间的一系列论争，"在某种意义上可以说是并非出于文学的或学术的思考，而常常是从自身对当时政治文化形势的理解而采取的某种文学策略"。

第三，从"政治文化"的角度进入文学研究，也是对文学研究中曾一度盛行的阶级决定论等庸俗唯物主义的纠偏。在作者看来，政治与文学之间的相互影响并不是直接的、决定论意义上的，而是通过"政治文化"这一中介物间接发生的。也就是说，政治要影响文学，首先要作用于社会人（包括作家、各类团体、读者和出版商等等）身上，产生一定的政治意识、政治态度，以及政治价值观等政治文化，然后再经过社会人之间一系列复杂的关系，最后由作家创造出作品。因此，政治作用于具体的文学文本，中间要经过政治文化的多重关系，其间会出现各种各样的变形和可能性。在该书的第六章，作者对20世纪30年代中国文坛上出现的文学社会科学化倾向、革命文学"浪漫化"倾向、文学创作中追求"力之美"的倾向、文学创作"集团化"、"公式化"倾向，以及杂文、报告文学与速写文体盛行等现象进行了全新的阐释。面对这些现象，作者没有从时代变化或革命形势发展等角度谈政治对文学的直接影响，也没有站在审美主义的立场对这些现象嗤之以鼻，而是从政治形势变化对作家身份构成的改变、作家自身专业背景的变化、社会心理氛围、作家创作心态、文学出版环境，以及读者的阅读期待等角度对上述文学现象的形成做出解释。这些从"政治文化"概念出发得来的角度全都与政治相关，又全部是对文学现象的合理解释，没有从政治角度分析文学时常见的生硬和武断。

朱晓进在《政治文化》一书中使用"政治文化"这一概念，打开了文学研究的空间，为我们处理文学与政治之间复杂暧昧的联系提供了全新的思路。这种思路对我们研究中国现代文学中的作家作品、文学现象，以及文学思潮有很大帮助。不过作者用政治文化来处理中国20世纪30年代的文学空间时，仍存在一些缺憾。朱晓进将自己的研究对象扩展到整个30年代的文学空间，展示了广阔的研究视野，但他在具体的研究过程中，往往以二元对立的眼光来理解文学空间，似乎将其简单化了。在《政治文化》中，朱晓进将30年代的中国文坛分为权力主体和权力客体两极，前者是国民党政府的文化控制和文艺政策，后者则是包括左翼文学群体、"新月派"、"自由人"、"第三种人"、"京派"、读者以及出版商等在内的"大杂烩"。在二元对立的眼光下，30年代中国文坛上的政治文化就是在权力主体与权力客体之间尖锐对抗下所形成政治心理、政治意识、政治态度以及政治价值观等。因此，《政治文化》中描述的30年代中国文坛给读者的印象是权力机构与在野势力时时刻刻在进行尖锐的斗争。显然，作者思考"政治文化"运作的方式类似于阿尔都塞的"意识形态国家机器"理论以及福柯的"压抑"理论。然而在笔者看来，"政治文化"概念所引出的文学空间，相对于阿尔都塞或福柯的思路，更适合处理复杂的文学问题。文学空间最大的优势在于它具有极大的包容性，可以将各种具有极大差异的事物容纳其间，真实再现复杂奇诡的历史情境。政治是复杂的，其中不仅有斗争和对抗，也有诡诈、合谋和虚与委蛇。回到30年代中国文坛的历史语境，我们与其说出版商出版左翼文学作品是在对抗国民党政权的文化控制政策，不如说这是出版商与国民党政权书报检查政策虚与委蛇以求在文化市场上分一杯羹。而新月派同人在《新月》月刊上开展争取人权、言论自由的运动，确实在言论层面上与国民党的文化控制、文艺政策发生冲突。然而就在《新月》上的人权运动刚刚落下帷幕之际，胡适等人就在幕后向国民党高层官员示好。于是，新月派与国民党政权之前的种种冲突，多少显得有些暧昧。

此外，《政治文化》一书中没有涉及这一时期的通俗文学创作。20世纪30年代的中国，政治文化渗透到社会生活的个个角落，通俗文学自然不能独善其身。由于通俗文学这一文体天然地要迎合主流意识形态和市民阶级趣味，当主流意识形态与市民阶级之间出现裂隙时，通俗文学在其间所处的立场、所扮演的角色就相当微妙了。文学空间这一研究视野的优势就在于它能够容纳这些晦暗不清的地方。因此，相对于朱晓进先生把中国30年代的文学空间描绘成两军对垒的战场，笔者更愿意称其为众声喧哗的广场。

"现代性"视野的拓展
—— 评《革命与形式——茅盾早期小说的现代性展开（1927—1930）》

自20世纪90年代以来，中国社会日益深刻地卷入资本主义全球化的浪潮之中。或许是出于对现代化进程的焦虑，"现代性"问题逐渐为学术界热议。风气所及，从"现代性"的角度考察中国文学在文学研究界蔚然成风。在文学研究领域中引入"现代性"概念，本来意味着研究范式的深刻转变，并预示着研究前景新的可能性。然而在具体实践中，从现代性的角度切入的文学研究却又和80年代中后期流行的"重写文学史"的思路在某种程度上暗合。如果说"重写文学史"意味着对一元化文学史叙述的拒斥，那么从现代性角度进入文学研究则往往拒绝同质性、整一性的现代性，力图从以往的宏大叙事无法顾及的地方，拯救出"另类现代性"、"美学现代性"或"被压抑的现代性"。一时间，晚清通俗文学、鸳鸯蝴蝶派小说、报刊图像等问题成了文学研究界的热门话题，而上海研究更是成了当代显学。应该承认，这样的现代性研究极大地丰富了我们的文学史视野。然而正如卡林内斯库在《现代性的五副面孔》中所强调的，现代性本身是一个复杂多元的概念，包含了诸多不同的面向。当研究者把目光聚焦在"被压抑的现代性"时，似乎也将"现代性"简单化了。不管是"五四"新文学激烈的宣告与传统断裂，还是左翼文学为读者勾勒出一幅无产阶级必然走向全面胜利的理想图景，本身都是现代性的表征。因此，若想真正搞清中国社会在近现代历史上如何从传统走向现代，研究者不应轻易将这些面向忽略。在大力挖掘"被压抑的现代性"的同时，我们也应该重新审视像茅盾这样的左翼作家所代表的文学现代性。从这个意义上看，陈建华先生的《革命与形式——茅盾早期小说的现代性展开（1927—1930）》(以下简称《革命与形式》)在今天无疑具有较高的学术价值。

在《革命与形式》一书中，作者凭藉着扎实的史料功夫、细腻的文本解读以及对西方文化理论——从卢卡奇到哈贝马斯——的深刻理解，为读者呈现出茅盾早期小说形式中现代性展开的具体过程。正如作者在哈佛大学读书时的导师李欧梵先生所指出的，《革命与形式》一书所使用的解读方法深受马克思主义理论大师詹明信 (Fredric Jameson) 的影响，把解读重点放在小说形式上。一方面，作者深刻地阐明了茅盾早期小说的现代性展开与中国特有的、根植于其对"革命"的理解上的"革命性"、"时代性"要求之间的错综复杂的关系，呈现出从《蚀》三部曲到《虹》的小说形式上的演变与茅盾本人的"革命性"追求之间的互动与冲突。另一方面，作者并没有将茅盾的早期小说与其产生的文学史脉络和社会历史条件割裂开来，而是既关注茅盾早期小说与"西洋"式的短篇小说、"旧"式的言情传统之间的关系，也探寻印刷资本的商业机制、上海都市文化在这些小说的形式上留下的深刻印痕。通过对茅盾早期小说形式上的演进、裂变，以及症候的分析，陈建华为读者展示了茅盾早期小说背后丰富复杂的社会历史条件和思想文化脉络。

在第一章《小说形式与"整体性"》中，陈建华秉承"没有晚清，何来五四"的思路，认为"茅盾的文学观从科学立场、启蒙理性到接受马克思主义意识形态和阶级斗争学说"（第33页），在某种程度上乃是晚清以降知识分子理想主义的逻辑延伸。在这一逻辑关系中，"整体性"语码发挥贯穿始终的作用。书中所谓的"整体性"概念借用自卢卡奇。卢卡奇在《心灵与形式》、《小说理论》等早期著作中认为与自然逐渐相背离的现代人只能追求内心的真实，但由于文学形式本身的局限，小说形式的时间展开必然导致自我与现象世界的分裂。因此，卢卡奇在小说形式问题上主张人与现象世界合而为一的"整体性"理论，认为荷马史诗《伊里亚特》和《奥德赛》中那种人神和谐以及形式反映现实的理想境界才是小说形式的终极目标。在20世纪20年代接受马克思主义理论之后,卢卡奇的"整体性"理论得到进一步展开和完善,他认为"整体性"意味着个人与阶级、无产阶级主体与历史客体之间的整合,因此,小说形式也必须与历史再现之间达到和谐统一,从而规定了作家必须服从阶级意志和历史必然性的命令,使小说形式发挥其反映现实的功能。陈建华在书中指出,单就以小说拯救国家、推动历史朝向其"必然性"发展的观念而言,从梁启超到茅盾,这些激进的知识分子们其实共同分享了"整体性"语码。在某种程度上,这一"整体性"语码已经成了这些知识分子的内在精神动力,推动了他们的现代性追求。具体到茅盾那里,"整体性"语码使得茅盾的早期小说在经历了最初的驳杂混沌之后,"突破了五四的绝望与自我封闭的心态"(第8页),最终完成现代性转化,实现小说形式与历史必然之间的整合。

相对于揭示出茅盾早期小说现代性展开的历史动力,读者可能更关心的是茅盾早期小说的形式到底如何完成其现代性展开。在陈建华看来,小说形式"无外乎结构、人物和情节等要素"(第13页)。然而如果对这几大形式要素的现代性演变做平铺直叙、条分缕析的论述似乎重点难以突出,而且可操作性也不强。面对这一难题,作者"避轻就重",选择以茅盾早期小说中的"时代女性"作为论述的核心。之所以选择"时代女性",是因为现代性在茅盾本人的话语体系中就是"时代性"。用茅盾自己的话来说,"所谓时代性……一是时代给与人们以怎样的影响,二是人们的集团的活动又怎样地将时代推进了新方向,换言之,即是怎样地催促历史进入必然的新时代,再换一句话说,即是怎样地由于人们的集团的活动而及早实现了历史的必然"(《读倪焕之》)。可以说,正是对"时代性"的追求,使得茅盾的小说形式最终完成了现代性转化,与历史必然相契合。而茅盾对"时代性"的追求正体现在从静女士到梅女士这一系列"时代女性"形象的变化之中。因此,通过对茅盾早期小说中"时代女性"形象的考察,我们可以清楚看到茅盾小说形式现代性展开的具体过程。

在《革命与形式》的第二、三、四、六章,陈建华集中探讨了《幻灭》、

"现代性"视野的拓展

《动摇》、《追求》和《虹》等作品中塑造的"时代女性"形象与"时代性"理论、"革命"的历史语境之间的关系,以及在这些女性形象上所依附的爱欲狂想和都市体验。在作者看来,茅盾早期小说中的"时代女性"已经不是简单的人物形象,而是"各种机制性力量整合较劲的再现场域"(第15页)。一方面,1927年大革命失败以后,茅盾本人的生存境遇、政治前途,以及整个共产主义革命前景均陷入危机。当历史发展的实际情况与历史必然性的理论推衍之间存在巨大断裂时,小说成了茅盾摆脱精神危机、实现自我救赎的工具。为了在小说世界中重新论证历史发展规律的合法性,茅盾必须将小说形式进行现代性转化,使其成为一种"向'革命'开放的乌托邦形式"(第8页),并"将读者负载到未来,融汇到革命的巨流里"(第104页)。因此,女性形象必须被重新改写以适应这一形式要求。在第二章《"革命加恋爱"与女性的公共空间想象》中,作者通过对张闻天的《旅途》、张资平的恋爱小说,以及张春帆的《紫兰女侠》的分析,向读者展示茅盾的"时代女性"出现前,文学作品中对新女性的想象。在作者看来,"三张"的作品虽然都以"革命"的名义面世,但小说中展现的革命想象却各不相同,革命话语尚未被"整体性"叙述所笼罩。而其中的女性也尚未投入到革命的洪流当中,或囿于家庭难以脱身,或身陷情欲无法自拔,或成为"强国、保种"工具的"健康母亲",并且其叙事策略、语言风格也为小资产阶级日常生活情调所渗透。这样的女性形象,显然游离在历史必然性之外,因此,必须对其进行革命话语的重新改造。在第三章《〈蚀〉三部曲:时间镜框中的女性身体》、第四章《章秋柳:都市与革命的双重变奏》,以及第六章《〈虹〉:"青年成长"与"现代诗史"小说》中,作者通过对慧女士、孙舞阳、章秋柳,以及梅女士等人物形象的分析,向我们展示了这些"时代女性"如何一步步被历史必然性所裹挟,最终走向革命洪流的具体过程。如果说在慧女士、孙舞阳和章秋柳那里,她们言语行动处处指向革命,但革命的意义并没有得到明确的表达,往往只是呈现为"对未来朦胧许诺的乌托邦空间"(第101页)。在这一暧昧模糊的空间中,共产主义理想与无政府主义式的躁动相混杂,妇女"性"解放的爱欲迷狂与现代主义的颓废糜烂相交织。《蚀》三部曲中的女性形象本身是如此耀眼，相形之下，历史必然性只能作为模糊的远景出现小说之中。然而到了梅女士那里，她的容颜仍然妩媚，她的身材依旧热辣，但在北欧女神"Verdandi"的指引下，她"克服自己的浓郁的女性和更浓郁的母性"，"用战士的精神往前冲"（《虹》）。于是在茅盾的笔下，"时代女性"最终克服了自身固有的"女性"和"母性"，完成了"女性的革命化"（第201页），小说形式也终于与历史必然性实现整合，完成了自身的现代性展开。

另一方面，陈建华清醒地意识到小说形式的现代性展开绝非简单的线性发展。当茅盾将他的小说形式与历史必然性强行整合时，他的小说形式也面临着断裂与错位。说到底，革命在其隐喻层面上，仍然是男人的事业，女性永远是革命队伍中的另类形象，更何况是茅盾笔下的"时代女性"！这些"时代女性"有着曼妙的身材、高耸的乳房，当她们混迹于革命队伍时，难免会眩人眼目，乱人心性！茅盾创作其早期小说时，正因国民党政府的通缉不得不过着深居简出的地下生活，在政治上感到前途黯淡，在经济上饱受压力。于是，写作一方面成了他排遣政治苦闷的工具，另一方面也成为谋生的手段。因此，茅盾此时的小说创作难免臣服于印刷资本的商业运作，而且茅盾本人也有意以都市小资产阶级作为其理想读者。在这种情况下，都市文化的现代性、男性对女性的欲望狂想、潜意识中对历史必然性的暧昧态度等都在这些小说的形式上留下深深的印痕。正如书中分析的，茅盾笔下的"时代女性"不光因北欧女神的指引而散发着神性的光芒，她们身上通常也染上了一些都市的魔性。这些"尤物"在革命队伍中特立独行，不受社会关系的羁绊。她们的过去异常模糊，仿佛生活在虚幻之中，因而也就逸出了马克思主义历史唯物主义的分析范畴。她们出入于舞场、游走在街头，迷恋声色、放荡不羁，那种现代而异质的个性表现，给都市小资产阶级读者群带来极大的刺激。也正是由于这一原因，作者认为茅盾的早期小说一头接续了从晚明直到鸳鸯蝴蝶派的言情传统，另一头则开启了20世纪30年代上海的都市文学。在笔者看来，对茅盾早期小说形式复杂性的充分认识，是《革命与形式》一书最为精彩的地方。作者准确地把握了茅盾早期小说形式的现代性转化的旨归,即实现小说形式与历史必然的整合,也依靠其细致的文本分析,为我们指出小说形式在走向历史必然过程中的悖谬与裂隙。中国语境中现代性问题的复杂性也正是在这样的案例分析中得到呈现。

《革命与形式》一书的研究方法上亦有颇多启示。其中以第五章《〈创造〉:"时代女性"与革命公共空间》和第七章《"乳房"的都市与革命乌托邦想象》给人启发最多。首先,惯常的小说叙事学分析往往局限在静态的分类研究上,它可以对一系列文本依照叙事观点、叙事速度等指标进行仔细地区分,但却很难判断一部作品的文学价值,也很难分析出某一作品的形式到底如何成为"有意味的形式"。可以说,这是叙事学研究固有的缺陷,而陈建华对茅盾的短篇小说《创造》的叙事分析,在某种程度上为我们突破叙事学的局限提供了很好的示范。作者仔细辨析了《创造》的第三人称叙事视角和声音,认为虽然小说叙事表面上是描写男主人公君实的内心世界,对女主人公娴娴着墨不多,但在具体的叙事过程中,小说不断出现貌似客观的叙述或评述,这些"客观"的评述以平易亲昵的语调出之,却处处反衬君实的猥琐可厌。于是,生活化、喜剧化的表述最终在读者与君实之间制造了距离感,使读者的同情转向娴娴。作者同时指出,小说的分段在这里也发挥着意识形态功能。随着故事的发展,小说结构上的分段逐渐密集,场景的频繁转换为小说叙事平添了喜剧色彩,而私人空间也在这种频繁转换中被打破,内室的背景逐渐与"外面更为寥廓的世界重合"(第165页)。陈建华对《创造》的细致解读,使我们了解到茅盾如何利用小说形式颠覆都市小资产阶级的家庭观念和时尚趣味,并力图使读者在阅读过程中逐渐认同革命。其次,在对作品进行分析时,我们常常会探讨作家在写作过程中所依凭的文化资源。在以往的研究中,研究者常常依靠作家传记材料进行实证式研究。然而文学创作毕竟是一种想象性活动,"索隐"式的研究并不能真正在传记材料与小说文本之间建立有效连接。在这方面,陈建华在《"乳房"的都市与革命乌托邦想象》一章中进行了具有开创意义的尝试。作家在创作过程中的想象固然让我们难以捉摸，但作家的遣词造句却有迹可循。陈建华的研究让我们了解到，每个词语都有其自身的历史文化脉络，作家在使用这些词语的过程中，他所借助的文化资源和想象方式也就隐藏在这些词语背后。因此，通过对词语自身脉络的挖掘，我们也就能重构作家想象的地图。在第七章中，作者以"乳房"作为关键词深入剖析茅盾的早期小说。他认为茅盾在创作中使用"乳房"一词，潜藏着与"酥胸"、"凝脂"、"玉峰"等传统话语的对话关系。"酥胸"话语来自男性的某种心理感觉，并不诉诸于视觉神经。而乳房一词在最初进入中国社会时，是作为医学术语来使用。只有在茅盾那里，乳房才成为文学叙事的视觉焦点，并变得极端繁复暧昧。陈建华为我们展示了茅盾笔下的"乳房"如何在都市与革命之间、国共两党革命话语之间、"五四"新文学与鸳蝴派对立之间展现出的丰富含义。茅盾早期小说现代性展开的复杂性，也在对"乳房"的分析中被充分展示。

《革命与形式》一书最大的特色就在于，作者的论述处处从茅盾小说中的细节入手，却又从这些细节中看出20世纪20年代末中国社会的政治变迁、文艺论争、作家经历，以及文学场域等诸多情况，为读者解读出茅盾早期小说的现代性内涵。或许是因为历史本身就有些"剪不断，理还乱"，抑或是作者在书中借用的理论资源过于庞杂，读者在阅读过程中有时会感到作者的论证有些顾此失彼。然而陈建华在书中展现出的对史料的熟稔，对文本细节的敏锐感受，以及广博的理论视野，一方面丰富了我们对现代性的理解，另一方面也使我们看到了文学研究中跨学科研究所展现的新的可能性。

重构我们的文学想象

—— 评《革命／叙述：中国社会主义文学—文化想象（1949—1966）》

一 引言

自2009年，也就是新中国成立六十周年之后，社会各界开展了对改革开放三十年的纪念活动。而由此引发的关于中国当代史"前三十年"和"后三十年"之间的关系问题，也逐渐成为学术界热烈讨论的话题。在一系列争论中，有些人把"前三十年"和"后三十年"看成截然分开的两个时期，认为"前三十年"的社会主义实践，如工商业的社会主义改造、农村的合作化等，都是背离社会发展规律的乌托邦尝试。只有"后三十年"以经济发展为导向的改革，才是今天中国经济高速发展的源头。而另一些学者则对这一观点持反对意见，认为前后两个时期是勾连在一起的，正是"前三十年"在政治、经济、文化，以及外交等领域取得的成就，才为"后三十年"的改革开放打下基础。需要指出的是，学术界在这一问题上的讨论，并非某种纯粹的历史学领域的探讨，而是有着鲜明的现实指向。讨论者试图要回答的，其实是支撑中国经济高速发展的所谓"中国模式"的内涵究竟是什么。从这一角度来看，关于"前三十年"和"后三十年"的争论，就不仅关系到历史学领域的分期问题，还涉及更多复杂的维度。它既牵涉着我们今天应该如何评价20世纪50到70年代这一历史时期的问题，也与怎样评价改革开放三十年来的成就发生关联，更涉及到制约人们思考这一问题的知识结构、观点立场，以及思维模式等,而且在某种程度上,还与中国未来的经济、政治,以及文化的发展道路息息相关。在这样的背景下,蔡翔先生于2010年出版的著作《革命/叙述:中国社会主义文学—文化想象(1949—1966)》(以下简称《革命/叙述》)就显得颇为重要,因为他在这本书中要尝试的,正是对50到70年代的中国社会主义历史进行重新思考,并试图带着这份"20世纪的思想遗产"[①],构想某种与今天占据主导地位的社会发展模式不同的另类选择。在这个意义上,无论我们是否同意蔡翔的观点,都不得不严肃地对待他在书中展开的思考。

二 立足当下的问题意识

单从《革命/叙述》一书的目录来看,蔡翔在其中讨论的是国家与地方、动员结构、青年、英雄传奇、劳动以及技术革新等主题、形象或叙事模式在1949到1966年间的文学作品中的反映。而且作者本人也在导论中颇为"低调"地声称自己在书中无意"重述一段具体的历史(即1949—1966年间的中国当代史——引者注),这并不是我的专业,我讨论历史的目的仅仅在于,在这一历史的运动过程中,文学叙述了什么,或者怎样叙述"[②]。不过在通读过全书之后,细心的读者多少会觉得这样的表述有点儿"言不由衷"。

这种"言不由衷",一方面表现在蔡翔展开对文学文本的讨论时,常常会游离在作品之外,直接对某些重大的历史问题进行探索。例如,他在第二章《动员结构、群众、干部和知识分子》中讨论"干部"问题时,会突然离开对《创业史》、《艳阳天》,以及《夺印》等作品的分析,认为"相对于文学家的叙述,政治家的思考要深刻得多,同时也拥有更为开阔的理论视野"[③],并

[①] 蔡翔:《革命/叙述:中国社会主义文学—文化想象(1949—1966)》,北京大学出版社2010年版,第3页。
[②] 同上,第14页。
[③] 同上,第111页。

由此开始讨论毛泽东关于干部作风和官僚主义的论述,还借助杨奎松等历史学家对社会主义时期分配制度的研究,深入探讨社会主义的理念和其实践之间的冲突与矛盾,以及这种冲突所带来的内在危机。在这里,蔡翔的论述显然早已不局限在文学本身。另一方面则表现在,作者虽然以20世纪五六十年代的文学文本为自己的研究对象,但他的问题意识,却直接生发自对中国社会当下重大问题的思考。以笔者在阅读过程中印象颇深的第六章《"技术革新"和工人阶级的主体性叙事》为例,作者通过对《风雨的黎明》中的闻长山、解年魁,以及《海港》中的马洪亮等"老工人"形象的分析,探讨了渗透在这一时期文学作品中,将工人阶级作为国家"主人翁"的想象。他进一步还认为:"这一有关'主人'的想象,仍然包含了一种也许可以称之为'人民政治'的制度性的设想。而这也是今天所需要重新讨论乃至重新辩证的社会主义的遗产之一。"①在笔者看来,蔡翔之所以如此看重工人阶级的"主人翁"意识,或者说"工人阶级主体性",并将之作为必须"重新讨论"的"遗产",最根本的原因在于他对当代中国社会现象的观察和思索。正像他在这一章结尾处动情地写下的文字:"我亲眼目睹这一阶级(即工人阶级——引者注)的历史命运的浮沉,而阶级意识的最终崩溃则导致了这个阶级的所属个人尊严的丧失殆尽。"②或许我们可以说,正是直面改革开放以来,特别是90年代以来中国工人阶级社会地位急剧衰落状况的冲击和刺激,使得作者努力在五六十年代的文学文本中,寻找某种可以借鉴的资源,挖掘造成今天工人阶级状况的原因,以便有针对性地应对今天的社会状况带来的挑战。

在这个意义上,蔡翔的这本《革命/叙述》既是一本严谨的学术著作,但同时又不自限于学院内部,而是始终与大的社会环境处在动态的关系之中。读者在书中将会发现,对当代中国"两极分化"问题的关心、对"下层群众

---

① 蔡翔:《革命/叙述:中国社会主义文学—文化想象(1949—1966)》,第285页。
② 同上,第323页。

的尊严的消失"的担忧、对"公共领域逐渐萎缩……个人欲望的无节制的生产"问题的思考、对"劳动再次进入一种异化的状态"的愤懑等①,都渗透在《革命/叙述》一书的字里行间,限定或推动着作者的论述。这部著作的这一特质既使得太多复杂的因素渗透作者的叙述之中,让其文字和论证变得缠绕、繁复甚至有些笨重;同时又使得该书不像常见的学术著作那样以自身逻辑的严整说服读者,而是不断呈现问题的复杂性,带领读者一起去思考并试图挑战读者的"常识系统"。在笔者看来,该书的这些特点,都使得我们在具体地探讨这部著作的思路和观点前,必须首先了解作者的这一问题意识或者说思考的起点,才能真正理解他潜藏在文字背后的良苦用心。

三 社会主义的危机与遗产

我们知道,20世纪80年代以来的中国当代史又被人们称作"新时期"。这里的所谓"新",指的是80年代区别于50到70年代那样的"旧"时代。显然,新与旧的划分并不仅仅是时间先后的问题,其中蕴含着明显的价值判断。对于当时的知识分子来说,50到70年代意味着革命、封建、专制、愚昧,以及前现代,而作为"新时期"的80年代,则意味着现代、科学、民主,以及思想解放等。在这里,被标识为"革命"的50到70年代由于与封建、愚昧,以及传统联系在一起,显然被赋予了一种否定性的涵义,被排斥在"现代"的疆域之外。不过有趣的是,随着90年代中期以来中国国力的提升,人们开始重拾对传统文化的信心。于是"革命"的50到70年代又忽然成了"传统"的对立面,被视作破坏中国传统文化的罪魁祸首。在这样的背景下,50到70年代既不见容于"现代",也无法厕身在"传统"之内,成了一段必须被放逐、搁置的历史。由此我们才可以理解,为何今天不断有人展开对民国时代的怀

---

① 蔡翔:《革命/叙述:中国社会主义文学—文化想象(1949—1966)》,第338页。

旧与纪念。似乎在他们看来，由于"有幸"未曾经历"革命"的50到70年代的洗礼，民国既是现代性发生的场所，又是一片传统未被破坏的净土，成了值得无限追忆和怀念的时空。

或许只有明了《革命/叙述》一书所处的文化语境，我们才能理解蔡翔为何将该书的论述重点，放置在"革命中国"的正当性上。在他看来，虽然"革命中国"与"传统中国"、"现代中国"存在着"必要的边界"[1]，但三者之间更是有着"多重的逻辑缠绕"，处在"极其复杂的关系"[2]中。因此，任何一种无视这种复杂性，而简单地将"革命中国"视为"现代中国"和"传统中国"的对立面的观点，都是对历史真相的有意回避。在该书第四章《重述革命历史：从英雄到传奇》中，蔡翔通过对当代文学的前身"解放区文艺"的分析，认为这一时期的文学作品中存在着"'国家政权建设'的整体性想象"。正是由于这样"一种强烈的现代性的政治诉求"，使得这些作品"是'现代'的，而不是'传统'的，是'革命'的，但不完全是'通俗'的"[3]。而在该书第五章《劳动或者劳动乌托邦的叙述》中，蔡翔在分析秦兆阳的小说《改造》时，则认为小说中的"'爱劳动'的叙述主题"[4]，与"中国政治中的'德行'传统"存在着某种隐秘的联系。因此当代文学中不断出现的"爱劳动"的叙述主题，就"隐含了中国革命正是这一'德行'传统的坚定的继承者乃至拥护者"。于是，蔡翔最终得出结论，认为"中国革命的正当性正是建立在这一'德行'传统之上，并且给出修补甚至恢复这一'德行'传统的承诺"[5]。

不过难能可贵的是，虽然蔡翔在本书一开始就坦率地表明自己对中国革

---

[1] 蔡翔：《革命/叙述：中国社会主义文学—文化想象（1949—1966）》，第4页。
[2] 同上，第6页。
[3] 同上，第171页。
[4] 同上，第239页。
[5] 同上，第240—241页。

命正当性的支持,但他并没有像某些激进的新左派那样,将中国革命视作没有任何缺点的乌托邦,简单地将那些批评中国革命的人看成"汉奸"、"卖国贼",而直面50到70年代中国社会存在的各种问题和矛盾,即书中所谓"社会主义的危机"①。在这里,笔者不想一一列举蔡翔所总结的社会主义危机的五个方面②,仅举几个例子说明他的基本论述方式。以第二章《动员结构、群众、干部和知识分子》为例,蔡翔在分析中国革命始终存在的"动员结构"时,一方面认为"动员结构"作为一种极富创造力的政治设计方案,为群众提供了"表述自己的政治见解、愿望以及利益要求"的途径,是一种极为有益的民主形式,并在某种程度上起到政治监督的作用;而另一方面则承认群众运动始终"被控制在政党政治的范畴之中","群众倘若没有政党的允许以及政党提供的表达方式……并不具有任何政治参与的形式可能"③。与此相类似的,还有第六章对"科学技术"问题的讨论。在这一章中,蔡翔通过对《阶级之爱》以及《提拔》等小说的分析,认为这些作品中充满了对现代科技的推崇和追求,因此"中国革命同样标明了它是'现代'的,而非'封建'的",那种"将中国的社会主义简单地描述为某种'反智主义',显然并不妥当"④。而小说中所流露出的对知识分子的怀疑,也并非对他们的有意迫害,而是对现代社会高度分工所造成的专业主义倾向和由此带来的社会分层的警惕。但论述至此,作者仍然清醒地指出,尽管中国革命对科学技术、知识分子问题的探索是一笔值得深入挖掘的遗产,但仍不能否认"中国革命对

---

① 蔡翔:《革命/叙述:中国社会主义文学—文化想象(1949—1966)》,第365页。
② 即平等主义和社会分层之间的矛盾、科层制和全民参与之间的矛盾、政治社会和生活世界之间的矛盾、内在化和对象化之间的矛盾以及维持现实和面向未来之间的矛盾。参见蔡翔《革命/叙述:中国社会主义文学—文化想象(1949—1966)》的结束语。
③ 蔡翔:《革命/叙述:中国社会主义文学—文化想象(1949—1966)》,第88页。
④ 同上,第301页。

知识分子的改造，无论其方法还是路径，都出现了根本性的错误"①。这类细致、繁复的辨析和探讨，可以说贯穿了《革命/叙述》的整个论述。蔡翔像一个认真负责的考古学家，一丝不苟地清理着由各种偏见构成的尘埃，仔细分析各种历史话语背后的复杂脉络，以便真正有效地继承中国社会主义实践留给我们的遗产。只不过在蔡翔的论述中，这份社会主义的遗产在清理之后，呈现出来的却只是一些断瓦残砖，充满了太多的断裂、矛盾和让人疑惑的地方，留给读者的与其说是继承遗产后的喜悦，不如说是承担债务后的无奈与困惑。在这个意义上，蔡翔在《革命/叙述》一书中的工作显然还只是个开始。

四 文学作为中介与场域

蔡翔在《革命/叙述》中对20世纪50到70年代的社会主义文化及其危机进行深入思考的同时，还发展出了一种颇具启发性的文学研究方法。用李陀先生的话来说，蔡翔的方法就是"将'文学想象作为一种方法'进入到社会主义文学研究中去"，以社会主义文化想象"作为窗口进入'十七年'文学，不仅研究'十七年'文学的社会主义实践和文学的复杂关系，而且直接进入到1949—1966历史时期的社会主义研究，涉及政治、经济、文化、意识形态、社会制度、伦理观念等种种理论和学术问题"②。在这里，80年代以来盛行的"纯文学"观念被彻底废止，文学不再是一个自在自为、不假外物的"小宇宙"，而是一个联通社会各个思想文化领域的中介、一个社会各种文化思潮相互斗争的场域。

这样一种全新的研究方法，使得蔡翔总是能够在文学作品中一些微不足道的细节中发现深刻的涵义，并有效地改变或推进我们对这些作品的理解。

---

① 蔡翔：《革命/叙述：中国社会主义文学—文化想象（1949—1966）》，第304—305页。
② 何晶：《蔡翔〈革命/叙述〉讨论会召开》，《文学报》2011年7月7日。

这一点，或许给这本书的每个读者都留下了深刻的印象。例如，蔡翔在分析李准的小说《李双双小传》时，就注意到李双双带领食堂炊事员搞卫生，意外地挖出孙有埋在食堂旧土灶中的"解放式水车"这一细节。他更由此展开论述，认为这一"'深埋'的行为本身意味着一种个人梦想的破灭，也意味着这一破灭的不甘以及再度复兴的希望……而随着物（水车）的'深埋'，形成并强化的却是某种'记忆'"。因此，当时的人们虽然"'深埋'了既往的生活形态，但却带着各式各样的'记忆'进入'集体劳动'这一新的生产方式，并自觉或不自觉地形成个人的处事方式，从而和'集体'产生某种隔阂、冲突、甚至对抗"①。而在蔡翔看来，正是因为这样一种被"深埋"了的"记忆"的存在，使得前社会主义时期的思想和叙事得以在80年代新的历史语境下迅速复苏，并对50到70年代形成的叙事模式进行彻底的颠覆。在这里，对文学文本的细致解读，与对中国当代史变迁的理解和思考非常紧密地结合在一起，给读者一种耳目一新的感觉。又比如，蔡翔在分析艾芜的工业题材小说《百炼成钢》时，并没有局限在文学内部，以某种美学标准或文学趣味指责这部作品中存在某些公式化、概念化的弊病，而是将这些问题作为症候和切入点，探索其中更为复杂的社会历史内涵。他认为小说中的党委书记梁景春虽然在当时就因为"有概念化的嫌疑"②被人批评，但如果考虑到小说发表时的背景，是更强调群众参与的"鞍钢宪法"的提出，那么小说对"梁景春'单薄的、缺乏血肉'的形象描写"，就不能仅从形式技巧方面来理解，还应该探究其背后更为"深刻的政治原因"③。他还由此进一步认为，虽然梁景春只是"鞍钢宪法"中提出的"党委领导下的厂长负责制"这一理念在文学作品中的投影，但我们在将其判定为所谓公式化、概念化的写作的

---

① 蔡翔：《革命/叙述：中国社会主义文学—文化想象（1949—1966）》，第257页。
② 同上，第317页。
③ 同上，第318页。

同时，也必须注意到这一人物形象身上蕴涵的工人阶级的合理要求和尊严政治。由此可以看出，将文学文本放置在更为宏阔的历史背景之中，的确可以破除人们对50到70年文学作品的定型化想象，发现很多未被前人注意到的问题，从而实现对这些作品更为深刻的理解。

不过需要指出的是，当我们把文学文本当做某种思考更为宏阔的历史问题的中介时，往往又会把文学边缘化或仅仅当做材料来加以运用。这就使得《革命/叙述》一书所使用的研究方法存在着某种"陷阱"。在有些时候，蔡翔自己的论述也会落入其中。以本书第二章对知识分子问题的分析为例，这一节完全没有按照作者自己所设想的那样探讨"文学叙述了什么，或者怎样叙述"的问题，甚至也没有分析任何一篇文学作品，而只是论述、分析了毛泽东在《反对党八股》、《在延安文艺座谈会上的讲话》，以及《整顿党的作风》等作品中的某些表述，生发出作者对社会主义时期知识分子问题的思考。我承认蔡翔在这一节中的分析和论述是极为深刻的，但文学的突然消失却多少让人感到有些困惑。而且在有些时候，当蔡翔将文学文本与其对中国社会主义政治相结合进行考察时，会过于直接地把二者联系在一起。例如，他在分析当代文学史中反复出现的"土改—合作化"主题时就认为，"这一故事的反复被讲述，某种意义上，是因为这一故事集中了太多的中国革命的复杂性"[①]；分析《千万不要忘记》中的丁少纯、《年青的一代》中的林育生摹仿"资产阶级趣味"时，则认为这一文学主题的诞生源自60年代中国社会上某种消费主义倾向的抬头；而《年青的一代》中的林岚在60年代的文化语境中作为"文学青年"的再度浮现，则被蔡翔看作是这一时期中国政治急需某种反体制力量的一种表征。至少在笔者看来，这些结论的提出都多少有些武断，而其背后的支撑性观念无疑是对文学的"反映论"式的理解。因此，蔡

[①] 蔡翔：《革命/叙述：中国社会主义文学—文化想象（1949—1966）》，第107页。

翔虽然在导论中向读者特意强调自己并不使用"'反映论'的理论框架"[①]，但读者在阅读《革命/叙述》一书时却又会不断感到"反映论"的幽灵穿行于其间。

五 结语

如果说在20世纪80年代，"纯文学"观念因其自身负载的颠覆主流意识形态的政治内涵，成为激发无数作家、批评家的创作激情的文学乌托邦，并有效地参与到中国社会文化逻辑的改写过程中；那么到了今天，由于这一文学观念的"敌手"早已不在，它自身的激进性也随之消逝，蜕化为极其保守的意识形态，并最终使文学、文学批评沦为小圈子内部的"玩物"，消失在公众的视野之外。在这样的文化语境下，文学若想重新焕发出生机和活力，显然必须重新思考自身在中国社会中的位置。或者用罗岗先生的话来说，就是文学必须重新获得"提出重大的问题"[②]的能力。从这个角度来看，蔡翔的《革命/叙述》一书的最大意义，或许并不是其中对社会主义文化遗产的深入思考，也不是对五六十年代那些文学作品的出色分析，而是蔡翔通过他独特的研究方法所展示出的，用文学回答和思考当代社会的重大问题，并重新构想文学自身的可能性。这也就是他在书中反复强调的，"在文学性的背后，总是隐藏着政治性，或者说政治性本身就构成了文学性"[③]。因此，虽然《革命/叙述》在很多方面都显得有些匆促、草率甚至粗糙，但在重新改写我们对文学的想象方式的意义上，它却无疑有着开创性的意义，值得每个关心文学问题的人认真思考。

---

① 蔡翔：《革命/叙述：中国社会主义文学—文化想象（1949—1966）》，第14页。
② 何晶：《蔡翔〈革命/叙述〉讨论会召开》，《文学报》2011年7月7日。
③ 蔡翔：《革命/叙述：中国社会主义文学—文化想象（1949—1966）》，第390页。

参考文献

基本文献

阿英. 阿英全集[M]. 合肥：安徽教育出版社，2003.

卞之琳. 卞之琳文集[M]. 合肥：安徽教育出版社，2002.

卞之琳. 卞之琳译文集[M]. 合肥：安徽教育出版社，2003.

巴金. 巴金全集[M]. 北京：人民文学出版社，1986—2000.

陈平原、夏晓虹编. 二十世纪中国小说理论资料. 第1卷[M]. 北京：北京大学出版社，1997.

陈隄、冯为群等编. 梁山丁研究资料[M]. 沈阳：辽宁人民出版社，1998.

丁玲. 丁玲全集[M]. 石家庄：河北人民出版社，2001.

丁玲. 丁玲选集[M]. 上海：天马书店，1933.

冯雪峰. 冯雪峰论文集[M]. 北京：人民文学出版社，1981.

方言文学（第1辑）[M]. 香港：新民主出版社，1949.

郭沫若等. 论赵树理的创作[M]. 石家庄：晋察冀新华书局，1947.

果戈理. 死魂灵[M]. 满涛、许庆道，译. 北京：人民文学出版社，1983.

果戈理. 死魂灵[M]. 田大畏，译. 合肥：安徽文艺出版社，1999.

古丁. 一知半解集[M]. 长春：月刊满洲社，1938.

胡风. 胡风全集[M]. 武汉：湖北人民出版社，1999.

胡也频. 胡也频选集[M]. 福州：福建人民出版社，1981.

湖南省地方志编纂委员会编. 湖南省志·交通志·水运卷[M]. 长沙：湖南人民出版社，2001.

湖南省地方志编纂委员会编. 湖南省志·人口志[M]. 长沙：湖南人民出版社，1999.

黄修己编. 赵树理研究资料[M]. 北京：知识产权出版社，2010.

江天凤主编. 长江航运史（近代部分）[M]. 北京：人民交通出版社，1992.

金介甫. 凤凰之子：沈从文传[M]. 北京：中国友谊出版公司，2000.

梁山丁. 绿色的谷[M]. 春风文艺出版社，1987.

梁山丁. 伸到天边去的大地[M]. 沈阳出版社，1991.

梁山丁编. 烛心集（东北沦陷时期作品选）[M]. 春风文艺出版社，1989.

梁山丁编. 长夜萤火——女作家小说选集（东北沦陷时期作品选）[M]. 春风文艺出版社，1986.

洛蚀文（王元化）编. 抗战文艺论集[M]. 上海：文缘出版社，1939.

鲁迅. 鲁迅全集[M]. 北京：人民文学出版社，2005.

鲁迅. 鲁迅译文全集[M]. 福州：福建教育出版社，2008.

鲁迅. 鲁迅著译编年全集[M]. 北京：人民出版社，2009.

老舍. 老舍文集[M]. 人民文学出版社，1980—1991.

李华盛、胡光凡编. 周立波研究资料[M]. 北京：知识产权出版社，2010.

李霖灿. 雪山·碧湖·喇嘛寺[M]. 云南人民出版社，2002.

李霖灿. 西湖雪山故人情——艺坛师友录[M]. 浙江大学出版社，2011.

李广田. 论文学教育[M]. 上海：文化工作社，1951.

刘增杰编. 师陀研究资料[M]. 北京：知识产权出版社，2010.

刘增杰、赵明、王文金、王介平、王钦韶编. 抗日战争时期延安及各抗日民主根据地文学运动资料[M]. 北京：知识产权出版社，2010.

辽宁社会科学院文学研究所编. 东北现代文学史料第5辑[J]. 1982.

毛泽东. 毛泽东选集[M]. 北京：人民出版社，1991.

茅盾. 茅盾全集[M]. 北京：人民文学出版社，1984—1997.

穆时英. 公墓[M]. 上海：现代书局，1933.

穆时英. 穆时英全集[M]. 北京：北京十月文艺出版社，2008.

瞿秋白. 瞿秋白文集（文学编）[M]. 北京：人民文学出版社，1985.

钱理群编. 二十世纪中国小说理论资料（第4卷）[M]. 北京：北京大学出版社，1997.

钱理群主编. 中国沦陷区文学大系[M]. 南宁：广西教育出版社，1998.

舒济编. 老舍和朋友们[M]. 北京：生活·读书·新知三联书店，1991.

施蛰存主编. 中国近代文学大系·翻译文学集二[M]. 上海：上海书店，1991.

师陀. 师陀全集[M]. 开封：河南大学出版社，2004.

唐弢主编. 中国现代文学史[M]. 北京：人民文学出版社，1984.

吴福辉编. 二十世纪中国小说理论资料（第3卷）[M]. 北京：北京大学出版社，1997.

吴原编. 民族文艺论文集[M]. 杭州：中正书局，1934.

威尔斯. 星际战争[M]. 李家真，译. 北京：人民文学出版社，2005.

温儒敏、丁晓萍编. 时代之波——战国策派文化论著辑要[M]. 北京：中国广播电视出版社，1995.

王绍荃主编. 四川内河航运史[M]. 成都：四川人民出版社，1989.

北京大学中文系等编. 文学运动史料选[M]. 上海：上海教育出版社，1979.

文振庭编. 文艺大众化问题讨论资料[M]. 上海：上海文艺出版社，1987.

徐迺翔编. 文学的"民族形式"讨论资料[M]. 北京：知识产权出版社，2010.

宣浩平编. 大众语文论战[M]. 上海：上海启智书局，1934.

宣浩平编. 大众语文论战二续[M]. 上海：上海启智书局，1935.

严家炎编. 二十世纪中国小说理论资料（第2卷）[M]. 北京：北京大学出版社，1997.

郁达夫. 郁达夫全集[M]. 杭州：浙江大学出版社，2007.

阳翰笙. 阳翰笙选集[M]. 成都：四川人民出版社，1989.

华汉. 地泉[M]. 上海：湖风书局，1932.

赵树理. 赵树理全集[M]. 北京：大众文艺出版社，2006.

周扬. 周扬文集（第1卷）[M]. 北京：人民文学出版社，1984.

周扬、郭沫若等. 论赵树理的创作[M]. 沈阳：东北书店，1949.

周立波. 周立波选集[M]. 长沙：湖南人民出版社，1983—1984.

周立波. 暴风骤雨[M]. 沈阳：东北书店，1948.

周立波. 暴风骤雨下[M]. 沈阳：东北书店，1949.

周立波. 暴风骤雨[M]. 北京：新华书店，1949.

周立波. 暴风骤雨[M]. 北京：人民出版社，1951.

周立波. 暴风骤雨[M]. 北京：人民文学出版社，1952.

周立波. 暴风骤雨[M]. 北京：人民文学出版社，1956.

曾广灿、吴怀斌编. 老舍研究资料[M]. 北京：知识产权出版社，2010.

上海文艺出版社编. 中国新文学大系（1927—1937）[M]. 上海：上海文艺出版社，1987.

中国社会科学院文学研究所编. "革命文学论争资料选编[M]. 北京：人民文学出版社，1981.

研究论著

艾克恩主编. 延安文艺史[M]. 石家庄：河北教育出版社，2009.

A. A. 安基波夫斯基. 老舍早期创作与中国社会[M]. 宋永毅，译. 湖南文艺出版社，1987.

安东尼·吉登斯. 现代性的后果[M]. 田禾，译. 译林出版社，2000.

安葵. 张庚评传[M]. 北京：文化艺术出版社，1997.

本尼迪克特·安德森：《想象的共同体：民族主义的起源与散布的新描述

[M].吴叡人，译.上海：上海人民出版社，2003.

安敏成.现实主义的限制——革命时代的中国小说[M].姜涛，译.南京：江苏人民出版社，2001.

埃里希·奥尔巴赫.摹仿论——西方文学中所描绘的现实[M].吴麟绶、周新建、高艳婷，译.天津：百花文艺出版社，2002.

杰克·贝尔登.中国震撼世界[M].邱应觉等，译.北京：北京出版社，1980.

本雅明.启迪——本雅明文选.张旭东、王斑，译.北京：生活·读书·新知三联书店，2008.

吉利恩·比尔.传奇.肖遥、邹孜彦，译.北京：昆仑出版社，1993.

北京大学中文系文艺理论教研室编.马克思、恩格斯、列宁、斯大林论文艺[M].北京：人民文学出版社，1986.

柄谷行人.日本现代文学的起源[M].赵京华，译.北京：生活·读书·新知三联书店，2003.

柏林.浪漫主义的根源[M].吕梁、洪丽娟、孙易译.南京，译林出版社，2008.

柏林.俄国思想家[M].彭淮栋，译.译林出版社，2001.

陈荒煤等.赵树理研究文集——近二十年代赵树理研究选萃[G].北京：中国文联出版公司，1996.

陈平原.中国小说叙事模式的转变[M].北京.北京大学出版社，2003.

陈平原.中国现代小说的起点——清末民初小说研究[M].北京：北京大学出版社，2005.

陈思和.中国新文学整体观[M].上海：上海文艺出版社，2001.

陈思和.陈思和自选集[M].桂林：广西师范大学出版社，1997.

陈思和.中国现当代文学名篇十五讲[M].北京：北京大学出版社，2003.

陈继会等.中国乡土小说史[M].合肥：安徽教育出版社，1999.

陈建华."革命"的现代性——中国革命话语考论[M].上海：上海古籍出

版社，2000.

陈建华. 革命与形式——茅盾早期小说的现代性展开1927—1930[M]. 上海：复旦大学出版社，2007.

陈涌. 陈涌文学论集. 上海文艺出版社，1984.

陈顺馨. 社会主义现实主义理论在中国的接受与转化[M]. 合肥：安徽教育出版社，2000.

陈顺馨、戴锦华编. 妇女、民族与女性主义[M]. 北京：中央编译出版社，2004.

陈福康. 中国译学理论史稿[M]. 上海：上海外语教育出版社，1992.

蔡翔. 革命/叙述——中国社会主义文学—文化想象（1949—1966）[M]. 北京：北京大学出版社，2010.

程美宝. 地域文化与国家认同：晚清以来"广东文化"观的形成. 北京：生活·读书·新知三联书店，2006.

程凯. 革命的张力——"大革命"前后新文学知识分子的历史处境与思想探求（1924—1930）[M]. 北京：北京大学出版社，2014.

崔恩卿、高玉琨编. 走近老舍[C]. 北京：京华出版社，2002.

查特吉. 民族主义思想与殖民地世界[M]. 范慕尤、杨曦，译. 南京：译林出版社，2007.

戴锦华. 隐形书写[M]. 南京：江苏人民出版社，1999.

戴锦华. 涉渡之舟——新时期中国女性写作与女性文化[M]. 西安：陕西人民教育出版社，2002.

戴锦华. 雾中风景——中国电影文化1978—1998[M]. 北京：北京大学出版社，2006.

戴锦华. 电影理论与批评[M]. 北京：北京大学出版社，2007.

戴锦华. 镜与世俗神话——影片精读18例[M]. 北京：中国人民大学出版社，2004.

戴光中. 赵树理传[M]. 北京：北京十月文艺出版社，1993.

德拉诺瓦. 民族与民族主义[M]. 郑文彬，译. 北京：生活·读书·新知三联书店，2005.

杜赞奇. 从民族国家拯救历史：民族主义话语与中国现代史研究[M]. 王宪明，译. 北京：社会科学文献出版社，2003.

渡边公三. 列维－斯特劳斯——结构[M]. 周维宏等，译. 石家庄：河北教育出版社，2002.

丁帆. 中国乡土小说史论[M]. 南京：江苏文艺出版社，1992.

段从学. "文协"与抗战时期文艺运动[M]. 北京：北京大学出版社，2012.

费孝通. 乡土中国·生育制度[M]. 北京：北京大学出版社，1998.

费正清编. 剑桥中华民国史[M]. 北京：中国社会科学出版社，1998.

费振钟. 江南士风与江苏文学[M]. 长沙：湖南教育出版社，1995.

范智红. 世变缘常——四十年代小说论[M]. 北京：人民文学出版社，2001.

米歇尔·福柯. 必须保卫社会[M]. 钱翰，译. 上海：上海人民出版社，1999.

米歇尔·福柯. 词与物[M]. 莫伟民，译. 上海：上海三联书店，2001.

米歇尔·福柯. 疯癫与文明[M]. 刘北成、杨远婴，译. 北京：生活·读书·新知三联书店，2003.

米歇尔·福柯. 知识考古学[M]. 谢强、马月，译. 北京：生活·读书·新知三联书店，2007.

高恒文. 京派文人：学院派的风采[M]. 上海：上海教育出版社，2000.

郭国昌. 二十世纪中国文学的大众化之争[M]. 南昌：百花洲文艺出版社，2006.

耿德华. 被冷落的缪斯——中国沦陷区文学史（1937—1945）. 张泉，译. 北京：新星出版社，2006.

厄内斯特·盖尔纳. 民族与民族主义[M]. 韩红，译. 北京：中央编译出版社，2002.

格林菲尔德. 民族主义：走向现代的五条道路[M]. 王春华等，译. 上海：

上海三联书店，2010.

顾尔希坦. 论苏联文学中的民族形式问题[M]. 戈宝权，译. 北京：新文艺出版社，1952.

冈田英树. 伪满洲国文学[M]. 靳丛林，译. 吉林：吉林大学出版社，2000.

贺桂梅. 转折的时代——40—50年代作家研究[M]. 济南：山东教育出版社，2003.

贺桂梅. 人文学的想象力——当代中国思想文化与文学研究[M]. 开封：河南大学出版社，2006.

贺桂梅. 历史与现实之间[M]. 济南：山东文艺出版社，2008.

贺桂梅. "新启蒙"知识档案——80年代中国文化研究[M]. 北京：北京大学出版社，2010.

黄修己. 赵树理评传[M]. 南京：江苏人民出版社，1981.

黄子平. 沉思的老树的精灵[M]. 杭州：浙江文艺出版社，1986.

黄子平. "灰阑"中的叙述[M]. 上海：上海文艺出版社，2001.

黄子平. 害怕写作[M]. 南京：江苏教育出版社，2006

郝庆军. 诗学与政治——鲁迅晚期杂文研究[M]. 北京：文化艺术出版社，2007.

霍布斯鲍姆. 民族与民族主义[M]. 李金梅，译. 上海：上海人民出版社，2006.

霍布斯鲍姆、兰格. 传统的发明[M]. 顾杭、庞冠群，译. 译林出版社，2004.

姜涛. "新诗集"与中国新诗的发生[M]. 北京：北京大学出版社，2005.

姜涛. 公寓里的塔——1920年代中国的文学与青年[M]. 北京：北京大学出版社，2015.

金冲及. 转折的年代[M]. 北京：生活·读书·新知三联书店，2002.

詹明信. 晚期资本主义的文化逻辑[M]. 陈清乔等，译. 北京：生活·读书·新知三联书店，1997.

弗雷德里克·詹姆逊. 政治无意识——作为社会象征行为的叙事[M]. 王逢振、陈永国, 译. 北京：中国社会科学出版社, 1999.

杰姆逊. 后现代主义与文化理论[M]. 唐小兵, 译. 北京大学出版社, 2005.

亨利·詹姆斯. 小说的艺术[M]. 徐栋良等, 译. 上海：上海译文出版社, 2001.

卡尔·曼海姆. 意识形态与乌托邦[M]. 黎鸣、李书崇, 译. 北京：商务印书馆, 2000.

孔庆东. 超越雅俗——抗战时期的通俗小说[M]. 重庆：重庆出版社, 2008.

旷新年. 1928：革命文学[M]. 济南：山东教育出版社, 2002.

旷新年. 写在当代文学边上[M]. 上海：上海教育出版社, 2005.

埃里·凯杜里. 民族主义[M]. 张明明, 译. 北京：中央编译出版社, 2002.

伊·库兹韦尔. 结构主义时代——从莱维-斯特劳斯到福科[M]. 尹大贻, 译. 上海：上海译文出版社, 1988.

刘岩. 华夏边缘叙述与新时期文化[M]. 北京：知识产权出版社, 2011.

刘禾. 跨语际实践：文学、民族文化与被译介的现代性[M]. 宋伟杰等, 译. 北京：生活·读书·新知三联书店, 2002.

刘北成. 福柯思想肖像[M]. 北京：北京师范大学出版社, 1995.

刘洪涛. 湖南乡土文学与湘楚文化[M]. 长沙：湖南教育出版社, 1997.

刘洪涛. 《边城》：牧歌与中国形象[M]. 南宁：广西教育出版社, 2003.

李何林. 近二十年中国文艺思潮论[M]. 西安：陕西人民出版社, 1981.

李泽厚. 中国近代思想史论[M]. 北京：人民出版社, 1979.

李泽厚. 中国现代思想史论[M]. 北京：东方出版社, 1987.

李书磊. 1942：走向民间[M]. 济南：山东教育出版社, 1998.

李杨. 抗争宿命之路——"社会主义现实主义"（1942—1976）[M]. 吉林：时代文艺出版社, 1993.

李杨. 文学史写作中的现代性问题[M]. 太原：山西教育出版社, 2006.

李杨. 50—70年代中国文学经典再解读[M]. 济南：山东教育出版社, 2006.

李怡. 现代四川文学的巴蜀文化阐释[M]. 长沙：湖南教育出版社，1995.

李继凯. 秦地小说与"三秦文化"[M]. 长沙：湖南教育出版社，1997.

利奇. 列维－斯特劳斯[M]. 吴琼，译. 北京：昆仑出版社，1991.

凌宇. 沈从文传[M]. 北京：北京十月文艺出版社，1988.

罗岗. 危机时刻的文化想象——文学·文学史·文学教育[M]. 南昌：江西教育出版社，2005.

罗岗主编. 现代国家想象与20世纪中国文学[M]. 上海：上海人民出版社，2014.

罗米则. 论苏联民族文学的社会主义和民族形式. 戈宝权，译. 北京：民族出版社，1954.

卢卡契. 卢卡契文学论文集（1）[M]. 北京：中国社会科学出版社，1980.

卢卡契. 卢卡契文学论文集二 [M]. 北京：中国社会科学出版社，1981.

卢卡奇. 卢卡奇早期文选[M]. 张亮、吴勇立，译. 南京：南京大学出版社，2004.

廖超慧. 中国现代文学思潮论争史[M]. 武汉：武汉出版社，1997.

C. 赖特·米尔斯. 社会学的想象力[M]. 陈强、张永强，译. 北京：生活·读书·新知三联书店，2005.

孟悦、戴锦华. 浮出历史地表——现代妇女文学研究[M]. 北京：中国人民大学出版社，2004.

马丽华. 雪域文化与西藏文学[M]. 长沙：湖南教育出版社，1998.

莫里斯·迪克斯坦. 途中的镜子——文学与现实世界. 刘玉宇，译. 上海：上海三联书店，2008.

倪伟. "民族"想象与国家统制：1928—1948年南京政府的文艺政策及文学运动[M]. 上海：上海教育出版社，2003.

逄增玉. 黑土地文化与东北作家群[M]. 长沙：湖南教育出版社，1995.

彭晓丰. "S"会馆与五四新文学的起源[M]. 长沙：湖南教育出版社，1995.

钱理群、温儒敏、吴福辉. 中国现代文学三十年[M]. 北京：北京大学出版社，1998.

钱理群. 1948：天地玄黄[M]. 济南：山东教育出版社，1998.

钱理群. 对话与漫游：四十年代小说研读[M]. 上海：上海文艺出版社，1999.

钱理群. 鲁迅作品十五讲[M]. 北京：北京大学出版社，2003.

秦弓. 荆棘上的生命：二十世纪三四十年代小说叙事[M]. 沈阳：春风文艺出版社，2002.

齐泽克. 意识形态的崇高客体[M]. 季广茂，译. 北京：中央编译出版社，2002.

卡尔·瑞贝卡. 世界大舞台. 高瑾等，译. 北京：生活·读书·新知三联书店，2008.

萨义德. 东方学[M]. 王宇根，译. 北京：生活·读书·新知三联书店，1999.

萨义德. 文化与帝国主义[M]. 李琨，译. 北京：生活·读书·新知三联书店，2003.

邵荃麟、葛琴编. 文学作品选读[M]. 上海：生活·读书·新知上海联合发行所，1949.

孙洁. 世纪彷徨：老舍论[M]. 南昌：百花洲文艺出版社，2003.

石凤珍. 文艺"民族形式"论争研究[M]. 北京：中华书局，2007.

宋永毅. 老舍与中国文化观念[M]. 上海：学林出版社，1988.

史书美. 现代的诱惑——书写半殖民地中国的现代主义（1917—1937）. 何恬，译. 南京：江苏人民出版社，2007.

唐小兵编. 再解读——大众文艺与意识形态[M]. 北京：北京大学出版社，2007.

陶东风. 社会转型与当代知识分子[M]. 上海：上海三联书店，1999.

吴晓东. 象征主义与中国现代文学[M]. 合肥：安徽教育出版社，2000.

吴晓东. 记忆的神话[M]. 北京：新世界出版社，2001.

吴晓东. 镜花水月的世界——《桥》的诗学分析[M]. 南宁：广西教育出版社，2003.

吴晓东. 从卡夫卡到昆德拉——20世纪的小说和小说家[M]. 北京：生活·读书·新知三联书店，2003.

吴晓东. 漫读经典[M]. 北京：生活·读书·新知三联书店，2008.

吴晓东. 二十世纪的诗心——中国新诗论集[M]. 北京：北京大学出版社，2010.

吴晓东. 临水的纳蕤思——中国现代派诗歌的艺术母题[M]. 北京：北京大学出版社，2015.

吴敏. 延安文人研究[M]. 香港：香港文汇出版社，2010.

吴敏. 宝塔山下交响乐——20世纪40年代前后延安的文化组织与文学社团[M]. 武汉：武汉出版社，2011.

吴福辉. 都市漩流中的海派小说[M]. 长沙：湖南教育出版社，1995.

吴立昌"人性的治疗者"——沈从文传[M]. 上海：上海文艺出版社，1993.

汪晖. 汪晖自选集[C]. 桂林：广西师范大学出版社，1997.

汪晖. 反抗绝望——鲁迅及其文学世界[M]. 石家庄：河北教育出版社，2000.

汪晖. 死火重温[M]. 北京：人民文学出版社，2000.

汪晖. 文化与政治的变奏——一战与中国的"思想战"[M]. 上海：上海人民出版社，2014.

汪朝光. 1945—1949：国共政争与中国命运[M]. 北京：社会科学文献出版社，2010.

温儒敏. 新文学现实主义的流变[M]. 北京：北京大学出版社，2007.

王瑶. 王瑶全集[M]. 石家庄：河北教育出版社，2000.

王德威. 想象中国的方法——历史·小说·叙事. 北京：生活·读书·新

知三联书店，1998.

王德威. 被压抑的现代性——晚清小说新论[M]. 宋伟杰，译. 北京大学出版社，2005.

王德威. 如此繁华[M]. 上海：上海书店出版社，2006.

王德威. 当代小说二十家[M]. 北京：生活·读书·新知三联书店，2006.

王德威. 抒情传统与中国现代性——在北大的八堂课[M]. 北京：生活·读书·新知三联书店，2010.

王德威. 写实主义小说的虚构——茅盾，老舍，沈从文[M]. 上海：复旦大学出版社，2011.

王晓明. 漩涡与潜流——论二十世纪中国小说家的创作心理障碍[M]. 北京：中国社会科学出版社，1991.

王晓明. 半张脸的神话[M]. 桂林：广西师范大学出版社，2003.

王培元. 延安鲁艺风云录[M]. 桂林：广西师范大学出版社，2004.

王丽丽. 在文艺与意识形态之间[M]. 北京：中国人民大学出版社，2003.

王学振. 民族主义与中国文学的现代转型及话语嬗变[M]. 北京：中国社会科学出版社，2011.

王欣. 师陀论[M]. 南京：南京大学出版社，2011.

魏建、贾振勇. 齐鲁文化与山东新文学[M]. 长沙：湖南教育出版社，1995.

夏志清. 中国现代小说史[M]. 上海：复旦大学出版社，2005.

谢天振、查明建主编. 中国现代翻译文学史. 上海：上海外语教育出版社，2004.

许道明. 京派文学的世界[M]. 上海：复旦大学出版社，1994.

许道明. 海派文学论[M]. 上海：复旦大学出版社，1999.

徐廼翔、黄万华. 中国抗战时期沦陷区文学史[M]. 福州：福建教育出版社，1995.

伊恩·P. 瓦特. 小说的兴起. 董红钧，译. 北京：生活·读书·新知三联书店，1992.

特里·伊格尔顿. 马克思主义与文学批评[M]. 文宝, 译. 北京：人民文学出版社, 1980.

特里·伊格尔顿. 沃尔特·本雅明或走向革命批评[M]. 郭国良、陆汉臻, 译. 南京：译林出版社, 2005.

特里·伊格尔顿. 理论之后[M]. 商正, 译. 北京：商务印书馆, 2009.

特里·伊格尔顿. 二十世纪西方文学理论[M]. 伍晓明, 译. 北京：北京大学出版社, 2007.

特里·伊格尔顿. 美学意识形态. 王杰、付德根、麦永雄, 译. 北京：中央编译出版社, 2013.

杨妍. 地域主义与国家认同：民国初期省籍意识的政治文化分析[M]. 天津：天津人民出版社, 2007.

杨联芬. 晚清至五四：中国文学现代性的发生[M]. 北京：北京大学出版社, 2003.

宗白华. 美学与意境[M]. 北京：人民出版社, 1987.

钟敬文. 钟敬文文集·诗学及文艺论卷[M]. 合肥：安徽教育出版社, 2002.

赵毅衡. 苦恼的叙述者[M]. 北京：北京十月文艺出版社, 1994.

赵毅衡. 当说者被说的时候[M]. 北京：中国人民大学出版社, 1998.

赵毅衡. 重访新批评[M]. 天津：百花文艺出版社, 2009.

赵毅衡. 礼教下延之后——文化研究论文集[M]. 成都：四川文艺出版社, 2013.

张旭东. 批评的踪迹——文化理论与文化批评（1985—2002）[M]. 北京：生活·读书·新知三联书店, 2003.

张旭东. 全球化时代的文化认同——希望普遍主义话语的历史批判[M]. 北京：北京大学出版社, 2005.

张旭东. 纽约书简[M]. 上海：上海书店出版社, 2006.

张旭东. 改革时代的中国现代主义——作为精神史的80年代[M]. 崔问津等译. 北京：北京大学出版社, 2013.

张旭东. 全球化与文化政治——90年代中国与20世纪的终结. 朱羽等译. 北京：北京大学出版社，2013.

张新颖. 20世纪上半期中国文学的现代意识[M]. 北京：生活·读书·新知三联书店，2001.

张新颖. 沈从文精读[M]. 上海：复旦大学出版社，2005.

张业松. 手迹与心迹[M]. 广州：广东教育出版社，2004.

张大明、马良春. 中国现代文学思潮史[M]. 北京：中国社会科学出版社，1995.

张志平. 中国二十世纪"四十年代"乡土小说研究[M]. 北京：中国社会科学出版社，2006.

张泉. 沦陷时期北京文学八年[M]. 北京：中国和平出版社，1994.

张慧瑜. 视觉现代性——20世纪中国的主体呈现[M]. 北京：人民出版社，2012.

张慧瑜. 影像书写——大众文化的社会观察[M]. 北京：生活·读书·新知三联书店，2012.

朱晓进. "山药蛋派"与三晋文化. 长沙：湖南教育出版社，1995.

朱晓进. 政治文化与中国二十世纪三十年代文学[M]. 北京：人民出版社，2006.

朱鸿召. 延安日常生活中的历史（1937—1947）[M]. 桂林：广西师范大学出版社，2007.

朱鸿召. 延河边的文人们[M]. 上海：东方出版社中心，2010.

朱鸿召. 延安曾经是天堂[M]. 西安：陕西人民出版社，2012.

曾广灿、范亦豪、关纪新编. 老舍与二十世纪——99国际老舍学术研讨会论文选集[C]. 天津：天津人民出版社，2000.

论 文

段从学. "民族形式"论争的起源与话语形态论析[J]. 社会科学研究. 2009（5）.

董炳月. 论《四世同堂》的文化忧思[J]. 海南师院学报. 1993（2）.

崔明海. 国语统一与民族国家建设——清末民初"国语"教育思想的形成和发展述论[J]. 学术探索. 2007（1）.

崔明海."国语"如何统一——近代国语运动中的国语与方言观[J]. 江淮论坛. 2009（1）.

樊骏. 老舍的"寻找"[J]. 文史哲. 1987（4）.

樊骏. 认识老舍[J]. 文学评论. 1996（5）（6）.

贺桂梅. 革命与"乡愁"——《红旗谱》与民族形式建构[J]. 文艺争鸣. 2011（4）.

贺桂梅. 丁玲的逻辑[J]. 读书. 2015（5）.

黄锐杰."土地"与革命——以中国农村经济研究会（1933—1935）为中心[D]. 华东师范大学硕士学位论文. 2012.

蒋晖. 试论赵树理三十年代小说创作的主题和形式[J]. 文艺争鸣. 2012（12）.

纪春海. 文艺统制与意识突围——沦陷区《中国文艺》研究[D]. 沈阳师范大学硕士学位论文. 2010.

李杨."经"与"权"——《讲话》的辩证法与"幽灵政治学"[J]. 中国现代文学研究丛刊. 2013（10）.

李杨."赵树理方向"与《讲话》的历史辩证法[J]. 文学评论. 2015（4）.

李国华. 农民说理的世界[D]. 北京大学博士学位论文. 2012.

李婉薇. 清末民初的粤语书写[D]. 北京大学博士学位论文. 2009.

刘绍棠. 关于乡土文学的通信[J]. 北京文学. 1981（1）.

刘进才. 从"文学的国语"到方言创作——四十年代方言文学运动的合理性及其限度. 文学评论. 2006（4）.

罗关德. 二三十年代倡导乡土文学的三种理论视角[J]. 中国现代文学研究丛刊. 2004（4）.

倪文尖. 如何着手研究赵树理——以《邪不压正》为例. 文学评论. 2009

(5).

吴舒洁. 知识分子与"大众化"革命（1937—1948）——以丁玲、赵树理的写作实践为中心[D]. 北京大学博士学位论文. 2012.

杜赞奇. 地方世界：现代中国的乡土诗学与政治[J]. 褚建芳，译. 中国人类学评论第2辑. 北京：世界图书出版公司. 2007.

钱振纲. 论民族主义文艺派的文艺理论[J]. 文学评论. 2002（4）.

钱振纲. 论民族主义文艺派所主张的民族主义的二重性格[J]. 中国现代文学研究丛刊. 2001（2）.

王学太. 从《四世同堂》谈"国民性"[J]. 读书. 1980（9）

吴小美. 一部优秀的现实主义作品——评老舍的《四世同堂》[J]. 文学评论. 1981（6）

薛毅. 反抗者的文学——论鲁迅的杂文写作[J]. 视界第4辑. 石家庄：河北教育出版社，2001.

颜同林. 普通话写作的倡导与方言文学的退场[J]. 广播电视大学学报（哲学社会科学版）. 2011（4）

余荣虎. "乡土文学"是如何消失的？——论20世纪40年代左翼文坛对"乡土文学"的再选择[J]. 文史哲. 2010（3）

余荣虎. 论周作人的乡土文学理论[J]. 南京师大报（社会科学版）. 2008（4）

周海波. 论20世纪中国乡土文学的理性精神[J]. 文学评论. 2003（4）

郑亚捷. 国语运动视野中的"边疆特殊语文". 中国现代文学研究丛刊. 2008（4）

Doreen Massey: *Power-geometry and a progressive sense of place*, in Jon bird etc. (eds), *Mapping the Futures, Local Cultures Global Change,* London: Routledge, 1993, p61.

后　记

在古希腊神话中，天后赫拉派遣狮身人面兽斯芬克斯在通往忒拜城的窄路上阻拦行人，让他们猜一个谜语："什么动物早上用四条腿走路，中午用两条腿走路，而到了晚上则用三条腿走路。"很多人由于猜不出谜底，被斯芬克斯残忍地吃掉，直到年轻的俄狄浦斯遇到这头怪兽。俄狄浦斯轻易地猜出了谜底——人，因为人在幼年时用手脚爬，成年后用双腿走，年老后则借助拐棍走。听到俄狄浦斯的答案后，斯芬克斯羞愧地跳崖而死。面对如此简单的谜面，为什么那么多人都无法猜出谜底？最著名的解释是，这则希腊神话中的"斯芬克斯"其实正隐喻着"现实生活"。那些被怪兽吃掉的人都没有意识到人在生命的不同阶段有着截然不同的生命形态，不能通过展望未来和回顾过去以理解自我的变化，使得他们最终没能参透那个斯芬克斯之谜，被现实生活所吞噬。而只有不断思考命运的俄狄浦斯才能够破解谜团，真正理解自我与人本身。

在整理、修改这部《文学的时代印痕——中国现代文学论集》时，我经常会想起上文提到的那则古希腊神话，因为编辑、修订旧稿正"迫使"我回顾自己过去几年从事中国现代文学研究的工作，并思考今后的学术道路。2013年夏天从学校毕业参加工作后，平凡而琐碎的日常事务就消耗了生命的大部分精力。在日复一日的时光流转中，时不时就会产生一阵强烈的恐慌，担心自己的生命将在琐事中被一点点搅碎、吞噬，最后归于无形。重新阅读自己过去几年写下的那些文字，逝去的日子在迷雾般的记忆中又渐渐浮现出

后 记

来,图书馆查找资料的辛劳、面对屏幕搜肠刮肚的痛苦、读书会与师友讨论的畅快、论文发表时的喜悦……这些或稚嫩、或平凡的文章如同一盏盏路灯,点亮了我一路走过的道路,过去的日子也渐渐清晰起来。

本书选入的第一篇文章《另一种进化论——威尔斯〈星际战争〉的晚清译本》的写作时间拖得很长。2007年硕士二年级时,我选修了北大中文系李杨教授开设的"晚清文学研究"讨论课,分配给我的题目就是晚清翻译文学。为了准备主题发言,我在图书馆旧报刊阅览室查阅晚清报刊,偶然间读到心一翻译的威尔斯的小说《火星与地球之战争》,对其中一些译文颇感惊异,遂找来威尔斯的英文原著和这部小说的当代译本进行对读。还记得是在周六早上六点多,我到五四体育馆为中文系羽毛球队排队订场。在昏黄的灯光中,我读着威尔斯的《星际战争》,忽然想到心一那些明显的错译、漏译,以及改写,或许暗藏翻译家的一番苦心,于是就有了这篇论文的核心思想。在讨论课上,李杨老师高度评价我的主题发言,并建议我把发言稿修改成论文发表。2013年5月,在香港中文大学翻译研究中心主办的"十九至二十世纪初翻译与东亚现代化国际研讨会"上,我又把自己对心一译本的解读讲了一次,得到不少翻译研究专家的指点和帮助。可惜我一向疏懒,直到2014年才整理自己的发言稿,增补修订成文后,在陈艳师姐的帮助下刊发于《中国现代文学研究丛刊》2015年第4期。文章发表后,颇有一些从事翻译研究的老师对这篇论文表示赞赏,让我对它的价值有了自信。于是,我选择这篇论文参加中国艺术研究院2015年学术年会,得到了很多前辈师长的肯定,获得中国艺术研究院2015年度优秀科研成果奖。

而本书选入的《渡船与商船——论〈边城〉牧歌形象的裂隙》则是一篇硕士时代即完成初稿的文章。2008年,我选修了导师吴晓东教授开设的"沈从文研究",不得不写一篇关于沈从文的论文以应付期末考试。我当时初步掌握了从后殖民主义到女性主义等一干文化批评理论,就如同刚刚买了套工具要忍不住在家里修修补补那样,跃跃欲试地要用各式理论对自己看到的每一部作品来一番拆解。正巧这时候读到罗岗老师的论文《性别移动与上海流动空间的建构——从〈海上花〉中的"马车"谈开去》，对交通工具背后蕴含的社会差异问题颇感兴趣，遂决定用沈从文的经典小说《边城》来"练练手"。初稿完成后，曾在北京大学、台湾大学合办的"近现代文学与文化：研究生学术论坛"上宣读过，当时被评议人高远东教授严厉批评，认为这样的文章纯属用理论图解作品，并不能真正推进我们对文学史的认识。我虽然不能完全认同高远东教授的说法，但他直言不讳的批评使我后来一直对僵硬使用理论的倾向保持警惕。每次想到这点，我就对高老师心存感激。这篇文章经过修改后，发表于《长沙理工大学学报（社科版）》2011年第2期。

《二十世纪三十年代初的左翼批评话语及早期革命文学》是在我的硕士毕业论文的基础上修订而成的。可以说，我是通过硕士毕业论文的写作才初窥做学问的门道。在此之前，我只写过一万字上下的短文，谋篇布局无需特别讲究即可成篇，一些思路上的缺陷也可以较好地掩藏起来。而要完成一篇三四万字的长文，则要在大量占有文献资料的基础上，将核心论点拆分为几个子问题予以论述，而所有这些对子问题的讨论又不能过分枝蔓，必须始终围绕核心问题展开，这就使得写作的难度提高了很多。在那段时间，我一方面到北大图书馆旧报刊阅览室查阅民国期刊，占有第一手资料；另一方面则仔细研读吴晓东、贺桂梅，以及姜涛等老师的精彩论文，揣摩论文写作的技巧，寻找适合表达自己思想的学术语言。好在最终功夫不负有心人，到毕业答辩时，我的论文受到高远东、程凯等师长的高度肯定。这篇论文中的两个部分曾单独发表过。一篇以《"文学"如何"想象"革命——论早期革命文学的情节模式》为题刊发于《现代中文学刊》2010年第1期上，一篇以《想象与现实——论20世纪30年代初的左翼批评话语》为题刊发于《文艺理论与批评》2014年第5期。后者有幸得到《文艺理论与批评》编辑部的推荐，参评2014年度唐弢青年文学研究奖，获得入围提名。后来，人民文学出版社在续编"中国现代文学流派创作选"时，邀请吴晓东教授和我共同编选《太阳社小说选》。我利用准备硕士论文时搜集的资料，从旧报刊中整理出太阳社成员的小说创作。由于这批作品在1930年后大多没有再版过，因此，这次集结出版能够为今后的研究者提供很多便利。我自己在编选过程中也利用这次机会尽量多收一些作品，使得最后的篇幅远远超出计划。好在人民文学出版社没有对我太过"苛刻"，最终为研究界留下一部比较完备的作品选。有时我在想，我自己写的那些学术论文或许在时过境迁后显得陈旧落伍，丧失参考价值，而这部作品选则可能会拥有更长的学术生命。

《政治意识与小说形式——论卞之琳的〈山山水水〉》最初是博士一年级时交给导师吴晓东教授的学期作业。当时受到戴锦华教授的影响，对马克思主义文艺理论颇为倾心，更愿意在社会背景和历史脉络中理解文本的意义。同时我也意识到自己研究的特长在于对文学作品的形式特征非常敏感，怎样把这两点结合起来是我当时努力的方向。这篇文章就是在这个方向上的尝试。文章完成后先是在师门内部的读书会上进行讨论，获得吴晓东教授和同门的好评。经过修改后，论文刊发于《中国现代文学研究丛刊》2012年第1期。日后参加一些学术会议，不时会遇到一些学者跟我提到这篇文章，表示对它的赞赏，这既满足了我的"虚荣心"，也让我对这一研究方法有了信心。那段时间我又趁热打铁，以相似的研究方法写了本书收入的另一篇论文《误认、都市与现代性体验——读〈上海的狐步舞〉》。

《"是聪明，聪明，第三个聪明的"——论鲁迅的翻译语言》也是一篇从构思到最后成文花了很长时间的文章。2011年，我选修了纽约大学比较文学系张旭东教授的"鲁迅研究"课。其中一次课专门讨论鲁迅的翻译文学。我在阅读鲁迅译《死魂灵》时，注意到其中"是聪明，聪明，第三个聪明的"这句译法颇为古怪，遂在上课前根据对这句译文的思考写了篇千字左右的作业交给张老师。上课时，张老师还专门请我在课堂上用20分钟的时间陈述我对鲁迅翻译的看法。2011年11月，张老师又邀请我到纽约大学比较文学系参加"Lu Xun and the Politics of Modern Chinese Essay"国际研讨会，我当时的发言也围绕鲁迅对《死魂灵》的翻译展开。这些学术活动都促使我深入思考鲁迅的翻译与其思想、表达方式之间的复杂关联，可惜后来一直没有时间将这些思考写成文章。直到2015年才抽出两周时间把论文写完，在高远东教授的帮助下刊发于《鲁迅研究月刊》2016年第1期。

《做现实主义者，为不可能之事——1925年的鲁迅》和《论沈从文二十世纪四十年代的文学思想》都是确定博士论文选题之前的一些思考。那时我觉得自己可以以鲁迅、沈从文这类大作家为博士论文的题目，于是系统阅读了他们的作品，认为鲁迅杂文和沈从文在20世纪40年代的创作研究相对薄弱，是具有学术生长点的论题。我当时就这两个话题都做了很详细的读书笔记，只是后来觉得作为博士论文难度比较大，没有深入做下去。不过毕业以后一直觉得之前做的工作荒废掉非常可惜，于是又把之前的读书笔记找出来，重新整理成文章。那篇关于鲁迅的论文刊发于《文艺理论与批评》2016年第3期（《新华文摘》2016年第18期转载）。而分析沈从文文学思想的文章则发表在《现代中文学刊》2016年第5期（《新华文摘》2017年第1期转载）。后有幸被《现代中文学刊》推荐，参评2016年度"唐弢青年文学研究奖"，获入围提名。学术研究是一项孤独的事业，置身其中难免会感到困惑，而来自同行师友的关注和鼓励，总能带给人莫大的欣慰，让人生出继续前行的动力。

我的博士论文讨论地方性特征与20世纪40年代中国小说之间的关系，其中老舍和赵树理是我重点分析的对象。《论老舍二十世纪四十年代的小说创作》和《地方性与解放区文学——以赵树理为中心》最初都是博士论文的组成部分，后经过修改收入本书。《地方性与解放区文学》的初稿曾于2012年12月在重庆大学人文社会科学高等研究院主办的"延安时代的文学、文化与社会"学术研讨会上宣读过，当时得到评议人蒋晖教授的高度肯定，认为这篇文章是赵树理研究的一大突破。这篇论文是否称得上"一大突破"还真不好说，但我本人还比较满意，当年在写作过程中就感到很兴奋，今天再读时仍能够在行文中发现自己流露出的几分得意。该文后来经过大幅度删减刊发于《文学评论》2016年第1期，收入本书时恢复原貌。我的本科毕业论文即探讨老舍的小说创作，只是限于当时的能力没有写好，后来一直想写一篇关于老舍的论文。《论老舍二十世纪四十年代的小说创作》总算弥补了那时留下的遗憾。这篇论文2013年8月投稿给台湾的学术刊物《中国现代文学》半年刊，这是我遇到的第一家严格执行匿名评审制度的刊物。投稿一个多月后就收到两份审查意见，对我论文的优点和缺点做了非常到位的点评，让人心服口服。虽然直到今天我都不知道这两位老师究竟是谁，但他们认真负责的工作态度和为建立良好的学术共同体所做的努力都令人感佩。该文后来刊发于2013年12月的台湾《中国现代文学》第24期上。

在本书的附录部分，我还收入了三篇书评。《政治文化与文学研究空间的开拓》、《"现代性"视野的拓展》，以及《重构我们的文学想象》是我发表得最早的几篇学术性文章。当时陈平原教授主编的《现代中国》杂志每期都开出专门的版面发表书评，为研究生提供练笔的机会。吴晓东教授指定我为朱晓进老师的《政治文化与中国二十世纪三十年代文学》、陈建华老师的《革命与形式—茅盾早期小说的现代性展开（1927—1930）》，以及蔡翔老师的《革命/叙述：中国社会主义文学—文化想象（1949—1966）》撰写书评，作为日后撰写正式的学术论文的准备。这几篇文章在今天看来写法稚嫩，但我仍记得它们最初发表出来时带给我的快乐，因此一并收入以示纪念。

花费这么长的篇幅回顾每一篇文章的写作经历，在外人看来或许显得有些自恋，但于我自己，这更多是借这本书出版的契机回顾自己的治学道路。我在本科时接受的文学教育以"纯文学"理念为指导思想，强调让学生不带任何成见地直面文学本身，珍视自己阅读作品时的直观感受。套用今天的时髦说法，就是拒绝"强制阐释"。必须承认，我本人通过这套文学训练收获良多，直到现在，促使我写作的最初动力仍然是阅读过程中的直接感受。不过来到北大中文系读书后，不同的知识结构和学术训练带给我巨大的震动，至今仍令人难忘。无论是戴锦华教授在宏阔的"后冷战"背景下解读文艺现象，还是贺桂梅教授对各种批判和文化理论的介绍都为我打开了一个全新的思考空间，原先所信奉的"纯文学"理念被冲击得体无完肤。而在各种讨论课上，袁一丹师姐、卫纯师兄等人的精彩发言，更不断使我意识到自己在学问上的巨大差距。所以在硕士一、二年级的时候，我基本上处在学术上的"失语"状态，有太多东西要重新"补课"。

非常幸运的是，我遇到了导师吴晓东教授。记得他第一次约我谈学习计划时，一见面就表示："我们以后见面就要讨论学术问题，当然啦，生活问题也不是不能谈，但主要应该谈学术问题！"这不禁让我心里暗暗叫苦，觉得这位老师过于严肃，未来三年少不了要吃些苦头。好在后来接触多了，发现吴老师为人平易谦和，有君子之风，对待学生更是因材施教，根据每个学生的特点予以相应的指点，从来不会把自己的研究思路、治学方式强行"塞给"学生。一方面，他要求我去听戴锦华、陈平原、张旭东、贺桂梅等老师的课，并建议我系统阅读福柯、萨义德、阿尔都塞等批判理论，在知识结构上完成"语言学转向"；另一方面，他鼓励我不要抛弃自己解读作品比较细腻的特点，珍视阅读过程中的原初感受。我曾在一篇书评中谈到，吴老师对文学的爱"就好似一团于寒冰中燃烧的死火，在一个对文学丧失兴趣的时代里，守护着我们对文学的憧憬、热爱与执着"[①]。我想，正是吴老师对文学本身的执着与热情，使我对文学研究有了信心，选择继续跟随他读博并一路走到今天。

而更让人感动的，则是吴老师在写作上对我的指点和帮助。吴老师会把我发给他的每篇小论文打印出来，在上面写出非常详细的修改建议和批注。从标点、错别字的订正，到学术判断的分寸感、论文语言的规范性，乃至谋篇布局的种种讲究、开头结尾的叙述技巧等，都会进行说明，分析为何要改，不改的话会造成哪些问题。有时由于吴老师写的批注过于详细，以至于会把纸上的所有空白都占满，让人辨认不清，还要麻烦他为我一一讲解。直到现在，我家里仍然珍藏着那些经过吴老师批注过的论文。所谓学术训练，大概就是指习得一种合理、规范的学术语言。今天，只要在教育领域一提"规范"二字，马上就会和抹杀个性、压抑创新联系起来。其实任何具有独创性的想法都只有在用规范、清晰的语言表达出来后，才能"升华"为思

[①] 李松睿：《批评家不要忘了"临水的纳蕤思"》，《读书》2016年第4期。

想，否则就永远只是些有趣的想法而已。我毕业后从事学术刊物的编辑工作，经常要为学者修改文稿。这项工作做得久了，就会发现清晰、规范地表达思想对学术写作来说既是最低标准，也是最高标准。回过头来想一想，就越发感激吴老师当年对我的教诲和指导。

寻找适合自己的研究方法和思路一直是我的努力方向，也是吴老师对我的期望。在为我的专著《书写"我乡我土"——地方性与20世纪40年代中国小说》所写的序言中，吴老师勉励我"成为一个有创造力的自为的学者"[①]。这里的"自为"，我想就包含着找到适合自己的研究思路的意思。在北大中文系的学术训练使我意识到文学并非玲珑剔透的水晶，也不是遗世独立的封闭空间，它是社会生活中的一个开放场域，时时刻刻受到政治、经济、文化等一系列因素的影响。因此，对文学的讨论也可以有无数种方式，既可以从外围的社会历史背景中寻找论述的角度，也可以思考文学内部的话题。而由于我自己的特长在于对文学的形式特征比较敏感，使得我更愿意将文学形式作为自己讨论问题的起点。在我看来，文学研究显然不应该完全脱离文学文本，纯粹对外围问题进行分析，相关讨论必须建立在细致的形式分析的基础之上。而时代背景、社会生活等问题带给艺术家的种种压力，最终也会在文学形式上留下深深的印痕。因此，文学的形式特征一边联系着作品的美学特质，一边则与作品所属的时代相连，是文学研究必须详细考察的中介物。这样的研究思路当然是一点点儿摸索出来的，最初并没有清晰的认识。不过回过头来看，我此前的中国现代文学研究基本上都是通过考察作品中的叙述语言、人物形象、景物描写，以及情节结构等形式特征，并思考这些特征与时代之间的关联。收入到本书中的那些论文和书评所处理的对象各不相同，只是按照研究对象产生的时间顺序（从晚清到20世纪40年代），但在研究方法上却有着

[①] 吴晓东：《序言》，《书写"我乡我土"——地方性与20世纪40年代中国小说》，上海人民出版社2016年版，第7页。

内在的统一性，构成了对中国现代文学的独特考察。这就是我将本书命名为"文学的时代印痕"的原因。

非常感谢中国艺术研究院为青年学者提供出版学术著作的机会，既让那些零散发表且经过大幅度删减的文章得以恢复原貌、汇编成书，也督促我回顾自己过去的学术工作，思考今后的治学道路。祝东力、陈剑澜、王馗、赵卫防、项阳等老师在审读书稿后，提出很多有针对性的建议，给我很大启发，在此要向他们表示感谢。自从2013年8月来到中国艺术研究院工作后，学术环境和生活境遇都和在学校读书时有了较大不同，需要适应一种全新的工作节奏。而平台的改变，也让我有机会接触那些不同领域、不同风格的学者，眼界逐渐开阔起来，对学术的理解也有了变化。马克思主义文艺理论研究所每月举办的青年文艺论坛，只要不和工作时间发生冲突，我都积极参加，思考当下文艺界的热点现象。在戴锦华、祝东力、李云雷、尚思伽等老师、编辑的指点和督促下，我的研究也不再局限于中国现代文学这个领域内，开始尝试写一些影视研究、当代文学批评、美术研究、外国文学研究等方面的文章。虽然这些文章的写作对我来说更多是学习的过程，并不断显影自身知识储备的不足，但却促使我走出民国期刊的故纸堆，关注并思考那些发生在当下的文学与文艺现象。在我目前的工作岗位上，无论是查询资料的便利程度，还是自由支配的时间，与此前相比都有所变化，我本人的学术兴趣也不再局限于这个学科，自己今后的研究工作可能会更多地偏向对当代文艺的探讨。当然，不管学术方向和研究兴趣在未来的日子里会发生什么变化，我对自己的唯一期许就是在钻研学术的道路上不忘初心、善始善终。

2016年6月1日